Eerherstel

Michael Connelly bij Boekerij:

boekerij.nl

Michael Connelly

Eerherstel

Mickey Haller en Harry Bosch proberen te bewijzen
dat een vrouw ten onrechte veroordeeld is
voor de moord op haar ex-man

Vertaald door Mylène Delfos en David Orthel

Veel leesplezier!

www.biebmiepje.nl

B
BOEKERIJ

ISBN 978-90-492-0196-8
ISBN 978-94-023-2235-4 (e-book)
NUR 330

Oorspronkelijke titel: *Resurrection Walk*
Vertaling: Mylène Delfos en David Orthel
Omslagontwerp: Johannes Wiebel | punchdesign, München
Omslagbeeld: © Stock.adobe.com
Zetwerk: Mat-Zet bv, Huizen

Deze is ter nagedachtenis aan Sam Wells.

Met de moeder en broer van Jorge Ochoa stond ik te wachten op de bezoekersparkeerplaats. Mevrouw Ochoa zag eruit alsof ze naar de kerk ging: ze droeg een lichtgele jurk met witte manchetten en kraag, en rozenkransen om haar handen. Oscar Ochoa was in vol *cholo*-ornaat: een baggy spijkerbroek waar zijn onderbroek bovenuit stak, zwarte Doc Martens, portefeuilleketting, wit T-shirt en een zwarte Ray-Ban. Blauwe inkt slingerde zich om zijn hals, waar het Vineland Boyz-embleem met de twee o's nadrukkelijk prijkte.

En daarnaast stond ik, speciaal voor de camera's op mijn Italiaans driedelig paasbest, in vol wettelijk ornaat.

De zon zakte langs de hemel omlaag en scheen al bijna horizontaal door de zeven meter hoge buitenste versperring. We stonden in het *chiaroscuro* van Caravaggio. Ik keek omhoog naar de wachttoren. Achter het rookglas zag ik de omtrekken van mannen met geweren met lange lopen.

Het was een vreemd moment. Corcoran State was geen gevangenis waar je vaak iemand lopend uit zag vertrekken. Het was een LWOP-faciliteit, wat staat voor 'life without parole', waar gedetineerden levenslang uitzaten zonder kans op vervroegde vrijlating. Je checkte wel in maar nooit meer uit. Hier overleed Charles Manson aan ouderdom. Veel gedetineerden haalden overigens geen hoge leeftijd; moorden op cel kwamen regelmatig voor. Twee cellen van die van Jorge Ochoa vandaan was een paar jaar geleden nog een gedetineerde onthoofd en in stukken gehakt. Zijn openlijk satanistische celgenoot had een halsketting gemaakt van zijn oren en vingers. Kijk, dat was nou Corcoran State.

Maar op de een of andere manier had Jorge Ochoa een verblijf van veertien jaar overleefd voor een moord die hij niet gepleegd had. En nu was dit zijn dag. Zijn levenslange celstraf was herroepen nadat het gerechtshof zijn feitelijke onschuld had geconstateerd. Hij zou herrijzen en terugkeren naar het land der levenden. We waren in mijn Lincoln met twee tv-busjes achter ons uit Los Angeles komen rijden om hem te verwelkomen zodra hij de poort uit zou komen.

Stipt om 17.00 uur werd onze aandacht getrokken door een reeks hoornstoten die over het gevangenisterrein galmde. De cameralieden van de twee nieuwszenders uit L.A. hesen hun apparatuur op de schouder terwijl de verslaggevers hun microfoon paraat hielden en keken of hun haar goed zat.

Een deur in het huisje aan de voet van de wachttoren ging open en een geüniformeerde bewaker kwam naar buiten. Achter hem liep Jorge Ochoa.

'*Dios mío*,' riep mevrouw Ochoa uit toen ze haar zoon zag. '*Dios mío.*'

Dit moment had ze niet zien aankomen. Niemand had het zien aankomen. Tot ik de zaak had opgepakt.

De bewaker maakte een poortje in de versperring open en Jorge mocht erdoorheen lopen. Ik zag dat de kleren die ik speciaal voor zijn vrijlating had gekocht hem precies pasten. Een zwarte polo en beige pantalon, witte Nikes. Ik wilde beslist niet dat hij ook maar iets weg had van zijn jongere broer waar de camera's bij waren. Er stond ons nog een rechtszaak wegens onterechte veroordeling te wachten en het was nooit te vroeg om een goede indruk te maken op de potentiële juryleden van het district Los Angeles.

Jorge kwam naar ons toe lopen en begon op het laatst te rennen. Hij boog zich over zijn minuscule moeder, tilde haar van de grond en zette haar weer zachtjes neer. Ze hielden elkaar drie volle minuten vast ter-

wijl de camera's vanuit iedere hoek de tranen die zij plengden vastleg-
den. Toen was het de beurt aan Double O om hem te omhelzen. De
broers klopten elkaar stevig op de rug.

En daarna kwam ik. Ik stak mijn hand uit, maar Jorge trok me naar
zich toe en omhelsde me.

'Meneer Haller, ik weet gewoon niet wat ik moet zeggen,' zei hij.
'Maar dank u wel.'

'Zeg maar Mickey,' zei ik.

'Je hebt mijn leven gered, Mickey.'

'Welkom terug in de wereld.'

Achter hem zag ik dat de camera's onze omhelzing hadden vastgelegd. Maar op dat moment gaf ik daar opeens niet meer om. Ik voelde
hoe de leegte die ik lange tijd vanbinnen had gevoeld zich begon te
vullen. Ik had deze man teruggebracht uit de dood. En dat bracht een
voldoening met zich mee die ik tot dan toe niet had gekend tijdens de
uitoefening van het recht of überhaupt tijdens mijn leven.

DEEL 1

MAART –
DE HOOIBERG

1

Bosch had de brief voor zich op het stuur gelegd. Hij had opgemerkt dat het handschrift leesbaar was en de kantlijnen leeg waren. De brief was in het Engels geschreven. *Ik heb het niet gedaan en wil u inhuren om mijn onschuld te bewijzen.*

De laatste zin van de alinea trok zijn aandacht en hield die vast: *De advocaat zei dat ik schuldig moest pleiten anders zou ik levenslang krijgen voor het doodschieten van een wetsdienaar.*

Bosch keek of er op de achterkant nog iets geschreven was. Bovenaan stond alleen een nummer, wat betekende dat de afdeling Inlichtingen in Chino de brief althans had gescand alvorens hem goed te keuren en te versturen.

Bosch schraapte voorzichtig zijn keel. Die was nog rauw van zijn laatste behandeling en hij wilde de boel niet erger maken. Hij las de brief nog eens. *Ik mag dan een hekel aan hem gehad hebben, hij was wel de vader van mijn kind. Ik zou hem nooit vermoorden. Dat is gelogen.*

Hij aarzelde terwijl hij overwoog of hij de brief op het stapeltje 'mogelijkheden' moest leggen of op het stapeltje 'afvoeren'. Voor hij een besluit kon nemen, ging het rechterportier open. Haller graaide het stapeltje ongelezen brieven van de zitting, smeet ze op het dashboard en stapte in.

'Heb je mijn berichtje niet gekregen?' vroeg hij.

'Sorry, niet gehoord,' zei Bosch.

Hij legde de brief meteen op het dashboard en startte de Lincoln. 'Waarnaartoe?'

'Rechtszaal luchthaven,' zei Haller. 'En ik ben al laat. Ik had gehoopt dat je me aan de voorkant kon oppikken.'

'Sorry.'

'Ja, nou, zeg dat maar tegen de rechter als ik te laat ben voor deze hoorzitting.'

Bosch zette de automaat in Drive en reed weg. Hij reed Broadway af en nam de oprit naar de 101 in noordelijke richting. De oprit was omzoomd met tentjes en kartonnen onderkomens. De recente burgemeestersverkiezingen hadden erom gedraaid welke kandidaat het de pan uit rijzende daklozenprobleem het beste kon aanpakken. Tot nu toe had Bosch geen veranderingen opgemerkt.

Hij sloeg meteen af naar de 110 richting zuid. Via die weg zou hij uiteindelijk uitkomen op de Century Freeway, die vrijwel rechtstreeks naar de luchthaven leidde.

'Zitten er nog goeie tussen?' vroeg Haller.

Bosch gaf hem de brief van Lucinda Sanz. Haller begon te lezen, maar keek op toen hij de naam van de gedetineerde zag.

'Goh, een vrouw,' zei hij. 'Interessant. Wat schrijft ze?'

'Ze heeft haar ex vermoord,' zei Bosch. 'Hij schijnt agent geweest te zijn. Ze pleitte geen bezwaar tegen doodslag omdat ze dreigden met levenslang zonder kans op vervroegde vrijlating.'

'Da's nog eens een bittere pil…'

Haller las verder en gooide de brief toen boven op het stapeltje brieven dat op het dashboard lag.

'Is dat alles wat je hebt?' vroeg hij.

'Tot nu toe,' zei Bosch. 'Ik moet er nog een paar.'

'Ze zegt dat ze het niet gedaan heeft maar ze zegt niet wie dan wel. Wat moeten we daarmee?'

'Dat weet ze niet. Daarom vraagt ze jou om hulp.'

Bosch reed verder zonder iets te zeggen. Haller keek op zijn telefoon en belde toen Lorna, zijn assistent, om met haar zijn agenda door te nemen. Toen hij klaar was, vroeg Bosch hoelang ze bij de volgende stop bezig zouden zijn.

'Hangt van mijn cliënt en zijn getuige à décharge af,' zei Haller. 'Die wil mijn raad in de wind slaan en de rechter vertellen waarom de cliënt eigenlijk niet schuldig is. Ik zou liever zien dat zijn zoon op zijn knieën om genade voor zijn vader smeekte, maar ik weet ook niet zeker of hij er zal zijn, of hij zal praten en hoe het zal verlopen.'

'Wat is het voor zaak?' vroeg Bosch.

'Fraude. Er staat hem acht tot twaalf jaar te wachten. Wil je mee naar binnen om te kijken?'

'Nee, ik zat te denken dat ik Ballard even kon gaan opzoeken als we toch in de buurt zijn. Het is niet ver van de rechtbank. Stuur me een appje als je klaar bent, dan kom ik meteen terug.'

'Als je dat hoort.'

'Bel me dan. Dat hoor ik wel.'

Tien minuten later hield hij halt voor de rechtbank op La Cienega.

'Tot zo,' zei Haller terwijl hij uitstapte. 'En zet het geluid van je telefoon op z'n hardst.'

Nadat hij het portier had dichtgeslagen, stelde Bosch zijn telefoon in zoals hem was opgedragen. Hij was niet helemaal eerlijk tegen Haller geweest over zijn gehoorverlies. De behandelingen tegen kanker bij de UCLA hadden zijn gehoor aangetast. Bij gesprekken was dat tot nu toe geen probleem geweest, maar sommige elektronische geluiden lagen op de grens van wat hij nog hoorde. Hij had geëxperimenteerd met verschillende beltonen en meldingen, maar had de perfecte instelling nog niet gevonden. In de tussentijd lette hij niet zozeer op het geluid van inkomende telefoontjes en appjes, maar op de bijbehorende vibratie. Maar hij had zijn telefoon in de bekerhouder gezet en dus zowel geluid als trilling gemist toen Haller wilde worden opgehaald bij het gerechtsgebouw.

Terwijl hij wegreed, belde Bosch Ballard op haar mobiel. Ze nam vrijwel meteen op.

'Harry?'

'Hoi.'

'Alles oké daar?'

'Ja, tuurlijk. Zit jij op Ahmanson?'

'Ja. Kan ik wat voor je doen?'

'Ik ben in de buurt. Is het oké als ik even langskom, zeg, over een kwartiertje?'

'Ik ben er.'

'Tot zo dan.'

2

Het Ahmanson Center was de centrale faciliteit voor werving en opleiding van het LAPD; het lag aan West Manchester Avenue, tien minuten rijden. Maar behalve aan de opleidingsfaciliteit bood het ook onderdak aan het Cold Case-archief waarin sinds 1960 zesduizend onopgeloste zaken waren opgeborgen. De afdeling Cold Cases bezette acht werkplekken achter de rijen stellingkasten met moorddossiers. Bosch was er eerder geweest en beschouwde het archief als heilige grond. Over elke rij, over elke map viel de schaduw van uitgesteld recht.

Bij de receptie kreeg Bosch een bezoekerspasje dat hij aan zijn broekzak kon hangen en werd hij doorgestuurd naar Ballard. Hij hoefde geen begeleider en zei dat hij de weg al kende. Daarna ging hij het archief binnen en liep tussen de stellingen naar achteren terwijl hij de jaartallen op de mappen in zich opnam.

Ballard zat aan haar bureau achter aan de cluster werkplekken. Slechts één van de andere plekken was in gebruik; daar zat Colleen Hatteras, de expert genealogie – en stiekem paragnostisch medium. Colleen leek het leuk te vinden Bosch weer te zien. Dat gevoel was niet wederzijds. Een jaar eerder had Bosch een tijdje als vrijwilliger meegeholpen aan het oplossen van een cold case, en was hij vanwege Hatteras' veronderstelde hyperempathische gaven met haar in botsing gekomen.

'Harry Bosch!' riep ze uit. 'Wat een verrassing!'

'Tjonge, Colleen,' zei Bosch, 'dat jij nog ergens door verrast kan worden.'

Hatteras bleef glimlachen terwijl zijn grap tot haar doordrong. 'Die Harry. Geen spat veranderd.'

Ballard draaide op haar kantoorstoel naar hen toe voor het gesprek een onaangename wending kon nemen.

'Harry,' zei ze. 'Wat brengt je hier?'

Bosch liep naar haar toe en ging zo staan dat hij tegen de scheidingswand kon leunen, met zijn rug naar Hatteras. 'Ik heb Haller net afgezet bij de rechtszaal op de luchthaven,' zei hij met gedempte stem, om het gesprek zoveel mogelijk tussen hen beiden te houden. 'En toen dacht ik dat ik wel even kon komen kijken hoe het ermee gaat.'

'Nou, goed wel,' zei Ballard. 'Tot nu toe hebben we dit jaar negentien zaken afgesloten. Veel daarvan middels genealogisch onderzoek en het harde werk van Colleen.'

'Wat goed, zeg. Heb je nog mensen in de cel gekregen of werden ze alleen afgesloten onder Overig?'

Het kwam vaak voor bij onopgeloste zaken dat een DNA-spoor leidde naar een verdachte die allang dood was of al in de gevangenis zat wegens andere misdrijven waarop levenslang stond. De zaak was dan natuurlijk wel opgelost, maar kwam in de boeken als 'afgesloten – overig' omdat er geen vervolging werd ingesteld.

'Nee, we hebben een paar lui opgesloten,' zei Ballard. 'Ongeveer de helft, geloof ik. Maar het gaat vooral om de families. Dat we ze kunnen vertellen dat de zaak is opgelost, of de verdachte nou nog leeft of niet.'

'Juist ja,' zei Bosch.

Toch had het Bosch altijd dwarsgezeten, toen hij aan cold cases werkte, dat hij familieleden moest vertellen dat een zaak was opgelost en de geïdentificeerde verdachte al dood was. In zijn ogen gaf je daarmee toe dat de dader ermee weg was gekomen. En daar zag hij geen rechtvaardigheid in.

'Is dat alles?' vroeg Ballard. 'Kom je alleen even dag zeggen en Colleen treiteren?'

'Nee, dat was niet wat ik…' mompelde Bosch. 'Ik wilde je iets vragen.'

'Nou, vraag maar.'

'Ik heb een paar namen. Mensen die in de cel zitten. Ik wilde graag de zaaknummers en misschien de dossiers inzien.'

'Tja, als ze in de cel zitten, hebben we het niet over cold cases.'

'Klopt ja. Dat weet ik.'

'Maar wat... wil je dan dat ik doe – Harry, dat meen je niet, hè?'

'Eh... Hoe bedoel je?'

Ballard draaide zich om, ging rechtop zitten en wierp een blik op Hatteras. Die keek strak naar haar beeldscherm, wat erop wees dat ze haar best deed om hun gesprek te volgen.

Ballard stond op en zette koers naar het brede gangpad tussen de stellingen.

'Laten we boven even een bakkie doen,' zei ze.

Ze wachtte niet op zijn reactie en liep door, met Bosch in haar kielzog. Hij wierp nog een blik over zijn schouder en zag dat Hatteras hen nakeek.

Ze waren nog niet in de recreatieruimte of Ballard draaide zich om naar Bosch en zei: 'Harry, zit je me nou te dollen?'

'Waar heb je het over?'

'Jij werkt voor een strafpleiter. Moet ik namen gaan natrekken voor een strafpleiter?'

Bosch liet de stilte even duren. Tot nu toe had hij het zelf niet zo gezien. 'Nee, ik dacht niet dat...'

'Nee, je dacht niet. Ik kan geen namen voor je natrekken zolang je voor de Lincoln-advocaat werkt. Ze schoppen me er binnen twee minuten uit en ik heb geen poot om op te staan. En denk maar niet dat ik in het PAB geen vijanden meer heb. Want die heb ik.'

'Ja, dat weet ik. Dat weet ik. Sorry dat ik niet heb doorgedacht. Vergeet maar dat ik hier überhaupt ben geweest. Ik laat je verder alleen.'

Hij draaide zich al om naar de deur.

'Nee, je bent er nu toch,' zei Ballard. 'Laten we dan op z'n minst even koffiedrinken.'

'O, nou, ja. Oké. Zeker weten?'

'Ga zitten, ik haal wel even.'

Bosch ging zitten en keek toe terwijl Ballard meeneembekers inschonk en naar de tafel bracht. Net als zij dronk Bosch zijn koffie zwart, wist ze.

'Zo.' Ze ging zitten. 'Hoe is het met je?'

'O, gaat wel,' zei Bosch. 'Niets te klagen, eigenlijk.'

'Ik was vorige week nog op bureau Hollywood. Daar zag ik je dochter.'

'Ja, dat zei Maddie. Dat je een gast had laten vastzetten.'

'Een zaak uit '89. Verkrachting plus moord. We kregen wel een DNA-match maar konden hem niet vinden. We vaardigden een opsporingsbevel uit, hij werd opgepakt bij een verkeersovertreding. Hij wist niet eens dat we naar hem op zoek waren. Hoe dan ook. Maddie zei dat je bij de UCLA in een proefprogramma zat.'

'Klopt ja, een klinisch proefprogramma. Voor wat ik heb rekenen ze op een verlenging van zeventig procent.'

'Een verlenging?'

'Van tijd van leven. En remissie als je mazzel hebt.'

'O, juist. Nou, dat is fantastisch. Heb je al resultaten?'

'Te vroeg om te zeggen. En ze vertellen je ook al niet of je het echte spul krijgt of de placebo. Dus wie zal het zeggen.'

'Dat is wel klote, zeg.'

'Ja. Maar… ik heb een paar bijwerkingen opgemerkt, dus volgens mij is het wel het echte spul.'

'Wat voor bijwerkingen?'

'Nou, een zere keel, tinnitus en gehoorverlies. Waar ik gillend gek van word, overigens.'

'En doen ze daar iets tegen?'

'Proberen ze. Maar daar draait het dus om in die testgroep. Zij kijken wat het spul doet, jij moet maar zien om te gaan met de bijwerkingen.'

'Op die manier. Toen Maddie het erover had, was ik even van mijn stuk. De laatste keer dat wij het erover hadden, zei je dat je de natuur de vrije loop wilde laten.'

'Ik ben van gedachten veranderd, zeg maar.'

'Vanwege Maddie?'

'Ja, vooral. Hoe dan ook...'

Bosch boog zich naar voren en pakte zijn beker. De koffie was nog steeds te heet om te drinken, vooral vanwege zijn verwoeste strot, maar hij wilde het niet langer over zijn medische situatie hebben. Ballard was een van de weinige mensen wie hij erover had verteld, dus hij vond dat ze wel even mocht worden bijgepraat, maar gewoonlijk bleef hij niet hangen bij zijn toestand en de uiteenlopende mogelijkheden voor de toekomst.

'Vertel eens over Haller,' zei Ballard. 'Hoe loopt dat?'

'Hm, ja, het loopt,' zei Bosch. 'Behoorlijk druk met alle zaken die binnenkomen.'

'En jij bent nu zijn chauffeur?'

'Niet de hele dag, maar zo hebben we de tijd om de verzoeken door te nemen. Ze stromen binnen.'

Het jaar daarvoor, toen Bosch vrijwilliger was onder Ballard bij de afdeling Cold Cases, hadden ze een zaak weten open te breken. Ze hadden een seriemoordenaar geïdentificeerd die meerdere jaren in de stad actief was geweest. Gedurende het onderzoek hadden ze ook vastgesteld dat de moordenaar een moord had gepleegd waarvoor een onschuldige man, Jorge Ochoa, was opgesloten. Toen de politiek binnen het Openbaar Ministerie onmiddellijke actie om Ochoa vrij te laten blokkeerde, had Ballard Haller getipt. Haller was ermee aan de slag gegaan, had in een breed in de pers uitgemeten *habeas*-zitting van de rechter een verklaring weten te krijgen dat hij onschuldig was plus een bevel om Ochoa vrij te laten. De aandacht die de zaak in de media had gekregen, had geresulteerd in een stortvloed aan brieven en telefoontjes van gedetineerden uit Californië, Arizona en Nevada. Allemaal verklaarden ze onschuldig te zijn en smeekten ze om zijn hulp. Haller zette iets op wat hij voor zichzelf Project Onschuld noemde en liet Bosch een voorlopige selectie maken. Haller wilde een poortwachter met de blik van een ervaren rechercheur.

'Die namen die ik zou moeten natrekken, zijn die van mensen van wie jij denkt dat ze onschuldig zijn?' vroeg Ballard.

'Dat kan ik nu nog niet zeggen,' zei Bosch. 'Ik heb alleen maar brieven die ze me vanuit de cel hebben gestuurd. Maar sinds ik ermee begon heb ik alleen deze twee overgehouden. Iets zegt me dat ze op zijn minst nadere beschouwing verdienen.'

'Je gaat er dus mee aan de slag vanuit een ingeving.'

'Nou, wel iets meer dan een ingeving, denk ik. Hun brieven maken een… wanhopige indruk, in zekere zin. Moeilijk uit te leggen. Ik bedoel niet dat ze wanhopig proberen uit de gevangenis weg te komen, maar wanhopig… op zoek zijn naar erkenning. Ze willen geloofd worden, voor zover dat ergens op slaat. Ik wil die zaken gewoon doornemen. Misschien kletsen ze maar onzin, dat kan.'

Ballard pakte haar telefoon uit haar achterzak. 'Wat zijn hun namen?' vroeg ze.

'Dank je, maar ik wil niet dat je er iets mee doet,' zei Bosch. 'Ik had het je niet moeten vragen.'

'Geef me die namen nou maar. Hoe dan ook ga ik er nu niets mee doen, zolang Colleen op haar plek zit. Ik stuur mezelf alleen even een e-mail met die namen erin. Als geheugensteuntje, voor als ik wat opduikel.'

'Bemoeit Colleen zich nog steeds overal mee?'

'Valt mee, maar hier hoeft ze niets van te weten.'

'Zeker weten? Stel nou dat ze een vibratie doorkrijgt, een boodschap, en ons kan vertellen of ze het echt gedaan hebben. Zou een hoop tijd schelen.'

'Harry, hou daar nou eens mee op, ja?'

'Sorry. Ik kon het niet laten.'

'Ze doet hartstikke goed werk met haar genealogisch onderzoek. Dat is waar het mij om gaat. En dat weegt op de lange duur ruim op tegen de "vibraties".'

'Dat zal wel dan.'

'Ik moet terug naar mijn plek. Krijg ik die namen nog?'

'Lucinda Sanz, zit in Chino. En Edward Dale Coldwell, zit in Corcoran.'

'Caldwell?'

'Nee, cold. Coldwell.'

Ze typte met haar duimen op haar telefoon. 'Geboortedata?'

'Hebben ze niet in hun brief vermeld. Ik heb wel detentienummers, als je daar wat aan hebt.'

'Niet echt.' Ze liet haar telefoon weer in haar zak glijden. 'Oké. Ik bel je als er wat te melden valt.'

'Dank je.'

'Maar we maken hier geen gewoonte van. Duidelijk?'

'Nee, duidelijk.'

Ballard pakte haar koffie, stond op en liep naar de deur.

'Hoe zit dat met die vijanden?' zei Bosch.

Ballard draaide zich terug. 'Hoe bedoel je?'

'Beneden zei je dat je vijanden hebt op het PAB.'

'O, de gebruikelijke eikels. Mensen die hopen dat je op je bek gaat. Die vrouwelijk gezag niet trekken.'

'Laat ze de tyfus krijgen.'

'Wat je zegt. Tot gauw, Harry.'

'Tot gauw.'

3

Bosch was alweer bij het gerechtsgebouw op La Cienega toen Haller hem appte dat hij klaar was met de rechtszitting. Bosch appte hem terug dat hij buiten klaarstond. Hij parkeerde de Navigator net voor de glazen deuren toen Haller daaruit tevoorschijn kwam. Bosch ontgrendelde de portieren, Haller stapte achter hem in en trok het portier dicht. Bosch reed niet weg en keek Haller aan via de binnenspiegel.

Haller maakte het zich gemakkelijk en besefte toen dat Bosch niet wegreed. 'Oké Harry, zullen we...'

Het kwartje viel. Hij stapte weer uit en kwam voorin zitten, naast Bosch.

'Sorry. Macht der gewoonte,' zei hij.

Zo hadden ze het afgesproken. Wanneer Bosch de Lincoln bestuurde, wilde hij dat Haller naast hem zat, zodat ze als gelijken met elkaar konden praten. Daar had hij op gestaan: hij zou geen chauffeurtje voor de strafpleiter spelen, zelfs al was de advocaat zijn eigen halfbroer, die hem had ingehuurd opdat hij een particuliere ziektekostenverzekering kon krijgen en kon meedoen aan de test van de UCLA.

Voldaan om de manier waarop hij voor zichzelf was opgekomen reed Bosch weg en vroeg: 'Waar gaan we naartoe?'

'West Hollywood,' zei Haller. 'Naar Lorna.'

Bosch koos de linkerbaan zodat hij gemakkelijk kon keren en zette koers naar het noorden. Hij had Haller al vaak naar Lorna gebracht, ofwel bij haar thuis, ofwel bij Hugo's, verderop in de straat, als er wat te eten moest zijn. Aangezien de zogenoemde Lincoln-advocaat vanuit zijn auto werkte in plaats van vanuit een kantoor, regelde Lorna zijn zaken vanuit haar appartement aan Kings Road. Dat was het zenuwcentrum.

'Hoe ging het daarbinnen?' vroeg Bosch.

'Eh... Laten we het er maar op houden dat mijn cliënt het recht in zijn volle omvang heeft ervaren,' zei Haller.

'Dat spijt me.'

'De rechter was een eikel. Volgens mij had hij het reclasseringsrapport niet eens gelezen.'

Het was Bosch' ervaring als beëdigd getuige dat overtreders er in de verslagen van de reclassering zelden goed op stonden, dus vroeg hij zich af waarom Haller dacht dat zorgvuldige bestudering een lagere straf zou hebben opgeleverd. Voor hij ernaar kon vragen stak Haller zijn hand uit naar het scherm midden op het dashboard, haalde zijn contactenlijst tevoorschijn en belde Jennifer Aronson, zijn partner bij Michael Haller and Associates. Het gesprek werd via het bluetoothsysteem weergegeven door de autoluidsprekers. Bosch luisterde mee.

'Mickey?'

'Wat ben je aan het doen, Jen?'

'Ik ben thuis. Net terug van de officier van justitie.'

'Hoe ging het daar?'

'Eerste ronde, niet veel meer dan dat. Wie het eerst met zijn ogen knippert. Niemand wil een bedrag noemen.'

Bosch wist al dat Haller Aronson had gevraagd namens Jorge Ochoa te onderhandelen. Haller & Associates had een aanklacht tegen de gemeente en het LAPD ingediend wegens onrechtmatige veroordeling en celstraf. De gemeente en de politie konden bij het schikken van dergelijke zaken op last van de staat niet onbeperkt uitkeren. Er waren aan de zaak echter aspecten van een slordige en wellicht corrupte behandeling, op grond waarvan Ochoa financiële genoegdoening kon eisen. De gemeente hoopte claims te voorkomen met een uitonderhandelde schikking.

'Hou het maar warm,' zei Haller. 'Die gaan nog dokken.'

'Ik mag het hopen,' zei Aronson. 'Hoe ging het op de luchthaven?'

'Hij kreeg het volle pond. Waarschijnlijk heeft de rechter niet eens over zijn jeugdtrauma's gelezen. Ik begon erover, maar hij kapte het af. En het hielp ook al niet dat die jongen om genade vroeg en tegen de rechter zei dat hij al die mensen niet had willen oplichten. Dus daar ging hij. Waarschijnlijk voor zeven jaar, als hij geen gekke dingen doet.'

'Waren er nog mensen voor hem, behalve jij?'

'Nee. Alleen ik.'

'En dat zoontje van hem? Ik dacht dat je die een seintje had gegeven.'

'Hij is niet op komen dagen. Hoe dan ook, we moeten door, over een half uurtje neem ik met Lorna de agenda door. Ben je erbij?'

'Sorry, ik kan niet. Ik heb net tijd om even wat te eten en ik heb mijn zus beloofd dat ik Anthony vandaag zou opzoeken in Sylmar.'

'Oké. Nou, veel succes dan. Laat me weten als ik iets kan doen.'

'Dank je. Is Harry daar ook?'

'Ja, die zit hier naast me.'

Haller keek Bosch aan en knikte, alsof hij wilde goedmaken dat hij eerst achterin was gaan zitten.

'Sta ik op de luidspreker? Kan ik even met hem praten?'

'Natuurlijk. Barst maar los.' Hij knikte naar Bosch. 'Ga je gang.'

'Harry, ik weet dat je hebt gezegd dat je in principe niet voor de verdediging werkt,' zei Aronson.

Bosch knikte, maar besefte toen dat ze dat niet kon zien.

'Eh... ja,' zei hij.

'Nou, ik zou het heel erg waarderen als je toch eens naar een zaak wilde kijken,' ging Aronson verder. 'Geen recherchewerk. Of je gewoon even wilde kijken naar wat ik van de officier heb gekregen.'

Bosch wist dat de centrale jeugdgevangenis voor het noordelijke district gevestigd was in Sylmar, in San Fernando Valley.

'Is het een jonkie?' vroeg hij.

'Ja. De zoon van mijn zus,' zei Aronson. 'Anthony Marcus heet hij. Hij is zestien, maar ze gaan proberen hem als volwassene te laten be-

26

rechten. Volgende week is er een hoorzitting en ik ben echt wanhopig, Harry. Ik moet hem gewoon helpen.'

'Waar wordt hij van beschuldigd?'

'Ze zeggen dat hij een agent heeft neergeschoten, maar die jongen heeft simpelweg het karakter niet om zoiets te doen.'

'Waar? Welk bureau?'

'LAPD. De zaak valt onder West Valley. Het gebeurde in Woodland Hills.'

'Leeft hij nog? Die agent?'

'Ja, die leeft nog. Hij kreeg een kogel in zijn been of zo. Maar Anthony zou zoiets nooit hebben kunnen doen en hij heeft me ook gezegd dat hij het niet was. Hij zei dat een ander moest hebben geschoten.'

Bosch reikte naar het beeldscherm, tikte op de muteknop en wisselde een blik met Haller. 'Zit je me nou te dollen? Moet ik aan de slag voor een jochie dat een agent heeft neergeschoten? En dan ben ik al bezig met die zaak in Chino waar die vrouw een hulpsheriff heeft doodgeschoten. Besef je wel wat dit met mijn reputatie doet?'

'Hallo?' zei Aronson. 'Ben je daar nog?'

'Ik ga jou niet vragen aan die zaak te werken,' zei Haller. 'Dat doet zij. En het enige wat ze wil is dat jij het dossier doorneemt zoals het nu is. Meer niet. Alleen de verslagen doorlezen en haar vertellen wat je ervan denkt. Dat is alles. Je naam wordt niet genoemd en niemand zal er iets van weten.'

'Maar ik wel,' zei Bosch.

'Hallo?' klonk Aronson weer.

Bosch schudde zijn hoofd en tikte weer op de muteknop.

'Sorry, ik was je even kwijt,' zei hij. 'Wat voor documenten heb je precies?'

'Ik heb het chronologisch verslag van de oorspronkelijke rechercheur,' zei Aronson. 'En er is een proces-verbaal van het incident en het medisch rapport van de agent. Er is een bewijsverslag, maar daar staat praktisch niets in. Ik wilde vandaag de dienstdoende officier bellen en kijken wanneer de volgende inzage van stukken zal zijn. Maar waar het op neerkomt is dat ik denk dat er iets niet klopt. Ik ken dat joch al zijn hele leven en hij is gewoon niet gewelddadig. Hij is oké. Hij is…'

'Zijn er getuigenverklaringen?' vroeg Bosch.

'Eh… nee, geen getuigen,' zei Aronson. 'In feite is het zijn woord tegen dat van de politie.'

Bosch zei niets. Het leek hem een zaak waar hij zo ver mogelijk bij vandaan wilde blijven. Haller verbrak de stilte.

'Jennifer,' zei hij, 'mail alles wat je hebt naar Lorna en vraag haar het uit te printen. Dan kijkt Harry er over een half uurtje naar. We zijn nu op weg naar haar huis.'

Harry keek Bosch aan. 'Tenzij je nee zegt.'

Bosch schudde langzaam zijn hoofd. Hier had hij niet voor getekend. In het laatste bedrijf van zijn leven wilde hij niet aan de slag voor criminelen. Het hooibergwerk, zoals Haller het noemde, was één ding. Onder de vele veroordeelden zoeken naar onschuldigen beschouwde Bosch als een controle van een systeem waarvan hij uit de eerste hand wist dat het onvolmaakt was. Maar assisteren bij de verdediging van iemand die van een misdrijf beschuldigd werd, dat was in zijn ogen wel iets anders.

'Ik zal ernaar kijken,' zei hij met hoorbare tegenzin. 'Maar als de muis nog een staartje heeft, moet je ermee naar Cisco.'

Dennis 'Cisco' Wojciechowski was al jaren researcher van dienst bij Haller and Associates – en Lorna Taylors echtgenoot.

'Dank je wel, Harry,' zei Aronson. 'Bel me alsjeblieft zodra je in de gelegenheid bent geweest het allemaal door te nemen.'

'Komt in orde,' zei Bosch. 'Waarom wil je zus eigenlijk dat je er vandaag heen gaat? Naar dat joch?'

'Omdat ze zegt dat hij er niet zo best aan toe is,' zei Aronson. 'Hij wordt daar gepest door andere kinderen. Ik dacht, als ik daar een uurtje met hem kan doorbrengen, hoeft hij een uur niet bang te zijn.'

'Oké. Goed, ik zal naar dat dossier kijken zodra ik het in handen heb.'

'Dank je wel, Harry, dat waardeer ik heel erg, echt waar.'

'Nog meer aan jouw kant, Jennifer?' vroeg Haller.

'Nee, dit was alles.'

'Wanneer is de volgende afspraak met de officier?'

'Morgenmiddag,' zei Aronson.

'Oké,' zei Haller. 'Hou druk op de ketel. We spreken elkaar daarna weer.'

Haller beëindigde het gesprek en ze reden een tijd verder zonder iets te zeggen. Bosch was er niet gelukkig mee en deed niet zijn best dat te verhullen.

'Harry, kijk gewoon even naar dat dossier en zeg dat je er niets in kunt vinden. Emotioneel zit ze er veel te diep in. Ze moet ook leren om...'

'Ik hoor ook wel dat ze er diep in zit,' zei Bosch. 'Dat neem ik haar niet kwalijk. Maar wat er nu gebeurt is precies wat ik niet wilde dat er zou gebeuren, en dat heb ik je van het begin af aan gezegd. Nog één keer zoiets en ik kap ermee. Is dat duidelijk?'

'Da's duidelijk.'

De rit naar West Hollywood verliep vlot, wat Bosch opluchtte – na het gesprek met Aronson hing er een drukkende stilte in de auto. Bosch sloeg af op Santa Monica Boulevard naar Kings Road en reed nog twee blokken verder naar het zuiden. Haller had Lorna geappt dat ze er bijna waren en ze stond al met het dossier in haar hand langs de stoeprand te wachten, juist daar waar een stopverbod gold. De Navigator had getinte ramen. Toen Bosch langs de kant stopte, liep Lorna om de SUV heen en stapte achter hem in.

'O sorry,' zei ze tegen Haller. 'Ik dacht dat je wel achterin zou zitten.'

'Niet als Harry rijdt,' zei Haller. 'Heb je dat dossier van Jennifer geprint?'

'Ja, dat heb ik hier.'

'Geef het maar aan Harry, dan kan hij ernaar kijken terwijl ik bij jou achterin kom zitten.'

Bosch kreeg een map aangereikt. Terwijl Haller zijn rechtbank-agenda en andere zaakgerelateerde dingen met Lorna doornam, sloeg hij de map open en probeerde hij het gesprek achter hem te negeren. Hij begon met het incidentverslag.

Het joch heette Anthony Marcus en hij stond op het punt zijn zeventiende verjaardag te vieren in het jeugddetentiecentrum in Sylmar. Hij werd ervan beschuldigd een surveillanceagent, genaamd Kyle Dexter, te hebben beschoten met diens eigen wapen. Volgens het verslag waren Dexter en zijn partner, Yvonne Garrity, afgegaan op een melding van een inbraak in een woning aan Califa Street in Woodland Hills. Bij aankomst waren ze om het huis heen gelopen en hadden bij het zwembad aan de achterkant een schuifdeur open zien staan. Ze riepen versterking op, maar voordat de andere agenten ter plaatse waren zag Dexter een gestalte in donkere kleding het huis uit rennen en achter het zwembad over een muur klimmen; daarachter, parallel aan Califa Street, liep Valley Circle Boulevard. Dexter zei Garrity de auto te nemen terwijl hij zelf te voet achter de vluchtende gestalte aan ging. Hij klom eveneens over de muur. De jacht zette zich een paar blokken voort en eindigde toen de verdachte een hoek om sloeg bij Valerie Avenue. Daar bleef de verdachte staan, blijkbaar in de overtuiging dat hij zijn achtervolger had afgeschud. Dexter kwam de hoek om, trok zijn wapen en beval de verdachte te knielen en zijn handen achter zijn hoofd te vouwen. De verdachte gehoorzaamde en Dexter gaf per radio zijn locatie door aan zijn partner en de ondersteunende agenten. Toen hij op de verdachte afliep om deze te boeien, ontstond er een worsteling waarbij Dexter werd beschoten. De verdachte rende weg, maar werd algauw aangehouden door andere agenten die op Dexters bericht 'agent neer' hadden gereageerd.

De verdachte werd aangehouden en geïdentificeerd als Anthony Marcus. Hij ontkende te hebben ingebroken in het huis en voor de politie gevlucht te zijn. Hij beweerde dat hij van huis was weggeglipt en op weg was naar een stiekem afspraakje met zijn vriendinnetje toen hij Dexter opeens tegenkwam. Hij ontkende ook dat hij Dexter had neergeschoten, maar gaf toe dat hij was weggerend nadat er op Dexter was geschoten, omdat hij niet wist wat er gebeurde en wie er op hen schoot.

Bosch las het verhaal twee keer door, pakte zijn telefoon en zocht de plaats delict op op Google Maps. Hij bekeek een kaartje en een paar foto's van de tijdens de achtervolging afgelegde route en vergeleek die met de details uit het proces-verbaal. Toen las hij het medisch verslag dat was ingediend door de afdeling Interne Zaken. Die afdeling behandelde alle schietpartijen waarbij agenten betrokken waren, ook die waarbij een agent het slachtoffer was. Volgens het medisch verslag was Dexter tweemaal gewond geraakt door dezelfde kogel, die zijn rechterkuit had geschampt en door zijn schoen en voet was gegaan. Hij was behandeld op de spoedeisende hulp van Warner Medical Center en kon daarna naar huis.

Bosch hoorde Haller op de achterbank tegen Lorna zeggen dat ze een klant moest weigeren die beschuldigd werd van het dealen van Chinese fentanyl, ook al wilde hij de Lincoln-advocaat een voorschot van 100.000 dollar betalen.

'Fentanyl staat op mijn no-go-lijst,' zei Haller. 'Die komt er niet in.'

'Daar twijfelde ik niet aan,' zei Lorna. 'Maar ik dacht dat je wel wilde weten wat hij bood.'

'Erger dan bloedgeld. Volgende.'

Lorna vertelde hem over een andere zaak, waarin de potentiële cliënt werd beschuldigd van fraude bij de verkoop van een gitaar. Hij had beweerd dat die was gesigneerd door John Lennon, maar de koper was er na de koop achter gekomen dat de gitaar gefabriceerd was na Lennons dood. Die kon hem dus niet hebben gesigneerd en dus was er fraude in het spel. De verdachte handelde online in rock-'n-roll-memorabilia en de officier nam nu eerdere verkopen onder de loep, van gitaren die zouden zijn gesigneerd door inmiddels dode rocksterren, zoals Jimi Hendrix en Kurt Cobain. De zaak kon serieuze proporties krijgen.

Haller zei tegen Lorna dat hij die zaak wel wilde aannemen, maar een voorschot van 25.000 dollar wilde. 'Denk je dat dat een probleem is?'

'Ik ga erachteraan en laat het je weten,' zei Lorna.

Bosch ging door met het lezen van de verslagen van de zaak-Marcus. Er was een onderzoekschronologie bijgevoegd. Beknopte aantekeningen beschreven de stappen die de onderzoekers van Interne Zaken hadden gezet. Volgens een van de laatste aantekeningen hadden ze in of bij het huis aan Califa Street een vingerafdrukken-expert gesproken. Bosch' ervaring zei hem dat ze probeerden Marcus te koppelen aan de inbraak waar de hele toestand uit was voortgekomen. Een mogelijke verdediging met de bewering dat Marcus niet de inbreker was die Dexter en Garrity hadden zien vluchten, zou geblokkeerd worden als ze hem aan het huis konden koppelen. In de chrono stond niet vermeld of de vingerafdrukken-expert iets had gevonden en zo ja, wat.

Bij de verslagen zat ook een lijst van eigendommen die Marcus waren afgenomen na zijn aanhouding, en een beschrijving van zijn kleding. Hij had een spijkerbroek gedragen, zwarte Nikes en iets wat beschreven werd als een USC-hoody. In zijn zakken vond men een huissleutel, een pakje condooms en een rolletje pepermunt. Er was ook een laboratoriumverslag van een schotrestentest die men had afgenomen en die positief was geweest voor zijn handen en de rechtermouw van zijn hoody.

Het laatste document in de map was de transcriptie van de radio-oproepen die Dexter en Garrity hadden gedaan. In de eerste oproep vroeg Garrity om versterking. Daarop volgde een bericht waarin ze een vluchtende verdachte noemde en een beschrijving gaf van iemand in een donkere broek en een donkere hoody. Bosch besteedde extra aandacht aan Dexters oproepen van enkele ogenblikken daarna en merkte op dat er volgens de transcriptie maar acht seconden zaten tussen het moment waarop Dexter zijn locatie noemde en stelde dat hij de verdachte had aangehouden, en zijn bericht dat er een agent neer was gegaan.

01:43:23 – Agent Dexter: Verdachte code vier Valerie ten westen van Valley Circle.
01:43:31 – Agent Dexter: Agent neer, agent neer…
01:43:36 – Agent Dexter: Hij heeft me geraakt, hij heeft me geraakt…
01:43:42 – Agent Dexter: Verdachte is vertrokken in westelijke richting op Valerie. Donkerbruine USC-hoody.

Nadat Bosch het hele dossier had doorgenomen, had hij zich een duidelijk beeld gevormd van wat er rond de schietpartij was voorgevallen. Hij keek in de binnenspiegel. Haller en Lorna hadden het nu over cli333enten die nog niet voor Hallers gerechtelijke diensten hadden betaald. Er was geen ruimte meer voor een tweede gesprek.

'Ik stap even uit om Jennifer te bellen,' zei Bosch.

'Dank je, Harry,' zei Haller.

4

Bosch legde het dossier met de zaak-Marcus op de motorkap van de Navigator en belde Aronson. Ze nam het gesprek meteen aan.

'Harry, ik zit hier in het detentiecentrum te wachten tot ik bij Anthony word toegelaten. Ik kan elk moment worden opgehaald.'

'Oké, bel me dan maar terug. Ik heb het dossier doorgenomen.'

'Hartstikke bedankt. Is je iets opgevallen?'

'Luister even. Ik wil niet dat mijn naam hier genoemd wordt. Is dat heel duidelijk? Wat je ook doet met wat ik je ga vertellen, ik ben er niet bij betrokken. Oké?'

'Natuurlijk. Daar was ik al akkoord mee. Verder dan dit telefoontje gaan we niet.'

Bosch liet een lange stilte vallen terwijl hij overwoog of hij haar kon vertrouwen.

'Ben je daar nog?' vroeg Aronson.

'Ja, ik ben er nog,' zei Bosch. 'Je zei dat je de officier zou bellen om te horen of er nog nieuwe ontwikkelingen waren. Heb je dat gedaan?'

'Eh… nee. Nog niet.'

'Oké. Volgens de chronologie hebben ze een vingerafdrukken-expert naar dat huis laten komen waar je cliënt zou hebben ingebroken.'

'Wat hij ontkent.'

'Ja. Maar in de chrono staat niet wat die technicus heeft aangetroffen. Ze waren natuurlijk in dat huis op zoek naar een vingerafdruk van jouw cliënt omdat dat hem zou koppelen aan de inbraak. Dan zou hij meteen kunnen worden betrapt op een leugen in zijn eerste verklaring.

Je moet dus een verslag zien te vinden van wat die afdrukkenjongen heeft gevonden, áls hij iets heeft gevonden.'

'Oké, daar ga ik mee aan de slag. En verder?'

'Ik heb op Google Maps gekeken naar de buurt waar het allemaal plaatsvond. Het perceel op de hoek van Valley Circle en Valerie Avenue waarop dat huis staat, is helemaal omgeven door een heg.'

'Oké. Wat wil dat zeggen?'

'Nou, die Dexter joeg de verdachte van de inbraak Valley Circle op en ging achter hem aan toen hij links afsloeg op Valerie. Door die heg moet hij de verdachte uit het oog zijn verloren.'

'En dat ondersteunt Anthony's bewering dat hij niet de inbreker was die door Dexter werd achtervolgd.'

'Dat zou kunnen, ja.'

'Dat is mooi, maar die inbraak is nog het minste probleem. Ze willen hem aan het kruis nagelen vanwege het schieten. Is je nog meer opgevallen?'

'De eigendommenlijst. Anthony had een condoom in zijn zak, pepermuntjes en een huissleutel.'

'Wat natuurlijk zijn verhaal ondersteunt, niet dat van hen.'

'Maar wat hij níét bij zich had is ook belangrijk. Geen inbraakwerktuigen, geen handschoenen. Er worden geen handschoenen genoemd in de eigendommenlijst. Daarom hebben ze die vingerafdrukken-expert naar dat huis laten komen. Als hij geen handschoenen droeg, zouden ze daar zijn vingerafdrukken hebben moeten vinden. En als ze dat niet hebben, dan…'

'Mooi, Harry. Dat is het eerste waarnaar ik zal vragen als ik de officier te spreken krijg.'

'Verder is de transcriptie van het radioverkeer van belang. Bij het begin van de achtervolging geeft Dexters partner Garrity een beschrijving. Ze zegt dat de verdachte een witte man is in donkere kleren. Dan wordt Dexter neergeschoten en zegt hij over de radio dat de verdachte BAV is en een USC-hoody draagt.'

'BAV?'

'Agentenjargon voor "bij aankomst vertrokken". Dat betekent dat hij wegrende. Maar het gaat vooral om die hoody. USC-hoody's zijn gewoonlijk donkerbruin met gouden letters. Hoe kan het dat Garrity de letters USC niet meteen opmerkte?'

'Misschien stond hij met zijn rug naar hen toe en konden ze de letters niet zien.'

'Zou kunnen, maar het is een discrepantie. Net als dat er misschien geen vingerafdrukken in dat huis zijn aangetroffen.'

'Juist. Dat is een goed begin, Harry. Daar kan ik wel mee verder. Was dat het?'

Bosch aarzelde. Hij vond dat er nog meer belangrijke inconsistenties in het politieverslag zaten en dat er nog meer mis was met wat er die nacht op Valerie Avenue was gebeurd. Maar op de een of andere manier voelde hij zich schuldig omdat hij die informatie aan een advocaat gaf. En toen stelde Aronson de vraag die hij eigenlijk niet wilde beantwoorden.

'Maar wie heeft Dexter dán neergeschoten?' zei ze. 'Denk je dat de echte inbreker hem van achteren te pakken nam? Anthony zei dat hij niemand anders zag.'

'Nee, ik denk niet dat het zo is gebeurd,' zei Bosch. 'Ik denk dat de echte inbreker tussen een paar huizen is weggerend, zich heeft verstopt in een achtertuin en heeft gewacht tot de kust veilig was.'

'Maar wat is er dan gebeurd? En volgens de verslagen zaten er kruitsporen op Anthony's handen.'

'Die sporen kunnen verklaard worden. Ik acht het mogelijk dat Dexter zichzelf raakte en Anthony de schuld gaf opdat hij zijn baan niet kwijt zou raken.'

'Verdomme Harry, je bent een genie!'

'Ik vertel je dit niet om er een verdedigingsstrategie op te baseren. Maar op basis van deze verslagen kan het zo zijn gebeurd.'

'Oké,' zei Aronson. Ze klonk nu bloedserieus. 'Neem het even met me door.'

'Nogmaals, ik zeg niet dat het zo is gebeurd, ja?' zei Bosch. 'Ik wéét niet wat er is gebeurd. Maar het zou niet de eerste keer zijn dat een of andere sukkel van een agent zichzelf had geraakt en iemand anders de schuld probeerde te geven. Als je toegeeft dat je per ongeluk op jezelf hebt geschoten, kun je het bij de politie verder wel vergeten. Dan kun je op zoek naar ander werk.'

'Dat begrijp ik, ja. Maar neem even met me door wat er kán zijn gebeurd, dan kan ik ermee verder.'

'Nou, volgens Anthony had Dexter zijn wapen getrokken en liep hij op hem in. Het was een achtervolging vol adrenaline, gevolgd door een arrestatie. Voordat hij naar Anthony toe loopt, beveelt hij hem op zijn knieen te gaan zitten en zijn handen achter zijn hoofd te vouwen. De gewone procedure is dan dat je verder naar de verdachte toe loopt, zijn handen vastpakt met je ene hand en je wapen in de holster stopt met je andere. Dan doe je de verdachte de handboeien om. Volgens de transcriptie van de radioberichten zegt Dexter eerst dat de verdachte code vier is, dat wil zeggen: aangehouden. En acht seconden later zegt hij: agent neer.'

'Jezus, dus Dexter heeft op zichzelf geschoten!'

Aronson was bijna opgetogen nu ze een opening zag om haar neefje vrij te pleiten.

'Ik weet niet wat er is gebeurd,' zei Bosch. 'En jij ook niet. Maar ik ga even door. Ten eerste had Anthony geen handboeien om toen hij later werd opgepakt. Dus wat er ook gebeurde, dat gebeurde voordat Dexter hem de boeien om kon doen. En dan heb je nog de baan die de kogel volgde.'

'Naar beneden en door zijn voet,' zei Aronson.

'Nadat de kogel de buitenkant van zijn rechterkuit schampte. De baan is zeer beslist naar beneden. Wat je moet achterhalen, is of Dexter rechtshandig is en zijn wapen aan de rechterkant in zijn holster stak. Het kan betekenen dat hij onopzettelijk een schot loste terwijl hij probeerde het wapen weg te steken. Vergeet niet dat hij gespannen was en stijf stond van de adrenaline. Het is eerder voorgekomen.'

'En hij is bereid om een jongen van zestien naar de gevangenis te laten gaan om zijn eigen klunzigheid te maskeren.'

'Misschien. In de documenten die je hebt gekregen staat niet hoelang hij al bij het LAPD is. Waarschijnlijk niet lang. Een onopzettelijk schot is typisch een beginnersfout. En het verklaart ook de kruitsporen op Anthony's handen. Hij zat op zijn knieën met zijn handen achter zijn hoofd en Dexter vlak achter hem. Afhankelijk van Dexters lengte waren Anthony's handen en rechterarm vlak bij een rechtshandig gelost schot.'

'Jezus christus. Ik ga al die informatie vanmiddag nog opvragen.'

'Als je maar niet vergeet dat als jij er zo naar kijkt, Interne Zaken er waarschijnlijk óók zo naar kijkt. Dat vingerafdrukkenverslag is belangrijk.'

'Harry, ik weet niet hoe ik je moet bedanken.'

'Je kunt me bedanken door me erbuiten te houden.'

'Maak je daar maar geen zorgen om. Je bent er niet bij betrokken. Maar nu moet ik weg. Ik krijg net een seintje dat Anthony klaarzit in een advocatenkamer.'

'Oké. Veel succes.'

Aronson verbrak de verbinding. Bosch pakte het dossier van de motorkap en ging weer achter het stuur zitten. Haller en Lorna waren blijkbaar klaar met hun overleg en zaten te kletsen over Hallers dochter Hayley, die rechten had gestudeerd en zich nu voorbereidde op haar examen als advocaat.

'Dan zul je de naam moeten veranderen in Haller, Haller and Associates,' zei Lorna.

'Ik denk niet dat ze het strafrecht in wil,' zei Haller. 'Ze wil het milieurecht in en de planeet redden.'

'Een mooi streven, maar dodelijk saai.'

'Ze vindt haar weg wel.'

'Oké dan. Jongens, ik stap weer eens op. Mickey, ik laat je nog weten hoe het loopt met die gitarenfraude. Hopelijk kan hij dat voorschot betalen.'

'Ja, hopelijk wel.'

Bosch hoorde Lorna de deurgreep bedienen om uit te stappen.

'Wacht even,' zei hij.

Hij keek in de buitenspiegel of er geen verkeer aan kwam.

'Oké, ga je gang,' zei hij.

'Dank je, Harry,' zei Lorna.

Ze stapte uit en sloeg het portier dicht.

'Had het je heel erg kwaad gedaan om even uit te stappen en het portier voor haar open te doen?' vroeg Haller.

'Waarschijnlijk niet,' zei Bosch. 'Mijn fout. Waar gaan we naartoe?'

'We zijn erdoor,' zei Haller. 'Dit was alles voor vandaag. Breng me maar thuis, alsjeblieft.'

Bosch keek op de dashboardklok. Het was nog geen twee uur. Een vroegertje vandaag. Hij liet de automaat in zijn vrij staan en reed niet weg. Algauw besefte Haller waarom.

'O ja.'

Hij stapte uit, legde het dossier van Anthony Marcus op het dashboard en kwam voorin zitten.

'Heb je nog iets gevonden in die zaak?' vroeg hij. 'Volgens mij was jij het grootste deel van de tijd aan het woord, daarnet.'

'Ik denk van wel,' zei Bosch. 'Ik heb haar de weg gewezen, zou je kunnen zeggen.'

'Nou, mooi. Ik hoop dat het geen duistere smetten op je ziel heeft geworpen.'

'Een beetje. Maar daar kan ik mee leven. Als je maar onthoudt: dit was eens maar nooit weer, Mickey. En het was makkelijk. Maar ik ga nu weer terug naar de hooiberg.'

'Precies waar ik je nodig heb. Zoek de speld.'

Bosch keek in zijn buitenspiegel, voegde in en zette koers naar Hallers huis. Na een paar minuten zei hij: 'Wat hou jij over aan die onderhandelingen namens Ochoa met de advocaat van de gemeente?'

'O, er is een schaal voor zulke zaken. Standaard krijgen we vijfentwintig procent van het eerste miljoen en dan per fractie steeds iets meer tot maximaal drieëndertig procent. De meeste advocaten hanteren gewoon één tarief van een derde. Mijn aandeel wordt alleen groter als de vergoeding hoger is.'

'Niet slecht, als het zo'n inkoppertje is als het lijkt.'

'Het is nooit zo makkelijk als het lijkt.'

'Maar wat die hooiberg betreft – dat doe je niet voor het geld, toch?'

'Dat is in het begin geheel pro bono. Maar als we iemand vrij krijgen zal ik hem of haar graag vertegenwoordigen bij een schadeclaim tegen mijn gewone tarief. Maar dat is volkomen onzeker. In de meeste gevallen wordt compensatie beperkt door staatsbeleid. Het kan uiteindelijk iets opleveren, ja. We pakken dit soort zaken niet voor de poen op. Waarom denk je dat ik zaken met Lorna zat door te nemen? Ik moet kunnen tanken. Ik moet zaken hebben die wat opleveren, zodat jij de hooiberg kunt doorspitten.'

'Ik vroeg het maar voor de zekerheid, meer niet.'

'Nou, die zekerheid heb je. De deal met Ochoa werd gesloten voordat al die brieven binnenkwamen, en het was Hayley die voorstelde dat ik mijn eigen onschuldigenproject zou opzetten. Het enige verschil is dat het échte Project Onschuld donaties aanneemt voor de goede zaak. Ik niet.'

'Duidelijk.'

De stilte keerde weer en werd pas verbroken toen Harry op Fareholm Drive de heuvel op reed. Hij reed voorbij Hallers huis, keerde bovenaan, reed terug en parkeerde voor Hallers voordeur.

Ze stapten allebei uit.

'Dank je wel, Harry,' zei Haller.

'Wat ga jij nu doen?' vroeg Bosch.

'Nou, ik heb al in geen maanden een halve dag vrij gehad. Die wil ik niet verprutsen. Goed mogelijk dat ik naar Wilshire ga om een balletje te slaan.'

'Golf jij?'

'Ik heb les.'

'En ben je daar lid, op Wilshire?'

'Sinds een paar maanden.'

'Leuk voor je.'

'Wat zit er achter dat toontje?'

'Niets. Gewoon: leuk dat je in een club zit. Dat heb je wel verdiend.'

'Ik heb een vriend bij het kantoor van de pro-Deoadvocaten. Hij is lid en heeft me voorgedragen.'

'Aardig.'

'En wat ga jij vanmiddag doen?'

'Weet ik niet. Slapen, waarschijnlijk.'

'Moet je doen.'

Bosch gaf hem de autosleutels, draaide zich om en liep naar zijn Cherokee, die verderop stond.

'Hoe bevalt je nieuwe auto?' riep Haller hem na.

'Oké wel,' zei Bosch. 'Maar ik mis de ouwe.'

'Echt iets voor jou.'

Bosch kon niet bedenken wat dat te betekenen had. Hij had een Jeep Cherokee uit 1994 gezocht, gevonden en gekocht, ter vervanging van de auto die hij een jaar geleden was kwijtgeraakt tijdens een onderzoek waar Ballard en hij samen aan werkten. De 'nieuwe' oude auto had er minder kilometers op zitten en had een betere vering. Hij had hem met nieuwe banden gekocht en de lak was recent nog bijgewerkt. De auto had niet zulke toeters en bellen als de Navigator, maar hij kwam er in elk geval mee thuis.

5

Bosch werd wakker na een uitgebreid middagdutje, keek op zijn telefoon en zag dat hij door een hele reeks berichtjes heen was geslapen.
Hij las appjes van zijn dochter, Ballard, Aronson en van de barkeeper
van de Catalina Bar and Grill. Hij stond op, waste zijn gezicht en liep
naar de eethoek, waar de eettafel al geruime tijd in een bureau was veranderd. Hij bleef even staan bij de kast naast de draaitafel, zocht in zijn
platencollectie en haalde er een album uit dat zijn moeder bijzonder
mooi had gevonden. Het was uitgebracht in 1960 – een jaar voor haar
dood – en was in vrijwel maagdelijke staat. Dat Bosch er in de loop der
jaren zo zuinig op was geweest, kwam zowel voort uit zijn eerbied voor
de artiest als voor zijn moeder.

Voorzichtig liet hij de naald zakken bij het tweede nummer op *Intro-
ducing Wayne Shorter*. Niet lang nadat Shorter was weggegaan bij Art
Blakey's Jazz Messengers zou hij naast Miles Davis en Herbie Hancock
tenorsax spelen. Theo van de Catalina Bar had Bosch een berichtje gestuurd dat Shorter net overleden was.

Nu stond Bosch voor zijn luidsprekers te luisteren naar Shorters ca-
priolen. Zijn adem, zijn vingers, alles was er weer. Het verbaasde Bosch
dat het nieuws van Shorters dood de herinnering had gewekt aan een
song die nog steeds zoveel voor hem betekende, meer dan zes decennia
nadat hij het nummer voor het eerst had gehoord. Toen het nummer
was afgelopen, lichtte Bosch voorzichtig de naald uit de groef en speelde hetzelfde nummer – 'Harry's Last Stand' – nog eens. Toen liep hij
naar de tafel om aan het werk te gaan.

Het appje van Maddie was maar kort; ze appte hem dagelijks om te vragen hoe het ging. Hij zou haar later even bellen. Ballard had hem alleen geschreven dat hij zijn e-mail moest checken. Dat deed hij meteen; in haar bericht vond hij twee naar artikelen in de *Los Angeles Times* van vijf jaar geleden. Bosch las ze in chronologische volgorde.

Ex-vrouw beschuldigd van moord op heldhaftige hulpsheriff
Door Scott Anderson, redacteur *Times*

De voormalige echtgenote van een hulpsheriff uit het district Los Angeles die nog geprezen werd voor zijn dapperheid bij een brand wordt ervan beschuldigd hem na een huiselijke ruzie in Quartz Hill te hebben vermoord.

Lucinda Sanz (33) werd maandag in staat van beschuldiging gesteld. Zij zou haar ex-echtgenoot, Roberto Sanz, in de rug hebben geschoten terwijl hij over het gazon liep voor het huis waar ze voorheen met hun zoontje woonden. Volgens onderzoekers van het sheriffskantoor had het voormalige koppel net hevige ruzie gehad. Lucinda Sanz werd aangehouden en vastgezet in de districtsgevangenis. De borg is gesteld op vijf miljoen dollar.

Rechercheurs van Moordzaken zeggen dat de moord zondag rond 20.00 uur werd gepleegd in blok 4500 van Quartz Hill Road. Roberto Sanz had net zijn zoontje thuisgebracht bij zijn ex na een verblijf van het kind bij zijn vader tijdens het weekend, zoals overeengekomen in de omgangsregeling. Brigadier Dallas Quinto zei dat de twee volwassenen in huis ruzie hadden gehad en dat Roberto Sanz door de voordeur was vertrokken. Enkele ogenblikken later werd hij tweemaal in de rug geschoten terwijl hij over het gazon naar zijn pick-uptruck liep die langs de stoeprand geparkeerd stond. Volgens Quinto was het zoontje van de twee geen getuige geweest van de schietpartij.

Roberto Sanz droeg geen kogelwerend vest toen hij werd beschoten omdat hij geen dienst had.

'Het is uiterst triest dat het zover heeft moeten komen,' zei Quinto. 'Roberto stond tijdens zijn werk op straat voortdurend onder grote druk. Dat de ultieme dreiging werd gevormd door zijn eigen gezin is hartverscheurend. Hij was geliefd onder zijn collega's.'

Roberto Sanz was 35 en maakte tevens deel uit van een bendebestrijdingsteam dat aan sheriffskantoor Antelope Valley was toegevoegd. Daarvoor maakte hij deel uit van de afdeling bewaring. Een jaar geleden werd hij door Sheriff Tim Ashland in het zonnetje gezet. Hij werd onderscheiden met de medaille voor heldenmoed na een schietpartij met leden van een bende in Lancaster die een hinderlaag voor Sanz hadden gelegd toen hij bij Flip's Hamburgers iets te eten wilde halen. Sanz bleef ongedeerd, maar een bendelid werd doodgeschoten en een ander raakte gewond. Twee andere schutters wisten weg te komen en zijn nooit geïdentificeerd.

Bosch las het hele verhaal nog eens. Quartz Hill was een voorstad van een voorstad die Palmdale heette, ergens in het uitgestrekte noordoosten van het district. Vroeger was het een bescheiden woestijnstadje, maar het had na de eeuwwisseling, toen de huizenprijzen in Los Angeles de pan uit rezen, een enorme groei doorgemaakt, net als het naburige stadje Lancaster. Duizenden mensen hadden de grenzen van het district opgezocht om betaalbare woonruimte te vinden. Palmdale en Lancaster waren samengesmolten tot een kleine woestijnmetropool, inclusief alle problemen die het leven in de stad met zich meebrengt: bendes en drugs in het bijzonder. Het *sheriffs department* had er zijn handen vol aan.

Quartz Hill lag tegen Palmdale en Lancaster aan. Bosch was er wel eens voor zaken geweest en herinnerde zich tuimelkruid en straten waar de wind zand doorheen blies. Hij vermoedde dat het er nu wel anders uit zou zien.

Ballards werk wekte zijn bewondering. Ze had hem geen samenvatting gestuurd uit een politiedatabank, waardoor ze haar baan had kunnen verliezen, maar had in plaats daarvan de zaak opgezocht en links gezocht naar artikelen waar iedereen bij kon. Eigenlijk stoorde het hem dat hij er zelf niet bij stil had gestaan om de naam 'Lucinda Sanz' even in de *Los Angeles Times* te zoeken voordat hij bij Ballard aanklopte.

Hij klikte op de tweede link en downloadde een ander artikel over de zaak-Sanz. Het was negen maanden na het eerste artikel gepubliceerd:

Ex-vrouw vermoorde hulpsheriff veroordeeld
Door Scott Anderson, redacteur *Times*

De ex-echtgenote van een hulpsheriff in district Los Angeles die nog lof kreeg voor zijn dapperheid werd veroordeeld tot celstraf voor doodslag op haar ex na een ruzie over de omgangsregeling van hun zoontje.

Lucinda Sanz (34) pleitte geen bezwaar tegen een enkelvoudige beschuldiging van doodslag in het hooggerechtshof van Los Angeles. Als onderdeel van een overeenkomst werd zij door rechter Adam Castle veroordeeld tot een celstraf van elf jaar.

Sanz hield vol dat zij niet schuldig was aan de moord op hulpsheriff Roberto Sanz. Hij verliet destijds het huis in Quartz Hill waar zijn ex en hun zoontje woonden en werd tweemaal in de rug geschoten. Hij stierf op het gazon voor het huis. Het zoontje was geen getuige van de moord op zijn vader.

De advocaat van de verdediging, Frank Silver, verklaarde dat zijn cliënte geen andere keus had dan de deal die haar werd voorgesteld door de officier van justitie te accepteren.

'Ik weet dat ze consequent heeft volgehouden onschuldig te zijn,' zei Silver. 'Maar de bewijzen tegen haar stapelden zich op.

Op een gegeven moment was het eenvoudigweg zo dat ze de keus had tussen gokken op een proces, met een grote kans op een leven achter de tralies, of de zekerheid van een beetje daglicht op de lange duur. Ze is nog jong. Als ze zich goed gedraagt, komt ze er weer uit en kan ze het leven met haar zoontje weer oppakken.'

Het stel had een lange geschiedenis van echtelijke ruzies, beperkende maatregelen, omgangsregelingen onder toezicht op last van de rechter en een eerdere aanklacht tegen Lucinda Sanz wegens geweld die niet ontvankelijk werd verklaard. Op de dag van de moord stuurde ze haar ex nog enkele dreigende tekstberichten. Er werd op de plaats delict geen wapen aangetroffen, maar onderzoekers van het sheriffskantoor zeiden dat de verdachte genoeg tijd had gehad om het wapen te verbergen en dat haar handen en kleding positief testten bij een schotrestentest.

'Waar was het wapen?' vroeg Silver zich af. 'Die vraag zal me altijd dwars blijven zitten. Ik denk dat ik daar in een proces iets mee had gekund, maar ik moest ingaan op de wensen van mijn cliënte. Zij accepteerde de deal.'

Het was Lucinda Sanz zelf die in eerste instantie de hulpdiensten belde. Die waren negen minuten later ter plaatse; volgens onderzoekers had ze ruim de gelegenheid gehad het wapen te verbergen. Na meerdere doorzoekingen van het huis en de omgeving kwam het wapen niet boven water, en de onderzoekers sluiten de mogelijkheid niet uit dat er een medeplichtige bij het verbergen betrokken was.

Roberto Sanz (35) was reeds elf jaar in dienst bij het sheriffs department. Hij was gestationeerd bij bureau Antelope Valley, waar hij tevens deel uitmaakte van een bendebestrijdingsteam. Een jaar voor zijn dood ontving hij uit handen van de sheriff de medaille voor heldenmoed na een schietpartij met vier bendeleden die een hinderlaag voor Sanz hadden gelegd bij een hamburgertent. Sanz schoot een bendelid dood en verwondde een ander bendelid. Twee andere schutters wisten weg te komen en zijn nooit geïdentificeerd.

Door geen bezwaar te pleiten – 'nolo contendere' in gerechtelijke taal, of kortweg *nolo* – hoefde Lucinda Sanz niet in de rechtszaal te erkennen dat ze haar ex-echtgenoot had vermoord. Haar moeder en broer keken toe terwijl ze naar de gevangenis werd afgevoerd. Het maakte deel uit van de overeenkomst dat ze zou worden ondergebracht in het California Institution for Women in Chino, zodat ze in de buurt van haar familie kon zijn, onder wie haar zoon, die nu door zijn grootmoeder zal worden opgevoed.

'Dit is niet hoe het had moeten zijn,' zei Muriel Lopez, Lucinda Sanz' moeder, buiten de rechtszaal. 'Ze had zelf haar zoon moeten grootbrengen. Roberto dreigde altijd hem van haar af te pakken. Dat is hem in de dood nog gelukt ook.'

Ook dit artikel las Bosch nog eens helemaal door. Er stonden nu veel meer details rond het misdrijf in. Die nieuwe details in het tweede artikel zaten hem dwars. Het moordwapen was nooit gevonden, terwijl er zonder twijfel intensief en herhaaldelijk naar was gezocht. Dat wees erop dat het op de een of andere manier ver van de plaats delict terecht was gekomen. Aangezien Sanz hulpsheriff was, dacht Bosch dat het onderzoek de volle aandacht had gekregen en dat de eerste zoektocht zou zijn gevolgd door nog minstens twee, steeds door twee andere rechercheurs. Het stelde hem gerust dat het wapen niet was gevonden; dat wees op planning en voorbedachte raad.

Maar dat Sanz op het grasveld in de rug was geschoten terwijl hij naar zijn auto liep, wees op een actie in een opwelling. En dat was in tegenspraak met het idee dat de moord was gepland. Dat, en dat het moordwapen niet was gevonden, waren zeer waarschijnlijk de redenen waarom de aanklagers Silver een deal met een gereduceerde aanklacht hadden voorgesteld.

Bosch kende Frank Silver wel; ze hadden al eens bij een zaak tegenover elkaar gestaan. Hij hoorde niet tot de elite-advocaten van de stad. Hij was geen Lincoln-advocaat. Hij was een degelijke advocaat van b-niveau die waarschijnlijk wist dat hij de zaak niet zou winnen als het tot een proces kwam. Ondanks wat hij tegen de krant had gezegd, had hij het aanbod van een schikking waarschijnlijk met genoegen ontvangen en zo zou hij het ook wel aan zijn cliënte hebben verkocht.

Bosch pakte zijn telefoon en stuurde een appje aan Ballard. Hij bedankte haar zonder te benoemen waarvoor en overspeelde toen zijn hand door cryptisch te vragen of ze ook al iets had gevonden over dat andere – die naam – dat hij had gevraagd.

Terwijl hij op een reactie wachtte, keek hij of de naam Edward Dale Coldwell voorkwam in de archieven van de *L.A. Times*, maar dat was niet zo. Hij probeerde het nog eens zonder de middelste naam, zonder succes.

Hij keek op zijn telefoon. Geen reactie van Ballard.

Bosch had er een hekel aan op informatie te moeten wachten. Hij werd er rusteloos van, geïrriteerd zelfs. In al die jaren van rechercheren had hij geleerd dat je het ijzer moest smeden als het heet was en dat een zaak permanent tot stilstand kon komen als je de gelegenheid liet lopen. Dat gold zelfs voor cold cases, waar het goede moment zich nog het vaakst voordeed in het hoofd van de rechercheur. Bosch had niet het gevoel dat dit nou het beste moment was, maar de tegenstrijdigheid die hij in de krant had opgemerkt en de brief van Lucinda hadden een vonkje ontstoken. Hij wilde ermee dóór zolang er geen nieuws kwam over Coldwell.

Hij pakte zijn telefoon, maar aarzelde. Hij wilde Ballard niet bellen en haar vervolgens verliezen als bron en vriendin, en hij wist dat dat zou gebeuren als hij haar bleef lastigvallen met telefoontjes om haar aan te sporen de regels te overtreden.

Hij legde zijn telefoon weer op tafel en keek nog even hoe laat het was. In stilte gaf hij zichzelf een standje om het 'tukje' dat de hele middag had geduurd. Zelfs al lukte het hem om het gerechtsgebouw op tijd te bereiken, dan nog zou hij maar weinig tijd hebben om in het archief door te nemen wat er wellicht nog in Lucinda Sanz' dossier te vinden was. Dat uitje moest tot morgen wachten.

Hij pakte zijn telefoon weer en belde zijn dochter, in het besef dat haar stemgeluid en het nieuws over haar wereld hem zou afleiden van Lucinda Sanz en de frustratie om het voorbij laten gaan van het goede moment. Maar hij kreeg haar voicemail. Teleurgesteld sprak Bosch een obligaat berichtje in – alles was oké en hij was bezig met een paar onderzoeken voor Mickey Haller.

Nadat hij de verbinding had verbroken, herinnerde hij zich dat Jennifer Aronson hem had geapt of hij haar wilde bellen. Dat deed hij, en hij hoorde dat ze achter het stuur zat toen ze het gesprek aannam.

'Harry. Ik heb de officier gesproken en ze heeft toegegeven dat Anthony's vingerafdrukken niet zijn aangetroffen in het huis op Califa Street.'

'Heeft ze gezegd of er andere afdrukken waren die niet van de bewoners waren?'

'Dat heb ik gevraagd, maar ze zei dat ik moest wachten tot de volgende inzage van stukken. Het was al moeilijk genoeg om haar zover te krijgen toe te geven dat Anthony's afdrukken niet zijn aangetroffen.'

'En wanneer is de volgende inzage?'

'Ze zei dat ze wilde wachten tot een rechter heeft besloten of Anthony moet worden berecht als volwassene.'

'Oké. En verder? Heb je haar verteld over de mogelijkheid dat Dexter zichzelf heeft verwond?'

'Ja. Ik dacht dat ze er dan misschien van af zou zien hem als volwassene te berechten. Als ze dit doorschuiven naar het Superior Court wordt het een openbare zaak en ligt alles op straat. Bij de kinderrechter is de zaal gesloten voor pers en publiek.'

'En wat zei ze toen?'

'Ze lachte het weg en zei: "Leuk geprobeerd." Ze dacht dat ik blufte.'

'Wie is de officier?'

'Shay Larkin. Ze is iets jonger dan ik.'

'Nou, ze komt er nog wel achter dat je niet bluft. Hoe is het met Anthony?'

'Hij is doodsbenauwd. Hij moet daar zo snel mogelijk weg, maar ik kan niets doen. In elk geval niet wettelijk.'

'Hoe bedoel je dat?'

'Ik wil een persconferentie organiseren. Ik wil het hele verhaal over Dexter openbaar hebben en de druk opvoeren. Ik wil ze naar hem laten kijken en ze laten zien dat ik niet bluf.'

'Geef je ze dan niet te veel informatie over je zaak?'

'Ja, maar als dat Anthony uit de gevangenis krijgt… Ik denk ook dat het beter zou zijn als Mickey het deed. De media zitten hem hoe dan ook steeds op de hielen. Hij zou er wel aandacht voor krijgen.'

'Dat is wel een idee.'

'En als iemand als jij, met jouw ervaring, achter hem stond zou dat ook bijdragen aan de geloofwaardigheid.'

Bosch deed zijn ogen dicht en zei tegen zichzelf dat hij beter had moeten weten. 'Jennifer, dat gaat niet gebeuren. We hadden een afspraak. Ik zou het dossier bekijken en verder niets.'

'Ja, dat weet ik, dat weet ik,' zei Aronson. 'Maar het is wel de zoon van mijn zus, Harry. Het snijdt me door de ziel hem daar te zien terwijl ik weet dat hij onschuldig is.'

'Als hij onschuldig is, krijg je hem er weer uit.'

'Uiteindelijk wel, Harry. Maar tot die tijd? Hij kan daar gewond raken. Of erger.'

'Hou je persconferentie en kijk wat dat uithaalt. Haal Mickey erbij, maar vraag het niet aan mij. Ik heb relaties en een reputatie in deze stad en die zet ik niet op het spel omwille van een uurtje werk aan deze zaak. Daar moet je maar iets op verzinnen.'

Er viel een stilte, en toen Aronson ten slotte reageerde was haar stem kil als winterse regen.

'Ik begrijp het,' zei ze. 'Nou, dag.'

Ze beëindigde het gesprek, maar Bosch bleef nog lang met zijn telefoon tegen zijn oor zitten, terwijl hij zich afvroeg waarom hij zichzelf een lafaard vond.

Hij stelde zich Anthony Marcus voor in de gevangenis in Sylmar. Toen Bosch nog een jongen was, had hij een paar keer in een jeugdinrichting gezeten omdat hij uit pleeggezinnen was weggelopen. Als tiener was hij zo'n mager mannetje geweest dat hij een paar jaar later tunneldienst moest doen in Vietnam. Door zijn bescheiden lengte was hij in het voordeel bij het kruipen door de lange, nauwe tunnels van de Vietcong. Maar in de jeugdgevangenis was hij een makkelijk doelwit geweest. Er waren hem dingen aangedaan, dingen afgepakt, en hij dacht er bepaald niet graag aan terug. De gedachte aan Anthony Marcus in Sylmar bracht de herinneringen weer boven. Ondanks de positie die hij tegenover Haller en Aronson had ingenomen, was Bosch geraakt door Aronsons opmerking dat Anthony gepest werd. Hij wist uit eigen ervaring dat de wereld in de jeugdgevangenis keihard was. Heimelijk hoopte hij dat Aronson haar neefje kon redden met de hulp die hij haar net had geboden.

6

De volgende dag stond Bosch al om 9.00 uur bij het loket van het archief van het hooggerechtshof in het centrum voor de zaak-Lucinda Sanz. Het archief was gehuisvest in de kelder van het Civic Center, drie verdiepingen onder de uitgestrekte groene gazons met de roze stoeltjes van Grand Park. Slechts weinig mensen wisten dat zich onder het park een betonnen bunker zonder ramen bevond, waar de dossiers en bewijsstukken van tientallen jaren aan strafprocessen door het publiek konden worden ingezien.

Bosch wist het in ieder geval wel en hij stond als eerste bij de balie toen de medewerker het plexiglas opzijschoof ten teken dat het archief open was. Bosch had het zaaknummer de avond tevoren uit de openbare database van de rechtbank gehaald en het aanvraagformulier al ingevuld voor al het materiaal met betrekking tot 'Californië contra Lucinda Sanz'.

De baliemedewerker bestudeerde het formulier, vroeg Bosch plaats te nemen en verdween in het enorme archief.

Bosch verwachtte er niet veel van, want het was nooit tot een rechtszaak gekomen. En dus zouden er nooit bewijsstukken zoals foto's en documenten aan een jury voorgelegd zijn. Maar wat hij wel hoopte aan te treffen was het adviesrapport dat voorafgaand aan de uitspraak van de rechter door de reclassering was opgemaakt. Voordat de rechter de bekentenis van Lucinda Sanz aanvaardde en het vonnis uitsprak, zou hij zo'n rapport geëist moeten hebben. De rapporten die Bosch eerder had gezien, zaten meestal vol met verslagen en andere documenten die waren ingediend ter ondersteuning van de strafeis. Naar die rapporten was hij op zoek, in de hoop dat er genoeg in zou staan om hem een goede eerste indruk van de zaak te geven.

Terwijl hij stond te wachten, pakte Bosch zijn telefoon om het kankercentrum van de UCLA te bellen om zijn afspraak te verzetten naar de middag. Maar drie verdiepingen onder de grond en omgeven door muren van gewapend beton had hij geen bereik. Hij overwoog naar de begane grond te gaan om te telefoneren, maar wilde niet het risico lopen de baliemedewerker te missen wanneer deze terugkwam.

Tien minuten later kwam de medewerker weer uit het archief tevoorschijn met één manillamap die niet dikker was dan een boterham. Bosch' reactie was van zijn gezicht af te lezen.

'Meer kon ik niet vinden,' zei de medewerker. 'Maar het was een nolo-zaak. Geen proces, geen bewijsstukken, geen verslagen. Het is al heel wat dat er überhaupt een dossier is.'

Bosch bedankte haar, nam de map aan en liep ermee naar een zijkamer waar afgescheiden werkplekken waren om documenten en bewijsstukken door te nemen. Hij sloeg de map open en vond aan de binnenkant van het omslag een handgeschreven systeemkaart waar maar zes documenten op stonden, in de volgorde waarin ze bij de rechtbank waren aangeleverd. Het bovenste vel was het meest recente. Het was het vonnis van rechter Castle, die Lucinda Sanz veroordeelde tot een gevangenisstraf. Daarachter zaten drie brieven aan de rechter, waarin om clementie voor de verdachte werd gevraagd. Ze waren afkomstig van haar moeder, haar broer en een uienkweker uit Lancaster die in de eerste alinea verklaarde Lucinda's werkgever te zijn, bij wie ze jarenlang had gewerkt als inpakster in het verzendmagazijn.

Bosch las de brieven vluchtig door en ging snel verder met het volgende document, de door Lucinda Sanz ondertekende overeenkomst waarin ze de aanklacht van doodslag niet betwistte. In het document, dat ook was ondertekend door Andrea Fontaine, de waarnemend officier van justitie die de zaak had behandeld, werd ook de strafmaat vastgesteld op middellang tot lang met een verzwaring voor het gebruik van een vuurwapen. Alles bij elkaar kwam het erop neer dat Sanz van de rechter een straf kreeg van zeven tot dertien jaar. Dat leek Bosch geen slechte deal voor iemand die ervan verdacht werd een politieman te hebben gedood.

Het laatste document was het reclasseringsrapport. Bosch waaierde het uit en zag dat het lang was en minstens voor de helft uit politie- en autopsierapporten bestond. Hier had hij op gehoopt: samenvattingen van het onderzoek aan de hand waarvan hij een idee kon krijgen van de manier waarop de zaak was aangepakt.

Het rapport was opgesteld door een reclasseringsambtenaar genaamd Robert Kohut. Het was geschreven in verhalende vorm en was in wezen een diepe duik in het leven van Lucinda Sanz, met specifieke paragrafen over haar kindertijd, familiestructuur, aanrakingen met justitie in haar tienerjaren, opleiding, arbeidsverleden, verblijfsgeschiedenis, de keren dat ze als volwassene met justitie in aanraking was gekomen en alle gedocumenteerde psychologische behandelingen.

Kohuts verhaal was voor het grootste deel positief. Hij beschreef Sanz als een alleenstaande moeder die zestig uur per week bij Desert Pearl Farms in Lancaster werkte om in haar onderhoud en dat van haar jonge zoontje te voorzien. Vóór deze beschuldiging van doodslag had ze geen strafblad, hoewel er wel sprake was van twee incidenten in Quartz Hill waarbij agenten aan de deur waren geweest om een huiselijke ruzie te sussen. In één geval werd Lucinda gearresteerd, maar het Openbaar Ministerie seponeerde de zaak. Bij het tweede incident werd Lucinda noch haar man gearresteerd. Beide incidenten vonden plaats vóór de scheiding en Bosch nam aan dat het stel het voordeel van de twijfel had gekregen vanwege Roberto Sanz' functie als hulpsheriff.

In het rapport stond ook dat er geen sprake was van psychische problemen of drugsproblematiek, en Kohut zag in Lucinda een goede kandidaat voor rehabilitatie en uiteindelijk voorwaardelijke vrijlating. Kohut beval echter wel aan om Sanz aan de hoge kant van de strafmaat voor doodslag te veroordelen, vanwege de omstandigheden van het misdrijf. Daarbij ging het met name om het feit dat Roberto Sanz twee keer in de rug was geschoten, waarvan één keer toen hij kennelijk al op de grond lag.

Bosch nam zich voor een kopie van het reclasseringsrapport op te vragen, dus ging hij verder met de officiële stukken die als ondersteunend materiaal waren bijgevoegd. Op een moment als dit was Bosch weer een rechercheur in hart en nieren. Hij had de gave om rapporten tot zich te nemen en een zaak van alle kanten te bekijken. Hij kon de gedachtesprongen zien, evenals discrepanties en tegenstrijdigheden in rapporten. En hij wist dat dit het moment was waarop hij een beslissing zou nemen over Lucinda Sanz' bewering dat ze onschuldig was.

Allereerst bekeek hij het proces-verbaal van de moord. In de samenvatting stond dat Lucinda Sanz tegen de agenten had gezegd dat ze ruzie had gehad met haar ex-man omdat hij hun zoon na een weekendbezoek twee uur te laat had thuisgebracht, wat een schending was van de omgangsregeling. Ze hadden geruzied tot Roberto Sanz zich had omgedraaid en het huis uit was gelopen in een kennelijke poging om het geschil achter zich te laten. Lucinda Sanz zei dat ze de voordeur achter hem had dichtgeslagen en op slot gedaan, en dat ze toen buiten voor het huis iets had gehoord wat als schoten klonk. Omdat ze bang was dat haar ex op het huis had geschoten, verborg ze zich met haar zoontje op zijn slaapkamer en deed de deur niet meer open. Vanuit de kamer van het zoontje belde ze met haar mobiele telefoon het alarmnummer om melding te doen van de schoten. Toen de politie kwam, vonden ze Roberto Sanz vooroverliggend in de voortuin. Ze belden een ambulance maar hij werd ter plekke dood verklaard.

Ook het rapport van de schouwarts over de autopsie van Roberto Sanz maakte deel uit van het ondersteunende materiaal. Bosch bladerde het door om de schets te bekijken met de exacte locatie van de wonden.

De schets besloeg één pagina met naast elkaar twee standaardlijntekeningen van een mannelijk lichaam, voor en achter. Ze stonden vol markeringen, maten en handgeschreven aantekeningen van de schouwarts die de autopsie had uitgevoerd. Bosch' blik ging onmiddellijk naar de twee x'en op de bovenrug op de tekening van de achterkant. Er was bij aangetekend dat de afstand tussen de wonden 14,5 centimeter was.

Bij de wonden stonden ook notities over de hoek waaronder de kogel was binnengedrongen, op basis waarvan was vastgesteld dat de twee schoten duidelijk een andere baan hadden afgelegd. Eén schot, vermoedelijk het eerste, kwam vanuit een relatief rechte hoek, wat erop duidt dat het slachtoffer waarschijnlijk stond toen de kogel hem van achteren raakte. Het tweede schot was onder een schuine hoek het lichaam binnengedrongen, wat erop wijst dat het slachtoffer al op de grond lag toen er nogmaals op hem werd geschoten. De kogel was van achteren naar voren omhoog door het lichaam gegaan en had het rechtersleutelbeen gebroken, waarna hij in de bovenste borstspier was blijven steken.

Voor Bosch was het tweede schot van cruciaal belang. Het ondergroef argumenten als dat het wapen per ongeluk was afgegaan of dat er sprake was van zelfverdediging of een passiemoord. De schutter had een tweede keer gericht geschoten op een slachtoffer dat al door het eerste schot was neergegaan. Het karwei moest duidelijk worden afgemaakt.

Bosch pakte zijn telefoon en maakte een foto van de tekening. Hij was van plan het hele dossier te laten kopiëren, maar hij wist niet zeker hoelang dat zou duren en wilde over de tekening kunnen beschikken wanneer hij de zaak met Haller zou doornemen.

Hij legde zijn telefoon weer opzij en bladerde de resterende pagina's van het autopsierapport door. Hij las dat er twee 9-millimeterkogels uit het lichaam waren verwijderd. Het rapport bevatte ook zwart-witkopieën van de foto's van het lichaam, die kort voor de autopsie gemaakt waren. Het lichaam lag naakt op een roestvrijstalen autopsietafel. De foto's lieten de voor- en de achterkant van het lichaam zien, evenals close-ups van de ingangswonden.

Bosch zat snel door de foto's heen te bladeren toen hem ineens iets opviel op een pagina. Op de linkerheup zat een tatoeage, net onder de plaats waar Sanz' broekriem gezeten zou hebben. Het was een tekst in blokletters die Bosch gemakkelijk kon lezen:

QUE VIENE EL CUCO

Bosch pakte zijn telefoon en nam nog een foto, inzoomend op de tatoeage. Hij wist wat die betekende. Niet alleen letterlijk, maar in een ruimere, meer veelzeggende betekenis:

De boeman komt eraan

7

Aan de noordkant van Grand Park zat Bosch in een van de roze stoelen die willekeurig verspreid stonden op het grasveld voor het gerechtsgebouw in de schaduw van de 'Old Faithful', de welbekende toren van het gemeentehuis. Hij appte Haller. Hij kende Hallers agenda en herinnerde zich dat er een voorgeleiding op het programma stond.

Zit je in het CCB? Kun je praten?

Nadat hij zijn bericht had verstuurd, typte hij in de browser van zijn telefoon 'bendes sheriff LA County' in. Maar voordat hij de resultaten kon bekijken, belde Haller.

'Ja, ik zit in het CCB,' zei die. 'En jij als het goed is bij de UCLA, toch?'

'Als het goed was wel, maar daar ben ik niet,' zei Bosch. 'Ik moet ze bellen om de afspraak te verzetten.'

'Gooi je programma niet in de war. Het heeft me heel wat moeite gekost om je erin te krijgen.'

'En dat stel ik op prijs. Maar er kwam iets tussen. Heb je de voorgeleiding voor die gitaarfraude al gehad?'

'Ja, net. Maar zelf moeten rijden is knap waardeloos. De Lincoln staat helemaal in de garage waar ook de juryleden parkeren.'

'Ik zit buiten in het park. Op zo'n roze stoel. Je komt erlangs. Ik moet het met je over de zaak-Sanz hebben.'

'Oké. Ik kom eraan. Maar ik heb geen idee hoelang het duurt voor de lift er is.'

'Ik ga nergens heen.'

Bosch hing op en opende zijn browser weer. Uiteindelijk opende hij een verhaal uit de *L.A. Times* van zeven jaar geleden over een uitgebreid onderzoek van de FBI naar corruptie bij het sheriffs department. Er heerste een diepgewortelde cultuur van hulpsheriffs die zich aansloten bij clubjes die waren ontstaan op gevangenisafdelingen, bij bepaalde onderafdelingen en in patrouillewijken.

Bosch scrolde omlaag en vond een lijst met bekende groeperingen. Ze droegen namen als de Executioners, de Regulators, de Jump Out Boys, de Banditos en de Bogeymen, 'de boemannen'. Er werd verteld dat het extensieve FBI-onderzoek klein was begonnen met een onderzoek naar vermeende onregelmatigheden binnen het enorme gevangeniswezen van het district, dat werd gerund door het sheriffs department. Het onderzoek bracht aan het licht dat hulpsheriffs die aan de gevangenisafdeling waren toegewezen binnen elk detentiecentrum clubjes waren begonnen. De leden hielden zich bezig met allerlei illegale activiteiten. Deze varieerden van het wedden op gevechten tussen gevangenen en het doorgeven van berichten van bendeleiders buiten de gevangenis aan gedetineerden, tot de andere kant op kijken of gelegenheid geven wanneer een bende iemand een pak slaag wilde geven of omleggen.

De FBI had ook ontdekt dat hulpsheriffs, wanneer ze rouleerden van de gevangenissen naar andere bureaus waar ze dienstbaar moesten zijn aan het publiek, opnieuw zulke clubjes vormden, wat ook weer allerlei corrupt gedrag in de hand werkte.

Wanneer de FBI of het departement van de sheriff in het openbaar naar deze groeperingen verwezen, gebruikten ze steeds het woord 'clubjes'. Maar voor Bosch verschilden ze in niets van straatbendes. Dit waren gewoon gangsters met een politiepenning. En nu was hij ervan overtuigd dat Roberto Sanz ook zo'n bendelid was geweest.

'Heb je wel eerst gekeken of er geen vogelpoep op je stoel zat?'

Bosch keek op van zijn telefoon. Daar kwam Haller aanlopen en hij sleepte een van de roze stoelen met zich mee.

'Jawel,' zei Bosch.

Haller zette zijn stoel naast die van Bosch, zodat ze allebei uitkeken op het gemeentehuis tegenover het park. Hij zette zijn dunne aktetas tussen zijn voeten op het gras.

'Ik had gisteravond een interessant gesprek met Jen Aronson,' zei hij.

Bosch knikte. Hij was al bang dat dit ter sprake zou komen.

'Vertelde ze dat ze een persconferentie wilde houden over de zaak van haar neef?' vroeg hij.

'Inderdaad,' zei Haller. 'En ze zei ook dat jij er niets mee te maken wilde hebben.'

'Klopt.'

'Harry, je hebt een zaadje gezaaid, maar je wil niets te maken hebben met de boom die eruit groeit.'

'Ik weet niet wat je daarmee wil zeggen. Kunnen we het over Lucinda Sanz hebben? Want daar werk ik momenteel aan.'

'Dat kan, maar ik wil ook dat je naar de UCLA gaat.'

'Ik ga vanmiddag.'

'Goed zo. Wat heb je?'

Bosch moest even schakelen voor hij weer aan Lucinda Sanz kon denken. Toen Haller Bosch inhuurde om de verzoeken die hij uit de gevangenissen kreeg te schiften, had hij een aantal regels opgesteld. Eén ervan was dat Haller niet wilde dat Bosch zonder zijn toestemming contact zou opnemen met de schrijvers van de brieven. Zo'n verzoek was altijd een grote gok en Haller wilde gevangenen geen valse hoop bieden. Hij wilde niet dat Bosch die stap zou zetten voordat hij zelf wist hoe Bosch erover dacht en voordat ze het eens waren geworden over volgende stappen.

'Het rechtbankdossier,' zei Bosch. 'Het is vrij dun, maar ik vind er genoeg aanleiding in om naar Chino te willen en met Lucinda Sanz te praten.'

'Die vrouw die haar man heeft vermoord? Die hulpsheriff?' vroeg Haller.

'Ex-man.'

'Oké, wat heb je? Maar ze heeft de beschuldiging niet betwist, toch? Dat maakt het er niet makkelijker op. Ken je El Capitán?'

'In Yosemite? Ja.'

'Een nolo ongedaan krijgen is zoiets als die berg beklimmen.'

'Ja, maar toen had ze de Lincoln-advocaat nog niet aan haar zijde. Ze had een of andere nono uit die advocatencommune in Chinatown.'

Toen hij nog bij het LAPD werkte, was Bosch wel eens op het kantoor van Frank Silver geweest, de advocaat die Lucinda Sanz had vertegenwoordigd. Het was in een bakstenen gebouw aan Ord Street dat in de volksmond 'de commune' werd genoemd. Er werkten verschillende advocaten met een solopraktijk vanuit kantoortjes die nauwelijks groter waren dan een bezemkast in een goedkope ruimte waar ze de kosten van een receptie, internet, kopiëren, koffie, assistenten en andere ondersteunende diensten konden delen. En het was op loopafstand van het CCB.

'Ik werk toch liever vanuit mijn auto,' zei Haller. 'Wie was die advocaat? Misschien ken ik hem.'

'Frank Silver,' zei Bosch. 'Ik heb ooit een zaak met hem gedaan. Toen ik bij Moordzaken in Hollywood zat. Water stroomt altijd naar het laagste punt. Zo'n soort type was het. Niet al te indrukwekkend.'

'Silver... zegt me niets. De zilveren medaille krijg je als je tweede wordt. En in een strafproces is een tweede plaats hetzelfde als een schuldigverklaring.'

'Zo had ik het nog niet bekeken.'

'Ze zitten daar wel lekker dicht bij Little Jewel en Howlin' Ray's.'

Dat waren twee van de beste restaurants, niet alleen van Chinatown maar van het hele centrum, die na covid nog overeind waren gebleven.

'Ja, maar ik mis Chinese Friends wel,' zei Bosch.

'Is die dicht?' vroeg Haller. 'Bedoel je voor altijd?'

In Hallers stem klonken verbazing en teleurstelling door. Er waren niet veel tentjes in de buurt van het CCB waar je snel en altijd goed kon lunchen, vooral niet sinds de pandemie.

'Sinds vorig jaar,' zei Bosch. 'Na vijftig jaar.'

Nu drong het tot hem door dat hij zelf ook al vijftig jaar bij Chinese Friends kwam. Tot hij er op een dag in augustus heen ging en er een bordje op de gesloten glazen deur hing met de tekst AAN AL HET GOEDE KOMT EEN EINDE, als zo'n spreuk uit een Chinees gelukskoekje. De man die het restaurant runde en altijd bij de kassa stond, had hij nooit gesproken. Bosch had bij het betalen altijd naar hem geknikt, ervan uitgaande dat er een taalbarrière was.

'Maar goed,' zei Haller. 'Wat vond je in de kelder?'

Bosch keerde met zijn gedachten weer terug bij de zaak.

'Oké, er zijn een paar dingen die me niet lekker zitten,' zei hij. 'In ieder geval zodanig dat ik er verder mee wil. Allereerst Silver. Ik denk dat hij Sanz tot haar verklaring heeft gedwongen. Hij wist waarschijnlijk dat ze de volledige pers over zich heen zouden krijgen als hij de zaak voor de rechter zou brengen. Het slachtoffer was tenslotte een hulpsheriff. Dus drong hij aan op een deal en heeft hij haar die door de strot geduwd.'

'Dat snap ik,' zei Haller. 'En verder?'

'In het dossier zat het reclasseringsrapport. Het bevatte het autopsieverslag en enkele processen-verbaal, en ik vond dingen die volgens mij gewoon niet kloppen.'

'Zoals?'

'Om te beginnen het wapen. Dat is nooit gevonden. De zaak werd afgeschilderd als een crime passionel, als een uit de hand gelopen ruzie, maar ze hebben het pistool nooit gevonden. En toen lieten ze haar die nolo-verklaring tekenen, zonder haar te vragen het wapen af te geven.'

'Misschien had ze het niet. Of ze heeft zich ervan ontdaan en er is niets meer van over, of het is op een andere manier niet meer terug te krijgen.'

'Wie weet. Maar ik heb de verklaring gelezen die iedereen heeft ondertekend, en het werd niet als verloren vermeld. Er werd sowieso met geen woord over gerept. Ze werd niet verplicht te vertellen wat ze ermee gedaan had.'

'Oké, duidelijk. En wat nog meer?'

'De hele choreografie ervan.'

'Wat bedoel je daarmee?'

'Lucinda Sanz stond niet geregistreerd als eigenaar van een vuurwapen. Dus zou dat wapen illegaal zijn. Dan moet ze het clandestien aangeschaft hebben, en de enige reden waarom ze dat zou doen, was…'

'Voorbedachte raad. Dat ze het kocht om hem te vermoorden.'

'Ja. Dan zou ze een plan gehad hebben. Maar de manier waarop het dan gebeurt, strookt daar helemaal niet mee. Hij stormt het huis uit, zij pakt het pistool en schiet hem in een vlaag van woede neer op het moment dat hij naar zijn auto loopt. In de voortuin. En dan schiet ze nog een keer terwijl hij al op de grond ligt.'

Haller leunde achterover in zijn roze plastic stoel en staarde naar de toren van het gemeentehuis.

'Aasgieren,' zei hij. 'Die zitten daar altijd.'

Bosch keek omhoog en zag inderdaad vogels rond de torenspits vliegen.

'Hoe zie je dat het gieren zijn?' zei hij. 'Van zo'n afstand?'

'Omdat ze rondcirkelen,' zei Haller. 'Gieren cirkelen altijd rond.'

'Ik heb nog iets, als het je interesseert. Over de zaak.'

'Kom maar op.'

'De autopsie. Roberto Sanz werd twee keer in de rug geraakt. Maar moet je dit zien.'

Bosch pakte zijn telefoon en opende de foto van de autopsietekening. Hij gaf de telefoon aan Haller.

'Waar zit ik naar te kijken?' vroeg Haller.

'Dat is de tekening waarop de ingangswonden zijn aangegeven,' zei Bosch. 'Twee schoten in de bovenrug, perfect geplaatst. Vlak bij elkaar, slecht 14,5 centimeter ertussen.'

'Oké. Dus?'

'Dus dat was behoorlijk goed gemikt. Een bewegend doelwit in het donker, maar ze raakt hem in de rug, en als hij neer is raakt ze hem nog een keer. Twee ingangswonden met nog geen vijftien centimeter ertussen.'

'En ze bezat niet eens zelf een wapen.'

'Zo is het, geen wapen.'

'Heeft hij haar leren schieten? Toen ze nog bij elkaar waren?'

'Ja, volgens het reclasseringsrapport waren er foto's van hen op een schietbaan, uit de tijd dat ze nog getrouwd waren. De foto's zaten niet in het dossier. Misschien heeft Silver ze.'

Bosch zag dat Haller geboeid raakte. Hij bleef naar de foto op de telefoon staren. Hij trok het gezicht dat hij altijd in de rechtszaal opzette en zat waarschijnlijk al door te nemen wat hij daar kon uitrichten met wat Bosch hem vertelde.

'Eigenlijk heeft het meer van een aanslag dan een passiemoord,' zei Haller, meer tegen zichzelf dan tegen Bosch.

'Ja, en dan heb ik nog één ding,' zei Bosch. 'Destijds stond het nieuws bol van de verhalen over wat een held Roberto Sanz was, en dat hij zelfs een medaille voor heldenmoed had gekregen na een schietpartij met een bende en zo. Ga nu eens naar de volgende foto.'

Haller swipete over het scherm. Bosch leunde opzij om mee te kijken en zag een foto van zijn dochter Maddie met een blauw oog.

'Andere kant op,' zei Bosch.

'Wat is dit nou weer?' riep Haller uit.

'Ze werkt undercover. Laatst greep ze op Melrose een tasjesdief en omdat ze een vrouw is, dacht die kerel dat hij haar wel een mep kon geven en de benen nemen. Dat had hij mis.'

'Goed zo! Behalve dan dat blauwe oog.'

'Ja. Ik vroeg haar een selfie te sturen voordat ze het zou camoufleren met make-up. Ik wilde weten hoe erg het was. Swipe maar de andere kant op.'

Dat deed Haller en op het scherm verscheen de foto van Roberto Sanz' tatoeage. Met wat moeite las hij de woorden voor. '*Que viene... el Cuco.* Wat is dit?'

'Weet je wat het betekent?'

'Niet echt.'

'Je bent half Mexicaans.'

'Ik ben opgegroeid in Beverly Hills.'

'Overal in de stad staat op reclameborden en bushaltes SE HABLA ESPAÑOL.'

'*Hablo español*, maar dat betekent niet dat ik tatoeages of straattaal vloeiend beheers. Ga je me nog vertellen wie of wat *el Cuco* is?'

'In de Mexicaanse volksoverlevering is de Cuco de boeman, het monster dat onder je bed zit of in de kast. Hij komt tevoorschijn om stoute kindertjes te pakken. Er is zelfs een liedje van. De boeman komt eraan, hij gaat je opeten, enzovoort. Ik weet nog dat de grote kids het zongen toen ik in de jeugdgevangenis zat. In Beverly Hills zul je het wel niet gehoord hebben.'

'En terecht. Wie zingt dat nou voor zijn kinderen?'

'Waarschijnlijk om ze in het gareel te houden.'

'Dat zal wel. Dus hij had deze tatoeage? Sanz?'

'Op zijn heup onder zijn middel, zodat hij alleen te zien was in de kleedkamer van het bureau. Sanz zat bij een clubje. Een bende op het sheriffs department.'

Haller zat dit opnieuw even in stilte te overdenken en trok daarbij als vanzelf weer zijn advocatengezicht. Bosch stelde zich voor dat hij in gedachten in de rechtszaal was en de foto voor een jury omhooghield. De overduidelijke connectie van Roberto Sanz met de *Cucos*, de Bogeymen, wierp een heel ander licht op de zaak.

Uiteindelijk onderbrak Bosch zijn dagdroom. 'En, wat vind je ervan?'

'Het schept veel mogelijkheden, dat is wat ik ervan vind. We moeten een bezoekje brengen aan Chino.'

'We?'

'Ja. Morgen. Ik wil met haar praten. Ik zal ruimte vrijmaken in mijn agenda. Maar vandaag ga jij met die ouwe botten van je naar de UCLA.'

'Oké. En Silver?'

'Die neem ik voor mijn rekening. We hebben zijn dossier nodig.'

Bosch knikte. Ze waren klaar. Voorlopig. Beiden stonden op.

Haller boog zich over naar Bosch. 'Weet je, dit kan wel eens…'

Zijn stem stierf weg.

'Ja, ik weet het,' zei Bosch.

'We moeten voorzichtig zijn,' zei Haller. 'Geen slapende honden wakker maken.'

Hij bukte zich om zijn aktetas te pakken. Bosch keek omhoog naar de toren van het gemeentehuis.

De gieren cirkelden er nog steeds rond.

DEEL 2
DE SPELD

8

De commune bestond uit een lange rij naast elkaar gelegen kantoren voor advocaten aan de rechterkant en een open ruimte met werkplekken voor ondersteunend personeel aan de linkerkant. Alleen was er nu in geen velden of wegen ondersteunend personeel te bekennen.

Elk van de kantoortjes had rechts van de deur een lijstje waar een advocaat gemakkelijk een visitekaartje in of uit kon schuiven. Het was een commune voor juridische zwervers; advocaten die kwamen en gingen al naargelang de grillen van hun zaken en cliënten.

Ik liep de rij langs en bekeek de kaartjes. Stuk voor stuk waren ze voorzien van de bekende weegschaal van Vrouwe Justitia. Er zat weinig variatie in. Op sommige stond een fotootje van de lachende of ernstig kijkende advocaat. Geen enkel kaartje was in reliëf gedrukt. Aan de kwaliteit van alle kaartjes was af te lezen dat de advocaten vooral de kosten laag probeerden te houden, maar in de gedeelde kantoorruimte toch nog enige schijn van succes en waardigheid trachtten op te houden.

Na zes kantoortjes gepasseerd te zijn, zag ik het eerste kaartje in zilveren reliëfdruk. Het was natuurlijk van Frank Silver en waarschijnlijk een overblijfsel uit betere tijden of een poging om op te vallen tussen de andere advocaten in het rijtje. De deur van het kantoor stond open, maar ik stak evengoed mijn arm naar binnen om te kloppen. Een man aan een bureau van fineer met houtprint keek op van een laptopscherm.

'Frank Silver?'

'Dat ben ik.'

In zijn ogen zag ik een flits van herkenning. Hij was vijftien jaar jonger dan ik, had een slank postuur en donker krullend haar. Ik vermoedde dat de wandeling van hier naar het gerechtsgebouw hem in vorm hield.

'Hé. Jij bent de Lincoln-advocaat.'

Ik stapte naar binnen en we gaven elkaar een hand. 'Mickey Haller. Hebben we ooit samen aan een zaak gewerkt?'

'Frank Silver. Nee, ik herkende je van de reclameborden. "Gerede twijfel voor een redelijke prijs." Het verbaast me dat de Orde je daarmee weg laat komen. Ga zitten.'

Ik keek omlaag, maar de enige stoel die in het krappe kantoor beschikbaar was voor een bezoeker werd in beslag genomen door een centimeters hoge stapel dossiers.

'O, pardon, een ogenblikje,' zei Silver. 'Ik zal de rommel even weghalen.'

Hij liep om het bureau heen. Ik deed een stap naar achteren zodat hij in de benauwde ruimte bij de stoel kon komen. Hij pakte de stapel op, liep weer terug en legde hem naast de laptop op zijn bureau.

'Oké, nu kun je gaan zitten. Wat kan ik voor je doen? Een grote beurt?' Silver lachte.

'Wat?' vroeg ik terwijl ik ging zitten.

'Je Lincoln, Lincoln-advocaat,' zei Silver. 'Of je een grote beurt nodig hebt.'

Hij lachte nogmaals om zijn eigen grap. Ik niet. Ik was afgeleid door wat ik achter hem zag. De hele wand was gevuld met boekenplanken met juridische werken en wetboeken van strafrecht, stuk voor stuk prachtig in leer gebonden met titels in reliëfdruk op de rug. Maar het was allemaal nep, een foto van een juridische bibliotheek op behangpapier. Hij zag me staren en keek achterom.

'O, ja,' zei hij. 'Op Zoom ziet het er heel echt uit.'

Ik knikte.

'Ik snap het,' zei ik. 'Goed bedacht.'

Ik wees naar de schots en scheve stapel dossiers die hij zojuist naar het bureau had verplaatst.

'Ik kom je helpen opruimen,' zei ik.

Hij hield zijn hoofd schuin. Hij leek het niet grappig te vinden en keek bezorgd of ik het meende.

'Hoezo?' vroeg hij.

'Ik heb een dossier van je nodig. Een gesloten zaak. Een voormalig cliënt van je heeft me gevraagd er eens naar te kijken.'

'O, echt? Wat voor zaak mag dat dan wezen?'

'Lucinda Sanz. Kun je je haar nog herinneren?'

Over Silvers gezicht trok een verbaasde uitdrukking. Dit was niet de naam die hij verwacht had. 'Lucinda. Natuurlijk herinner ik me die. Maar...'

'Ja, het was een nolo-zaak. Maar nu wil ze dat ik ernaar kijk. Als je me het dossier van de zaak kunt geven, laat ik je verder met rust en ben ik zo weer...'

'Hoho, wacht eens even. Waar heb je het over? Je kunt hier niet zomaar binnen komen wandelen en mijn zaak overnemen.'

'Nee, waar heb jij het over? De zaak is gesloten. Ze heeft een schikking getroffen en zit al zowat vijf jaar vast in Chino.'

'Maar ze blijft mijn cliënt.'

'Ze wás jouw cliënt. Maar nu heeft ze mij benaderd. Ze wil dat ik haar zaak nog eens bekijk. Als je je de zaak nog herinnert, dan weet je ook dat ze nooit heeft gezegd dat ze het heeft gedaan. En dat doet ze nog steeds niet.'

'Ja, maar ik heb haar een fijne deal bezorgd. Als ik die schikking niet voor haar had geregeld, zou ze levenslang hebben gekregen. In plaats van doodslag met een middellange straf.'

Ik wist waar dit om draaide. Althans, dat dacht ik.

'Hoor eens, Frank,' zei ik. 'Jij hoeft je geen zorgen te maken. Dit is geen 504. Daar gaat het hier niet om. Ik wil kijken of ze toch niet echt onschuldig was en of ik dat kan bewijzen. Meer niet. Voor mij is dit een habeas-zaak. Dat is alles. Als ik ernaast zit, stuur ik het dossier meteen weer naar je terug.'

Een van de teleurstellendste en meest frustrerende aspecten in het leven van een strafrechtadvocaat is wanneer je genoemd wordt in een zogenaamd 504-verzoek om een veroordeling nietig te verklaren op grond van incompetente vertegenwoordiging – wat erop neerkomt dat de advocaat slecht werk heeft geleverd. Hoe goed je ook je cliënt denkt te hebben vertegenwoordigd of hoe goed je ook denkt dat het resultaat was, als je cliënt maar lang genoeg in de gevangenis zit, zal vroeg of laat jouw naam vallen in een alles-of-nietspoging om de veroordeling ongedaan te maken. En dat wil geen enkele advocaat. Niet alleen omdat het je professionele reputatie schaadt, maar ook omdat het heel veel tijd kost om al je stappen in een zaak weer na te lopen en te verdedigen.

'Waarom kwam ze dan bij jou?' vroeg Silver. 'Als ze geen incompetente vertegenwoordiging gaat aanvoeren, had ze bij mij moeten komen.'

'Ik had vorig jaar een zaak,' zei ik. 'Die was nogal groot in het nieuws. Ik heb iemand uit de gevangenis gekregen via een habeas-procedure. Ik kon zijn onschuld bewijzen. Zij kreeg het verhaal op de een of andere manier in Chino onder ogen en schreef me een brief. Zij en een heleboel andere gevangenen. Mijn assistent heeft wat voorwerk in de zaak-Sanz verricht en adviseerde me een stap verder te gaan. En daarvoor heb ik het dossier nodig. Alles wat je maar hebt. Ik moet alles weten wat er te weten valt over deze zaak.'

Silver was een hele tijd stil.

'Nou?' vroeg ik. 'Heb je het voor me? Ik kan kopietjes laten maken en dan heb je de originelen vandaag nog terug. Ik zie niet wat het probleem is.'

'Is er ook niet,' zei Silver. 'Want we gaan het samen doen.'

'Pardon?'

'Partners. Jij en ik. Wat er ook gebeurt, wat je er ook mee doet, we doen het als partners.'

'O, nee. Niets daarvan. Lucinda Sanz heeft mij gevraagd. Niet jou. Niet ons. En er valt niets aan te verdienen. Ik reken er niets voor. Het is een pro-Deozaak.'

'Nu nog wel. Maar als je haar vrij krijgt, volgt er een claim wegens onterechte opsluiting. En dan stromen de pegels binnen.'

'Luister, als je wil vraag ik mijn assistent een kopie van haar brief te mailen waarin ze mij verzoekt haar zaak aan te nemen. Ze heeft recht op haar dossier en als je weigert, is dat onethisch. Dan krijg je een klacht bij de Orde aan je broek, die vijf jaar lang achter je naam blijft staan.'

Silver glimlachte en schudde smalend zijn hoofd.

'Over een klacht bij de Orde maak ik me geen zorgen,' zei hij. 'Voor zover ik weet zijn ze in Californië nog steeds bezig de corona-achterstand weg te werken. Dus ga je gang en dien je klacht in. Ze zullen er vast en zeker bovenop duiken, over een jaar of drie.'

Daar had hij me. Ik zweeg en probeerde een tegenzet te bedenken. Een immorele advocaat die mij en zijn voormalige cliënt probeerde af te persen… Daar had ik niet op gerekend.

'Begrijp me goed, ik doe dit niet om vervelend te doen,' zei Silver. 'Maar ik weet hoe dit werkt. Ik weet waar je mee bezig bent.'

'O ja?' vroeg ik. 'En waar ben ik dan precies mee bezig?'

'Al die reclameborden overal, die betaal jij toch? Op de bus, de stadsbankjes en ik weet niet waar. Die zaak van vorig jaar, die waar je die vent vrij kreeg die vastzat voor moord? Hoeveel heb je daarna gevangen voor die rechtszaak wegens onrechtmatige veroordeling? De gemeente zal daar een lekker dikke cheque voor hebben uitgeschreven. Hoog in de zes cijfers, schat ik zo.'

'Mis. Er is geen schikking getroffen in die zaak.'

'Doet er niet toe. Die zaak is een geldmachine, en dat weten we allebei. En daar is niets mis mee. Maar als je hier komt en die machine wil aanzwengelen met mijn zaak en mijn werk, is dat niet fair.'

'Jouw werk? Jij hebt haar rechtstreeks de gevangenis in geholpen. Hoeveel werk was dat?'

'Dankzij mij kreeg ze doodslag voor het doden van een hulpsheriff. Dat mag je op zijn minst een wonder noemen.'

'Dat zal best.'

'Ik wil mijn aandeel.'

'Dat is nogal een gok. Het was een nolo-zaak, weet je nog? Ze heeft de tenlastelegging niet betwist. Met een aanklacht wegens onterechte veroordeling kom je niet ver als je cliënt daar zelf voor heeft gekozen. De staat zal aanvoeren dat ze instemde met een gevangenisstraf, en dat was op jouw advies.'

'Maar jij bent de Lincoln-advocaat. Zodra ze jou zien aankomen, trekken ze meteen hun portemonnee. Iedereen is als de dood voor je.'

Zijn oprechtheid was net zo echt als de wetboeken achter hem.

'Ik wil jou niet in de buurt van deze zaak hebben,' zei ik. 'Dus wat moet ik doen om je weg te houden?'

Silver knikte, met zichzelf ingenomen dat hij gewonnen had. Ik had meteen spijt dat ik hem een opening had gegeven.

'Partners, zoals ik al zei,' zei hij. 'Ik wil de helft.'

'Ik pieker er niet over,' zei ik. 'Dan laat ik de zaak nog liever lopen. Tien procent kun je krijgen, meer niet.'

Ik stond op om te vertrekken.

'Vijfentwintig,' zei hij.

Ik liep naar de deur.

'Kom op,' zei Silver. 'Als jij vijfenzeventig overhoudt, heb je er dik aan verdiend. Ik heb veel in die zaak geïnvesteerd en er niets voor teruggekregen. Ik heb er recht op.'

Ik bleef staan bij de deur en draaide me om.

'Jij hebt helemaal nergens recht op,' zei ik. 'Je hebt van alles over het hoofd gezien en je cliënt regelrecht de gevangenis in geloodst. Het zou een goede deal geweest zijn als ze schuldig was. Maar dat is ze niet. Ik zou een vordering tot opheffing van beslag kunnen instellen, en die zou wel eens kunnen uitgroeien tot een zaak waar de Orde wél in geïnteresseerd is.'

Hij staarde me aan met een blik waaruit ik opmaakte dat hij de definitie van 'opheffing van beslag' niet paraat had.

'Ik kan de rechter vragen je te dwingen het dossier af te geven,' zei ik. 'Maar als wij tegenover elkaar komen te staan, doet dat haar zaak geen goed.'

Als ik het met de zaak-Sanz ooit tot een habeas-zitting zou schoppen, zou ik Silver misschien nog nodig hebben om zijn optreden aan de rechter uit te leggen.

'Dit is mijn voorstel,' zei ik. 'Je krijgt vijfentwintig procent van mijn honorarium na aftrek van kosten. Graag of niet.'

'Graag,' zei Silver. 'Zolang ik inzicht heb in de kosten.'

Hij had geen idee hoe creatief Lorna Taylor kon zijn als ze een kostenoverzicht moest maken.

'Geen probleem,' zei ik. 'En dan nu het dossier graag.'

Ik had niet verwacht dat hij het dossier van een zaak die vijf jaar geleden was gesloten nog op z'n kantoor zou hebben liggen.

'Als je een paar minuutjes hebt,' zei Silver. 'Ik heb hier een opslagruimte in de garage.'

'Mooi,' zei ik. 'Ik wacht wel.'

Silver stond op en liep om het bureau heen. 'Ik wil nog één ding,' zei hij. 'Nee, we hebben een afspraak,' zei ik.

Hij viste iets uit zijn zak. 'Rustig maar, het kost je geen cent. Ik wil alleen maar een selfie met de Lincoln-advocaat.'

Het was zijn telefoon. Handig opende hij de camera-app en hield de telefoon schuin omhoog terwijl hij dicht naast me kwam staan en zijn vrije arm om mijn schouders sloeg. Hij had de foto al genomen voor ik hem weg kon duwen.

'Ik app hem je wel,' zei hij.

'Nee, bedankt,' zei ik. 'Haal dat dossier nou maar.'

Hij liep naar de uitgang. Ik stak mijn arm om de hoek van de deur, schoof het visitekaartje met zilveren reliëf uit het lijstje en stopte het in mijn zak. Ik had zo'n vermoeden dat het later nog wel eens van pas kon komen.

9

De Lincoln stond voor de deur en Bosch zat achter het stuur. Ik trok het achterportier open, niet per ongeluk deze keer, en zag een witte zak op de achterbank staan. Ik schoof hem op en stapte in. Bosch wierp me een vuile blik toe via de binnenspiegel.

'Met alle respect, maar ik heb het dossier en ik moet de papieren kunnen uitspreiden,' zei ik. 'Ik wil weten wat er te weten valt tegen de tijd dat we in Chino aankomen.'

'Dus we gaan?' vroeg Bosch.

'Ja, als jij het aankunt. Als je bij de UCLA vandaan komt, zit je er meestal doorheen.'

'Misschien heb ik nu de placebo gekregen. Ik voel me prima.'

Daar twijfelde ik aan. Ik vermoedde dat hij de gebruikelijke uitputting voor me verborgen hield. Maar misschien was het de adrenaline van de zaak die hem op toeren hield.

'Oké dan. We gaan. En als ik hierdoorheen ben voor we aankomen, wisselen we van plaats en kun jij het doornemen. Oké?'

'Oké.'

Bosch reed weg van de stoeprand en zette koers naar het zuiden, naar Alameda.

'Je kent de weg, hè?' vroeg ik.

'Ik ben er vaak genoeg geweest,' antwoordde Bosch. 'Als je trek hebt – er zitten *po'boys* van Little Jewel in die zak.'

'Ik ging er bijna op zitten. Oesters of garnalen?'

'Garnalen. Moeten we terug en oesters halen?'

'Nee, ik was gewoon benieuwd, ik hou niet van oesters.'

'Ik ook niet.'

De vrouwengevangenis in Chino was een uur rijden vanuit het centrum. Terwijl Bosch zich een weg baande naar de 10 richting oost haalde ik het elastiek van de map en maakte die open om te zien wat Silver me had gegeven. Ik zag meteen dat ik bedot was. In de eerste drie plastic mapjes zaten documenten, maar in de achterste vier zaten ongebruikte blocnotes. Die had Silver erbij gedaan om de map meer gewicht te geven. De hoeveelheid documenten was een indicatie voor de tijd en energie die aan de zaak waren besteed. Het leek als een paal boven water te staan dat Silver bij de overdracht had geprobeerd te verhullen hoe weinig hij voor Lucinda Sanz had gedaan. Voor ik wegging uit zijn kantoor had hij me een reçu laten tekenen voor het hele dossier. Eén-nul voor Silver. Ik had het moeten zien aankomen en de hele map moeten doornemen voor ik tekende.

'Wat een rat.'

Bosch keek me weer aan via de binnenspiegel. 'Wie?'

'Silver, nummer twee.'

'Hoe bedoel je?'

'Hij heeft de map volgestopt met lege notitieblokken zodat ik zou denken dat hij er veel werk aan had gehad.'

'Waarom? Heb je iets met hem afgesproken?'

'In ruil voor het dossier moest ik hem vijfentwintig procent geven na aftrek van kosten. Weet je, ik ga elke cent die ik kan verzinnen afromen. Inclusief jouw honorarium.'

Ik dacht Bosch te zien glimlachen.

'Vind je dat grappig?'

'Ik vind het ironisch. De ene strafpleiter die de andere voor rat uitmaakt. Welkom in de wereld waarin ik al veertig jaar leef.'

'Juist ja. Als je maar niet vergeet wie jou betaalt en aan wie je je zorg te danken hebt.'

'Maak je geen zorgen, dat zal niet gebeuren.'

'Nu we het er toch over hebben, hoe was het bij de UCLA gisteren?'

'Ik kreeg mijn infuus, ze prikten bloed en ik was weer weg.'

'Fijn dat je toch gegaan bent. En dat spul in het infuus is wat ze testen?'

'Ja. Dat is de isotoop. Ze hangen een zakje op, prikken me aan en pompen het naar binnen. Dat duurt twintig à dertig minuten, afhankelijk van de dosering. En die verandert van week tot week.'

'En dan prikken ze bloed om te zien of het werkt?'

'Niet echt. Ze willen zeker weten dat ik geen tekort aan bloedplaatjes heb, wat dat ook moge betekenen. En ze kijken of ik geen nier- of leverschade oploop. Over dertig dagen nemen ze een biopt. Beenmerg. Dat is de échte test.'

'Hou me op de hoogte, alsjeblieft.'

'Doe ik. Maar nog even over Sanz. Je hebt Silver vijfentwintig procent beloofd. Betekent dat dat je verwacht aan de zaak te verdienen?'

'Niet echt. Als haar vonnis wordt geschrapt, zou ze compensatie kunnen eisen voor onterechte veroordeling, maar daar verdient een advocaat niet veel aan. En omdat ze zelf tekende voor aanvaarding van celstraf zie ik weinig kans op succes in een civiele zaak wegens onterechte opsluiting. Silver nummer twee heeft weinig ervaring in het uit de gevangenis houden van mensen en helemaal geen als het erom gaat ze er weer uit te halen. Hij hoopt alleen maar op een onverdiende meevaller die hoe dan ook niet komt.'

Ik richtte mijn aandacht weer op wat er nog wel aan nuttigs in de map te vinden was. Het eerste document was een informatieformulier, een standaarddocument waarop naam en adres van de cliënt, namen van familieleden en creditcardgegevens werden ingevuld. Het diende er in het algemeen voor dat een advocaat te allen tijde wist waar zijn cliënt te vinden was, en dat hij min of meer zeker wist dat hij zou worden betaald voor zijn werk. In dit geval had Lucinda Sanz nooit het stadium van borgtocht bereikt, dus was steeds bekend waar ze was. En aangezien Silver me had verteld dat hij nauwelijks aan de zaak had verdiend, nam ik aan dat de twee genoemde creditcards hun lage limiet al snel hadden bereikt.

Ik vroeg me af waarom Sanz niet had gevraagd om een pro-Deo-advocaat in plaats van een middelmatige advocaat die ze moest betalen, maar dat was mosterd na de maaltijd. Ik ging naar het volgende plastic mapje en vond een transcriptie van het gesprek dat Lucinda Sanz had gehad met de rechercheurs van de sheriff die de zaak-Roberto Sanz behandelden.

Ik las het vanaf het begin, vanaf het moment waarop Lucinda in haar dwaasheid afzag van haar rechten en ermee instemde te praten met rechercheurs Gabriella Samuels en Gary Barnett. Die hadden algemene, open vragen gesteld en Lucinda met haar antwoorden haar eigen graf laten graven. Een bekende truc. De gevangenissen zaten vol mensen die zichzelf bijna letterlijk door de poort naar binnen hadden gepraat. Dat wilde zeggen: in plaats van hun mond te houden, besloten ze hun handelen en beweegredenen te verklaren. Maar als ze eenmaal van hun rechten hadden afgezien, waren ze er geweest.

Gedurende het gesprek vertelde Lucinda hetzelfde verhaal als Bosch al had afgeleid uit het reclasseringsverslag. Dat was in elk geval een goed ding. Haar versie van wat er die avond in Quartz Hill gebeurde, was consistent gebleven.

Samuels: Hij ging weg door de voordeur?

Sanz: Ja, door de voordeur.

Samuels: En wat deed u toen?

Sanz: Ik sloeg de deur dicht en deed de grendel ervoor. Ik wilde niet dat hij weer binnen zou komen en ik wist dat hij nog een sleutel had, ook al was dat niet de bedoeling.

Samuels: En toen?

Sanz: Ik stond nog achter de deur en toen hoorde ik een schot. En toen nog eens. Ik was bang, ik dacht dat hij op het huis schoot. Ik rende naar de slaapkamer van mijn zoontje en daar verstopten we ons. Ik belde het alarmnummer en wachtte af.

Samuels: Hoe wist u dat er geschoten werd?

Sanz: Dat weet ik niet. Ik denk dat ik het niet zeker wist, maar ik heb wel eerder horen schieten. Toen ik klein was. En toen we net getrouwd waren gingen Robbie en ik wel eens naar de schietbaan.

Samuels: Hoorde u nog meer behalve schoten? Stemmen? Of iets anders?

Sanz: Nee, ik hoorde verder niets. Alleen de schoten.

Samuels: Ik zag dat er een spionnetje in de voordeur zit. Hebt u naar buiten gekeken nadat er geschoten werd?

Sanz: Nee, ik dacht dat hij misschien op de deur schoot. Ik liep de gang in.

Samuels: Weet u dat zeker?

Sanz: Ja, ik weet nog wat ik heb gedaan.

Barnett: Hebt u een wapen, mevrouw Sanz?

Sanz: Nee. Ik hou niet van wapens. Toen we uit elkaar gingen, heb ik tegen Robbie gezegd dat hij alle wapens moest meenemen. Ik wil die dingen niet in huis.

Barnett: U zegt dus dat er geen wapens in huis waren?

Sanz: Ja. Er waren geen wapens.

Samuels: Wat deed u nadat u het alarmnummer had gebeld?

Sanz: Ik wachtte in de slaapkamer met mijn zoontje. En toen ik de sirenes hoorde, zei ik dat hij in de kamer moest blijven en ging ik uit het raam kijken. Toen zag ik de hulpsheriffs en dat Robbie op de grond lag.

Barnett: Hebt u op hem geschoten?

Sanz: Nee. Dat zou ik nooit doen. Hij is de vader van mijn zoon.

Barnett: Maar ziet u nu zelf: u hebt ruzie, hij loopt het huis uit en wordt op nog geen vier meter van de voordeur in de rug geschoten. Wat moeten we daar dan van denken?

Sanz: Ik heb dat niet gedaan.

Barnett: Tja, als u het niet hebt gedaan, wie dan wel?

Sanz: Dat weet ik niet. We zijn al drie jaar uit elkaar. Ik weet niet met wie hij omging en wat hij allemaal deed.

Barnett: Waar is het wapen?

Sanz: Ik zei al, ik heb geen wapen.

Barnett: Dat vinden we wel, maar het zou beter voor u zijn als u het gewoon vertelde.

Sanz: Ik heb het niet gedaan.

Samuels: Was u bang dat hij zijn wapen uit de auto zou pakken?

Sanz: Nee. Ik dacht dat hij zijn wapen al bij zich had en op het huis schoot.

Samuels: Maar u zei eerder dat u bang was. Waar was u op dat moment bang voor?

Sanz: Dat zei ik u al, ik was bang dat hij op het huis schoot. We hadden net ruzie gehad. Ik kon niet met Eric naar mijn moeder omdat we niet hadden gegeten omdat hij zo laat was.

Samuels: Zei hij waarom hij laat was?

Sanz: Hij zei dat hij een werkvergadering had en ik weet dat hij loog. Het bendeteam werkt nooit op zondag.

Samuels: Dus u schreeuwde tegen hem?

Sanz: Een beetje. Ik was behoorlijk pissig op hem.

Samuels: Schreeuwde hij ook tegen u?

Sanz: Ja. Hij schold me uit voor kutwijf.

Samuels: Werd u daarom pissig?

Sanz: Nee, nee, leg me geen woorden… Ik was pissig op hem omdat hij zo laat was. Meer niet.

Samuels: Lucinda, als je je bedreigd voelde, moeten we het daar even over hebben. Jij bent bang. Hij heeft wapens. Zei hij dat hij een wapen uit de auto ging pakken?

Sanz: Dat zei ik al: nee. Hij ging weg. Ik zei dat hij weg moest gaan en dat deed hij ook. Ik deed de deur op slot en dat was dat.

Barnett: Dat klopt toch niet, Lucinda. Dit moet je toch even uitleggen. Hij is in jouw huis. Hij loopt naar buiten en wordt van achteren neergeschoten. Was er nog iemand anders in huis?

Sanz: Nee, niemand. Alleen Eric en ik.

Barnett: Weet je wat schotresten zijn?

Sanz: Nee.

Barnett: Nou kijk, als je een wapen afvuurt, komen er microscopisch kleine deeltjes uit. Je kunt ze niet zien, maar je krijgt ze op je handen en je kleren. Weet je nog dat een hulpsheriff thuis monsters van je nam? Dat hij je handen afnam met kleine ronde stukjes schuimrubber?

Sanz: Dat was een zij. Die hulpsheriff.

Barnett: Nou, de testresultaten waren positief. Er zaten schotresten op je handen en dat betekent dat je een wapen hebt afgevuurd, Lucinda. Hou dus op met liegen en vertel het maar. Wat is er gebeurd?

Sanz: Ik heb u al gezegd, ik heb het niet gedaan. Ik zou hem nooit doodschieten.

Barnett: Hoe verklaar je die schotresten dan?

Sanz: Dat weet ik niet, dat kan ik niet. Ik wil er nu graag een advocaat bij hebben.

Barnett: Weet je dat zeker? We kunnen de hele zaak in een paar minuten helder hebben. Dan kun jij naar huis, naar je zoontje.

Sanz: Ik heb het niet gedaan.

Samuels: Laatste kans, Lucinda. Als jij een advocaat belt, kunnen we je niet meer helpen.

Sanz: Ik wil een advocaat bellen.

Barnett: Oké, dan is het afgelopen. We houden je aan wegens moord op Roberto Sanz. Wil je nu…

Sanz: Nee, dat heb ik niet gedaan.

Barnett: Sta op. We nemen je in hechtenis. Je advocaat komt je binnenkort opzoeken.

Ik legde de transcriptie opzij en keek uit het raam.

De snelweg was hier op pilaren aangelegd en ik zag de bovenste verdiepingen van bedrijven en uithangborden op palen die zo hoog waren dat je ze vanuit een rijdende auto kon zien. Ik was boos. Ik moest Lucinda Sanz nog leren kennen, naar ik kon nu al zeggen dat ze geen kaas had gegeten van het optreden van de politie terwijl ze nota bene getrouwd was geweest met een agent. Tijdens het gesprek had ze geprobeerd voor zichzelf op te komen. Ze had ontkend dat ze haar ex had vermoord. Maar ze had ze ook van alles in handen gegeven om een zaak tegen haar op te bouwen. Ze had zichzelf naar binnen gekletst.

'Die gasten…' zei ik. 'Niet erg origineel.'

'Wie?' vroeg Bosch.

'De rechercheurs, Samuels en Barnett.'

'Hoezo?'

'Zoals ze haar aan het handje namen met hun leugens en hun zogenaamde empathie. Die truc van "laten we kijken of we er samen uit komen". Ik word daar razend van.'

'Je zou er versteld van staan hoe vaak het werkt. De meeste moordenaars… willen gewoon begrepen worden.'

'En dus lullen ze zichzelf de cel in.'

'Waarover hebben ze tegenover haar gelogen?'

'Ja, waarover niet, kun je beter vragen? Maar om te beginnen speelden ze het schotrestenspelletje. Daar ging ze niet op in.'

'Ik vraag me af of dat een spelletje was als ze tegen haar zeiden dat ze positief testte.'

'Ik mag hopen dat het een spelletje was, want anders hebben we een probleem met die vermeende onschuld. Waarom denk jij niet dat ze spelletjes speelden?'

'Het stond in een van de krantenartikelen. In de tijd dat ik… nou ja, gewoonlijk zetten we geen leugens in de persberichten. Dus denk ik dat dat aspect klopt. Dat ze positief testte bij de schotrestentest.'

'Neem de volgende afslag maar.'

'Hè, wat?'

'We gaan terug. Ik heb hier al genoeg tijd aan verspild.'

'Vanwege die schotresten?'

'Ik ben op zoek naar habeas-zaken. Dat heb ik je gezegd, Harry. Als ze schotresten op haar handen had, zijn we de klos.'

'De schotrestentest is geen exacte wetenschap, Mickey. Ik heb zaken gehad… de advocaten kwamen opdagen met experts met een waslijst van producten waarover ze beweerden dat ze hetzelfde resultaat gaven op zo'n schijfje.'

'O ja, de verdediging middels inexacte wetenschap. Een wanhoopsdaad waarmee je probeert twijfel te zaaien bij een jury die ons met een habeas-verzoek niet tot de rechtszaal toelaat.'

'Luister nou, Chino is nog maar tien minuten. Laten we in elk geval even met haar praten.'

Ik keek nog eens naar de transcriptie en schudde mijn hoofd. Mijn mening over Silver nummer twee veranderde. Misschien had hij Lucinda Sanz toch de best mogelijke deal geleverd.

'Als we even iets helder kunnen krijgen,' zei ik. 'De termijn voor een beroep is al minstens twee jaar geleden verstreken. De enige manier waarop deze zaak heropend kan worden, is door middel van een habeas-verzoek waarbij nieuw bewijsmateriaal wordt aangedragen dat feitelijke onschuld ondersteunt. Overigens is dat ook wat ons te doen staat. Anders hebben we niets te melden. We moeten bewijzen dat ze onschuldig is, net als bij Ochoa. We kunnen dus onze broodjes garnalen eten en een praatje met haar maken, oké, maar als het er niet in zit, zijn we klaar en gaan we door naar de volgende.'

Bosch zei niets. Ik wachtte tot hij me aankeek in de binnenspiegel.

'Mee eens?' zei ik.

'Volledig,' zei Bosch. 'Volledig eens.'

10

We zaten aan een tafel in een advocaat-cliëntruimte in de gevangenis in Chino en wachtten tot de bewaking Lucinda Sanz kwam brengen. De geluiden in een gevangenis waren nooit aangenaam, ook niet in een vrouwengevangenis, en ook niet wanneer ze door betonnen muren en staal werden gedempt.

'Hoe wil je het aanpakken?' vroeg Bosch.

'Zoals altijd,' zei ik. 'Ik begin met open vragen en spits het gesprek toe als we iets interessants horen. Maar eerst moet ze de papieren tekenen. Anders zijn we hier meteen weg.'

Voor Bosch nog iets kon vragen, ging de deur open en een vrouwelijke bewaker leidde Lucinda Sanz de kamer binnen. Ik stond op, glimlachte zo vriendelijk als ik kon en knikte haar toe; Bosch bleef zitten. Sanz moest plaatsnemen op een stoel tegenover ons. Een van haar polsen werd geboeid aan een stang aan de zijkant van de tafel.

'Dank u,' zei ik. De bewaker zei niets en liep de kamer uit. Ik verlegde mijn aandacht naar Lucinda en ging zitten.

Lucinda was een kleine vrouw met een lichtgetinte huid, bijpassende donkerbruine ogen en donker haar in een staartje. Ze droeg een blauwe overall met korte mouwen en daaronder een t-shirt met lange mouwen, waarschijnlijk tegen de kou. Ze beantwoordde mijn glimlach niet en ik vermoedde dat ze ons aanzag voor rechercheurs. Bosch straalde dat uit, zo oud als hij was. En omdat ik vandaag niet in de rechtszaal hoefde te zijn, droeg ik geen das.

'Lucinda, je hebt me een brief geschreven. Ik ben Michael Haller, de advocaat.'

Nu glimlachte ze wel, en ze knikte.

'Ja, ja, ja,' zei ze. 'De Lincoln-advocaat. Gaat u mijn zaak doen?'

'Nou, we zijn hier gekomen om het daarover te hebben,' zei ik. 'Maar voor we beginnen wil ik dat je goed zicht krijgt op de situatie. Ten eerste: dit is Harry Bosch. Hij is mijn assistent en researcher en degene die waarde hecht aan je bewering dat je onschuldig bent.'

'O, dank u,' zei Sanz. 'Ja, ik ben onschuldig.'

Bosch knikte, meer niet. Ik merkte op dat Lucinda een licht accent had.

'Ik moet je ook vooraf iets zeggen,' zei ik. 'Ik beloof niets. Als je ermee instemt dat ik je advocaat word, zullen we je zaak zorgvuldig bestuderen, en als we redenen vinden om de zaak voor de rechter te brengen, zullen we dat doen. Maar nogmaals: geen beloften. Zoals je waarschijnlijk weet is onschuld in de rechtszaal niet voldoende. In jouw geval moet je bewíjzen dat je onschuldig bent. Sterker, op dit moment ben je schuldig tot het tegendeel bewezen is.'

Ze knikte nog voor ik was uitgesproken.

'Dat begrijp ik,' zei ze. 'Maar ik heb mijn man niet vermoord.'

'Je ex-man, bedoel je,' zei ik. 'Maar laat me even uitpraten. Als je wil dat ik je in deze zaak vertegenwoordig, vraag ik je een overeenkomst te tekenen. Met die overeenkomst stel je mij aan als je advocaat en sta je mij toe je te vertegenwoordigen in alle strafrechtelijke en civiele zaken die uit deze zaak voort kunnen vloeien. Dat wil zeggen: als deze strafzaak leidt tot een civiele zaak, ben ik ook daarin je advocaat. Begrijp je dat?'

'Ja. Daar teken ik graag voor.'

Ik sloeg de map open die ik bij aankomst al op tafel had gelegd en nam er de opdrachtbrief en de overeenkomst uit.

'Er is een betalingsschema bijgevoegd,' zei ik. 'Misschien wil je dat even doornemen voor je tekent.'

'Ik heb geen geld,' zei Sanz.

'Dat begrijp ik. Dat geeft ook niet. Ik ontvang alleen iets als je zelf iets ontvangt. Ik krijg dan een deel voor mijn inspanningen om dat te bereiken. Maar daar hoeven we nu nog niet over na te denken. Op dit moment ligt dat nog ver in de toekomst. Wat nu belangrijk is, is de vraag of er een kans is dat we je hier weer uit kunnen krijgen.'

Ik schoof het papier naar haar toe.

'Nog één ding, voordat je tekent,' zei ik. 'Dit document is opgesteld in het Engels. Ben je vertrouwd met die taal en kunnen we vandaag in het Engels met elkaar praten?'

'Ja,' zei Lucinda. 'Ik ben hier geboren. Ik praat mijn hele leven al Engels.'

'Oké, mooi. Ik wilde dat graag even verifiëren omdat je een licht accent hebt.'

'Mijn ouders kwamen uit Guadalajara. Thuis praatten we wel Spaans toen ik klein was.'

Ik pakte een pen en legde die op het document. Omdat haar ene hand was vastgemaakt aan de buis aan de tafel, legde ik mijn hand op het papier zodat het niet weggleed terwijl ze haar handtekening zette.

'Wil je het niet eerst lezen?' vroeg ik.

'Nee,' zei Sanz. 'Ik vertrouw u. Ik weet wat u voor Jorge Ochoa hebt gedaan.'

Ze tekende het document, ik schoof het terug over de tafel en stopte het weer in de map. Ze gaf me de pen terug en ik stak hem weg.

'Dank je,' zei ik. 'We hebben nu een advocaat-cliëntrelatie. In die relatie is meneer Bosch ook begrepen, als mijn assistent en researcher. Je kunt mij alles vertellen wat je wil, zonder dat het buiten deze muren bekend wordt.'

'Ik begrijp het,' zei Sanz.

'Ik moet je ook duidelijk maken wat er nu op het spel staat, zodat je kunt besluiten wat de risico's zijn en of je wil dat we de zaak voortzetten.'

'Ik zit nu toch al in de gevangenis.'

'Ja, maar je zit nu een straf uit die wellicht wordt opgeheven. Als we een verzoek indienen om je zaak te herzien – dat heet een habeas-verzoek – brengt dat een risico met zich mee. Er kunnen drie uitkomsten zijn. De eerste is dat het verzoek wordt geweigerd en je je straf moet uitzitten. De tweede is dat je veroordeling wordt herroepen en je in vrijheid wordt gesteld. Maar er is ook een derde mogelijkheid: dat een rechter je veroordeling herroept, maar je opnieuw laat berechten. Als dat gebeurt, kunt je veroordeeld worden door een jury en een veel zwaardere straf opgelegd krijgen – mogelijk zelfs levenslang zonder kans op vervroegde vrijlating.'

'Dat kan me niet schelen. Ik ben onschuldig.'

Ik nam even de tijd om te verwerken hoe snel ze had gereageerd. Ze aarzelde niet vanwege de risico's. Ze had het gezegd zonder met haar ogen te knipperen of weg te kijken. Dat gaf me de geruststelling dat Lucinda, als ze inderdaad opnieuw terecht moest staan, de jury met dezelfde onoverwinnelijke blik in de ogen kon kijken – of het nu was als verdachte of als getuige.

'Oké,' zei ik. 'Ik wil alleen dat je je bewust bent van de risico's.'

'Dank u.'

'Goed. Zoals ik al zei hebben we nu het voorrecht van een advocaat-cliëntrelatie. Alles wat je van nu af aan zegt, blijft vertrouwelijk. Ik moet je dus allereerst vragen: is er iets wat je mij moet vertellen en dat ik over de zaak moet weten?'

'Ik heb hem niet vermoord. Dat is wat u moet weten.'

Ik hield haar blik een lang moment vast voor ik verderging. Ook nu keek ze niet weg, zoals leugenaars vaak doen. Opnieuw een goed teken.

'Dan kunnen we hopelijk iets voor je doen,' zei ik. 'Ik heb een paar vragen voor je en meneer Bosch heeft er ook een paar. We hebben nu nog een kleine drie kwartier en ik wil die maximaal benutten. Is dat oké, Lucinda?'

'Ja, dat is oké. Maar iedereen noemt me Cindi.'

'Cindi. Oké. Cindi. Zullen we beginnen met de vraag waarom je meneer Silver inhuurde als advocaat toen je werd aangehouden?'

Sanz moest even nadenken voor ze antwoord gaf.

'Ik had geen geld voor een advocaat,' zei ze ten slotte.

'Werd hij je toegewezen?'

'Nee, ik had een pro-Deoadvocaat. Maar die werd benaderd door meneer Silver. Hij wilde de zaak vrijwillig op zich nemen.'

'Maar je zei dat je geen geld had. En ik heb gezien dat je een document hebt getekend waarop je creditcardgegevens stonden.'

'Hij zei dat hij de creditcards kon regelen en ik hem zo kon betalen.'

Ik knikte en besefte dat mijn eerste inschatting van Silver correct was geweest. De rat. Lucinda Sanz had vanaf het begin in de shit gezeten.

'Oké. Als we je strafmaat even onder de loep nemen: je kreeg een middellange celstraf plus verzwaring wegens wapenbezit, in totaal elf jaar. Met goed gedrag zit je hier maximaal negen jaar. Je hebt er dus al meer dan de helft op zitten en uit je brief spreekt een wanhopig verlangen om hier weg te komen. Is er iets aan de hand? Ben je in gevaar? Moeten we vragen om overplaatsing?'

'Nee, het is hier goed. Heel dicht bij mijn familie. Maar mijn zoon heeft me nodig.'

'Je zoon. Eric, hè? Hoe is het met hem?'

'Hij woont bij mijn moeder in onze oude buurt.'

'Hoe oud is Eric?'

'Hij wordt veertien.'

'Waar is die oude buurt?'

'Boyle Heights.'

Dat was in het oosten van L.A. De White Fence-bende zat diep in Boyle Heights, wist ik, en met twaalf jaar kon je al gerekruteerd worden. Ik keek even naar Bosch en gaf een flauw knikje. We begrepen allebei dat Lucinda Sanz de gevangenis uit wilde om haar zoon voor die weg te behoeden.

'Ben je opgegroeid in Boyle Heights?' vroeg ik. 'Hoe ben je in Palmdale terechtgekomen?'

'Quartz Hill,' zei Sanz. 'Toen mijn man geen gevangenisdienst meer deed, werd hij overgeplaatst naar Antelope Valley. Dus verhuisden we.'

'Kwam hij ook uit Boyle Heights?' vroeg Bosch.

'Ja,' zei Sanz. 'We kenden elkaar al van toen we klein waren.'

'Zat hij bij White Fence?' vroeg Bosch.

'Nee,' zei Sanz. 'Maar zijn broer… en zijn vader… die wel.'

'En toen hij bij het sheriffs departement kwam?' vroeg Bosch. 'Ging hij toen bij een clubje?'

Sanz liet een stilte vallen. Ik had graag gehad dat Bosch die vraag met wat meer tact had gesteld.

'Hij had wel vrienden,' zei ze toen. 'En hij vertelde dat er van die clubjes waren, ja.'

'Zat Roberto ook bij zo'n clubje?' vroeg Bosch.

'Niet toen we getrouwd waren,' zei Sanz. 'Hoe dat later was, weet ik niet. Maar hij veranderde wel.'

'Hoeveel tijd zat er tussen jullie scheiding en zijn dood?' vroeg ik.

'Drie jaar,' zei Sanz.

'Wat gebeurde er?' vroeg ik. 'Binnen jullie huwelijk, bedoel ik.'

Ik sloeg de uitdrukking op Sanz' gezicht gade. Ze vroeg zich blijkbaar af wat dit te maken had met de vraag of ze onschuldig was of niet. Nu had ik zelf ook wel wat tactvoller kunnen zijn.

'Kijk, Cindi, we moeten zoveel mogelijk te weten zien te komen over je relatie met het slachtoffer,' zei ik. 'Ik kan me voorstellen dat dat pijnlijke herinneringen oproept, maar we moeten het van jou horen.'

Ze knikte.

'Nou ja, we… hij had vriendinnen,' zei Sanz. 'Eigenlijk gewoon hoertjes. Toen hij daarmee begon, veranderde hij. Wat wij samen hadden werd anders, en toen zei ik: tot hier en niet verder. Ik wil er niet over praten.'

'Het spijt me,' zei ik. 'We kunnen het onderwerp voorlopig laten rusten, maar misschien moeten we erop terugkomen. Weet je de namen van die vrouwen?'

'Nee. Ik wilde hun namen niet kennen.'

'Hoe wist je van ze?' vroeg ik.

'Ik wist het gewoon,' zei Sanz. 'Hij was zichzelf niet meer.'

'Was het een reden om ruzie over te maken na de scheiding?'

'Daarna? Nee. Het interesseerde me niet wat hij deed toen we eenmaal uit elkaar waren.'

'De ruzie van die avond draaide er dus om dat hij Eric te laat thuisbracht.'

'Hij was altijd laat. Expres.'

Ik knikte en keek naar Bosch.

'Harry, heb jij nog vragen?' vroeg ik.

'Een paar, ja,' zei Bosch. 'Kun je me zeggen wie zijn vrienden waren binnen de afdeling en op zijn sheriffskantoor?'

'Hij zat in het bendeteam,' zei Sanz. 'Dat waren zijn vrienden. Maar hun namen ken ik niet.'

'Hij had een tatoeage op zijn heup,' zei Bosch. 'Vlak onder zijn broekriem. Weet je waar hij die heeft laten zetten?'

Sanz schudde haar hoofd. 'Nee, daar weet ik niets van,' zei ze. 'Toen we nog samen waren, had hij geen tattoos.'

Omdat we het gesprek niet van tevoren hadden gepland, begreep ik niet waarom Bosch zo graag wilde weten wanneer Roberto Sanz die tatoeage had laten zetten. Ik besloot er op de terugweg naar te vragen.

Toen stelde Bosch nog een vraag die ik niet zag aankomen.

'Zou ik misschien eens met Eric mogen praten?'

'Waarom?' vroeg Sanz.

'Om te horen wat hij zich van zijn vader herinnert,' zei Bosch. 'En van die avond.'

'Nee,' zei Sanz met nadruk. 'Dat wil ik niet hebben. Ik wil niet dat hij hierbij betrokken wordt.'

'Maar dat is hij al, Cindi,' zei ik. 'Hij was er ook, die avond. Sterker nog, voor hij weer thuiskwam was hij de hele dag bij zijn vader geweest. Voor zover we weten heeft er nooit iemand met hem gepraat over wat er die dag gebeurde. Ik wil graag weten waarom zijn vader hem twee uur te laat thuisbracht.'

'Hij is nu dertien,' zei Bosch. 'Misschien herinnert hij zich nog iets van die dag wat ons verder helpt. Wat jóú verder helpt.'

Sanz perste haar lippen op elkaar alsof ze haar hakken in het zand ging zetten. Maar toen leek ze van gedachten te veranderen.

'Ik zal het hem vragen,' zei ze. 'Als hij ja zegt, oké, dan kunt u met hem praten.'

'Fijn,' zei ik. 'We zullen ons best doen hem niet van streek te maken.'

'Dat is onmogelijk als u hem vraagt naar zijn vaders dood,' zei Sanz. 'Eric was dol op zijn vader. En het doet mij ontzettend pijn dat zijn moeder in de gevangenis zit wegens moord op zijn vader terwijl ik weet dat ik dat niet heb gedaan.'

'Dat begrijp ik,' zei ik, en ik knikte. Ik probeerde het gesprek weer op te pakken. 'Hoe vaak spreken Eric en jij elkaar?'

'Eén of twee keer per week,' zei Sanz. 'Afhankelijk van hoe vaak ik bij de telefoon mag.'

'Komt hij je opzoeken?'

'Eén keer per maand. Dan is hij hier samen met mijn moeder.'

Er viel een stilte terwijl tot me doordrong hoeveel deze vrouw verloren had, of ze nu onschuldig was of niet. Bosch stampte de stilte binnen, alweer zonder veel gevoel voor tact.

'Dat wapen gaat niet meer boven water komen, hè?'

Lucinda leek volslagen van haar stuk door deze plotselinge wending. Ik wist wel dat het een politietactiek was: stel vragen in de verkeerde volgorde of in de verkeerde context om reacties te provoceren en te vermijden dat de verdachte zich op zijn gemak gaat voelen.

Toen Lucinda geen antwoord gaf, drong Bosch aan.

'Het wapen waarmee je ex-man werd vermoord is nooit gevonden,' zei Bosch. 'Dat gaat ook niet meer gebeuren, of wel?'

'Hoe moet ik dat nou weten?' riep Sanz.

'Dat weet ik niet,' zei Bosch. 'Daarom vroeg ik ernaar. Ik ben bang dat het wapen opeens opduikt terwijl wij midden in de zaak zitten. Dat zou jou en ons een hoop problemen opleveren.'

'Ik heb mijn man niet vermoord en ik weet ook niet wie dat wel heeft gedaan,' zei Sanz, en er was scherpte in haar stem te horen. 'En dat wapen heb ik niet.'

Ze keek Bosch strak aan tot hij wegkeek. Daar had je die strakke blik weer. Ik begon haar te geloven. Uit ervaring wist ik dat ik me daarmee op glad ijs begaf.

11

Ik reed zelf terug, met Bosch naast me. Hij nam het dossier van Frank Silver door, blijkbaar om me te laten zien dat je zoiets kon doen zonder alles op de achterbank uit te spreiden. Ik deed alsof ik het niet opmerkte, keek voor me op de weg, dacht na over Lucinda Sanz en hoe ik haar zou kunnen redden.

Het was een goed idee geweest om naar de gevangenis te gaan. Lucinda persoonlijk ontmoeten, haar stem horen en haar in de ogen kijken maakte een wereld van verschil. Ze was nu meer dan een persoon in een zaak. Ze werd een mens van vlees en bloed, en in de ernst van wat ze zei proefde ik de waarheid. Ik vermoedde dat ze inderdaad zo'n zeldzaamheid zou kunnen zijn: een onschuldige cliënt.

Maar die overtuiging bracht ook een leeg gevoel met zich mee terwijl ik terugreed naar de stad. Wat mijn onderbuik me vertelde, had in de rechtszaal niets te betekenen. Ik moest daar een manier voor vinden. En hoewel we nog maar net aan de zaak waren begonnen, wist ik dat me een zware taak te wachten stond die diepe littekens zou achterlaten als ik hem niet zou volbrengen.

Bosch en ik hadden Lucinda ondervraagd tot de humorloze bewaakster die haar naar de gespreksruimte had gebracht haar weer kwam halen. Lucinda kreeg een papier mee met onze telefoonnummers erop en we beloofden haar dat we ons best zouden doen de zaak te evalueren en snel te besluiten hoe we die moesten aanpakken. En ook dat zou een leeg gevoel achterlaten als we uiteindelijk besloten niets te doen omdat ik niets kón doen.

Ik wierp Bosch een snelle blik toe. We hadden niet meer over Lucinda gepraat nadat we uit de gevangenis waren weggegaan. Ik had aangeboden te rijden en Bosch was erop ingegaan. We zaten nog niet op de weg of hij was al in het dossier gedoken, en de hele rit lang keek hij niet op of om, zelfs niet toen ik in de remmen moest en een paar keer toeterde.

'Nou Harry, wat denk je ervan?' vroeg ik ten slotte.

'Nou,' zei Bosch, 'in de loop der jaren heb ik een hoop moordenaars tegenover me gehad. De meeste slagen er niet in je aan te kijken wanneer ze ontkennen wat ze hebben gedaan. Daar heeft ze bij mij wel punten mee gescoord.'

Ik knikte. 'Bij mij ook. Ik kreeg een idioot idee, daar in die kamer, toen ze zei dat ze het niet had gedaan.'

'Wat dan?'

'Haar zelf laten getuigen. Haar zelf de rechter laten overtuigen.'

'Ik dacht dat je altijd het tegenovergestelde preekte. Dat cliënten weg dienen te blijven uit de getuigenbank. Was jij niet degene die zei dat mensen zichzelf de cel in praten?'

'Heb ik gezegd, en gewoonlijk predik ik dat ook. Ik voeg er graag aan toe dat mijn cliënt alleen zal getuigen als ik zelf een steek laat vallen. Maar iets in haar geeft me het gevoel dat ze dit zou kunnen winnen. Rechters zijn anders dan juryleden. Ze zien de ene leugenaar na de andere en ze hopen allemaal op een dag de waarheid te horen. Ik denk dat Silver haar die deal uit het hoofd had moeten praten en de zaak had moeten laten voorkomen. Ze zou een jury ook kunnen overtuigen. Die misser alleen was al goed voor een vijf-nul-vier, als je 't mij vraagt.'

'Vijf-nul-vier?'

'Onvoldoende assistentie door een advocaat. Ik heb tegen Silver gezegd dat ik het zover niet zou laten komen, maar dat weet ik nu niet zo zeker meer. Het zou ons wel wat tijdwinst kunnen opleveren.'

'Hoe dan?'

'Ik dien een habeas-verzoek in, gebaseerd op incompetente vertegenwoordiging. Terwijl die procedure bij de rechtbank loopt, hebben wij tijd om met iets beters te komen voordat de zaak voor de rechter komt.'

'Als er iets beters is.'

'Nou, eigenlijk bedoelde ik dat toen ik vroeg wat jij ervan dacht. Ik vroeg niet naar Lucinda. Ik bedoelde de papieren. Zit er iets in dat de zaak verder helpt?'

'Nou, veel hebben we niet, maar de chronologie is verhelderend.'

'Hoezo?'

'Ik denk dat je tunnelvisie hard kunt maken. Toen er eenmaal een positieve schotrestentest lag, werden alle andere alternatieven genegeerd.'

'Ze concentreerden zich alleen op haar?'

'Praktisch wel. Volgens de chrono verhoorden ze de brigadier van het bendeteam waar Roberto Sanz was gestationeerd. Een kerel die Stockton heet. Ze wilden praten over de mogelijkheid dat Roberto was vermoord uit wraak voor het doodschieten van dat bendelid, een jaar eerder. Maar het lijkt wel alsof dat spoor niet meer wordt gevolgd zodra de schotrestentest naar Lucinda wijst.'

'Oké. Dat is iets waar ik later misschien nog wat aan kan hebben. Verder nog iets?'

'Alleen dat ze andere onderzoekslijnen niet langer volgden zodra ze die schotrestentest hadden.'

Ik knikte goedkeurend. Tunnelvisie was de beste vriend van de verdediging. Als je kunt aantonen dat de politie andere mogelijkheden buiten beschouwing laat, wordt de jury achterdochtig. Als je de jury achterdochtig hebt gekregen, heb je ervoor gezorgd dat ze hun respect voor de integriteit van de rechercheurs hebben verloren en heb je twijfel gezaaid. Gerede twijfel. Natuurlijk zou een habeas-verzoek niet door een jury worden toegewezen. Dat zou een rechter doen; een rechter die het klappen van de zweep kende en veel moeilijker te overtuigen zou zijn. Maar wat Bosch had opgemerkt was nog steeds goed om in geval van nood bij de hand te hebben.

'Ik zou die invalshoek ook kunnen onderzoeken,' zei Bosch. 'Het wraak-aspect.'

'Nee. Dat is onze taak niet. Onze taak is bewijzen dat onze cliënt onschuldig is. Erop wijzen dat de oorspronkelijke rechercheurs lui waren of aan tunnelvisie leden kan onze zaak verder helpen. Maar we gaan niet achter alternatieve theorieën aan. Daar hebben we geen tijd voor.'

'Oké, duidelijk.'

'Dit werkt anders, Harry. Je bent niet met een moordonderzoek bezig. We zijn geen misdrijf aan het oplossen. We bewijzen dat Lucinda het niet gedaan heeft. Dat is iets anders.'

'Ik zei al dat het duidelijk was.'

Bosch las verder in het dossier. Een paar minuten later stopte hij met lezen.

'Haar verhaal is nog precies hetzelfde,' zei hij. 'Ik lees hier de transcriptie van het gesprek met de politie. Haar verhaal was toen precies hetzelfde als dat van vandaag. Dat moet toch iets waard zijn.'

'Ja, maar niet genoeg. Het wijst op oprechtheid, net als het oogcontact, maar we hebben meer nodig. Véél meer. O ja, waarom vroeg je haar wanneer Roberto die tatoeage had laten zetten?'

'Ik denk dat het belangrijk is om dat te weten. Als je een tatoeage neemt, is dat een statement voor het leven.'

'Zei de man met een rat op zijn arm.'

'Dat is een ander verhaal. Maar een tatoeage nemen die bijna niemand te zien krijgt, dat zegt iets. Ik dacht gewoon dat het goed zou zijn om te weten, maar hij nam hem nadat ze al uit elkaar waren.'

'Juist.'

Bosch las verder. We waren nu halverwege de terugweg naar L.A. Ik dacht na over de volgende stappen en of ik er een federale of een staatszaak van zou maken. Voor allebei viel iets te zeggen. Maar tegen allebei viel ook iets in te brengen. Federale rechters waren niets verschuldigd aan een electoraat en zouden niet aarzelen een veroordeelde moordenaar vrij te laten – als er bewijs van onschuld was. Maar met een lichtere werklast waren federale juristen nauwkeuriger in hun beoordeling van moties en bewijsvoering.

Mijn telefoon ging, via de bluetoothverbinding van de auto. Lucinda Sanz belde vanuit de gevangenis. Ik nam het gesprek aan en zei tegen haar dat Bosch en ik nog onderweg waren naar de stad en dat we allebei luisterden.

'Ik heb mijn moeder gebeld. Ze heeft me even met Eric laten praten,' zei ze. 'Hij zei dat hij wel met jullie wil praten.'

'Wanneer?' vroeg ik.

'Wanneer jullie willen,' zei ze. 'Hij is nu thuis.'

Ik keek naar Bosch en hij knikte. Het was zijn idee geweest om met de jongen te gaan praten.

'En je moeder vindt het goed?' vroeg ik.

'Ze zei ja,' zei Lucinda.

'Oké, geef me haar nummer maar. Dan bel ik haar en gaan we er meteen langs.'

'Vandaag nog? Zeker weten?'

'Wel zo handig, Cindi. Vandaag hebben we de tijd. Hoe dat morgen is, weet ik niet.'

Ze gaf ons het nummer en ik zag Bosch het opschrijven. Toen tikte ik op de muteknop op het dashboard.

'Wil je nog iets vragen, nu we haar toch aan de lijn hebben?' vroeg ik.

Hij aarzelde even, maar knikte toen.

Ik haalde de mute er weer af. 'Cindi?'

'Ja?'

'Harry wil graag nog iets vragen. Ga je gang, Harry.'

Bosch boog zich naar het midden van het dashboard, alsof hij dacht zich zo beter verstaanbaar te kunnen maken. 'Cindi, weet je nog dat de rechercheurs zeiden dat je armen en handen positief testten op kruitsporen?'

'Dat zeiden ze, maar dat was gelogen,' zei Lucinda. 'Ik heb niet geschoten.'

'Dat weet ik en dat heb je ze ook gezegd. Mijn vraag gaat over die proef. In het gesprek met de rechercheurs zeiden ze dat een man de test had afgenomen, maar jij zei dat het een vrouw was. Herinner je je dat nog?'

'Die hulpsheriff kwam gewoon naar me toe en zei dat ze de test moest afnemen. En toen veegde ze over mijn handen en armen en de voorkant van mijn jasje.'

'Het was dus een vrouw, zeker weten?'

'Ja.'

'Kende je haar of heeft ze gezegd hoe ze heette?'

Voor ze antwoord kon geven, werd het gesprek onderbroken door een computerstem die meedeelde dat het gesprek over een minuut zou worden beëindigd. Na de onderbreking stelde Bosch zijn vraag nog eens.

'Cindi, hoe heette de hulpsheriff die het monster nam?'

'Weet ik niet. Ik denk dat ze dat ook niet heeft gezegd. Ze zei dat ze een collega van Robbie was. Dat weet ik nog wel.'

'Was ze rechercheur?'

'Weet ik niet.'

'Was ze in uniform of in gewone kleding?'

'Nee, ze had gewone kleren aan. En een badge aan een ketting.'

'Om haar hals?'

'Ja.'

'Zou je haar herkennen als je haar weer zag?'

'Nou, dat weet ik niet… ja, denk ik… Ik…'

Het gesprek was afgelopen.

'Shit, ze is weg,' zei Bosch.

'Waar ging dat over?' vroeg ik.

'Ik zit hier net die transcriptie te lezen. De rechercheurs zeggen tegen haar dat de schotrestentest positief is en dat een hulpsheriff, wiens naam ze niet noemen, maar die betiteld wordt als een hij, de proef heeft afgenomen. En dan zegt Lucinda zelf: het was een zij.'

'Oké, en wat is daar dan mis mee?'

'Nou, als je het mij vraagt klopt daar niets van. Ik weet niet wat het sheriffs department voor protocollen hanteert op de plaats delict, maar heel anders dan die van het LAPD zullen ze niet zijn. En ik kan je zeggen dat de schotrestentest bij het LAPD wordt afgenomen door rechercheurs. Of op zijn minst door een laborant. Maar beslist niet door iemand met wie het slachtoffer heeft samengewerkt.'

Ik herinnerde me weer de passage in de transcriptie. Ik had er geen teken in gezien, Bosch wel. Maar dat was dus Bosch. Ik had het eerder meegemaakt. Hij beschikte over de vaardigheid details en bewijs in een zaak op te merken, en hoe dat in elkaar greep – of juist niet. Hij speelde schaak. De meeste anderen damden.

'Interessant,' zei ik ten slotte. 'Het was dus een vrouwelijke rechercheur?'

'Niet per se,' zei Bosch. 'Ze kunnen iemand van huis hebben laten komen; iemand die geen tijd had een uniform aan te trekken. Maar het klinkt als iemand uit Roberto's eigen eenheid. Rechercheurs dragen hun badge gewoonlijk aan hun riem. Een ketting wijst op een niet-geüniformeerd team, dat zich bijvoorbeeld bezighoudt met bendes of drugsbestrijding. Ze gebruiken een ketting zodat ze de badge kunnen verstoppen en dan snel tevoorschijn kunnen halen als de pleuris uitbreekt. Bij een actie of op een plaats delict.'

'Duidelijk.'

Bosch bladerde door de mapjes in het dossier op zijn schoot. Ik keek even opzij en zag hem er een papier uit halen.

'Dit is het eerste verslag van het misdrijf. Er staan de namen op van de hulpsheriffs die het eerst ter plaatse waren: Gutierrez en Spain.'

'Nou, die moeten we dan te spreken krijgen.'

'Misschien niet meteen. Weet je nog? Geen slapende honden wakker maken.'

Ik knikte. 'Oké.'

Bosch haalde een ander papier uit de map.

'Wat heb je daar?' vroeg ik.

'Het bewijzenrapport,' zei Bosch. 'Dat legt de keten van bewijsvoering vast.' Hij liet er zijn blik even over gaan. 'Hier staat dat de schotrestenschijfjes werden verzameld door een hulpsheriff die Keith Mitchell heette.'

'Dat moeten we verifiëren.'

'Het hoeft niets te betekenen. Maar ik ga erachteraan.'

'En hoe zullen we het gesprek met die jongen aanpakken?'

'Dat weet ik nog niet. Laat me eerst dat dossier even doorlezen, dan kunnen we het erover hebben. Als jij nou die moeder even belt en zegt dat we onderweg zijn.'

'Goed plan.'

12

Het huis waar Lucinda Sanz was opgegroeid stond aan Mott Street in Boyle Heights. De buurt was een verwaarloosde puinhoop vol bende-graffiti. Bij veel huizen stond een wit hekwerk om de voortuin, een teken van solidariteit met en bescherming door de White Fence-bende die al generaties lang de buurt beheerste. Sanz' moeder heette Muriel Lopez. Voor haar huis stond ook een wit hek, inclusief de bijbehorende bendeleden. Twee mannen in chino's en mouwloze shirts die hun tatoeages goed deden uitkomen leunden in het portiek tegen de muur terwijl we voor het huis parkeerden.

'Sjongejonge,' zei ik. 'We hebben een welkomstcomité.'

Bosch keek op van de verslagen die hij zat te lezen en wierp de twee mannen een blik toe. Op hun beurt keken ze terug naar ons.

'Is dit het goede adres?' vroeg hij.

'Yep,' zei ik. 'Hier is het.'

'Als je maar weet dat ik niet gewapend ben.'

'Ik denk niet dat ze moeilijk gaan doen.'

We stapten uit en ik liep als eerste door het poortje in het hek.

'Mannen, we komen voor mevrouw Lopez,' zei ik. 'Is ze thuis?'

De mannen waren net over de dertig. De ene was lang, de andere gedrongen.

'Ben jij de advocaat?' zei de lange.

'Klopt, ja,' zei ik.

'En hij?' zei hij. 'Po-po, als je 't mij vraagt. Ouwe po-po.'

'Hij is mijn assistent,' zei ik. 'Daarom is hij hier.'

Voor de toestand verder op de spits kon worden gedreven ging de voordeur open. Een vrouw met zilverkleurig haar keek naar buiten en zei zo snel iets in het Spaans dat ik het niet kon volgen. Het was alsof ik Lucinda voor me zag zoals ze er over twintig jaar uit zou zien. Muriel had dezelfde donkere ogen, dezelfde huidskleur, dezelfde kaaklijn. En al was haar haar dan zilvergrijs, ze droeg het in een paardenstaart. Ze had dezelfde haarlijn als haar dochter, met een puntje in het midden.

De twee mannen zeiden niets terug, maar ik zag ze allebei een paar strepen dalen op de testosteronschaal.

'Meneer Haller,' zei de vrouw. 'Ik ben Muriel. Komt u binnen, alstublieft.'

We liepen het trappetje op. De twee mannen maakten ruimte en gingen aan weerskanten van de deuropening staan.

'Ga jij Lucinda vrij krijgen?' vroeg de lange.

'Dat gaan we zeker proberen,' zei ik.

'Hoeveel moet ze daarvoor betalen?'

'Niets.'

Ik hield zijn blik even vast en ging het huis binnen. Daarna liep Bosch tussen hen door.

'En toch zie je eruit als een smeris,' zei de lange.

Bosch zei niets. Hij kwam ook het huis binnen en Muriel deed de deur dicht.

'Ik zal Eric even halen,' zei ze.

'*Un momento*, Muriel,' zei ik. 'Wie zijn die jongens en hoe wisten ze dat we zouden komen?'

'De jongen die met u praatte is mijn zoon Carlos – Lucinda's kleine broertje. En Cesar is haar neef.'

'Hebt u ze verteld dat we met Eric komen praten?'

'Ze waren hier toen u belde om te zeggen dat u onderweg was.'

'Wonen ze hier?'

'Nee, ze wonen verderop in de straat. Maar ze komen vaak langs.'

Ik knikte. Nu had ik van dichtbij gezien waarom Lucinda zo dringend haar vrijheid terug wilde. Ze moest haar zoon redden van een toekomst bij een bende.

Muriel ging ons voor naar de woonkamer en zei nogmaals dat ze Eric zou halen. We hoorden gedempt praten terwijl we wachtten; ten slotte kwam Muriel terug met Eric Sanz aan de hand. Hij droeg een groene korte broek, een wit poloshirt en rood-met-zwarte sportschoenen. Weer zag ik de onmiskenbare verwantschap: daar waren weer de donkere ogen, de getinte huid en de haarlijn. Binnen een paar uur had ik kennisgemaakt met drie generaties binnen de familie. Maar de jongen zag er kleiner en tengerder uit dan ik van een jongen van dertien had verwacht. Zijn shirt was minstens twee maten te groot en hing ver over zijn benige schouders.

Nu ik zijn breekbare postuur had gezien, begon ik er spijt van te krijgen dat ik Lucinda had gevraagd of ik dit tengere jongetje mocht spreken over de dood van zijn vader en de veroordeling van zijn moeder. Terwijl we Boyle Heights naderden hadden Bosch en ik bedacht hoe we te werk zouden gaan: we hadden besloten dat Bosch na een inleiding van mij de vragen zou stellen. Ik hoopte maar dat Harry hetzelfde gevoel had als ik en het gesprek gemoedelijk zou voeren.

De woonkamer stond propvol met meubelen en aan de muur en op tafeltjes hingen en stonden allerlei familiefoto's. Er waren er veel van Lucinda en Eric samen, toen hij nog veel jonger was. Het leek me dat die foto's er niet zouden zijn als Eric geloofde dat zijn moeder schuldig was.

Bosch en ik gingen zitten op een chocoladebruine bank met versleten kussens waar alle vorm uit was; Eric en zijn oma namen tegenover ons plaats in een bijpassende fauteuil die breed genoeg was voor hen beiden. Muriel had ons geen koffie, water of iets anders aangeboden. We kregen alleen een audiëntie bij de zoon van onze cliënt.

'Dag Eric. Ik ben Mickey Haller,' begon ik het gesprek. 'Ik ben de advocaat van je moeder. En dit is Harry Bosch, mijn assistent en onderzoeker. We gaan proberen je moeder weer bij jou thuis te krijgen. We willen haar zaak opnieuw voor de rechter brengen en bewijzen dat ze niet heeft gedaan wat ze zeggen dat ze heeft gedaan. Begrijp je dat?'

'Ja,' zei Eric. De jongen gaf antwoord met een aarzelend stemmetje.

'Dit is vast moeilijk voor je,' zei ik. 'Dus als je even pauze wil nemen of helemaal wil stoppen, kun je dat zeggen en dan houden we op, goed?'

'Ja.'

'Fijn, Eric. Want we willen heel graag je moeder helpen als we dat kunnen. En ik weet wel zeker dat je ook heel graag zou willen dat je moeder weer thuiskwam.'

'Ja.'

'Goed. Dan neemt Harry het nu van me over. Dank je wel dat je met ons wil praten, Eric. Harry?'

Ik keek naar Harry en zag dat hij een pen en een notitieblokje paraat hield.

'Harry... laat maar, geen aantekeningen,' zei ik. 'We gaan gewoon praten.'

Bosch knikte. Waarschijnlijk dacht hij dat mijn instructie voortkwam uit de wens ons niet al te formeel tegenover de jongen op te stellen. Ik zou hem later nog wel vertellen dat geschreven aantekeningen in handen van de tegenpartij konden komen bij de inzage van stukken. Het was een van de regels waar ik me strikt aan hield. Geen aantekeningen, geen inzage. Als hij bij de verdediging wilde blijven werken, zou Bosch zijn werkwijze moeten aanpassen.

'Goed dan, Eric,' zei Bosch. 'Ik wil graag beginnen met een paar simpele vragen. Je bent nu dertien, hè?'

'Ja.'

'En waar ga je naar school?'

'Thuis.'

Ik keek Muriel aan. Was dat zo?

'Ja, ik geef Eric zelf les,' zei ze. 'Op school werd hij getreiterd door andere kinderen.'

Ik nam aan dat Eric werd gepest of het pispaaltje was om zijn bescheiden lengte of misschien, als de andere kinderen ervan wisten, omdat zijn moeder gevangenzat wegens moord op zijn vader. Bosch ging er verder niet op door.

'Hou je van sport, Eric?' vroeg hij.

'Ik vind football leuk,' zei Eric.

'Europees voetbal of van de Rams?'

'Ik ben voor de Chargers.'

Bosch knikte en glimlachte. 'Ik ook. Maar vorig jaar hebben ze het er niet best afgebracht. Ben je al eens naar een wedstrijd geweest?'

'Nee, nog niet.'

Bosch knikte. 'Goed. Zoals meneer Haller al zei, willen we proberen je moeder te helpen. En nu weet ik dat het een afschuwelijke dag moet zijn geweest toen je je vader verloor en je moeder werd opgesloten, maar ik wilde je vragen of we het daarover kunnen hebben. Herinner je je die dag nog, Eric?'

De jongen keek voor zich, naar zijn handen die in elkaar verstrengeld tussen zijn knieën lagen.

'Ja,' zei hij.

'Goed,' zei Bosch. 'Weet je nog of de hulpsheriffs met je hebben gepraat over wat je die dag misschien had gezien of gehoord?'

'Er was een mevrouw die met me kwam praten.'

'Had ze een uniform aan? Met een badge?'

'Geen uniform. Ze had er een aan een ketting. Ze zette me in de auto op de achterbank, zoals ze ook met boeven doen.'

'Bedoel je als mensen worden gearresteerd?'

'Ja. Maar wij hadden niets verkeerd gedaan.'

'Nee, natuurlijk niet. Waarschijnlijk heeft ze gezegd dat je daar veilig was.'

Eric haalde zijn schouders op. 'Dat weet ik niet meer.'

'Heeft ze je in de auto ondervraagd?'

'Ze vroeg dingen over mijn ouders.'

'Weet je nog wat je haar hebt verteld?'

'Alleen dat ze tegen elkaar schreeuwden en dat mijn moeder zei dat ik naar mijn kamer moest gaan.'

'Heb je nog meer gezien of gehoord?'

'Niet echt. Ze zeiden dat mijn moeder mijn vader had doodgeschoten, maar dat heb ik niet gezien.'

Muriel legde haar arm om de jongen en trok hem tegen zich aan.

'No, *mijo*, no,' zei ze. 'Je moeder is *inocente*.'

De jongen knikte en leek te moeten huilen. Ik overwoog in te grijpen en het gesprek af te breken. Het leek er niet op dat Eric ons zou voorzien van informatie die afweek van wat al bekend was. Ik was wel nieuwsgierig wie hem had ondervraagd, want er was geen transcriptie van een gesprek in de, toegegeven, incomplete dossiers die we van Silver en uit de archieven hadden verkregen. Ik vermoedde dat Eric niet werd beschouwd als een essentiële getuige vanwege zijn leeftijd – destijds acht jaar – en omdat hij in zijn kamer was geweest en het schieten niet had gezien.

Bosch ging verder. Gelukkig vroeg hij niet door over het schieten.

'Je was dat weekend bij je vader geweest, hè?' vroeg hij.

'Ja,' zei Eric.

'Weet je nog wat jullie samen gedaan hadden?'

'We waren bij hem thuis en Matty had 's avonds eten gemaakt en toen…'

'Sorry dat ik je even onderbreek, Eric. Wie is Matty?'

'Dat was de vriendin van mijn vader.'

'Oké, ik begrijp het. Ze had wat te eten gemaakt. Was dat op zaterdag?'

'Ja.'

'En zondag?'

'Toen gingen we naar Chuck E. Cheese.'

'Was dat in de buurt van je vaders huis?'

'Dat denk ik. Ik weet het niet meer.'

'En ging je alleen met je vader of was Matty er ook bij?'

'Matty was er ook. Zij paste op me toen mijn vader weg moest.'

'O? Waarom moest hij weg?'

'Ze belden hem op en toen zei hij dat hij een werkbespreking had waar hij naartoe moest. En ik moest thuisblijven en spelen tot hij terug-kwam.'

'Waren jullie daarom zo laat terug bij het huis van je moeder?'

'Dat weet ik niet meer.'

'Dat geeft niet, Eric. Je doet het super. Herinner je je nog iets anders van die dag, behalve dat jullie met zijn drieën naar Chuck E. Cheese gingen?'

'Nee, niet echt. Het spijt me.'

'Dat hoeft je niet te spijten. Je hebt ons al een heleboel informatie gegeven. Nog een laatste vraag, Eric. Toen je vader je weer thuisbracht, was Matty er toen ook bij?'

'Nee, hij bracht haar eerst thuis omdat hij dacht dat mijn moeder boos zou zijn als ze mee zou komen.'

'O ja, ik begrijp het. Dus zij stapte uit bij haar eigen huis.'

'Nee, ik moest in de auto blijven terwijl ze samen naar binnen gingen. Toen kwam hij weer terug en gingen we verder. Het was al donker.'

'Toen jullie samen naar jouw huis reden, zei je vader toen nog iets over waarom hij had moeten werken?'

'Nee, dat weet ik niet meer.'

'Heb je de mevrouw met wie je later in de auto praatte ook verteld dat hij die bespreking had?'

'Weet ik niet meer.'

'Oké, Eric. Dank je wel. Heb je zelf misschien vragen voor mij of voor meneer Haller?'

De jongen haalde zijn schouders op, keek even naar Bosch en toen weer naar mij. 'Gaan jullie mijn moeder uit de gevangenis halen?'

'We kunnen niets beloven. Maar zoals meneer Haller al zei, dat gaan we wel proberen.'

'Denken jullie dat ze het gedaan heeft?'

Daar was hij dan. De vraag waarmee de jongen elke dag moest leven.

'Luister Eric,' zei Bosch. 'Ik zal nooit tegen je liegen. Dus zal ik je dit zeggen: ik weet het nog niet. Maar er zitten allerlei kanten aan de zaak die ik raar vind, die niet kloppen. Begrijp je? Daarom denk ik dat de kans bestaat dat ze zich hebben vergist en dat ze het niet heeft gedaan. Ik ga daar meer onderzoek naar doen. Dan kom ik terug en vertel ik je wat ik te weten ben gekomen. En daar zal ik niet over liegen. Kun je daarmee leven?'

'Oké,' zei Eric.

Het gesprek was voorbij. We stonden allemaal op en Muriel zei tegen Eric dat hij terug naar zijn kamer kon gaan om te computeren. Toen hij weg was keek ik Muriel aan.

'Weet u wie Matty is?' vroeg ik.

'Matilda Landas,' zei ze. 'Roberto's hoer.'

Ze spuwde de woorden bijna uit. Haar accent was zwaarder dan dat van haar dochter en de woorden kwamen er scherper en bitterder uit. Ik herinnerde me dat Lucinda zelf had gezegd dat de hoertjes haar huwelijk hadden verwoest.

'Had Roberto al iets met haar vóór de scheiding?' vroeg ik.

'Hij zei van niet,' zei Muriel. 'Maar hij loog.'

'Hebt u achteraf nog van haar gehoord? Hebt u haar nog gezien?' vroeg Bosch.

'Ik heb geen idee waar ze is,' zei Muriel. 'En ik wil het ook niet weten. *Puta!*'

'Goed, dan kunnen we het er verder wel bij laten,' zei ik. 'Bedankt voor uw tijd, Muriel, en bedankt dat we met Eric hebben mogen praten. Hij lijkt me een slimme jongen. U bent vast een goede lerares.'

'Het is mijn taak om een fatsoenlijke man van hem te maken,' zei ze. 'Maar het valt niet mee. De bendes willen hem hebben.'

'Ik begrijp het,' zei ik.

Ik overwoog haar voor te stellen dat ze zijn omgang met oom Carlos en neef Cesar zou beperken, maar zag ervan af.

'Jullie moeten haar eruit halen zodat ze hem hier weg kan halen,' zei Muriel.

'Dat gaan we proberen.'

'Dank u.'

In Muriels ogen stond de hoop te lezen dat haar dochter binnenkort weer thuis zou komen. Bosch en ik bedankten haar nog eens en liepen naar de deur.

Nadat Muriel de voordeur achter ons dicht had gedaan, zag ik een van de mannen van het welkomstcomité op de veranda op een stoel met een deken erover zitten. Hij stond op. Hij was de man die eerder met ons had gepraat.

'Lincoln-advocaat,' zei hij. 'Ik heb je kop op de borden gezien. Je lijkt wel een clown op die dingen. Met je *pinche pendejo* auto.'

'Waarschijnlijk niet de mooiste foto die ik had,' zei ik. 'Maar dat is een kwestie van smaak.'

Hij kwam naar me toe lopen, zijn handen tegen elkaar gedrukt zodat zijn hevig bekladde biceps opzwollen. Uit een ooghoek zag ik dat Bosch op zijn hoede was. Ik glimlachte in de hoop de stemming te ontspannen.

'Erics oom Carlos, neem ik aan?' zei ik.

'Verknal het niet, Lincoln-advocaat,' zei hij.

'Dat ben ik niet van plan.'

'Beloof me dat.'

'Ik beloof helemaal niets. Te veel varia…'

'Als jij het verknalt, heeft dat gevolgen.'

'Zal ik er dan meteen mee kappen? Leg dat je zus maar eens uit.'

'Jij kapt nergens mee, Lincoln-advocaat. Je zit er middenin.'

Hij deed een stap opzij en liet me door. Ik liep het trappetje af.

'Ernstige gevolgen,' zei hij tegen mijn rug. 'Zorg dat het goed komt. Anders zorg ík dat het goed komt.'

Ik wuifde zonder om te kijken.

13

Bosch reed beheerst weg uit Mott Street en zei iets over voorbereid zijn op het vermijden van andere White Fence-bendeleden die op audiëntie bij de Lincoln-advocaat wilden komen. Ik vroeg hem Cesar Chavez Avenue te nemen richting Eastern; daar stopten we even ongepland bij het Home of Peace Memorial Park. Ik vroeg hem naar de centrale kapel te rijden en langs de kant van de toegangsweg te parkeren.

'Zo terug.'

Ik stapte uit, ging de kapel binnen en liep door een van de gangpaden met de namen van de doden. Ik was hier al bijna een jaar niet geweest en het kostte me een paar minuten voor ik het geelkoperen plaatje had gevonden waarvoor ik had betaald. Maar daar was het dan, tussen iemand die Neufeld heette en iemand die Katz heette.

DAVID 'LEGAL' SIEGEL, ADVOCAAT

1932-2022

'AAN AL HET GOEDE KOMT EEN EIND'

Het was zoals hij het zelf had gewild en in zijn laatste wilsbeschikking had aangegeven. Ik nam een ogenblik rust en stilte in acht. Het licht viel door de gekleurde ramen op de muur achter me.

Ik miste hem, en geen klein beetje. Binnen zowel als buiten de rechtszaal had ik meer geleerd van Legal Siegel dan van welke ouder, leraar, rechter of officier ook. Hij was de man die me onder zijn hoede had genomen en me had laten zien hoe je een advocaat en een man werd. Ik had graag gewild dat hij samen met mij had kunnen zien dat Jorge Ochoa als vrij man en onvoorwaardelijk de gevangenis had verlaten. Er waren onschuldig-verklaringen die je koesterde, kruisverhoren voor fijnproevers en ogenblikken waarop de adrenaline door je aderen schoot en je wist dat de jury uit je hand at. In de loop der jaren had ik dat allemaal meegemaakt. Talloze malen. Maar er ging niets boven de herrijzenis – boven het moment waarop de handboeien werden afgedaan, de laatste stalen deuren opengleden als de hemelpoort zelf en een man of vrouw die onschuldig was verklaard zich in de armen wierp van wachtende familieleden, hersteld in het leven en in de wet. Er was niets in de wereld wat zo'n goed gevoel gaf als naast die familieleden te staan en te weten dat jij degene was die dat tot stand had gebracht.

Als Frank Silver dacht dat hij wist wat ik deed, vergiste hij zich deerlijk. O ja, op de lange duur stond er misschien een pot met goud bij het eind van de regenboog. Maar daar was het me niet om te doen. Met Jorge Ochoa had ik de adrenalinegolf van de herrijzenis gevoeld, en nu was ik eraan verslaafd. Misschien gebeurde zoiets maar één of twee keer in je loopbaan als advocaat, maar dat interesseerde me niet. Ik wilde dat moment nog eens meemaken en ik zou er álles voor doen. Ik wilde weer aan de poort van de gevangenis staan en mijn cliënt welkom heten in het land der levenden. Ik kon niet zeggen of Lucinda Sanz die cliënt zou zijn. Maar de Lincoln-advocaat had een volle tank en was klaar om de weg van de herrijzenis opnieuw te bewandelen.

Ik hoorde de deur van de kapel opengaan en een paar tellen later stond Bosch naast me. Hij volgde mijn blik en zag waar ik naar keek.

'Legal Siegel,' zei hij. 'Wat doet die hier in Boyle Heights?'

'Hij is hier geboren,' zei ik.

'Ik had hem meer ingeschat als Westside.'

'In de jaren dertig en veertig waren er meer joden dan latino's in Boyle Heights. Wist je dat? Het heette niet "East Los" maar Lower East Side. En Cesar Chavez Avenue was toen Brooklyn Avenue.'

'Tjonge. Je kent je geschiedenis.'

'Legal Siegel ook. En hij heeft hem aan mij doorgegeven. Honderd-vijftig jaar geleden lag deze begraafplaats in Chavez Ravine. Zo'n dertig jaar later groeven ze iedereen op en verhuisden hen hiernaartoe.'

'En nu is Chavez Ravine niet eens meer Chavez Ravine. Het is een honkbalveld.'

'In deze stad blijft niets lang hetzelfde.'

'Daar heb je wel een punt, ja.'

We namen nog een paar ogenblikken eerbiedige stilte in acht. Toen zei Bosch: 'Hoe ging het met hem, uiteindelijk? Met zijn dementie?'

'Volle kracht achteruit,' zei ik. 'Van het stadium weten dat je het hebt en er doodsbenauwd voor zijn tot volledig van de wereld.'

'Herkende hij je nog?'

'Hij dacht dat ik mijn vader was. We hebben dezelfde naam, maar ik kon zien dat hij dacht dat ik m'n pa was – dertig jaar lang zijn partner in zaken. Hij vertelde verhalen waarvan ik eerst dacht dat ze echt waren gebeurd, maar later besefte ik dat ze uit films kwamen. Dat hij betaald werd met contant geld in pakjes van de wasserij.'

'Was dat niet waar?'

'Je kent *Goodfellas* toch wel?'

'Gemist.'

'Goeie film.'

De stilte viel weer in. Ik wilde stiekem dat Bosch weer terug zou gaan naar de auto, zodat ik nog een ogenblikje alleen kon zijn. Ik herinnerde me de laatste keer dat ik Legal Siegel had gezien. Ik had een broodje cornedbeef van Canter naar zijn kamer in het hospice gesmokkeld. Maar hij herinnerde zich de tent niet en het broodje ook niet en had hoe dan ook de kracht niet om het op te eten. Twee weken later was hij dood.

'Canter zat hier ook, weet je,' zei ik. 'Die delicatessenzaak. Lijkt ook wel een eeuwigheid geleden. Uiteindelijk zijn ze naar Fairfax verhuisd. Shelley versus Kraemer heeft veel impact gehad.'

'Shelley versus Kraemer?'

'Dat was een zaak waarin het hooggerechtshof vijfenzeventig jaar geleden uitspraak deed. Alle raciale en etnische convenanten en beperkingen bij de verkoop van onroerend goed gingen van tafel. Joden, zwarten, Chinezen – na die uitspraak konden ze overal een huis kopen en wonen waar ze wilden. Al vroeg dat natuurlijk nog altijd moed. Nat King Cole kocht datzelfde jaar nog een huis bij Hancock Park. Binnen de kortste keren stond er een brandend kruis in zijn voortuin.'

Bosch knikte. Ik bleef nog even op mijn stokpaardje zitten.

'Hoe dan ook, in die tijd wilde het hof ons allemaal verheffen. Opstoten in de vaart der volkeren. Nu lijken ze ons vooral te willen terugdringen.'

Na nog een moment stilte wees Bosch naar het naamplaatje. 'Dat gezegde – aan al het goede komt een eind – dat stond ook op de deur van Chinese Friends. De laatste keer dat ik daar wilde gaan eten.'

Ik deed een stap naar voren, bedekte Legals naam met mijn hand en boog mijn hoofd.

'Ze hadden het bij het juiste eind,' zei ik.

Pas toen we weer in de Navigator zaten, kwam het dreigement van Carlos Lopez ter sprake.

'En wat denk jij dat hij bedoelde met zorgen dat het goed komt als jij niet zorgt dat het goed komt?' vroeg Bosch.

'Geen flauw idee,' zei ik. 'Die jongen zit bij een bende en dus zit hij klem in bendefatsoen. Zelfs hij weet waarschijnlijk niet wat hij precies bedoelde.'

'Vat je het niet op als een dreigement, dan?'

'Geen serieus dreigement. Het is niet de eerste keer dat iemand denkt dat ik de wet beter ga handhaven als-ie probeert mij bang te maken. Zal ook niet de laatste keer zijn. Kom Harry, wegwezen hier. Breng me maar naar huis.'

'Gaan we doen.'

DEEL 3

BIJWERKINGEN

14

Bosch kon de isotoop kil in zijn aderen voelen bewegen, over zijn schouder en door zijn borst, als de vloed uit een doorgebroken stuwdam. Hij probeerde zich te concentreren op het dossier dat voor hem lag. Edward Coldwell, zevenenvijftig, was vier jaar geleden veroordeeld wegens moord op een zakenpartner, had geen beroepsmogelijkheden meer en vroeg nu de Lincoln-advocaat om een wonder te verrichten.

Bosch was pas halverwege het dossier dat hij had samengesteld uit documenten over de zaak uit de archieven van de rechtbank. Coldwell had terechtgestaan en de jury had het bewijs tegen hem geloofd. Ontkennen had niet geholpen. Nu was het aan Bosch om te bepalen of de zaak de tijd en energie van de Lincoln-advocaat waardig was.

Hij had uitsluitend besloten de zaak-Coldwell nader te beschouwen op grond van de brief die de veroordeelde moordenaar aan Haller had gestuurd. De meeste verzoeken om Hallers juridische expertise werden vergezeld door herhaalde beweringen over onschuld, foute aanklagers en ontbrekend of ten onrechte afgewezen bewijs. Ook Coldwell was daar niet zuinig mee geweest, maar er sprak ook een serieuze smeekbede uit om de ware moordenaar te ontmaskeren en hem ervan te weerhouden meer slachtoffers te maken. Dat had Bosch niet gezien in de andere verzoeken die hij had gelezen en het raakte een snaar. In de meer dan veertig jaar dat hij moordzaken behandelde, werd hij gedreven door datzelfde sentiment – dat hij in laatste instantie een volgend slachtoffer en een volgend gezin kon redden van het noodlot door de moordenaar te vangen.

De zaak was behandeld door het Los Angeles Police Department. De rechercheur die de leiding had was Gusto Garcia, een degelijke onderzoeker; Bosch kende hem en had respect voor hem. Hij was een van de oude rotten binnen de speciale eenheid Moordzaken; hij werkte er al toen Bosch er binnenkwam en hij was er nog toen Bosch wegging. Toen Bosch Garcia's naam bovenaan de eerste samenvatting van de zaak zag staan, stopte hij bijna ter plekke met lezen. Hij kon zich niet voorstellen dat Garcia de zaak had verknald en een onschuldige naar de gevangenis had gestuurd voor een moord die hij niet had gepleegd. Maar het dossier was de enige lectuur die hij bij zich had en het zou nog wel een half uur duren voor het ziekenhuisteam hem weer zou vrijlaten.

Dus las hij verder. Garcia had een keurig en uitgebreid chronologisch verslag van het onderzoek bijgehouden, en voor iemand met Bosch' ervaring was het een genot om te lezen. Maar bladzijde na bladzijde zag hij niets wat niet deugde. Geen enkele aanwijzing was genegeerd, alle stappen waren gezet, alle gesprekken gevoerd. In Coldwells eerste brief aan Mickey Haller had hij beweerd dat hij de zondebok was voor de moord op Spiro Apodaca. Coldwell had geïnvesteerd in diens restaurant in Silver Lake. Volgens de verslagen en het bewijsmateriaal dat Bosch al had doorgenomen hadden de twee ruzie gekregen over wat Apodaca met de investering had gedaan en had dat tot de moord geleid. Coldwell was voornamelijk veroordeeld op grond van de getuigenis van de moordenaar die hij zou hebben ingehuurd om Apodaca te vermoorden. Huurmoordenaar John Mullin was geïdentificeerd en aangehouden dankzij het harde werk van Garcia en had geopteerd voor een deal met de aanklagers. Hij zou getuigen tegen de man die hem had ingehuurd in ruil voor coulance bij zijn vonnis.

Voor zover Bosch kon zien kon Coldwell alleen onschuldig zijn als Mullin had gelogen over zijn opdrachtgever. In het dossier dat Bosch in de archieven had gekopieerd zat ook een transcriptie van Mullins getuigenis bij het proces. Dat moest Bosch nog grondig lezen, maar hij had het diagonaal doorgenomen en gezien dat Mullin tijdens de onder-vraging stevig was aangepakt door Coldwells advocaat, maar dat hij bij zijn verhaal was gebleven: Coldwell had hem via een tussenpersoon benaderd en hem gehuurd om Apodaca te vermoorden voor 50.000 dollar; de helft in contanten vooraf en nog eens dat bedrag na het kla-ren van de klus. In zijn getuigenis zei Mullin dat Coldwell hem bij de tweede betaling had laten zitten, wat zijn motief verklaarde om tegen hem te getuigen.

Bosch werd in beslag genomen door een uitgebreide aantekening in de chronologie waarin Garcia en zijn partner beschreven hoe Coldwell het geld bij elkaar had geharkt dat hij Mullin zou hebben betaald. Er waren cheques geïnd en er was in de loop van enkele weken geld bij pinautomaten opgenomen tot er uiteindelijk 25.000 dollar bij elkaar was gesprokkeld. De bedragen stonden er in een lijst bij. Bosch rekende het na en hoorde wel maar zag niet dat de deur van de kamer openging. Hij nam aan dat het de nucleair geneeskundige was die zijn infuus kwam controleren.

'Hoi pa.'

Bosch keek op en zag zijn dochter staan. Ze had strakke sportkleding aan en liep op Nikes.

'Mads! Hoe ben je hier binnengekomen?' vroeg hij. 'Dat is vast niet veilig.'

'Ze zeiden dat het oké was,' zei Maddie. 'Ik kon gewoon doorlopen.'

'Echt waar? Zei de NG dat?'

'De verpleegster bij de balie. Wat is een NG?'

'Nucleair geneeskundige. Zij is degene die me aanprikt en het zakje ophangt en de behandeling start. Maar volgens mij heeft ze een lood-schort aan als ze hier binnenkomt,' zei Bosch.

'Waarschijnlijk omdat ze hier voortdurend blootstaat aan straling,' zei Maddie. 'Of misschien wil ze zwanger worden.'

'Ze is over de zestig.'

'O. Nou, zo lang blijf ik toch niet. Maar ik wilde tenminste één keer komen kijken wat ze hier met je doen. En je dan thuisbrengen.'

'Ik kan wel een Uber nemen. Dat doe ik meestal. En ik denk toch dat je hier niet zou moeten zijn. En dat we niet samen in een auto moeten gaan zitten. Misschien wil jij op een dag kinderen.'

'Pap, laat me nou even, ja?'

'Oké, oké. Fijn dat je er bent. We vragen zo de dokter even of het goed is.'

'Prima. Als je dat graag wil.' Ze wees naar het zakje infuusvloeistof. 'Is dat het? Wat zit er precies in?'

'Dat is alleen een zoutoplossing,' zei Bosch. 'En die gaat naar de radioactieve isotoop en die gaat dan in mij. Als het goed is zit er precies zoveel in dat de kanker er wel aan doodgaat maar de drager niet. Ik dus. Dat is de truc.'

Maddie aarzelde en gooide de grote vraag er toen toch uit. 'Weten ze zeker dat het werkt?'

'Nog niet. Dit is de laatste dosis en over een paar maanden doen ze een paar testen en kijken ze hoe het gaat.'

'Het spijt me erg dat ik je dit heb laten doen, pap. Ik wist dat je het… eigenlijk niet wilde.'

'Nee. Ik wilde dit zelf. En vergeet niet: als ik nog wat langer kan blijven, kan ik meemaken dat jij een goeie agent wordt. En misschien kan ik zelf ook nog wat nuttigs doen.'

Hij wees naar het tafeltje naast zich en het dossier dat hij had zitten lezen.

'Is dat een zaak van het onschuldigenproject?' vroeg Maddie.

'Ja,' zei Bosch. 'Maar zo mag je het niet hardop noemen. Anders neemt het échte Project Onschuldigen aanstoot.'

'Oké, duidelijk. Hoe noemen jullie het dan?'

'Goeie vraag. Ik weet niet eens of Mickey er een naam voor heeft.'

'Wat is dit voor zaak?'

'Een kerel die veroordeeld is wegens het inhuren van een moordenaar om zijn zakenpartner om te leggen. Maar hij zegt dat hij dat niet heeft gedaan. Dat iemand anders dat heeft gedaan. Het probleem is dat de huurmoordenaar zelf tegen hem heeft getuigd.'

'Waarom neem je het dan door?'

'Weet ik eigenlijk niet. Er was iets wat me raakte in zijn brief aan Mickey. Het leek me de moeite waard om even te kijken, maar misschien ben ik op het verkeerde been gezet. Ik heb het hele dossier uit het archief gehaald. Ik ga het doorlezen en besluit daarna of het de moeite waard is ermee door te gaan. Ik bedoel: wat moet ik anders? Spelletjes op mijn telefoon spelen?'

'Dat zou wat wezen. En die andere zaak? Die met die vrouw in…'

'In Chino? Mickey gaat een habeas-zitting aanvragen en we zijn bezig de zaken op een rijtje te zetten. Er zitten nog een hoop gaten in. Cisco, Mickeys researcher, heeft net een cruciale getuige opgespoord met wie ik moet gaan praten.'

Maddie wees nogmaals naar de infuusvloeistof. 'Maar daarvan lig je wel een paar dagen plat, niet dan?'

'Nou, een dag misschien. Ik weet het niet. Ze geven me elke keer een hogere dosis, dus ja, ik zal een tijdje uit de running zijn. In elk geval de rest van de dag.'

'Je moet ophouden voor Mickey te werken en je concentreren op je gezondheid. Dáár zou je al je energie in moeten stoppen.'

'Luister nou, over een paar…'

'Pap, ik meen het. Je gezondheid moet op de eerste plaats komen.'

'Maar ik denk nou juist dat dit werk, deze betrokkenheid het plaatje compleet maakt. Ik voel me goed als ik dit soort dingen doe. Anders voel ik me alleen maar nutteloos en word ik depressief.'

'Ik zeg alleen dat je het kalm aan moet doen. Als deze behandeling aanslaat, kun je die zaken weer oppakken. Ik bedoel, die mensen gaan voorlopig nergens…'

Ze onderbrak zichzelf toen de deur opening en een man in een lichtblauwe laboratoriumjas binnenkwam. Hij was tenger gebouwd, droeg een bril en had dun haar, maar zag er niet ouder uit dan dertig.

Hij leek onder zijn jas geen loden schort aan te hebben.

'O, sorry, ik wist niet dat je bezoek had, Harry,' zei hij.

'Dit is Maddie, mijn dochter,' zei Bosch. 'Ze brengt me straks thuis als jij zegt dat dat veilig is.'

De man stak zijn hand uit naar Maddie.

'Austin Ferras,' zei hij. 'Ik ben je vaders arts.'

'O, juist,' zei Maddie.

'Is er iets mis?' zei Ferras. 'Ik kan straks wel terugkomen.'

'O nee, er is niets mis,' zei Maddie. 'Ik dacht alleen… nou ja, ik had een ouder iemand verwacht.'

'Dat gebeurt me om de haverklap,' zei Ferras. 'Maar maak je geen zorgen, je vader is in goede handen. Behalve ik zorgen er nog een hoop andere mensen voor hem. En je kunt hem veilig thuisbrengen. Harry is misschien een mopperkont, maar hij is niet speciaal radioactief.'

Ferras keek Bosch aan. 'Hoe gaat het vandaag, Harry?'

'Ik verveel me,' zei Bosch.

Ferras liep naar de infuushouder en bekeek de zak met vloeistof, stak zijn hand uit en tikte ertegen.

''t Is er bijna door,' zei hij. 'Ik vraag Gloria dadelijk om af te koppelen en dan kun je weg.'

Aan de infuushouder was een houder vastgemaakt met een klembord erin. Ferras nam het klembord eruit, controleerde de aantekeningen die de NG had gemaakt en praatte ondertussen verder. 'En, bijwerkingen?'

'O, eh… net als anders,' zei Bosch. 'Lichte misselijkheid. Alsof ik moet braken maar dat het niet komt. Ik heb nog niet geprobeerd te gaan staan, maar dat wordt vast nog een avontuur.'

'Duizeligheid – ja, dat is een veelvoorkomende bijwerking. Duurt niet lang, maar we willen wel dat je blijft tot we zeker weten dat je veilig weg kunt. Hoe is het met de tinnitus?'

'Die is er nog als ik eraan denk of als iemand erover begint.'

'Sorry, Harry. Ik moet ernaar vragen.'

'Als je 't goedvindt wil ik meteen weg na de afkoppeling. Ik hoef niet te rijden en Maddie brengt me thuis.'

Ferras keek naar Maddie.

'Inderdaad,' zei ze.

'Oké dan,' zei Ferras.

Hij schreef iets op het klembord en stak het weer in de houder.

'Leuk je te ontmoeten, Maddie,' zei hij, en draaide zich om naar de deur. 'Zorg goed voor hem.'

'Zal ik doen,' zei Maddie. 'Maar als ik nog even iets mag vragen… U hebt de afgelopen maanden vast gemerkt dat mijn vader niet extreem communicatief is. Kunt u me in lekentermen uitleggen wat u met hem doet en waar die klinische test precies om draait? Hij heeft me echt bijna niets verteld.'

'Ik wilde niet dat je je zorgen zou maken,' kwam Bosch ertussen.

'Geen probleem,' zei Ferras. 'Zoals je wel zult weten is de kanker van je vader uitgezaaid in zijn beenmerg. Wat we bij deze proefbehandeling doen is dat we een middel nemen dat bewezen effectief is bij de behandeling van andere kankersoorten. Dat proberen we toe te passen op deze.'

'Een middel?' vroeg Maddie. 'Wat voor middel?'

'Dat is de isotoop,' zei Ferras. 'Technisch gezien is het Lutetium-177. Het is de afgelopen jaren met succes toegepast bij prostaat- en andere soorten kanker. Met dit onderzoek en deze klinische proef proberen we te bepalen of een Lu-177-therapie hetzelfde positieve resultaat kan bereiken bij Harry's kanker. Binnenkort gaan we de resultaten zien.'

'En hoe meet u die resultaten?' vroeg Maddie.

'We laten Harry over vier tot zes weken terugkomen en dan nemen we een biopt,' zei Ferras. 'Daarna zal hij beslist naar huis moeten worden gebracht, en uit de resultaten gaat blijken hoe ver we zijn.'

'Wat is dat voor biopsie?'

'We gaan het bot in en halen er merg uit. Dat geeft de betrouwbaarste meting,' zei Ferras. 'Maar het is invasief en ik kan nu al zeggen dat het niet prettig is. We moeten in een van de grotere beenderen zijn, dus gaan we bij de heup naar binnen.'

'Hoeven we het er verder even niet over te hebben?' vroeg Bosch. 'Ik wil daar nu nog niet over nadenken.'

'Sorry Harry,' zei Ferras nog eens.

'Eén vraag nog,' zei Maddie. 'Als die biopsie achter de rug is, hoelang duurt het dan voor het resultaat bekend is?'

'Niet erg lang,' zei Ferras. 'En afhankelijk van wat we zien, doen we er drie maanden later nog eentje.'

Maddie draaide zich om en keek haar vader strak aan.

'Je moet me op de hoogte houden,' zei ze. 'Ik wil dat weten.'

Bosch stak zijn handen omhoog.

'Beloofd,' zei hij.

'Ja, ja. Dat heb ik eerder gehoord.'

Tijdens de rit naar huis drong Maddie nog eens aan op betere communicatie. 'Pap, ik meen het, je moet me echt laten weten wat jij weet. Je zit hier niet in je eentje in. En ik wil niet dat jij het gevoel hebt van wel.'

'Ja, ja, ja. Het is wel duidelijk,' zei Bosch. 'Ik...'

Hij voelde zijn telefoon trillen in zijn zak, haalde hem tevoorschijn en zag dat Jennifer Aronson hem belde. Vermoedelijk om hem nog eens te smeken om bijstand in de zaak van haar neefje. Eigenlijk wilde hij het gesprek niet aannemen, maar hij wist dat hij wel moest. Hij wist ook dat hij net was opgehouden met praten tegen zijn dochter, midden in een zin.

'Als ik iets weet, zal ik het je zeggen,' zei hij. 'Vind je het heel erg als ik dit gesprek aanneem? Het duurt niet lang.'

'Ja, dat zal wel,' zei Maddie. 'Je wil duidelijk niet met mij over je gezondheid praten.'

Bosch ging daar niet tegen in, tikte op het scherm en nam het gesprek aan.

'Jennifer, het komt even niet zo goed uit, kan ik...'

'Geeft niet,' zei ze. 'Ik wilde je alleen even heel hartelijk bedanken. De officier heeft Anthony's zaak geseponeerd. Ik sta hier in Sylmar op hem te wachten.'

'Wauw zeg, wat super,' zei Bosch.

'Allemaal dankzij jou, Harry,' zei Aronson. 'Ik heb het hele scenario geschetst dat jij had bedacht – en maak je geen zorgen, jouw naam is niet gevallen. Ik heb gevraagd of de agent zelf een schotrestentest had ondergaan en ze begrepen welke lijn ik zou volgen als de zaak zou voorkomen, zeker als ze Anthony als volwassene zouden opwaarderen en de zaak openbaar zou worden. Ze krabbelden terug met de staart tussen de benen, Harry. Anthony heeft alles aan jou te danken.'

'Eh… nou ja, ik ben blij dat het is gelukt. Maar hij moet jóú bedanken. Jij hebt de zaak aangebracht bij de officier.'

'Op grond van jouw interpretatie van het bewijsmateriaal.'

'Oké…'

Bosch wist niet wat hij moest zeggen, en hij wist ook niet of hij wel wilde dat zijn dochter, de agent, dit gesprek zou volgen.

'Ik weet dat je het druk hebt,' zei Aronson. 'Dus ik laat het hierbij. Maar ik wilde je graag even vertellen hoe het was afgelopen en je bedanken namens Anthony en mij.'

'Oké. Nou, ik ben blij dat het is gelukt,' zei Bosch.

'Tot gauw, Harry.'

'Oké.'

Hij tikte het gesprek weg en stak zijn telefoon weer in zijn zak.

'Sorry, dat moest even,' zei hij.

'Wie was dat?' vroeg Maddie. 'Klonk als een vrouw.'

'Mickeys partner Jennifer. Het ging over een van haar zaken.'

'Het leek eerder een van jouw zaken te zijn.'

'Ik heb een paar dossiers doorgenomen. Niks bijzonders.'

Bosch was bang dat Maddie vragen zou blijven stellen over de zaak en er ten slotte achter zou komen dat hij zich had bemoeid met de verdediging van iemand die ervan verdacht werd een agent van het LAPD te hebben neergeschoten. Maar gelukkig veranderde Maddie van onderwerp.

'Weet jij waarom Mickey Hayley niet in de maatschap opneemt als ze eenmaal advocaat is?' vroeg ze, duidend op haar nichtje en Hallers dochter.

'Het schijnt dat ze geen strafrecht wil doen,' zei Bosch. 'Ik geloof dat ze zei dat ze zich wil specialiseren in milieurecht. Maar jij kent haar beter dan ik. Hebben jullie het er niet over gehad?'

'We hebben elkaar al een tijdje niet gesproken, nee. Ik heb gewoon steeds gedacht dat zij wel in Mickeys voetsporen zou treden zoals ik in de jouwe treed.'

Bosch dacht even na voor hij daarop reageerde. Ze reden nu op Cahuenga; Maddie sloeg af naar Woodrow Wilson en begon aan de steile klim naar zijn huis.

'Jij treedt niet in mijn voetsporen, Maddie. Jij bent agent op jouw manier. Je baant je eigen weg.'

'Dat weet ik wel, maar het draait om de badge. Die hebben we allebei opgespeld gekregen. Daar ben ik trots op.'

'Dat doet me deugd om te horen. Ik ook. Overigens, Mickey heeft die foto van jou gezien, die met dat blauwe oog. Hij had mijn telefoon even en veegde de verkeerde kant op. Ik dacht dat je dat maar even moest weten voor het geval hij erover begint.'

'Ik hoop dat je hem ook hebt verteld dat hij die andere gast had moeten zien.'

'Ja, had ik moeten doen. Waarschijnlijk nu een klantje van hem.'

Ze schoten allebei in de lach, maar Bosch' sarcasme jegens Haller was Maddie niet ontgaan.

'Pap, ik weet dat Mickey je bij die proef van de UCLA binnen heeft weten te krijgen, maar dat wil niet zeggen dat je de rest van je leven voor hem moet werken.'

'Dat weet ik wel. Zal ik ook niet doen. Maar er is iets...'

'Wat dan?'

'Ik weet het niet. Maar net als bij die zaak waar het nu om gaat… Als die vrouw vijf jaar in de gevangenis heeft gezeten voor iets wat ze niet heeft gedaan, en we kunnen haar eruit krijgen… het is net zoiets als dat gezegde dat het beter is dat honderd schuldigen vrijuit gaan dan dat er één onschuldig lijdt in de cel. Nou ja, ik geloof dat ik bedoel dat dat het de moeite waard maakt.'

'Als ze onschuldig is.'

'Ja. Als.'

Maddie stopte voor Bosch' huis.

'Kom je nog even binnen?' vroeg Bosch. 'Ik heb een driedubbel album van Miles Davis gekregen van Third Man Vault. *Live at the Fillmore East*, negentienzeventig. Met de grote wijlen Wayne Shorter op sax. Ga ik zo naar luisteren.'

Maddie had Bosch met de kerst een abonnement op de distributeur van zeldzame platen uit Nashville gegeven.

'Nee, maar dank je wel,' zei Maddie. 'Ik denk dat ik nog even een rondje ga rennen bij het reservoir. Red jij je verder?'

'Ja, natuurlijk. Ik bel je morgen even. Dank je wel voor de lift en dat je bent langsgekomen. Dat was echt erg fijn.'

'Tot je dienst, pa. Hou van je.'

'En ik van jou.'

Bosch stapte uit en besloot door de garage naar binnen te gaan. Terwijl hij de zijdeur die naar de keuken leidde openmaakte, bedacht hij hoe leeg zijn leven zou voelen zonder de band met zijn dochter. Die was heilig en meer waard dan die hele gedeelde ervaring van het werken bij de politie. Zij was wat hij naliet. Hij besefte dat zij alles wat hij deed de moeite waard maakte.

15

Het duurde tot maandag voordat Bosch het gevoel had dat hij stevig genoeg op zijn benen stond en voldoende scherp was om de zaak-Lucinda Sanz weer op te pakken. Al in het begin had hij een lange to-dolijst opgesteld, maar zijn eerste prioriteit was het opsporen en ondervragen van de vriendin van het slachtoffer, Matilda 'Matty' Landas. Bosch had alle middelen uitgeput die hij als gewoon burger zonder politiepenning tot zijn beschikking had om haar te vinden. Hij had zijn lesje wel geleerd toen hij Renée Ballard had gevraagd iets te doen wat haar op een berisping of zelfs ontslag zou kunnen komen te staan, en wilde daarom geen beroep meer op haar of op zijn dochter doen. Toen hij Haller vertelde dat het hem niet gelukt was, zei die dat hij zijn andere researcher op Matilda zou zetten.

En deze Dennis 'Cisco' Wojciechowski liet er geen gras over groeien. In minder dan een dag had hij de vrouw die voorheen Matilda Landas heette gevonden. En daarvoor had hij geen politieagent geld hoeven toe te stoppen om in de computer te kijken en had hij ook niemand hoeven te intimideren met zijn postuur en zijn spieren. Omdat ze niet te vinden was via de kiezersregistratie, het kadaster of de nutsbedrijven, vermoedde Cisco dat ze haar naam had veranderd, mogelijk door een huwelijk, maar wellicht ook uit angst voor iets wat met Sanz te maken had. Toen hij in Los Angeles County geen gegevens vond die dit konden bevestigen, stapte hij op zijn Harley en reed naar San Bernardino County, waar uit het openbare geboorteregister bleek dat Landas in Hesperia was geboren. Om in Californië legaal van naam te veranderen, moest je een verzoekschrift indienen bij een rechtbank en dit publiceren in een lokale krant. Maar als Landas uit angst handelde, was het niet waarschijnlijk dat ze haar nieuwe identiteit in de omgeving van L.A. bekend zou willen maken. Cisco bedacht toen dat ze wel eens naar haar geboorteplaats gegaan zou kunnen zijn, waar ze misschien wel een advocaat kende die haar met dit klusje kon helpen. De *Hesperian* was een wekelijks verschijnend krantje dat geen onlinetoegang tot de archieven bood. Dus ging hij naar het redactiekantoor, waar hij na een uurtje grasduinen in oude papieren kranten de openbare bekendmaking vond van Matilda Landas' voornemen om haar wettelijke naam te veranderen in Madison Landon. Vervolgens ging hij naar het gerechtsgebouw in Victorville, waar hij zich ervan vergewiste dat er inderdaad drie weken later een gerechtelijk bevel was uitgevaardigd. Matty was Maddy geworden.

Zeven maanden na de moord op Roberto Sanz was ze van naam veranderd.

Toen Cisco die naam eenmaal had achterhaald, keerde hij terug naar L.A. om Madison Landon via de gebruikelijke wegen op te sporen. Hij kwam te weten dat ze Democraat was, een hypotheek had op een huis in South Pasadena en in het bezit was van een rijbewijs met daarop hetzelfde adres.

Cisco gaf deze informatie door aan Bosch, en nu was het moment aangebroken om met haar te praten. Bosch belde Cisco, die Landon in de gaten had gehouden terwijl Bosch na zijn behandeling weer op krachten kwam.

'Ik ga erheen,' zei hij. 'Waar is ze?'

'In een boekwinkel,' zei Cisco. 'Vroman. Ken je die?'

'Ja, op Colorado Boulevard.'

'Haar auto staat op het parkeerterrein erachter. Ze is er pas een paar minuten.'

'Ik ben waarschijnlijk een half uur onderweg. Bel me als ze vertrekt.'

'Doe ik. Maar als het te veel moeite voor jou is, neem ik het graag van je over.'

'Het gaat best, hoor. Mickey wil graag dat ik het doe. Voor het geval ik moet getuigen op de hoorzitting.'

'Oké. Nou, ik ben in elk geval hier.'

'Op de motor?'

'Nee, posten doe ik niet op de motor. Dat valt te veel op. Ik ben met Lorna's Tesla.'

'Waar zien we elkaar?'

'Jij rijdt toch in die ouwe Cherokee?'

'Oud ja, maar nieuw voor mij.'

'Zet hem maar op het parkeerterrein bij Vroman. Dan zie ik je vanzelf.'

'Ik kom eraan.'

Een half uur later parkeerde Bosch achter de boekwinkel. Tegen de tijd dat hij de motor had afgezet en was uitgestapt, stond Cisco al achter de Cherokee op hem te wachten.

'Weet je hoe ze eruitziet?' vroeg Cisco.

'Alleen van het rijbewijs dat jij hebt opgeduikeld,' zei Bosch.

'Ze ziet er nu iets anders uit. Ze heeft haar haar geverfd en draagt een bril.'

'Hm.'

Cisco liet Bosch op zijn telefoon een foto zien van een vrouw met blond haar en een bril met zwart montuur. Ze liep over dezelfde parkeerplaats als waar zij nu stonden. Het was duidelijk dat hij die foto net gemaakt had.

'Is ze dat?' vroeg Bosch.

'Nee, deze heb ik zomaar voor de lol genomen,' zei Cisco.

'Ja. Tuurlijk, sorry. Trouwens, als je mee naar binnen wil, kunnen we dit ook samen doen. Mickey zei wel dat hij…'

'Nee, nee. Doe jij het maar. Ik zou haar misschien afschrikken.'

Bosch knikte. Daar had hij een punt. Hij wist dat Haller graag Cisco inzette wanneer hij een element van intimidatie nodig achtte of zelf bescherming nodig had. Een onwillige getuige aan het praten krijgen, iemand die mogelijk om zichzelf te beschermen zover was gegaan haar naam en uiterlijk te veranderen, was misschien niet echt zijn ding.

'Goed,' zei Bosch. 'Daar ga ik dan. Kun je me die foto appen?'

'Geen probleem,' zei Cisco. 'Succes.'

Bosch liep via een trappetje over het trottoir, waar de handafdrukken van verschillende schrijvers in het beton waren vereeuwigd, naar de boekwinkel. Hij ging naar binnen en knikte naar een vrouw bij de kassa, links van hem. De winkel was enorm groot en besloeg twee verdiepingen. Naast de ingang aan het parkeerterrein was er ook nog een ingang aan Colorado Boulevard. Bosch had al snel door dat Landon niet zo makkelijk te vinden zou zijn. De kans bestond zelfs dat ze niet eens in de winkel was en alleen maar haar auto had geparkeerd, door de zaak heen was gelopen en naar een van de andere winkels of restaurants aan Colorado Boulevard was gegaan. Het was al een uur geleden sinds Cisco haar naar binnen had zien gaan. Dat leek Bosch best lang om rond te neuzen in een boekwinkel.

Hij besloot de zaak eerst snel van boven naar beneden te doorzoeken voordat hij Cisco zou waarschuwen. Hij liep via de brede trap in het midden omhoog, en eenmaal boven werd hem meteen duidelijk dat hij de verdieping niet vanuit één standpunt in één keer kon overzien. De boekenkasten waren te hoog. Hij liep door het centrale gangpad en keek bij elke kastenrij naar links en rechts. Na vijf minuten had hij de verdieping doorzocht, en toen kostte het hem nog eens vijf minuten om het opnieuw te doen. Madison Landon was in geen velden of wegen te bekennen.

Hij ging de trap af om de benedenverdieping te doorzoeken, maar toen zag hij daar de vrouw van Cisco's foto in de rij staan bij de kassa, met een stapel boeken in haar handen. Bosch griste lukraak een boek van de tafel met bestsellers en sloot in de rij voor de kassa aan achter Madison Landon.

Hij las de ruggen van de boeken die ze vasthield. Het waren allemaal boeken over het opvoeden van kinderen. Landon zag er niet zwanger uit, maar uit de titels maakte hij op dat ze zich voorbereidde op het moederschap. Eén boek heette *Alleen je kind opvoeden*.

'Alleen een kind opvoeden, daar kan ik van meepraten,' zei Bosch.

Landon keek om. Ze glimlachte, maar niet op een manier die uitnodigde tot verder commentaar op haar leesgewoonten.

'Zeker toen ze een puber was,' zei Bosch. 'Dat was best pittig.'

Ze keek hem opnieuw aan.

'En hoe is ze terechtgekomen?' vroeg ze.

'Behoorlijk goed,' zei Bosch. 'Ze zit bij de politie.'

'Dan zult u wel bezorgd zijn.'

'Voortdurend.'

Landons blik viel op het boek dat Bosch vasthield.

'O, dat vond ik een prachtig boek,' zei ze.

Bosch keek omlaag om te zien wat hij eigenlijk had gepakt. Het boek heette *Morgen en morgen en morgen*. Hij had er nog nooit van gehoord. Sinds de pandemie was hij niet meer in een boekwinkel geweest.

'Ik hoorde dat het goed was,' zei hij. 'Ik wilde het eens proberen en het dan aan mijn dochter geven.'

'Zij vindt het vast mooi,' zei Landon. 'Maar van u weet ik het niet zo zeker.'

'Waarom niet?'

'Het gaat over drie mensen, maar het gaat ook over het ontwikkelen van videogames en de creativiteit die daarbij komt kijken.'

'Hm. Nou, dat klinkt in ieder geval als iets wat Maddie leuk zal vinden.'

Hij zag dat Landon glimlachte bij het noemen van die naam, maar ze liet niet merken dat het ook haar eigen naam was.

'Gaat u maar voor,' zei ze. 'Ik heb dit allemaal en u hebt er maar één.'

'Meent u dat?' vroeg Bosch. 'Ik wil best…'

'Nee, ga uw gang, want ik wil ook nog een boek bestellen.'

'Nou, bedankt. Heel vriendelijk van u.'

Ze deed een stap opzij en hij schoof op in de rij, net toen de klant voor hem haar aankoop afrondde en wegliep. Bosch legde het boek op de toonbank en de caissière scande het. Hij betaalde contant. Toen draaide hij zich om naar Landon, hield het boek omhoog en zei nogmaals bedankt.

'Ik hoop dat ze het leuk vindt,' zei Landon.

Bosch liep naar buiten en stelde zich op naast de trap naar de parkeerplaats. Hij leunde tegen de muur, opende het boek dat hij zojuist had gekocht en begon te lezen. Een paar minuten later kwam Landon de winkel uit met een tas met al haar aankopen. Bosch keek op van zijn boek en Landon keek snel weg. Waarschijnlijk dacht ze dat hij een onhandige poging ging doen om haar te versieren.

'Maddy, is het toch?' vroeg hij.

Landon stopte abrupt onderaan de trap.

'Wat?' vroeg ze.

'Of moet ik Madison zeggen?' vroeg Bosch.

Hij duwde zich van de muur af en sloeg het boek dicht.

'Wie bent u?' vroeg Landon. 'Wat wilt u?'

'Ik ben iemand die een onschuldige vrouw uit de gevangenis probeert te krijgen,' zei Bosch. 'Zodat ze haar kind kan opvoeden.'

'Ik heb geen idee waar u het over hebt. Laat me met rust.'

Ze maakte aanstalten om de trap op te lopen.

'Je weet heel goed over wie en wat ik het heb,' zei Bosch. 'En waarom ik je niet met rust kan laten.'

Ze bleef staan. Bosch zag hoe haar ogen alle kanten op schoten, op zoek naar een uitweg.

'Roberto Sanz,' zei hij. 'Je hebt je naam veranderd, bent verhuisd. Ik wil weten waarom.'

'Ik heb geen zin om met u te praten,' zei Landon koel.

'Dat begrijp ik. Maar als je nu niet met me praat, krijg je een dagvaarding en zal de rechter je dwingen met me te praten. En dan komt het in de openbaarheid. Als je nu met me praat, kan ik mijn best doen je er later buiten te houden. Je naam, waar je woont... het hoeft niet bekend te worden.'

Ze bracht haar vrije hand omhoog en hield hem boven haar ogen.

'U brengt me in gevaar,' zei ze. 'Ziet u dat niet?'

'Gevaar van wie?' vroeg Bosch.

'Hen.'

Bosch was aan het improviseren. Tot nu toe had hij gewoon zijn instinct gevolgd. En Landons reactie vertelde hem dat hij duidelijk op de goede weg was.

'De Cucos?' vroeg hij. 'Bedoel je die? Wij kunnen je tegen hen beschermen.'

Alleen al bij de gedachte aan die club leek er een rilling door haar lichaam te trekken.

Bosch had tot nu toe zorgvuldig afstand gehouden. Maar nu deed hij een nonchalante stap in haar richting.

'Ik kan ervoor zorgen dat je op geen enkele manier betrokken wordt bij wat er verder gaat gebeuren,' zei hij. 'Niemand hoeft ooit je nieuwe naam of verblijfplaats te weten. Maar je moet me wel helpen.'

'U wist me te vinden,' zei Landon. 'Dan kunnen zij dat dus ook.'

'Wie het ook zijn, ze zullen er niets over te weten komen. Dit is puur tussen jou en mij. Maar je moet met me praten over de dag dat Roberto werd neergeschoten... Wat er aan de hand was, waar hij mee bezig was.'

'Hebt u agent MacIsaac al gesproken?'

'Nog niet. Maar dat zal ik zeker doen. Zodra ik meer van jou weet.'

Bosch herkende de naam niet, maar dat wilde hij Landon niet laten merken. Het zou haar vertrouwen in de belofte die hij net had gedaan, kunnen ondermijnen. Maar het feit dat ze MacIsaac aanduidde als agent, deed bij hem meteen de alarmbellen rinkelen. Het betekende waarschijnlijk dat MacIsaac een federaal agent was, wat inhield dat er een federale instelling betrokken geweest was bij Roberto Sanz, waarschijnlijk de FBI. Zelfs als Landon weigerde mee te werken, was hij in ieder geval iets nieuws op het spoor gekomen.

'Ik moet erover nadenken,' zei Landon.

'Waarom?' vroeg Bosch. 'Hoelang?'

'In elk geval vandaag,' zei ze. 'Als u me uw nummer geeft, bel ik morgenochtend.'

Bosch wist wel beter. Een potentiële getuige gaf je niet de gelegenheid om er nog eens rustig over na te denken. Dan kon de angst de overhand krijgen, konden er juridisch adviseurs in het spel komen. Eenmaal aan de haak, liet je je vis niet zomaar meer zwemmen.

'Kunnen we nu niet even onofficieel praten?' vroeg Bosch. 'Ik zal het niet opnemen. Ik zal zelfs niets opschrijven. Ik moet weten wat er die dag gebeurd is. Een vrouw die misschien wel onschuldig is, een moeder, zit in de gevangenis. Voor haar is elke dag, elk uur, een nachtmerrie. Je kende Eric, haar zoontje. Ze moet bij hem zijn om hem goed op te voeden.'

'Maar ik heb de zaak gevolgd en ze bekende schuld,' zei Landon. 'En nu zegt ze dat ze onschuldig is?'

'Ze heeft niet bekend. Ze heeft alleen de lichtere aanklacht van doodslag niet betwist. Als ze het tot een rechtszaak had laten komen, riskeerde ze levenslang.'

Landon knikte alsof ze Lucinda Sanz' penibele situatie wel kon begrijpen.

'Oké,' zei ze. 'Dan heb ik het liever maar zo snel mogelijk achter de rug. Waar?'

'We kunnen in mijn auto gaan zitten,' zei Bosch. 'Of in de jouwe. Of we kunnen een koffietentje zoeken.'

'Mijn auto. Ik doe dit liever niet en plein public.'

'Goed. Dan wordt het jouw auto.'

16

Haller belde pas terug toen Bosch alweer op Woodrow Wilson reed, op weg naar huis om even uit te rusten. De adrenalinekick die hij had gekregen op het moment dat Madison Landon begon te vertellen over de dag dat Roberto Sanz was vermoord, was inmiddels uitgewerkt. Hij was uitgeput. Voordat hij wegreed van het parkeerterrein bij Vroman had hij Cisco geappt om hem nogmaals te bedanken voor het opsporen van Landon en daarna had hij Haller gebeld. Intussen was het bijna drie kwartier later. Bosch was bijna thuis en klaar om een uurtje of wat horizontaal te gaan, toen Haller terugbelde.

'Sorry, ik was op de rechtbank. Wat is er?'

'Sanz leverde zijn zoon te laat bij Lucinda af omdat hij een afspraak had met de FBI.'

Er viel een lange stilte.

'Ben je daar nog, Mick?'

'Ja, ik probeer dit te verwerken. Van wie heb je dit, zijn vriendin?'

'Ja. Onofficieel. Ze wil er niets mee te maken hebben. Ze is bang.'

'Voor wie?'

'De Cucos.'

'Wie waren die agenten? Heeft ze je namen gegeven?'

'Eén gedeeltelijke. Agent MacIsaac. Het zal niet zo moeilijk zijn om zijn volledige naam en functie te achterhalen. Zodra ik thuis ben, zal ik een paar telefoontjes plegen.'

'Dit werpt een totaal ander licht op de zaak.'

'Hoezo?' vroeg hij.

'MacIsaac gaat niet met je praten,' zei Haller. 'Dat kan ik je op een briefje geven. En de FBI slaat een dagvaarding van de plaatselijke rechtbank net zo makkelijk van zich af als Mookie Betts een snelle bal over de plaat jaagt. Wist die vriendin... hoe heette ze ook alweer?'

'Madison Landon.'

'Wist Madison Landon waar die ontmoeting met agent MacIsaac over ging?'

'Nee, ze wist alleen dat het ernstig was. Sanz vertelde haar dat hij ergens op was stukgelopen, zoals hij zelf zei, en met de FBI moest praten. De enige reden dat ze de naam MacIsaac kende, was omdat ze Sanz hem die dag aan de telefoon had horen begroeten toen ze die bespreking aan het regelen waren.'

Haller viel weer stil. Bosch wist dat hij de mogelijke juridische scenario's overdacht die deze nieuwe informatie met zich meebracht. Hij reed met zijn Cherokee de carport van zijn huis in. Hij zette de motor af maar bleef zitten met de telefoon aan zijn oor.

'En, wat denk je?' vroeg hij uiteindelijk.

'De FBI verandert de zaak,' zei Haller. 'Ik denk dat ik misschien een manier moet vinden om dit voor de federale rechtbank te krijgen zonder eerst onze kaarten bij de rechtbank hier te laten zien.'

'Dat snap ik niet zo goed.'

'Nou, zoals ik al zei, die MacIsaac krijgen we nooit voor het hooggerechtshof. Maar we hebben een goede kans om hem voor de federale rechtbank te krijgen. Het probleem is alleen dat je alle mogelijkheden tot beroep in de staat moet hebben uitgeput voordat je terechtkunt bij de federale rechter. Maar als we dat pad bewandelen, zien ze ons van mijlenver aankomen. Tegen die tijd hebben ze zich ingegraven en lusten ze ons rauw. We willen niet dat MacIsaac weet wat hem te wachten staat als ik zeg: "Agent MacIsaac, vertel ons eens over het gesprek dat u met Roberto Sanz had, een paar uur voor hij werd vermoord."'

Nu zweeg Bosch, terwijl hij tot zich door liet dringen in welk wespennest ze zich met Lucinda Sanz hadden gestoken.

'Ik denk dat we even moeten wachten voor we MacIsaac benaderen,' zei Haller.

'Maar we moeten toch weten waarom hij met Sanz had afgesproken op de dag van de moord,' kaatste Bosch terug.

'Inderdaad. Maar laten we wat omtrekkende bewegingen maken en kijken wat we kunnen vinden voordat we bij de FBI aankloppen.'

'Ik zou niet weten waar ik omheen moet trekken.'

'Dat komt omdat je als een rechercheur denkt en niet als een researcher voor de verdediging.'

'Wat is het verschil?'

'Het verschil is dat de kaarten al geschud zijn. Als politieagent of openbaar aanklager heb je bij elke stap de almacht van de staat achter je staan. Met alle middelen en in zijn hele omvang. En aan de kant van de verdediging sta jij, helemaal in je eentje. Het is David en Goliath, en jij bent David, mannetje. En dat maakt winnen zo bijzonder. En zo zeldzaam.'

'Dat lijkt me een al te eenvoudige voorstelling van zaken, vooral met alle regeltjes en formaliteiten die gunstig voor de gedaagde uitpakken, maar ik snap je punt. Dus als ik me wat betreft de FBI gedeisd hou, wat wil je dan dat ik doe?'

'Je bedenkt vast wel iets. Geef me een paar dagen om te bedenken hoe we het met de FBI aanpakken. Ik moet wat mensen spreken om te zien of we de sprong naar de federale rechtbank kunnen maken.'

Bosch zat nog steeds in zijn auto in de carport voor zich uit te staren en te bedenken wat de volgende stappen zouden kunnen zijn. Hij nam aan dat de FBI iets wist over Sanz en dat dat de aanleiding was voor die clandestiene zondagmiddagontmoeting. Sanz zat in een netelig parket en MacIsaac oefende druk op hem uit om informant te worden. Op basis van de recente en zeer openbare geschiedenis wist Bosch dat in die tijd alle aandacht gericht was op de corruptie bij het sheriffs department, en dat er met bijzondere belangstelling werd gekeken naar de clubjes van hulpsheriffs die daar opbloeiden. Daarvoor hoefde Bosch niet met MacIsaac te praten.

De vraag was: wat voor belastende informatie had de FBI over Sanz die ernstiger en dringender was dan dat hij bij zo'n club zat? En had dat tot zijn moord geleid? Bosch wist dat Haller niet over al deze feiten hoefde te beschikken om naar eer en geweten zijn werk te doen. De meeste strafpleiters werkten simpelweg volgens het motto: waar rook is, is vuur. Ze moesten twijfel zaaien, maar hoefden niet per se zelf in de gezaaide twijfels te geloven. Maar Bosch kon zo niet werken, ook niet als hij voor een advocaat werkte. Hij moest door de rook heen om bij het vuur te komen. Als er al een vuur was.

Terwijl hij zich in gedachten door de rook heen werkte, werd hem duidelijk wat zijn volgende stap moest zijn. Als hij niet rechtstreeks naar MacIsaac kon gaan, wist hij op wie hij wel zijn pijlen kon richten.

Toen hij zich losrukte uit zijn overpeinzingen, besefte hij dat hij door de voorruit naar de keukendeur had zitten kijken en nu pas opmerkte dat die op een kier stond.

'Ben je er nog, Bosch?' vroeg Haller. 'Of ben ik je kwijt?'

'Ik ben er,' zei Bosch. 'Maar blijf even hangen.'

Bosch haalde de sleutel uit het contact en maakte er het dashboardkastje mee open. Hij pakte zijn pistool en stapte uit de auto, met zijn wapen in de ene en zijn telefoon in de andere hand. Met gedempte stem praatte hij verder.

'Ik kom net thuis en mijn deur staat open. Ik ben er vrij zeker van dat ik hem niet zelf open heb laten staan.'

'Hang dan op en bel de politie.'

'Ik ga eerst even kijken.'

'Harry, je zit niet meer bij de politie. Laat het aan hen over.'

'Blijf aan de lijn.'

Bosch liet de telefoon in zijn zak glijden zonder de verbinding te verbreken. Hij liep op de deur af met beide handen om het pistool en gebruikte de loop om de deur helemaal open te duwen. Voordat hij naar binnen ging stond hij even stil om te luisteren, maar hij hoorde niets. Voor zover hij het van hieruit kon zien, zag de keuken er niet anders uit dan anders. Hij probeerde zich te herinneren hoe hij die ochtend weg was gegaan nadat Cisco had gebeld. Hij had haast gehad, maar hij kon zich niet voorstellen dat hij de deur open had laten staan. Hij woonde meer dan dertig jaar in dit huis. De deur dichttrekken tot het slot dichtklikte was een automatisme, dat ging puur op spiergeheugen.

Hij liep terug de carport in om te kijken of hij de auto van zijn dochter over het hoofd had gezien toen hij was komen aanrijden.

Maddies auto was er niet en er stonden ook geen andere auto's die zijn aandacht trokken. Hij keerde zich weer om naar de keukendeur en ging stilletjes naar binnen, met zijn pistool weer in de aanslag. Hij moest het nu van zijn gehoor hebben, maar links had hij last van een lichte vorm van oorsuizen. Hij spande zich in om iets te kunnen horen. Via de keuken liep hij naar de hal bij de voordeur. Nu had hij zicht op de woonkamer en de eethoek. Hij liep door en merkte niets ongewoons op totdat hij in de woonkamer zag dat er een plaat op de draaitafel lag te draaien.

De arm was omhoog; er klonk geen muziek. Bosch zette de platenspeler uit en staarde naar de plaat tot die uitgedraaid was. Het was *Live at the Fillmore East* van Miles Davis, een plaat die hij een paar dagen eerder had gedraaid. Hij wist dat hij hem niet terug in de hoes had gedaan, maar was er zeker van dat hij de platenspeler had uitgezet.

'Harry, wat gebeurt er daar?'

Bosch hoorde Hallers blikkerige stem uit zijn zak komen. Hij haalde zijn telefoon tevoorschijn en antwoordde.

'Tot nu toe lijkt er niets aan de hand. Maar er was hier iemand. En ze wilden dat ik dat wist.'

'Weet je dat zeker?'

Op dat moment besefte Bosch dat er iemand in huis had gerookt. Zelf had hij al twintig jaar geen sigaret meer opgestoken, maar hij wist nog heel goed hoe het rook in een besloten ruimte waar onlangs iemand had gerookt.

'Heel zeker,' zei hij.

'Wie?' vroeg Haller.

'Dat weet ik niet. Nog niet.'

'Je moet de politie bellen. Dan is het tenminste gemeld.'

'Ik heb nog niet het hele huis nagelopen. Ik bel je later terug.'

'Dat is prima, maar bel…'

Bosch verbrak de verbinding, deed de telefoon weer in zijn zak en ging toen verder met het doorzoeken van het huis. Hij controleerde de slaapkamers en de badkamer, maar vond verder geen sporen van de insluiper. Hij ging op zijn bed zitten. Hij liet alles nog eens de revue passeren en vroeg zich opnieuw af of het mogelijk was dat hij de deur open had laten staan en de pick-up had laten draaien. Misschien was de geur van een sigaret slechts de schaduw van een herinnering aan zijn eigen vroegere verslaving of een bijwerking van zijn medische behandeling. Hij wist dat verlies van het kortetermijngeheugen en een verscherpte of juist afgevlakte reuk- en smaakzin allemaal mogelijke bijwerkingen waren van de therapie die hij onderging.

Dokter Ferras had Bosch zijn privénummer gegeven en Bosch overwoog hem nu te bellen. Maar dat idee verwierp hij alweer snel. Wat kon Ferras hem nog meer vertellen behalve wat er al in de kleine lettertjes stond van de papieren die Bosch had ondertekend? Vergeetachtigheid was een mogelijke bijwerking.

Bosch voelde zich oud en moe. En verslagen. Hij legde het pistool op het nachtkastje. Het kussen zag er uitnodigend uit. Hij dacht erover zijn dochter te bellen om te vragen of zij misschien langs was geweest en de deur open had laten staan. Ze rookte niet, voor zover Bosch wist, maar de man met wie ze uitging wel. Hij besloot het nog even uit te stellen. Hij zou ook later wel beslissen of hij de politie zou bellen. Eerst even liggen.

Zijn donkere gedachten over zijn eigen sterfelijkheid vervlogen al snel en hij droomde van zichzelf als een jongere man, die door een tunnel liep met een zaklamp die langzaam leeg raakte.

17

Het was vijf uur rijden en toen Bosch van huis ging was het nog donker. Zo zou hij de files vóór zijn en kon hij om 10.00 uur bij de gevangenis zijn zodra die openging voor bezoek. Hij wist dat hij tien uur in de auto en een weggegooide dag riskeerde als Angel Acosta hem niet te woord wilde staan. Maar hij ging af op zijn intuïtie, gebaseerd op tientallen jaren ervaring bij de politie, en rekende erop dat iemand van negenentwintig die een levenslange gevangenisstraf uitzat elke onderbreking of afwisseling van de dagelijkse routine zou verwelkomen, aangezien daar de komende veertig of vijftig jaar weinig verandering in zou komen. Het lastigste zou zijn om hem zover te krijgen te gaan praten zodra ze oog in oog tegenover elkaar zaten.

Onderweg werkte hij zijn hele afspeellijst met zijn favoriete jazzalbums erdoor, van Cannonball Adderley tot Joe Zawinul. Hij eindigde met het nummer 'Birdland' van Weather Report, een stuk met de typische fusionklanken van Zawinul, op het moment dat hij de bezoekersparkeerplaats van de staatsgevangenis in Corcoran op reed. De muziek had zijn hoofd leeggemaakt. Even werd hij niet geplaagd door de zorgen waar hij mee rondliep sinds hij drie dagen eerder zijn keukendeur open had aangetroffen. Gek genoeg hoopte hij dat het een indringer was geweest en niet die andere mogelijkheid: de eerste tekenen van dementie. Hij had wel aangifte gedaan, maar wist dat dit soort delicten niet veel aandacht kregen van de inbraakeenheid van het bureau North Hollywood van het LAPD. De agent die de aangifte opnam was er niet van overtuigd dat er was ingebroken, omdat Bosch niet wist of er iets was meegenomen. De agent nam ook niet de moeite om iemand van de technische recherche langs te sturen om vingerafdrukken af te nemen. Bosch kon hem dat niet kwalijk nemen; hij was zelf ook niet overtuigd.

In zijn tijd als rechercheur bij de politie was Bosch vaak in de staatsgevangenis van Californië in Corcoran geweest, maar dit was de eerste keer dat hij er als burger was. Angel Acosta was een stuk gemakkelijker te vinden geweest dan Madison Landon. Bosch was weer naar het digitale archief van de *L.A. Times* gegaan en had alle vervolgartikelen over de schietpartij tussen Roberto Sanz en de leden van een bende bij een hamburgertent in Lancaster uitgekamd. Eén gangster werd gedood, één raakte gewond en werd gearresteerd, en twee wisten te ontsnappen. Degene die werd gearresteerd, werd in latere artikelen als Angel Acosta aangeduid. Hij was eenmaal in de buik geschoten, waarvan hij was hersteld in het ziekenhuis van de gevangenis. Een jaar na de schietpartij pleitte hij schuldig aan het aanvallen van een politiebeambte. Het leek Bosch een mooie deal: drie tot vijf jaar voor het schieten op een hulpsheriff. Bovendien werd Acosta de dood van zijn medebendelid niet aangerekend. Meestal kwam dat erbovenop in bendezaken wanneer er iemand tijdens het plegen van een misdrijf om het leven kwam. In Californië volgden de officieren van justitie deze praktijk al niet meer omdat die vaak in hoger beroep weer teniet werd gedaan, maar zes jaar geleden was het nog wel een routinematige verzwaring van de eis die een verdachte om zijn oren kreeg. Waarom dit niet met Acosta gebeurde na zijn arrestatie was onduidelijk.

Maar uiteindelijk maakte de lichte straf niets meer uit, want Acosta werd later veroordeeld voor de moord op een medegevangene. Zijn nieuwe veroordeling kwam hem op levenslang te staan zonder voorwaardelijke vrijlating. Hij werd overgeplaatst naar Corcoran, waar hij waarschijnlijk de rest van zijn leven zou blijven zitten.

Er waren een paar redenen waarom Bosch Acosta wilde spreken. Hij vertrouwde die eerste strafeis niet en wilde weten hoe Acosta daaraan kwam. De krantenberichten waren slechts summier en maakten geen melding van zijn advocaat of de aanklager die de zaak behandeld had. Daarbij kwam dat hij nu wist dat Roberto Sanz had gesproken met een zekere agent MacIsaac. Bosch wist dat het onderzoek waarschijnlijk te maken had met het brede onderzoek van de FBI naar de clubjes en de corruptie binnen het sheriffs department. Wanneer Sanz en zijn connectie met de Cucos in beeld zou zijn geweest, zou ook de schietpartij nader zijn bekeken die Sanz tot held van de afdeling had gemaakt. Als Bosch Acosta aan het praten zou krijgen, wilde hij daarnaar vragen.

Onaangekondigde bezoekers moesten een formulier invullen en vervolgens in een wachtkamer wachten terwijl de gevangene werd gevraagd of hij akkoord ging met het bezoek. Een vast bezoekuur was er niet. De cipier aan wie Bosch het ingevulde formulier gaf, liep er niet mee terug naar de cellen om Acosta te gaan halen. Hij legde het formulier gewoon op een stapel en zei tegen Bosch dat hij in de wachtkamer mocht gaan zitten tot zijn naam werd afgeroepen.

Bosch had bijna twee uur gewacht toen hij zijn naam hoorde. Acosta had ingestemd met het bezoek. Bosch wist dat dat het makkelijkste deel was. Het volgende – de gevangene aan het praten krijgen – zou een stuk lastiger worden.

Hij werd naar een kamer geleid met langs de ene wand twintig gesprekscabines met een kruk ervoor, en ertegenover een loopbrug. Een bewaarder liep daarover heen en weer om de cabines in de gaten te houden.

Bosch kreeg cabine zeven toegewezen. Hij ging op de stalen kruk zitten voor een venster van dik bekrast plexiglas met ernaast een telefoonhoorn aan een haak. Hij wachtte nog eens tien minuten en toen verscheen er aan de andere kant van het plexiglas een magere, pezige man in een blauwe gevangenisoverall. Na een kleine aarzeling pakte hij de telefoon op, maar zitten ging hij niet. Bosch nam de telefoon op aan zijn kant. Binnen de volgende dertig seconden zou hij weten of het een verspilde dag was of niet.

'Politie?' vroeg Acosta. 'Zo te zien wel.'

'Vroeger wel,' zei Bosch. 'Nu werk ik voor mensen als jij.'

Acosta's hele nek was volgeklad met tatoeages in gevangenisinkt, waarmee hij zijn trouw betuigde aan *La eMe*, de Mexicaanse maffia die alle latinobendes in de Californische gevangenissen aanstuurde. Hij had een getatoeëerde traan in zijn linkerooghoek en zijn gezicht en hele hoofd waren kaalgeschoren. Nieuwsgierig vanwege Bosch' antwoord staarde hij hem aan. Langzaam schoof hij op zijn kruk.

'Wie ben je dan?' vroeg hij.

'Het stond op het papier dat de bewaker je heeft laten zien,' zei Bosch. 'Ik heet Bosch. Ik ben privédetective.'

'Oké, privédetective, laten we er niet omheen lullen. Wat wil je?'

'Ik probeer een vrouw uit de gevangenis te krijgen. Ze heet Lucinda Sanz. Zegt die naam je iets?'

'Nee, en het boeit me ook niet.'

'Ze was getrouwd met de hulpsheriff die jou zes jaar geleden neerschoot. Weet je het nu?'

'Ik weet nog dat die dame een goeie daad deed toen ze hem zijn graf in hielp. Ik heb ervan gehoord. Maar wat heeft dat met mij te maken? Ik heb een perfect alibi. Toen dat gebeurde, zat ik al lang en breed in de gevangenis, dankzij hem en zijn kletspraatjes.'

'Loog hij? Waarom heb je dan schuldig gepleit?'

'Laten we het er maar op houden dat ik geen keus had, *cabrón*. En meer heb ik niet te zeggen.'

Hij nam de telefoon van zijn oor en maakte aanstalten om op te hangen. Bosch stak een vinger op als om te zeggen: nog één vraag. Acosta bracht de telefoon weer aan zijn oor.

'Ik praat niet met de politie. Ook niet met ex-politie, *pendejo*,' zei hij.

'Ik heb wat anders gehoord,' zei Bosch.

'O ja, en wat heb je dan gehoord?'

'Dat je met de FBI hebt gepraat.'

Acosta's ogen werden even iets groter.

'Flauwekul,' zei hij. 'Ik heb ze niks verteld.'

Daarmee bevestigde hij dat de FBI inderdaad bij hem was geweest, of hij nu gepraat had of niet. Bosch' vermoeden leek te kloppen.

'In het verslag van agent MacIsaac staat iets anders,' zei hij. 'Er staat dat je hem hebt verteld wat er die dag echt is gebeurd bij Flip's Hamburgers.'

Bosch werkte nog steeds zonder vangnet. Maar hij hield zich vast aan zijn vermoeden dat het er bij die schietpartij bij Flip's anders aan was toegegaan dan de sheriff tegenover het publiek had verklaard. Op basis van wat hij tot nu toe wist over Roberto Sanz betwijfelde hij of er die dag helden waren geweest bij Flip's.

'Het was geen hinderlaag, hè?' vroeg hij.

Acosta schudde zijn hoofd. 'Ik praat niet met de politie, ik praat niet met de FBI, ik praat niet met fucking privédetectives.'

'Je hebt wel met MacIsaac gepraat en hem verteld dat die hinderlaag helemaal geen hinderlaag was. Het was een confrontatie met een corrupte agent die uit de hand liep. En zo kreeg jij je mooie deal.'

Acosta haalde de hoorn weer van zijn oor, aarzelde en bracht hem toen weer terug. 'Mooie deal?' Hij vloekte. 'Ik zit hier godverdomme de rest van mijn leven.'

'Maar zo was het niet bedoeld,' zei Bosch. 'Je zou een tijdje verdwijnen en weer vrijkomen zodra je met de jongens van de FBI samenwerkte. Maar toen werd Sanz vermoord en lagen de zaken ineens heel anders. En toen heb jij in de gevangenis iemand omgelegd voor La eMe en dat leverde je een traan en levenslang zonder voorwaardelijke vrijlating op.'

'Ik heb geen idee waar je het over hebt.'

'Misschien heb ik nog niet het hele plaatje compleet, maar dat komt nog wel. Ik weet dat je met MacIsaac hebt gepraat en dat je een deal sloot met de FBI.'

'Dat heb je mis. Mijn advocaat had die deal voor me geregeld. Silver zei dat ik niet hoefde mee te werken, dus deed ik dat niet. Ik moest gewoon mijn mond houden, en dat doe ik nu ook.'

Bosch keek Acosta een hele tijd aan voordat hij antwoordde. Zijn instinct had hem niet in de steek gelaten, maar op een andere manier dan hij had verwacht.

'Frank Silver was jouw advocaat?' vroeg hij uiteindelijk.

'Klopt,' zei Acosta. 'Dus ga lekker met hem praten. Dan kom je er zelf achter dat ik geen verklikker ben. Ik heb niet met MacIsaac gepraat en met niemand niet.'

'Maar je praatte wel met Silver, nietwaar? Je advocaat. Alles wat je hem vertelde was vertrouwelijk. Heb je hem over Flip's verteld? Zo kreeg hij de deal.'

'Ik ben hier klaar mee, man. Ik heb met niemand gepraat en ik praat ook niet met jou.'

Acosta hing abrupt op en smeet de telefoon zo hard op de haak dat de klap in Bosch' oor binnenkwam als een pistoolschot. Toen stond Acosta op van zijn kruk en was weg.

Bosch bleef een lang moment zitten, terwijl hij zijn gedachten liet gaan over wat hij zojuist had gehoord. Advocaat Frank Silver had Angel Acosta vertegenwoordigd, in hetzelfde jaar dat hij Lucinda Sanz' advocaat werd. Hij probeerde zich te herinneren wat Lucinda had verteld over hoe Silver haar verdediger was geworden. Hij had zich als vrijwilliger opgeworpen en de toegevoegde advocaat de zaak uit handen genomen.

Bosch hing de telefoon op de haak en stond op. Hij wist dat zich soms in een zaak toevalligheden voordeden. Hij dacht niet dat dit er een was.

DEEL 4
LADY X

18

Ik vond Silver op dezelfde plek als waar ik hem voor het laatst had gezien, achter zijn bureau in zijn kantoortje in de juridische commune aan Ord Street. Het viel me op dat hij het visitekaartje had vervangen dat ik uit het lijstje aan de muur had gehaald. De deur stond net als de vorige keer open, maar nu liep ik naar binnen zonder te kloppen. Silver keek niet op van wat hij op een schrijfblok aan het schrijven was. Het rook er naar afhaalchinees.

'Waar kan ik u mee helpen?' vroeg hij.

Ik legde het document, een paar aan elkaar geniete velletjes papier, voor hem neer. Toen keek hij op en drong het tot hem door wie er voor zijn bureau stond.

'De enige echte Lincoln-advocaat,' zei hij. 'Wat is er, partner?'

'Kom je ooit wel eens op de rechtbank, Frank?' vroeg ik.

'Ik dacht altijd dat een goede advocaat dat zoveel mogelijk probeert te vermijden. Wat er in de rechtszaal gebeurt loopt meestal slecht af, toch?'

'Soms toch niet.'

Hij pakte het document op en leunde achterover in zijn stoel om het te lezen.

'Wat hebben we hier?' vroeg hij.

'Een kopie van mijn habeas-verzoek,' zei ik. 'Ik dien het morgen in. Ik vond dat je het moest hebben voordat de media er lucht van krijgen. De laatste tijd lijken ze mijn zaken en bewegingen op de voet te volgen.'

'Dat komt omdat je een winnaar bent. En waar kun je beter je inkt aan besteden?'

'Dat gaat tegenwoordig voornamelijk digitaal. Maar ik snap wat je bedoelt.'

Silver begon te lezen.

'Wat hebben we hier?' vroeg hij opnieuw.

Ik zag een afhaalbakje openstaan met iets erin wat op nasi leek. In de benauwde kamer was de scherpe geur van gebraden varkensvlees om te snijden.

Zodra Silver de aanhef van de zaak las – Sanz contra de staat Californië – boog hij zich voorover en keek hij me aan.

'Ga je ermee naar de federale rechter?' vroeg hij. 'Ik dacht dat je zei...'

'Ik weet wat ik zei,' onderbrak ik hem. 'Dat was voordat we de zaak grondiger hadden bekeken, waarbij we het een en ander te weten zijn gekomen.'

'Ik heb nog nooit iets op federaal niveau gedaan.'

'Ik probeer het ook meestal te vermijden, maar dit keer zijn er goede redenen voor.'

'Zoals?'

'Lees maar door. Je komt het vanzelf tegen.'

Silver knikte en concentreerde zich weer op het document. Het bovenste vel was een standaardopsomming van de redenen waarom de federale rechtbank van de vs ontvankelijk zou moeten zijn voor het verzoek. De tweede pagina was specifieker en beschreef hoe mijn pogingen om voor een habeas-verzoek bij de rechtbank van de staat medewerking te krijgen van de FBI bij de openbaar aanklager tegen een muur van afwijzingen waren op gelopen. Silver zat al lezend te knikken, alsof hij instemde met de feiten op pagina twee. Toen hij de opmerking over het bijgevoegde bewijsstuk zag, bladerde hij naar achteren in het document en las de korte, bondige brief van de openbaar aanklager van het district Californië waarin die mijn verzoek om met FBI-agent Tom MacIsaac te spreken afwees en waarschuwde dat elke poging om hem te dagvaarden zou worden geweigerd.

'Perrrrfect,' zei Silver. Hij smeerde het woord een heel eind uit.

Hij ging terug naar de tweede pagina en sloeg die om naar pagina drie. Daar had ik op staan wachten. Pagina drie was waar het document om draaide. Het bevatte de redenen waarom het verzoek moest worden ingewilligd en er een habeas-zitting moest komen. Ik keek aandachtig toe terwijl Silver knikkend verder las, alsof hij goedkeurend één voor één vakjes aan het afvinken was.

Maar een paar seconden later knikte hij ineens niet meer.

'Wat krijgen we nou, Haller?' riep hij uit. 'Hier staat "incompetente vertegenwoordiging van de raadsman" en je had gezegd dat je dat niet zou doen!'

'Zoals ik al zei, er is het een en ander veranderd,' zei ik.

'Hoezo veranderd? Dus jij dacht dit te gaan indienen en het dan naar de pers te lekken? Kansloze actie, maat. Dat gaan we niet doen.'

Ik stond nog steeds. Ik wilde hier niet voor gaan zitten. Ik wilde sowieso geen seconde langer dan nodig in deze kamer en in het gezelschap van deze man zijn. Ik schoof wat rommel aan de kant en zette mijn handen op zijn bureau. Ik leunde voorover, maar keek nog steeds neer op Silver in zijn stoel.

'De zaken staan er anders voor sinds ik het een en ander over jou heb ontdekt,' zei ik.

'Over mij?' riep Silver uit. 'Waar heb je het over? Wat heb je dan ontdekt?'

'Dat je Lucinda Sanz een loer hebt gedraaid. De uitslag van haar zaak was op voorhand al bekend.'

'Gelul.'

'Niks gelul. Je had deze zaak makkelijk kunnen winnen. Maar jij bent gezwicht en nu zit die vrouw al vijf jaar in Chino.'

'Ben je wel helemaal lekker? Daar is niks van waar. Ik heb haar een hartstikke goeie deal bezorgd. Maar zelfs als het geen goeie deal was, dan nog was ik niet degene die hem gesloten had. Dat heeft ze zelf gedaan. Het was haar eigen keus.'

'Jij hebt haar ertoe overgehaald.'

'Dat was niet nodig. Ze wist dat ze haar te pakken hadden. En ze wist dat het een goeie deal was. Ik hoefde hem haar alleen maar voor te leggen en zij deed de rest. Vraag het haar maar, dan zal ze hetzelfde zeggen.'

'Dat heb ik gedaan. Ze zei inderdaad dat ze het zelf besloten had, maar op dat moment wist ze niet dat jij een paar maanden daarvoor een cliënt met de naam Angel Acosta had vertegenwoordigd.'

Silver slaagde er niet in zijn verbazing te verbergen. Zijn ogen spraken boekdelen.

'Precies, ja,' zei ik. 'Angel Acosta, die kerel die door de ex-man van je nieuwe cliënt werd neergeschoten in een vuurgevecht bij een hamburgertent.'

'Maar dit is geen belangenverstrengeling,' zei Silver. 'Het is puur toeval. En zeker geen incompeten–'

'Jij wist van Acosta dat het geen hinderlaag was. Dat het een of andere confrontatie was tussen een bende en een corrupte hulpsheriff. De details weet ik nog niet, maar jij wel. Wat het ook was, het liep uit de hand en binnen de kortste keren begonnen ze te schieten. Sanz was geen held en dat wist jij. Dat was de troef die je kon uitspelen voor Acosta. Je pressiemiddel. Zo regelde je die mooie deal voor hem. Je dreigde alles naar buiten te brengen, om het sheriffs department aan te klagen.'

'Je hebt echt geen idee waar je over praat, Haller.'

'Ik denk van wel. En jij zag je kans schoon om het met Lucinda nog eens dunnetjes over te doen. Je hoefde alleen maar de zaak van haar toegevoegde advocaat over te nemen en dezelfde informatie van Acosta te gebruiken om weer een deal te sluiten. Maar in werkelijkheid was je cliënt onschuldig. Als je deze zaak voor de rechter had gebracht, had je gewonnen. Je had goud in handen. Maar nee, Silver gaat liever voor zilver. Je hebt gewoon de boel besodemieterd.'

Silver schoof het bakje met eten op zijn bureau opzij, maar hij duwde iets te hard waardoor het viel, en de vloer en de muur bezaaid raakten met gebakken rijst.

'Godsamme!' vloekte hij.

Hij bukte zich om het op te ruimen, maar ging toen weer overeind zitten en keek me aan.

'Het was een inschattingsfout,' zei hij. 'We maken allemaal elke dag zulke afwegingen en geen enkele rechter zal je een habeas toekennen op basis van een inschattingsfout. Als je dit indient, lacht de federale rechtbank je vierkant in je gezicht uit.'

Het document dat ik die ochtend had opgesteld, was eigenlijk maar een voorwendsel. Want Silver had op één punt gelijk: een habeas aanvragen bij een federale rechtbank, puur op grond van incompetente vertegenwoordiging, was een kansloze zaak. Het zou nergens toe leiden en ik was ook niet van plan geweest om het daadwerkelijk in te dienen. Het was niet meer dan een hulpmiddel om Silver aan het praten te krijgen.

'De kans bestaat dat ik word weggelachen,' zei ik. 'Maar er bestaat ook een kans dat bekend wordt dat jij de zaak van een onschuldige cliënt hebt laten lopen.'

'Zoals ik al zei, je weet niet waar je over praat,' zei Silver.

'Dan is dit je kans om me bij te praten, Frank. Vertel me iets wat ik nog niet weet.'

'Ik werd verdomme bedreigd, snap dat dan. Ik had geen keus.'

Voilà. Ik had mijn doorbraak. Dit was het moment om de stoel onder zijn bureau vandaan te trekken en te gaan zitten.

'Bedreigd door wie?' vroeg ik.

'Daar kan ik niet op ingaan,' zei hij. 'Die bedreiging is serieus. Als je niet oppast zit jij straks ook in de shit.'

'Verkeerd antwoord. Je gaat er nu op in, of ik dien dit stuk morgenochtend in en stuur elke nieuwsredactie in de stad een persbericht.'

'Dat kun je me niet aandoen.'

Ik wees naar het document op het bureau.

'Dat is een gepasseerd station. Als je het nog wil tegenhouden, vertel je me wat er met Sanz is gebeurd. Door wie werd je bedreigd en waarom?'

'Jezus christus.' Silver schudde zijn hoofd als iemand die geen andere uitweg meer ziet.

'Je hebt maar één keus, Frank,' zei ik. 'Je werkt met me mee of je werkt me tegen. En ik laat niets van je heel als ik daarmee mijn cliënt uit die gevangenis kan krijgen.'

'Oké, oké,' zei Silver. 'Ik vertel je wat er gebeurd is, oké? Maar je moet het behandelen als vertrouwelijke informatie. Je mag niet onthullen van wie je het hebt.'

'Dat kan ik niet beloven. Niet voordat ik weet wat jij weet.'

'Fuck...'

Hij zat tijd te rekken.

Ik schoof mijn stoel naar achteren. 'Mooi, ik ben hier weg. Sterkte morgen.'

'Nee, nee, nee, wacht. Oké. Oké. Ik zal het vertellen. Je had gelijk, Angel heeft me alles verteld. Sanz was een geldophaler voor dat clubje hulpsheriffs dat zichzelf de Cucos noemt. Acosta en zijn bende betaalden voor bescherming en Sanz inde het geld. Die dag zou een gewone incasso zijn, maar Sanz dacht dat hij er wel meer uit kon slepen. De Cucos wilden meer geld. Daar kregen ze woorden over en het draaide uit op een schietpartij. Nadat Angel me dat had verteld, kreeg ik een telefoontje van een van Sanz' vrienden. Als ik met die informatie naar de rechtbank zou gaan, zou het mijn laatste zaak worden.'

'Een van zijn vrienden? Over wie hebben we het?'

'Dat weet ik niet. Een van die Cucos.'

'Daar schiet ik niets mee op. Ik moet een naam hebben.'

'Ik heb geen naam. En ik hoefde ook geen naam te weten.'

'Ik zal je beschermen.'

'Laat me niet lachen. Je kunt me niet tegen hen beschermen. Ze zijn van de politie!'

'Hoe wist je dat het politie was?'

'Dat wist ik gewoon. Het leek me nogal duidelijk na wat Acosta me had verteld.'

'Geef me een naam, Frank, anders zijn we hier klaar. Wie heeft jou gebeld?'

'Hij zei zijn naam niet en ik heb er niet naar gevraagd.'

'Wat zei hij precies dat je moest doen?'

'Dat ik Acosta moest zeggen dat als hij zijn mond zou houden, de officier van justitie hem zou matsen. Ik zei: best. Ik wist dat een deal een enorme overwinning zou zijn. En dat wist Acosta ook. Ik hoefde hem niet te overreden. Hij pakte het met beide handen aan.'

'Wie was de openbaar aanklager die met die deal kwam?'

'Degene die alle zware zaken daar behandelde. Andrea Fontaine. Maar die zit nu in het centrum.'

Ik overwoog even alles wat er gezegd was en vervolgde: 'Oké. Lucinda Sanz. Je ging naar haar advocaat en nam haar zaak over.'

'Dat was me opgedragen,' zei Silver.

'Door wie? Dezelfde die je over Acosta belde?'

'Nee, dit keer was het een vrouw. Ze wist alles van die deal met Acosta en ze zei dat Fontaine met een aanbod zou komen. Ze zei dat ik ervoor moest zorgen dat Lucinda de deal aannam en dat het niet tot een rechtszaak zou komen. En dat ik er geweest zou zijn als ik zou aanvoeren wat ik wist over Roberto Sanz en de schietpartij van het jaar daarvoor. Zo simpel was het.'

Ik dacht erover na. Lucinda had gezegd dat ze door een vrouw was getest op kruitsporen, een vrouw die zei dat ze met Roberto Sanz gewerkt had.

'En die tweede beller, weet je wie dat was?' vroeg ik.

'Nee, man, wat zeg ik nou net?' zei Silver. 'Er werden geen namen genoemd. Zo stom waren ze niet.'

'Wist Lucinda hier iets van?'

Silver sloeg zijn ogen neer.

'Ik heb het haar nooit verteld,' zei hij. 'Ik heb haar alleen gezegd dat ze die deal moest aannemen. Dat het haar enige optie was.'

Ik dacht schaamte en spijt in Silvers ogen te zien. Misschien had hij destijds geloofd dat Lucinda schuldig was en dat degenen die hem gebeld hadden iets onder de pet hadden willen houden wat mogelijk zou kunnen uitgroeien tot een nieuw schandaal voor het sheriffs department. Maar hoe dan ook, Silver wist diep in zijn hart best dat hij het nooit verder zou schoppen dan tweederangs advocaat van de Ord Street-commune.

'En dat deed je allemaal op basis van een paar telefoontjes van anonieme lui die beweerden dat ze van de politie waren,' zei ik. 'Maar hoe wist je dat je die bedreigingen serieus moest nemen?'

'Ze wisten dingen,' zei Silver. 'Dingen die nooit naar buiten waren gekomen. Die van binnenuit moesten komen.'

'Zoals?'

'Zoals dat ze wisten wat Acosta aan het licht kon brengen als ik hem liet getuigen. Dat Roberto Sanz die dag van die schietpartij niet bepaald de held was.'

Ik besloot het over een andere boeg te gooien, waarbij ik handig gebruikmaakte van Bosch' tactiek om een getuige met een onverwachte vraag uit zijn evenwicht te brengen.

'Vertel eens wat meer over agent MacIsaac,' zei ik.

'Wie?' vroeg Silver.

Met een paar telefoontjes had Bosch kunnen achterhalen wat MacIsaacs volledige naam was en bij welk bureau in L.A. hij gestationeerd was. Die informatie in het document was waar en ik hoopte dat ik Silver ermee uit de tent kon lokken.

'FBI-agent Tom MacIsaac,' zei ik. 'Hij is degene die ik van de openbaar aanklager niet mag spreken of dagvaarden. Is hij hier ooit met je komen praten?'

'Nee, ik hoor die naam nu voor het eerst. Wat is zijn…'

'Hij had een uitgebreide ontmoeting met Roberto Sanz op de dag dat die werd vermoord. Als je ook maar een beetje advocaat was geweest, had je dat geweten en je cliënt niet overgehaald tot een deal.'

Silver schudde zijn hoofd. 'Luister, man. Hoe vaak moet ik het nog zeggen? Ik werd bedreigd. Ik had geen keus.'

'Dus je keek weg en gaf je cliënt geen keus,' zei ik. 'Jij haalde haar over om die deal te sluiten. Jij hebt haar de gevangenis in gepraat.'

'Jij was er niet bij, man. Je hebt geen idee van de druk waaronder ik stond en hoeveel bewijs ze tegen haar hadden. Ze zou hoe dan ook schuldig zijn bevonden.'

'Tuurlijk, Frank. Als dat je helpt om 's nachts te slapen.'

Ik kreeg ineens heel sterk de neiging om Frank Silver en zijn kantoor, met de stank van mislukking en gebakken rijst met varkensvlees, ver achter me te laten. Maar ik bleef, want hij moest zijn biecht nog afmaken.

'Oké,' zei ik. 'Laten we teruggaan naar Angel Acosta. Vertel me alles wat je weet. Elk detail dat je je kunt herinneren. Dan wordt dit verzoek nooit ingediend.'

Ik wees naar het nepdocument op zijn bureau.

'En hoe weet ik dat je me er straks niet in luist?' vroeg Silver.

'Tja, vriend,' zei ik, 'dat weet je dus niet.'

19

De Lincoln stond voor en Bosch zat achter het stuur toen ik buiten kwam. Ik had de gewoonte om achterin in te stappen volledig afgeleerd en stapte zonder erbij na te denken naast hem in.

'Is het gelukt?' vroeg Bosch.

'Ja en nee,' zei ik. 'Hij heeft min of meer bevestigd wat we zelf al bij elkaar hadden gepuzzeld. Maar hij wist niets over MacIsaac of de FBI, zei hij.'

'Geloof je hem?'

'Ja. Voorlopig wel.'

'Oké, en wat kon hij je vertellen?'

'Hij zei dat hij zowel bij de zaak-Acosta als de zaak-Sanz bedreigd werd door hulpsheriffs. Eerst moest hij Acosta zover krijgen dat hij een deal sloot, en toen Lucinda. Hij kon geen namen geven. Alles ging via de telefoon. Een belletje van een man, een belletje van een vrouw. En beide keren werd hem gezegd dat de openbaar aanklager een aanbod zou doen en dat zijn cliënt dat moest accepteren. Anders zouden er gevolgen zijn. Voor hem.'

'Was dat alles? Anonieme telefoontjes?'

'De beller beschikte steeds over bepaalde kennis. Hij en zij wisten details van de schietpartij met Sanz. Hij geloofde de bedreigingen.'

'Eén keer een man, één keer een vrouw. Lucinda zei dat een vrouw de schotrestentest afnam.'

'Ja, dat bedacht ik ook. Laten we haar Lady X noemen. Maar we moeten iedereen die destijds lid was van Sanz' eenheid identificeren, vooral eventuele vrouwen. Ik zou graag willen dat Cisco en jij die lui opsporen, met volledig cv. Dan gaan we een getuigenlijst aanleggen.'

'Komt in orde. Waar gaan we nu naartoe?'

'Hall of Justice. Het wordt tijd om ze daar eens op stang te jagen.'

Bosch keek in zijn spiegels en trok op.

'Wie zijn "ze"?' vroeg hij.

'De waarnemend officier van justitie die de zaken-Acosta en -Sanz behandelde heet Andrea Fontaine. Destijds was ze toegevoegd aan de rechtbank in Antelope Valley. Nu werkt ze in het centrum bij Zware Criminaliteit. Ik dacht zo dat we haar eens moesten opzoeken en horen wat ze te zeggen heeft over die zaken en de deals die ze erin gesloten heeft. Als je 't mij vraagt heeft ze voor zichzelf ook een deal gesloten.'

'Dan heb je het over een behoorlijke samenzwering. Het sheriffs department én het Openbaar Ministerie.'

'Hé joh, samenzweringstheorieën zijn lezen en schrijven voor de strafpleiter.'

'Nou, fantastisch. En de waarheid?'

'In de rechtszalen die ik frequenteer is die zeldzaam.'

Daar had Bosch niet van terug.

Het kostte ons vijf minuten om bij het gerechtsgebouw te komen en daarna nog eens tien om een parkeerplaats te vinden. Voor we uitstapten, zei Bosch: 'Je zei net dat je een getuigenlijst wilde gaan opstellen. Wat denk je dat Sanz' clubgenoten je gaan opleveren?'

'Ik verwacht dat ze de eed afleggen en liegen dat het gedrukt staat. Dat zullen ze vast doen en dan halen we er het belangrijkste bewijs tegen Lucinda uit.'

'De schotrestentest.'

'Kijk, nú denk je als een strafpleiter.'

'Geen sprake van.'

'Luister nou. Geloof jij dat Lucinda haar ex heeft vermoord en zit waar ze thuishoort?'

Bosch dacht er even over na.

'Kom op,' zei ik. 'Je staat niet onder ede.'

'Ik denk dat ze het niet gedaan heeft,' zei hij ten slotte.

'Ik ook niet. Dus moeten we het bewijs tegen haar omkegelen. Als dominostenen. En als ons dat niet lukt, moeten we het naar ons toe trekken en uitleggen. Als zij met foto's komen waarop ze staat te schieten, dan trekken we ze naar ons toe en zeggen: dat is Lucinda, klopt, maar ze stond daar omdat ze schoot als een hark en in elk geval niet zo goed dat ze haar ex-man twee kogels in zijn rug kon schieten op geen vijftien centimeter van elkaar. Zo dus. Begrijp je?'

'Ik begrijp het.'

'Super. Laten we nu dan gaan horen wat die waarnemend officier van justitie te zeggen heeft.'

'Ga je daarnaar vragen? Naar die schotrestentest?'

'Ja. Maar verder hou ik mijn kaarten tegen de borst.'

Bosch knikte en we stapten uit.

De Hall of Justice was tegenover het strafrechtgebouw. Vroeger had het onderdak geboden aan het sheriffs department en, op de bovenste drie verdiepingen, aan de districtsgevangenis. Maar toen verhuisde het sheriffs department de meeste activiteiten naar het STARS Center in Whittier en werd er een nieuwe districtsgevangenis gebouwd. Het gebouw werd herbestemd en de voormalige gevangenisverdiepingen werden omgebouwd tot het huidige paleis van justitie met kantoren voor officieren van justitie die aan de overkant van de straat hun zaken deden.

Andrea zat niet te wachten op ons onaangekondigde bezoek. Ze ontving ons in een wachtruimte nadat de receptionist haar ons verzoek om een audiëntie had overgebracht. We stelden ons voor en ze ging ons voor naar haar kantoor. Ze had maar een paar minuten tijd, zei ze, dadelijk moest ze naar een hoorzitting aan de overkant.

Ze liep haar kantoor binnen. Het was nog kleiner dan dat van Frank Silver en was vroeger duidelijk een cel geweest: drie wanden waren opgetrokken uit betonblokken en in de vierde, achter haar bureau, zat een vakwerk van stalen stangen. De openingen daarin waren nog geen vijftien bij vijftien centimeter.

Het was een net kantoor en niet zo volgepropt als dat van Silver. Voor het bureau was ruimte gevonden voor twee stoelen. We gingen alle drie zitten.

'We hebben geen zaak samen, wel?' vroeg Fontaine.

'Eh… nee, nog niet,' zei ik.

'Dat klinkt omineus. Waar gaat het om?'

'Twee zaken die u behandelde in de tijd dat u in Antelope Valley werkte.'

'Ik werk inmiddels al vier jaar hier. Welke zaken?'

'Angel Acosta en Lucinda Sanz. Ze staan vast in uw top tien.'

Fontaine probeerde haar gezicht in de plooi te houden, maar ik zag de angst in haar ogen opvlammen.

'Ja, Sanz herinner ik me natuurlijk,' zei ze. 'Ze schoot een hulpsheriff dood die ik zelf had gekend. Het komt niet vaak voor dat je een zaak krijgt waarin je het slachtoffer kent. Maar Acosta… help even, alstublieft. Hij klinkt bekend, maar ik kan hem niet plaatsen.'

'De hinderlaag bij Flip's Hamburgers. Eén jaar voor Sanz werd vermoord,' zei ik. 'De schietpartij.'

'Ach, natuurlijk. Dank u. Waarom vraagt u naar die zaken? Die werden allebei afgesloten met een schikking. Schuldigen die schuldig pleitten.'

'Tja, daar zijn we niet zo zeker van. Dat van die schuldigen.'

'U denkt dat ze allebei onschuldig zijn?'

'In elk geval Lucinda Sanz.'

'Wilt u die veroordeling aanvechten? Ze kreeg een prima deal. Wilt u het risico nemen op een herhaling? Als het voor de rechter komt, kan ze alsnog levenslang krijgen. Zoals ze er nu voor staat komt ze over, wat is het, vier of vijf jaar vrij. Misschien wel eerder.'

'Vierenhalf, om precies te zijn. Maar ze zegt dat ze het niet heeft gedaan. En ze wil eruit.'

'En u gelooft haar?'

'Ja. Dat doe ik.'

Fontaine keek nu naar Bosch.

'En u, meneer Bosch? U werkte vroeger toch bij Moordzaken?'

'Wat ik geloof doet er niet toe,' zei Bosch. 'Er is geen bewijs voor een veroordeling.'

'Waarom pleitte ze dan schuldig?' vroeg Fontaine.

'Omdat ze geen keus had,' zei ik. 'Overigens pleitte ze nolo. Dat is net even iets anders, zoals u weet.'

Fontaine keek ons allebei een paar tellen aan van achter haar bureau.

'Heren, we zijn hier klaar,' zei ze ten slotte. 'Ik heb niets meer over die zaken te zeggen. Ze zijn gesloten. Het recht heeft zijn loop gehad. En ik dreig te laat te komen.'

Ze begon een aantal dossiers op een stapeltje te leggen en zich gereed te maken voor vertrek.

'Ik praat liever nu met u dan dat ik u moet dagvaarden,' zei ik.

'Nou, veel succes daarmee.'

'Het zwaarste bewijs dat u tegen haar had was de schotrestentest. Ik kan u nu al zeggen dat we daar doorheen kunnen prikken.'

'U bent strafpleiter. U kunt zó een zogenaamde expert laten zeggen wat u wilt. Maar we hebben het hier over feiten, en het is een feit dat ze haar ex-man heeft doodgeschoten en dus zit waar ze hoort te zitten.'

Ze stond op en propte de dossiers in een leren tas met haar initialen in goud bij de handvatten. Bosch stond al op. Maar ik niet.

'Ik zie u niet graag door het slijk gehaald worden als de beerput opengaat,' zei ik. 'Als dit voorkomt.'

'Is dat een bedreiging?'

'U hebt vooral een keus. Werk met ons samen om de waarheid te achterhalen. Of werk ons tegen en verdoezel de waarheid.'

'Dat ik de dag nog mag meemaken dat een strafpleiter werkelijk geïnteresseerd is in de waarheid. En nu moet u gaan. Anders bel ik de bewaking om u eruit te laten zetten.'

Ik nam mijn tijd, stond langzaam op en hield ondertussen haar woedende blik vast.

'Ik zeg het nog één keer,' zei ik. 'We hebben u de keus gegeven.'

'Gaat u maar gewoon,' zei ze. 'Nu!'

Bosch en ik zeiden niets tegen elkaar tot we in de lift naar beneden stonden.

'Nou, het is je gelukt haar op stang te jagen, zou ik zeggen,' zei Bosch.

'Ja, haar en een paar anderen. Dat weet ik wel zeker,' zei ik.

'Zijn we daar wel klaar voor? We zouden toch geen slapende honden wakker maken?'

'De plannen zijn veranderd. Bovendien is er al iemand die weet wat we aan het doen zijn.'

'Hoe weet je dat?'

'Makkelijk. Iemand brak bij jou in omdat ze willen dat wij dat weten.'

Bosch knikte en we zeiden verder niets meer terwijl de oude lift verder zakte.

Toen we beneden uitstapten, begon Bosch over het onderwerp dat mij ook al bezighield.

'Die Fontaine dus,' zei hij. 'Is die fout of zit ze zelf ook klem?'

'Goeie vraag. Ze hebben de advocaat bedreigd en hem laten doen wat ze wilden. Misschien hebben ze dat ook met de officier gedaan. Of ze is net zo corrupt als de Cucos.'

'Of iets ertussenin. Misschien werd ze onder druk gezet om het sheriffs department in te dekken tegen een schandaal. Het is nog altijd een zusterorganisatie van de officier van justitie.'

'Ik denk dat je te aardig bent, Harry. Vergeet niet dat ze twee jaar nadat de shit achter de rug was werd overgeplaatst van dat kut-Antelope Valley naar Zware Criminaliteit, midden in de stad. Als je 't mij vraagt, werd ze gewoon betaald.'

'Ja, vermoedelijk wel.'

'Aan vermoedens hebben we niets. We moeten het kunnen aantonen voor we naar de rechter stappen.'

'Ga je haar dagvaarden als getuige?'

'Niet op grond van wat we nu weten. Er zijn nog te veel dingen niet helder. Het zou nog te gevaarlijk zijn om haar op te roepen. We kunnen niet voorzien wat ze allemaal gaat zeggen.'

We duwden de zware deuren naar Temple Street open en zetten koers naar de Lincoln.

20

Ik wilde naar huis, zodat ik het echte verzoekschrift kon gaan schrijven dat ik namens Lucinda Sanz zou indienen. Geen omwegen meer, geen spelletjes. Het werd tijd om een narratief op papier te zetten dat de onschuld van mijn cliënt zou bewijzen. Zoals ik tegen Lucinda had gezegd, leefden we in een omgekeerde wereld. Ze werd beschouwd als schuldig tot het tegendeel bewezen was. Het document dat ik de komende dagen zou opstellen moest duidelijk maken wat ik zou aanvoeren en wat ik zou bewijzen, zonder dat ik te veel weg zou geven. Alleen een paar mensen binnen het sheriffs department ermee op stang jagen was niet genoeg. Het moest zó overtuigend zijn dat een rechter van een Amerikaanse rechtbank rechtop in zijn of haar stoel ging zitten en zou zeggen: 'Daar wil ik meer over horen!'

Op dit moment kon ik twee dingen hardmaken; dingen die niet zomaar een gerucht waren of anderszins weg te wuiven. Het ene was de onthulling dat Roberto Sanz in een verdacht clubje had gezeten, wat duidelijk impliceerde dat er georganiseerde corruptie in het spel was, en het andere was de ontmoeting tussen Sanz en een agent van de FBI, een uur voor Sanz werd vermoord. Dat was nieuw bewijs dat wees op een reeks andere verdachten dan Lucinda Sanz. Ik dacht dat de habeas-deur hiermee wel open zou gaan. Maar ik wist dat ik wel met meer moest komen – veel meer – als ik die deur eenmaal was gepasseerd.

Ik vroeg Bosch me thuis te brengen. Hij had zijn eigen opdracht: zoek uit wie de andere leden waren van Roberto Sanz' eenheid, en vooral eventuele vrouwelijke hulpsheriffs. Hij moest Lady X van een naam voorzien.

Bosch stopte langs de stoeprand voor de trap naar mijn voordeur op Fareholm Drive.

'Nou, als je me nodig hebt, ben ik beschikbaar,' zei hij. 'Ik laat van me horen als ik alle teamleden bij elkaar heb.'

'Je weet me te vinden,' zei ik. 'Ik heb al mijn afspraken afgezegd om mijn nota te… shit.'

Ik maakte de zin niet af. Mijn blik was op de voordeur gevallen.

'Wat is er?' vroeg Bosch.

'De voordeur staat open!' riep ik. 'De klootzakken…'

We stapten allebei uit en liepen voorzichtig het trappetje naar de veranda op.

'Ik heb geen wapen bij me,' zei Bosch.

'Prima,' zei ik. 'Ik wil ook niet dat hier wéér wordt geschoten.'

Meer dan vijftien jaar geleden was ik in een vuurgevecht verwikkeld geraakt met een vrouw die me thuis had willen vermoorden. Het was de eerste en enige keer dat ik bij zoiets betrokken was. Ik had gewonnen en ik was niet van plan een staand record te verbeteren.

'Overigens denk ik niet dat er iemand binnen is,' zei ik. 'Net als bij jou willen ze alleen maar laten weten: we weten waar je mee bezig bent en we houden je in de gaten.'

'Wie "ze" ook mogen zijn,' zei Bosch.

Ik ging als eerste naar binnen. De voorkamer was leeg en onaangeroerd. Het was maar een klein huis, zij het met een ruim uitzicht, net over de heuvels bij Bosch' huis vandaan. Woonkamer, eetkamer en keuken voor, twee slaapkamers en werkkamer achter. De achtertuin was nauwelijks groot genoeg voor het terras en de jacuzzi die ik toch nooit gebruikte.

We gingen het huis binnen. Ik zag geen braaksporen. Alles lag op zijn plaats. We liepen verder door de gang naar mijn werkkamer.

De inbrekers hadden geen spaan van de kamer heel gelaten. Laden waren uit het bureau getrokken en omgekeerd boven de vloer, bekleding van meubels was opengesneden, wetboeken waren van de planken getrokken. De genadeklap kwam van een fles ahornsiroop die ik een jaar geleden had meegenomen van een reisje naar Montreal met mijn dochter. Ik had hem op een plank gezet als aandenken aan de lol die we samen hadden gehad. Nu lag hij in scherven op de vloer. De inhoud was over het toetsenbord van de laptop gegoten, die openge-klapt tussen de glasscherven lag.

'Bij jou lieten ze je alleen dénken dat er was ingebroken, hè?' vroeg ik.

'Ja. Of ze wilden dat ik dacht dat ik gek werd,' zei Bosch.

'Dat had ik liever gehad dan dit.'

'Kan ik me voorstellen. Ga je het aangeven?'

'Heb jíj het aangegeven?'

'Ik heb een melding gedaan. Jij zei dat dat moest. Maar daar gaat niemand iets mee doen.'

'Ik heb zo'n gevoel dat ze willen dat ik zoiets doe.'

'Hoezo?'

'Weet ik niet. Het is hun plan, niet het mijne. Maar ik heb geen tijd voor een politieonderzoek waar toch niets uit komt. Ze willen me aflei-den.'

'Wie zijn "ze"?'

'Geen idee. De Cucos? De FBI? Op dit moment kan het iedereen zijn. We hebben duidelijk in een wespennest zitten poken.'

Ik keek de kamer rond en nam de schade op.

'Ik moet erachter zien te komen wat ze hebben meegenomen,' zei ik. 'En ik moet naar de Apple Store.'

Ik schoof de laptop met mijn voet een metertje op. Hij liet een spoor van ahornsiroop achter.

'Deze is total loss,' zei ik. 'Maar ik heb alles geback-upt in de cloud. Zodra ik een nieuwe laptop heb, kan ik weer zakendoen.'

'Waarom denk je dat ze iets hebben meegenomen?' vroeg Bosch.

Ik spreidde mijn armen uit en duidde op de verwoeste kamer.

'Ze hebben er een puinhoop van gemaakt om iets te verhullen,' zei ik. 'Iets wat ze hebben gevonden.'

Bosch zei niets.

'Denk jij van niet dan?' vroeg ik.

'Dat durf ik zo niet te zeggen,' zei hij. 'Het kan van alles zijn. Ten eerste weten we niet of dit iets te maken heeft met de zaak-Sanz. En ik weet wel zeker dat je in de loop der jaren de nodige vijanden hebt gemaakt. Het hoeft niets met Sanz te maken te hebben.'

'Hou jezelf niet voor de gek, Harry. Binnen een paar dagen zijn ze bij ons allebei binnen geweest. Wat is het verband? Sanz. Dit is hun werk, geloof mij maar. En het zal ons niet tegenhouden. Ze kunnen de tyfus krijgen. Het zal ons alleen maar meer voldoening opleveren als we ze te pakken hebben en Lucinda herrijst.'

'Herwat?'

'Herrijst uit de dood.'

'Juist.'

Hij leek wat verbluft door de uitdrukking.

'Zorg dat je daar tijd voor vrijmaakt, Harry,' zei ik. 'Dat zal een belevenis zijn.'

'Als het je lukt haar eruit te krijgen, zal ik er zijn,' zei hij.

DEEL 5

OKTOBER – LAATSTE VOOR- BEREIDINGEN

21

Bosch lag op zijn buik met zijn linkerwang op het droge, borstelige gras dat na de stormachtige regen van afgelopen winter was opgeschoten. Nu was het oktober en was het gras uitgedroogd en geelbruin van kleur. Elke halm was hard en voelde aan als een lemmet tegen zijn huid. Hij hoorde een vrouw achter zich praten.

'Heel goed. Uw handen langs uw lichaam, met de handpalmen naar boven,' zei ze. 'Hij probeerde zijn val niet meer te breken, hij was praktisch dood voor hij de grond raakte.'

Bosch legde zijn handen anders neer.

'Zo beter?' vroeg hij.

'Ehm… uw rechterhand graag nog tien centimeter verder van uw lichaam,' zei ze. 'Nee, uw linker. Sorry. Ik bedoelde uw linkerhand. Tien centimeter verder van uw lichaam.'

Bosch corrigeerde zijn houding.

'Prima zo,' zei ze.

De vrouw heette Shami Arslanian en was forensisch expert. Mickey Haller had haar uit New York laten overkomen. De hoorzitting voor Lucinda Sanz was over een week en Arslanian was gekomen om haar presentatie en getuigenis voor te bereiden. Bosch had haar naar de plaats delict gebracht: de voortuin waar Roberto Sanz tweemaal dodelijk in de rug was getroffen. Ze had opgemerkt dat Bosch twee centimeter kleiner was dan Sanz was geweest en tien kilo zwaarder. Hij kon Sanz' stand-in zijn – of liever gezegd zijn lig-in. Arslanian stelde een camera met een laserfocus op op een statief.

'Zo,' zei ze. 'Ogenblikje nog.'

'Haast je niet,' zei Bosch. 'Ik ben al blij toe dat dit niet van de zomer hoefde.'

Onder het praten wierp hij stofwolkjes op.

'Oké, het is voor elkaar,' zei ze. 'Dank u.'

Bosch rolde zich op zijn zij en begon overeind te komen.

'Zeker weten?' vroeg hij.

'Nu u het toch vraagt: blijf even zo zitten, op uw knieën,' zei ze. 'Laat me daar nog even een foto van maken. Kunt u ongeveer vijfenveertig graden linksom draaien?'

Bosch draaide zich op zijn knieën om. Arslanian corrigeerde zijn houding nog een beetje en vroeg hem zijn armen los langs zijn zijden te laten hangen. Dat deed hij.

'Even volhouden zo…' zei Arslanian, '… oké. Moet ik u even overeind helpen?'

'Nee, dat lukt wel,' zei hij.

Hij zette een voet op de grond, duwde zichzelf omhoog en begon het stof en de droge grassprieten van zijn kleren te kloppen. Hij droeg een spijkerbroek en een overhemd waarvan de panden uit zijn broek hingen.

'Sorry voor uw kleren,' zei Arslanian.

'O, dat geeft niet,' zei Bosch. 'Hoort erbij. Ik zag al aankomen dat ik vies zou worden.'

'Maar er staat vast niet in uw taakomschrijving dat u zich dood moet houden.'

'Nou, daar zou je nog van staan te kijken. Chauffeur, researcher, deurwaarder. Ik heb nu negen maanden voor Haller gewerkt en er is altijd weer een nieuw baantje binnen het baantje.'

'Dat ken ik. Dit is mijn derde zaak met hem. Ik weet ook nooit wat me te wachten staat als hij belt.'

Bosch liep naar haar toe terwijl ze de camera en de laser van het statief nam. Zij droeg ook een spijkerbroek en een werkoverhemd. In het borstzakje zaten een paar balpennen. Ze was klein en stevig gebouwd en de vorm van haar lichaam werd grotendeels verhuld door het ruime hemd dat ze eveneens over haar spijkerbroek droeg. En ze was nog niet zo lang blond, zoals Bosch had gemerkt toen hij haar de vorige dag op de luchthaven ging ophalen. In eerste instantie had hij in de bagagehal gezocht naar een vrouw die volgens Haller roodharig was.

'Ga je hiermee de hele schietpartij reconstrueren?' vroeg hij.

'Ja, inderdaad,' zei Arslanian. 'We zullen de moord vrijwel precies zo kunnen laten zien als hij zich heeft afgespeeld.'

'Verbazingwekkend.'

'Het wordt gedaan met een programma dat ik heb helpen ontwikkelen. Je kunt er hoogte en afstand in bijstellen en alle mogelijke andere parameters. Ik noem het de forensische fysica van een zaak.'

Bosch begreep niet wat dat allemaal betekende, al wist hij wel dat kunstmatige intelligentie een controversieel onderwerp was, afhankelijk van de toepassing. Het deed hem denken aan de tijd dat mensen het binnen de wetshandhaving voor het eerst over DNA hadden. Het duurde een tijdje voor de techniek werd geaccepteerd, maar nu werd die, terecht of onterecht, beschouwd als een makkelijk gereedschap om misdrijven mee op te lossen.

'Ik hou van mijn werk,' zei Arslanian. 'Ik heb er veel plezier in om precies uit te vogelen hoe iets is gebeurd en waarom.'

'Daar kan ik in komen,' zei Bosch.

'Hoelang bent u al agent?'

'Een jaar of veertig.'

'Wauw. En zat u daarvoor in het leger? Dus u weet wat de staande schiethouding is?'

'Jazeker.'

'Dat gaan we ze laten zien. Toen Lucinda nog met Roberto was getrouwd, leerde hij haar schieten. Hij nam haar mee naar een schietbaan en er zijn foto's van haar in die houding. Daar is mijn verhaal op gebaseerd.'

'Oké.'

Bosch had de foto's gezien in het nieuwe materiaal dat Haller had gekregen na het indienen van het habeas-verzoek. Op het eerste gezicht leken die het pleidooi voor Lucinda Sanz' onschuld niet verder te helpen. Hij wist niet hoe Arslanians reconstructie zou uitpakken, maar hij wist dat Haller haar volledig vertrouwde. En hij herinnerde zich Hallers opmerking over het opnemen en tot je voordeel aanwenden van bewijsmateriaal dat tegen je leek te pleiten. De foto's van Lucinda op de schietbaan hadden tegen haar gepleit. Misschien deden ze dat nu wat minder.

'Ik ga morgen naar Chino om Lucinda een paar foto's te laten zien,' zei Bosch. 'Moet ik haar namens jou nog iets vragen?'

'Ik geloof van niet,' zei Arslanian. 'Volgens mij hebben we alles gedekt. En ik heb hier gedaan wat ik moest doen. We kunnen terug naar de stad en dan ga ik ermee aan de slag.'

'Goed plan,' zei Bosch. 'Ik ga even tegen de bewoners zeggen dat we klaar zijn.'

Hij liep het pad op naar de voordeur en klopte aan. De deur werd vlot opengedaan door een vrouw en Bosch vermoedde dat ze voor het raam naar hen had staan kijken.

'Mevrouw Perez, we zijn hier klaar,' zei Bosch. 'Dank u wel dat we even in de voortuin mochten.'

'Geen probleem,' zei Perez. 'Eh… zei u dat u voor de advocaat werkt?'

'Ja, wij allebei.'

'Denkt u dat die vrouw onschuldig is?'

'Ja. Maar we moeten het wel bewijzen.'

'O, op die manier.'

'Kent u haar?'

'O nee, helemaal niet. Ik vroeg… ik vroeg me alleen af wat er zou gaan gebeuren.'

'Oké.'

Bosch wachtte af of ze nog iets zou zeggen, maar dat deed ze niet.

'Nou, dank u wel,' zei hij.

Hij liep de drie treden weer af en liep naar Arslanian, die haar statief had ingeklapt en het in de bijbehorende foedraal stak.

'Wist ze wat hier was gebeurd toen ze het huis kocht?' vroeg ze.

'Ze huurt het alleen maar,' zei Bosch. 'De eigenaar heeft er niets over gezegd.'

'Schrok ze toen je het vertelde?'

'Nee, dat viel wel mee. We zitten hier wel in L.A., hè. Waar je ook komt, er is altijd wel ergens iets gewelddadigs gebeurd.'

'Wat triest.'

'Tja. Het blijft L.A.'

22

Op de terugweg vanuit de woestijn hoefde je tegen Arslanian niet te zeggen dat ze voorin moest zitten; dat deed ze uit zichzelf. Maar ze vestigde haar aandacht wel op haar aantekeningen en een laptop die ze openklapte zodra ze over het strakke asfalt van de Antelope Valley Freeway reden. Ze praatte zonder haar blik van het beeldscherm af te wenden en zonder op te houden gegevens in het programma in te voeren.

'Grappig dat het Antelope Valley heet,' zei ze.

'Waarom?' vroeg Bosch.

'Ik heb wat research gedaan tijdens de vlucht hiernaartoe. Er lopen hier al meer dan honderd jaar geen antilopen meer rond. Ze waren al uitgestorven door de jacht door de oorspronkelijke bewoners voordat het Antelope Valley heette.'

'Dat wist ik niet.'

'Ik dacht dat ik antilopen in het wild zou gaan zien. Maar toen las ik dat dus.'

Bosch knikte en probeerde haar aandacht af te leiden van het beeldscherm.

'Zie je dat daar? Die overhangende rots?'

Arslanian keek op naar de gekartelde formatie aan de noordkant van de snelweg.

'Wauw, wat mooi!' zei ze. 'En zo groot!'

'Vasquez Rocks,' zei Bosch. 'Zo heet het omdat er zich honderdvijftig jaar geleden een boef schuilhield die Tiburcio Vasquez heette. De posse van de sheriff heeft hem nooit weten op te sporen.'

Arslanian keek nog eens goed naar de rotsformatie en zei na een tijdje: 'Er zijn niet veel plaatsen naar slechteriken genoemd.'

'En Trump Tower dan?' zei Bosch.

'Die heeft-ie zelf zo genoemd. En ik neem aan dat dat afhangt van degene met wie je het erover hebt.'

'Ja, waarschijnlijk wel.'

Er viel weer een stilte en Bosch vroeg zich af of hij haar had beledigd. Hij had alleen een reactie willen oproepen. Hij was geïntrigeerd door haar, door de manier waarop ze haar werk deed en naar de dingen keek. Hij zou haar wel beter willen leren kennen, maar wist dat ze maar kort in L.A. zou zijn. Na de hoorzitting zou ze teruggaan naar New York.

Toen ze een paar minuten later op de Golden State Freeway reden, zei ze: 'Mickey zei dat jullie broers zijn.'

'Halfbroers, om precies te zijn.'

'O juist. Wie was de gemeenschappelijke ouder?'

'Onze vader.'

'Maar jullie hoorden pas van elkaar toen jullie groot waren?'

'Ja. Onze vader was jurist, net als Mickey. Mickeys moeder was zijn vrouw. Mijn moeder was een cliënt.'

'Ik geloof dat ik begrijp waarom jullie uit elkaar werden gehouden. Was het met wederzijdse instemming, jouw vader en moeder?'

Dat was een verrassende vraag. Bosch gaf eerst geen antwoord omdat hij besefte dat hij zich die zelf nooit had gesteld. En nu was het te laat om er ooit nog met zekerheid achter te komen.

'Sorry, we hoeven het er niet over te hebben,' zei Arslanian. 'Af en toe ben ik net een olifant in een porseleinkast als ik me bij iemand op mijn gemak voel.'

'O, daar gaat het niet om,' zei Bosch. 'Ik heb er gewoon nooit zo naar gekeken. Ik heb wel altijd aangenomen dat het met wederzijdse instemming was. Dat het begon als een zakelijke overeenkomst – betaling voor geleverde diensten. Mijn moeder was dood tegen de tijd dat ik erachter kwam wie hij was. En dan nog, ik heb hem maar één keer ontmoet, en maar heel kort. Hij was stervende en kort daarop was ook hij dood.'

'Dat spijt me.'

'Het hoeft je niet echt te spijten. Ik heb hem gewoon niet gekend.'

'Ik bedoel… het spijt me dat je zo hebt moeten opgroeien.'

Bosch knikte alleen.

'En hoe hebben Mickey en jij elkaar dan gevonden? Via zo'n DNA-dienst?'

'Nee, het was een zaak. We kwamen elkaar bij een zaak tegen en toen was één en één al snel twee.'

'Mag ik je iets vragen, Harry? Iets persoonlijks?'

'Volgens mij stel je alleen maar persoonlijke vragen.'

'Tja, dat is zo. Zo zit ik in elkaar.'

'Nou, ga je gang. Vraag maar raak.'

'Ben je ziek?'

Op die vraag was Bosch niet voorbereid. Uit ijdelheid had hij verwacht dat ze zou vragen of hij getrouwd was. Het duurde even voor hij een antwoord wist te formuleren.

'Heeft Mickey daarover verteld?'

'Eh… nee. Ik kan het zien. Je aura. Dat maakt een verzwakte indruk, zou je kunnen zeggen.'

'Mijn aura… Hm. Ja, ik was ziek, maar ik word wel beter.'

'Hoe ziek?'

'Kanker. Maar zoals ik zei, het is onder controle.'

'Nee, je zei dat je beter werd. Dat kan iets heel anders betekenen dan "onder controle". Ik neem aan dat je onder behandeling bent. Wat voor kanker is het? Of was het?'

'CML, kort gezegd.'

'Chronische myeloïde leukemie. Dat is geen erfelijke kanker. Dat komt door chromosomale veranderingen. Heb je enig idee hoe – o nee, sorry. Dat moet ik je ook niet vragen.'

Ze reden nu bovenaan de Valley Los Angeles binnen en het verkeer op de snelweg begon samen te klonteren en te vertragen.

'Geeft niet,' zei Bosch. 'Ik werkte aan een zaak en werd blootgesteld aan radioactief materiaal. Dat wist ik pas toen het te laat was. Hoe dan ook, het kan daardoor zijn gekomen, maar er zijn allerlei mogelijke oorzaken. Ik heb gerookt, bijvoorbeeld. Het stellen van een diagnose is geen exacte wetenschap. Als wetenschapper zul je dat wel weten.'

Arslanian knikte.

'Je zei net dat de kanker onder controle is en dat je beter werd,' zei ze. 'Welke van de twee is het?'

'Dat zou je mijn dokter moeten vragen,' zei Bosch. 'Mickey heeft me in januari binnen weten te krijgen bij een klinisch testprogramma. Daarom werk ik voor hem – op die manier ben ik verzekerd en heb ik toegang tot een hoger niveau van medische zorg. Hoe dan ook, de arts die het onderzoek leidt zei dat de behandeling die ze op me uitproberen werkt. Tot op zekere hoogte. Geen volledige remissie, maar wel bijna. Ze willen het nog eens doen; in januari begint een volgende testbehandeling en hopelijk ben ik dan van het restje af.'

'Ik hoop het ook. Waar wordt die test gedaan?'

'UCLA Med.'

Arslanian knikte goedkeurend.

'Daar hebben ze goede faciliteiten,' zei ze. 'Zou je het goedvinden als ik je een DNA-monster afnam?'

'Een DNA-monster? Waarom?'

'Dat kan meer inzicht geven in wat er biologisch met je aan de hand is. Hebben ze je bij de UCLA een genetische test afgenomen?'

'Niet dat ik weet. Ik vraag ze ook niet naar alles wat ze doen. Het gaat me boven de pet, zeg maar. Ze hebben wel een heleboel bloed afgenomen.'

'Ja, natuurlijk. Maar je zou het ze kunnen vragen. Het zou deel kunnen uitmaken van de test. Zo niet, dan wil ik het wel doen.'

'Waarom? Is het iets wat Mickey van me wil?'

'Jeetje, Harry. Echt een rechercheur. Nee. Mickey weet hier niets van. Maar ik zou hem ook een DNA-monster kunnen afnemen. Aangezien jullie halfbroers zijn, hebben jullie bijna hetzelfde genoom. Jullie zouden allebei iets aan een vergelijking kunnen hebben. Heb je wel eens gehoord van precisiemedicatie?'

'Eh… nee, niet echt.'

'Het heeft te maken met je genetische oorsprong en doelgericht behandelen. Heb je kinderen?'

'Een dochter.'

'Net als Mickey. Zij zouden er ook iets aan kunnen hebben.'

Bosch had wetenschap en technologie altijd gewantrouwd. Niet dat hij niet geloofde dat de vooruitgang die er werd geboekt goed was voor de wereld, maar hij koesterde de argwaan van een rechercheur tegen snelle acceptatie en ging niet mee in het sekteachtige geloof dat alle wetenschappelijke ontdekkingen nuttig waren. Hij wist wel dat hij daardoor een buitenstaander bleef, een analoge man in een digitale wereld, maar zijn instinct was hem altijd van nut geweest. Bij elke grote technologische stap die er werd gezet, waren er wel mensen die probeerden er misbruik van te maken.

'Ik zal erover nadenken,' zei hij. 'Dank je wel voor het aanbod.'

'Tot je dienst,' zei Arslanian.

Het grootste deel van de weg naar het centrum legden ze in stilte af. Dat werd ongemakkelijk en Bosch probeerde iets te bedenken om over te praten.

'En wat heb je precies met je laptop gedaan?' zei hij na enige moeite.

'O, ik heb de gegevens ingevoerd in het reconstructieprogramma,' zei Arslanian. 'Dat gaat ermee aan de slag en in de rechtszaal is het mijn taak om het resultaat te laten zien en erover te vertellen. Het is niet alleen nieuw voor jou, maar ook voor jury's.'

'We willen alleen een rechter het proces laten heropenen. Er is geen jury.'

'Dan nog. Ook rechters moeten hun kennis op peil houden.'

'Je bent vast een goede leraar.'

'Dank je. Ik ben nu bezig het programma te patenteren.'

'Ik weet zeker dat aanklagers en advocaten in het hele land erbovenop zullen duiken.'

'Daarom moet het ook beschermd worden. Niet om het gebruik te verhinderen, maar om de investering te dekken in termen van de tijd, het geld en het onderzoek die mijn partner bij het MIT en ik erin hebben gestoken.'

Bosch reed de entreetunnel van het Conrad Hotel binnen en liet het raam zakken om de aanstormende valet te zeggen dat hij alleen een passagier afzette.

'Dank je wel, Harry,' zei Arslanian. 'Het was fijn met je te praten en ik hoop dat je nog even nadenkt over precisiemedicatie.'

De valet trok hulpvaardig het portier open en ze stapte uit.

'We zien elkaar in de rechtbank, denk ik,' zei Bosch.

'Ik zal er zijn,' zei Arslanian.

De valet pakte Arslanians apparatuur van de achterbank en Bosch begaf zich weer in het verkeer. Hij had graag meer tegen haar willen zeggen, haar misschien zelfs willen vragen of ze ergens een hapje wilde gaan eten. Hij geneerde zich. Zo oud als hij was, schrok hij ervoor terug om in te gaan op de roep van het hart.

23

De chef van dienst in de gevangenis weigerde Bosch' verzoek om een advocaat-cliëntruimte omdat Bosch geen advocaat was. Hij moest een normaal bezoekverzoek indienen en twee uur wachten tot zijn naam werd omgeroepen. Hij werd naar een van de krukken geleid die in een lange rij voor evenzovele dikke, plexiglazen ramen stonden. De hokjes hadden veel weg van die in Corcoran. Daarna hoefde hij niet lang meer op Lucinda Sanz te wachten. Ze pakten hun telefoons van de haak en begonnen te praten.

'Dag, meneer Bosch.'

'Dag, Cindi. Zeg maar Harry, alsjeblieft.'

'Oké, Harry dan. Is het mislukt?'

'Is wat mislukt?'

'Heeft de rechter meneer Haller geweigerd?'

'O, zo. Nee hoor, er is niets mislukt. De zitting zal gewoon doorgang vinden, aanstaande maandag. Ze brengen je ervoor naar de stad.'

Bosch zag een glimpje leven in haar ogen terugkomen. Ze had zich op het ergste voorbereid.

'Ik ben hiernaartoe gekomen om je een paar foto's te laten zien,' zei hij. 'Weet je nog dat je vertelde dat de hulpsheriff die over je handen en armen veegde bij de kruitsporentest een vrouw was?'

'Ja, dat was een vrouw,' zei Lucinda.

'Ik heb hier een paar foto's. Ik zou graag van je willen weten of de vrouw die de proef nam erbij is.'

'Oké.'

'Jij en ik mochten niet in een kamer met een tafel waar ik de foto's op een rij had kunnen neerleggen, dus houd ik ze één voor één omhoog. Ik wil graag dat je ze allemaal bekijkt voor je je reactie geeft. Zelfs al ben je zeker van een foto, wacht tot je ze alle zes hebt gezien. Neem er de tijd voor. En als je er eentje herkent, geef je me het nummer, van één tot zes. Oké?'

'Oké.'

'Goed. Daar gaan we dan.'

Bosch hing de telefoon weer op de haak om er zeker van te zijn dat hij Lucinda niet zou horen als ze een nummer of iets anders uitriep voor ze alle foto's had gezien. Hij sloeg een gele map open op de plank voor het raam. De zes foto's lagen met de voorkant naar beneden op een stapeltje. Elke foto was op de achterkant voorzien van een nummer. Hij hield ze een voor een voor het raam, telde bij zichzelf tot vijf, legde de foto weg en pakte de volgende. Lucinda boog zich naar voren om de foto's goed te kunnen zien.

Bosch hield haar ogen in de gaten en las er de herkenning in toen hij de vierde foto ophield. Het was meteen duidelijk. Maar Lucinda zei geen woord, al had ze de telefoon niet op de haak gedaan.

De foto's waren geen portretten. Het waren foto's die Cisco Wojciechowski stiekem met een telelens had genomen. Bijna een week lang had hij tegenover het sheriffskantoor in Antelope Valley gepost en de leden van het bendebestrijdingsteam, waar Roberto Sanz destijds deel van uitmaakte, gefotografeerd. Er waren maar twee vrouwelijke teamleden en slechts één van hen had al bij de eenheid gezeten in de tijd van Roberto Sanz. Haar foto was ook bij de zes die Bosch nu aan Lucinda liet zien. Op de andere foto's stonden vrouwen van ongeveer dezelfde leeftijd en hun foto's waren op een vergelijkbare manier genomen, maar geen van hen was hulpsheriff en geen van hen was in uniform.

Toen Bosch alle foto's had laten zien, legde hij ze weer in de map en sloeg die dicht. Toen pakte hij de telefoon weer.

'Wil je dat ik ze nog eens laat zien?' vroeg hij.

'Nummer vier,' zei Lucinda. 'Dat was haar. Vier.'

'Weet je het zeker?' vroeg Bosch. 'Wil je nog eens kijken?'

Hij praatte zo ongedwongen als hij maar kon.

'Nee. Zij was het,' zei Lucinda. 'Zij was het. Ik herinner me haar.'

'Was zij de hulpsheriff die je handen en je kleren afnam met schuimrubberen schijfjes?'

'Ja.'

'En dat weet je zeker?'

'Ja. Nummer vier.'

'Hoe zeker ben je, uitgedrukt in een percentage van één tot honderd?'

'Honderd. Zij was het. Hoe heet ze?'

Bosch boog zich naar voren om zoveel mogelijk te kunnen zien aan Lucinda's kant van het raam. Hij keek langs haar schouder omhoog. Daar hing de camera aan de muur achter de gesprekshokjes. Als het nodig was, stond Lucinda's identificatie van Stephanie Sanger op video.

Lucinda keek om en volgde zijn blik naar de camera. Keek hem weer aan.

'Wat nou?' vroeg ze.

'O, niets,' zei Bosch. 'Ik wilde alleen even kijken of er een camera was.'

'Waarom?'

'Voor het geval je identificatie in de rechtszaal wordt aangevochten.'

'Bedoel je als ik er zelf niet ben? Denk je dat ik gevaar loop omdat ik haar heb geïdentificeerd?'

Opeens zag Lucinda er bang uit.

'Nee, dat denk ik niet,' zei hij snel, om haar gerust te stellen. 'Ik neem het zekere voor het onzekere. Gewoonlijk wordt dit gedaan in een kamer zonder glas tussen ons in en zet je je handtekening op de foto die je hebt gekozen. Dat kunnen we hier niet doen. Dat is alles. Met jou gebeurt helemaal niets, Cindi.'

'Weet je dat zeker?'

'Dat weet ik zeker. Ik wil alleen dat alles honderd procent zeker is als we naar de rechter gaan.'

'Oké. Ik vertrouw meneer Haller en jou.'

'Dank je.'

'Wie is de vrouw die ik heb herkend?'

'Ze heet Stephanie Sanger. Ze werkte destijds samen met je ex.'

'Ja, dat zei ze zelf ook al.'

'Weet je nog wat ze verder heeft gezegd?'

'Ze zei alleen dat ze die test moesten afnemen zodat ze mij uit konden sluiten.'

'Dat was een truc om je over te halen.'

Bosch pakte de map met de foto's en hield hem omhoog. 'Als de zaak volgende week voorkomt, kan het zijn dat ze je hiernaar vragen. Oké?'

'Waarom?'

'Ik bedoel: het kan zijn dat je de identificatie moet overdoen. Met de foto's of als ze er zelf ook is.'

'Komt zij dan ook?'

'Misschien wel, ja. We gaan haar dagvaarden als getuige. Maar ik weet niet of ze in de rechtszaal zal zijn op het moment dat jij moet getuigen.'

'Wanneer brengen ze me naar L.A.?'

'Dat kan ik ook niet met zekerheid zeggen. Ik zal meneer Haller vragen dat uit te zoeken.'

'Ik wil niet dat ze me vasthouden in de districtsgevangenis. Die wordt door de sheriff gerund.'

'Dat gaat ook niet gebeuren. Dit is een federale zaak. Je wordt in federale bewaring genomen, bij de us Marshals Service, zodat ze je maandag naar de rechtszaal kunnen brengen.'

'Weet je dat zeker?'

Er klonk een luide zoemtoon in de telefoon, gevolgd door een computerstem die vertelde dat het gesprek over een minuut werd beëindigd.

'Ik weet het zeker, Cindi. Maak je geen zorgen.'

Er kwam een uitdrukking van wanhoop over haar gezicht terwijl ze besefte dat de laatste seconden van het gesprek wegtikten.

'Meneer Bosch, gaan we winnen?'

'We gaan ons best doen,' zei Bosch, die meteen bedacht dat dat niet toereikend was. 'De waarheid zal op tafel komen en we brengen je thuis bij je zoon.'

'Beloof je dat?'

Bosch aarzelde, maar voor hij antwoord kon geven viel de verbinding weg. Hij keek Lucinda Sanz aan en knikte, in de wetenschap dat het een belofte was die hem zou achtervolgen als het niet liep zoals hij hoopte.

Hij stond op van zijn kruk en wuifde Lucinda halfhartig gedag. Dat deed zij ook. De angst voor wat er zou gaan komen was haar aan te zien. Beloften of geen beloften, in de rechtszaal was niets zeker.

Hij volgde de pijlen op de vloer naar de uitgang van de gevangenis. Hij had geen goed gevoel overgehouden aan het eind van het gesprek, maar probeerde zich liever te concentreren op wat er wél was bereikt. Lucinda had Stephanie Sanger geïdentificeerd als degene die de kettingreactie in gang had gezet die geleid had tot de beschuldiging van Lucinda Sanz van de moord op haar ex-man. Dat was grote winst, en zodra hij buiten op de parkeerplaats stond zette hij zijn telefoon weer aan en belde Haller.

Het gesprek werd doorgeschakeld naar zijn voicemail. Bosch vermoedde dat Haller in de rechtszaal was. Hij begon een boodschap in te spreken, hoorde toen een pieptoon en zag dat Haller hem zelf belde. Hij nam het gesprek aan.

'En, hoe is het in Chino?' vroeg Haller.

'Cindi heeft Sanger geïdentificeerd als degene die de schotrestentest afnam,' zei Bosch.

Haller floot. Bosch hoorde verkeersgeluiden en vermoedde dat hij in de Lincoln zat.

'Da's mooi,' zci Haller. 'Dat dachten we zelf ook al, maar het is fijn dat het vastligt.'

'Min of meer,' zei Bosch. 'Ze wilden me geen advocatenkamer geven. Ik moest de foto's dus voor het raam houden. Ze kon de foto dus ook niet signeren, maar er hing een camera achter haar. Als het moet, staat het op beeld.'

'Mooi. Verder nog iets?'

'Ze is nerveus, vooral vanwege Sanger. Bang.'

'We hebben nog zes dagen. Ik zou zeggen dat het tijd is om ons plan in werking te stellen.'

'Ga je Sanger dagvaarden?'

'En haar maatje Mitchell erbij.'

'Dat gaan ze niet leuk vinden.'

'Dat is een understatement. Ik wil ook dat je de USB-stick gaat ophalen die AT&T voor ons heeft.'

'Moet die niet gedeeld worden zodra ik hem in handen heb?'

'Technisch gezien is het geen nieuw bewijs tot ik besluit het in de rechtszaal aan te voeren. Maar als ik hem achterhoud en er pas een dag van tevoren mee op de proppen kom, schreeuwen ze moord en brand en krijgen ze uitstel van de rechter.'

'Wat doen we dan?'

'Jij gaat die stick ophalen, je downloadt de data en print het hele bestand uit. Ik schat dat dat ongeveer duizend pagina's groot is. Dan geven we hun de papieren versie en houden zelf het bestand, dat digitaal doorzoekbaar is. Ik gok dat zij denken dat wij hen daar tijd aan willen laten verspillen, als ze die stapel zien. En dan hebben ze geen geldige klacht als wij het als bewijs aanvoeren.'

'Áls we het als bewijs aanvoeren.'

'Ja, dat is nog maar helemaal de vraag. We hebben wel onze vermoedens over wat jij gaat aantreffen, maar het moet inderdaad ook iets opleveren. Anders hebben wij onze tijd verspild én de kansen van onze cliënt op vrijheid.'

'Nou, ik ga aan de slag met de telefoongegevens zodra ik ze heb.'

'Laat me weten wat je hebt gekregen.'

'Momentje nog – en de FBI?'

'Die kaart hou ik vast tot ik hem moet spelen.'

Bosch wist niet precies wat dat moest betekenen, maar hij wist ook dat hij er niet naar moest vragen. Haller speelde een kat-en-muisspel met het Openbaar Ministerie – wat hij moest delen, dat deelde hij, maar alleen dan, en verder hield hij zijn strategie zo goed mogelijk verborgen. Het was een nummertje koorddansen zonder vangnet, en als de rechter kwaad wilde, kon het ertoe leiden dat hij op tafel moest leggen wát hij wist en wanneer hij het wist. Het was precies het soort verdedigingtactiek waar Bosch razend om kon worden toen hij nog een badge droeg. Nu bewonderde hij Haller bijna om zijn tactiek. Hij zag de Lincoln-advocaat als een meester in het nét binnen de ethische grenzen opereren, waar het aankwam op de omgang met degenen aan de andere kant van het gangpad. Haller noemde het dansen tussen de regendruppels.

In de zeven maanden die ze samen aan de zaak-Sanz hadden besteed, was Bosch gaan beseffen dat het werken aan de kant van de verdediging van Haller was als David tegenover Goliath. Hij was als een man met een surfboard op het strand, die een golf van dertig meter hoog ziet aankomen. De macht en kracht van de staat waren oneindig. Haller was maar één man die het opnam voor zijn cliënt. Hij was bereid om naar die verpletterende golf te peddelen. Bosch begon in te zien dat daar iets nobels in school.

'Heb je al iets van Morris gehoord?' vroeg Bosch. 'Zijn we nog steeds voorbereid op maandag?'

Hayden Morris was de waarnemend officier van justitie voor de staat Californië. Bij de federale habeas-zitting zou hij de veroordeling van Lucinda Sanz verdedigen. Behalve dat hij Haller elke maandagochtend een bericht stuurde en volledige openheid inzake nieuwe ontwikkelingen eiste, had hij vrijwel niets van zich laten horen.

'Geen woord,' zei Haller. 'Dus wat mij betreft kunnen we maandag van start. Zorg dat je er bent.'

'Duidelijk,' zei Bosch. 'Ik zal op de terugweg die stick bij AT&T ophalen. Daar duik ik vanavond in en dan stuur ik morgen Sanger en Mitchell hun papieren.'

'Als je vindt wat we hopen dat er te vinden is, kun je me meteen bellen. Maar denk eraan: geen e-mails en geen appjes.'

'Oké. Niets wat we met het OM moeten delen.'

'Jij begrijpt het. Nou denk je weer als een strafpleiter.'

'Ik mag hopen van niet.'

'Omarm het. Dit is je nieuwe gedaante, Harry.'

Bosch verbrak de verbinding zonder erop in te gaan. En zonder te ontkennen.

DEEL 6
DE WAARHEIDSVAL

24

De adelaar had de woedende blik van de rechtschapenen. Hij zag eruit alsof hij, als hij de kans kreeg, de pijlen en de olijftak die hij in zijn scherpe klauwen hield zou laten vallen, van de muur af zou duiken en je keel open zou scheuren, louter omdat je zelfs maar overwoog om gerechtigheid te komen vragen. Ik bekeek hem nauwkeurig terwijl ik aan mijn nieuwe omgeving probeerde te wennen. Het grootste deel van mijn decennialange praktijk had ik federale rechtbanken gemeden. De districtsrechtbank van de Verenigde Staten voor het Central District of California was de plaats waar verdedigingszaken werden aangebracht om er te sneuvelen. De federaal ambtenaars werkten met een veroordelingspercentage van nagenoeg honderd. Hier werden verdedigingszaken verwerkt, al zou je ook weggewerkt kunnen zeggen. Zelden kwamen ze voor de rechter en vrijwel nooit werden ze gewonnen.

Maar de zaak-Lucinda Sanz tegen de staat Californië was anders. Een habeas-verzoek was een civiele zaak. Mijn tegenstander was niet de federale regering. Ik vocht tegen de staat Californië. Een federale rechter zou voorzitten als arbiter en dat opende de poort naar de hoop.

Nadat ik het embleem van de arend boven de zetel van de rechter in me op had genomen, liet ik mijn blik door de majestueuze ruimte gaan, met haar donkere, rijke houttinten, de vlaggen in de hoeken voorin en de portretten in dikke verf van juristen van weleer aan de zijmuren. Deze zaal had de tand des tijds beter doorstaan dan welke jurist ook die hier was binnengekomen met een bede om gerechtigheid. Dat was wat Legal Siegel me al zo lang geleden had geleerd. *Adem dit in. Dit is jouw moment. Dit is jouw podium. Wil het. Bezit het. Neem het.*

Ik deed mijn ogen dicht en herhaalde die woorden bij mezelf terwijl ik alle geluiden om me heen negeerde: mensen die de banken van de publieke tribune in schoven, gefluister aan de tafel van de aanklager rechts van me, de griffier die in zijn hoekje achter zijn eigen bureau in zijn telefoon stond te mompelen. En toen werd mijn meditatie ruw onderbroken door een geluid dat ik niet kon negeren.

'Mickey! Mickey!'

De fluistering klonk dringend. Ik deed mijn ogen weer open en keek naar Lucinda. Ze knikte naar achteren. Ik keek om en zag de verslaggevers op de voorste rij en de rechtbanktekenaar die voor een van de tv-stations werkte, aangezien camera's niet in de rechtszaal waren toegestaan. En daarachter zag ik hulpsheriff Stephanie Sanger zitten, op de achterste rij. Dit was de eerste keer dat ik haar in levenden lijve zag. Daar de habeas-zitting een civiele motie betrof, had ik haar vooraf kunnen laten getuigen, maar dan zou zij zicht op mijn strategie hebben gekregen, en de assistent-officier ook. Dat wilde ik niet. Dus nam ik de gok, sloeg ik de getuigenis vooraf over en zou ik haar voor het eerst ondervragen na haar oproep als getuige.

Mijn blik kruiste die van Sanger. Ze had zandkleurig blond haar en bleke ogen. Haar blik was even kil en woedend als die van de adelaar aan de muur. Ze was in vol ornaat, compleet met badge en onderscheidingslintjes. Als het erop aankwam de jury te herinneren aan het gezag van een wetshandhaver was dat wel een truc met een baard. Maar dit was geen juryproces en haar uniform zou zeer waarschijnlijk geen indruk maken op de rechter.

'Mag ze dat zomaar?' vroeg Lucinda. 'Zomaar achter ons komen zitten?'

Ik verlegde mijn blik van Sanger naar mijn cliënt.

'Maak je geen zorgen,' zei ik. 'Als de zitting begint, gaat ze weg. Ze is getuige en getuigen mogen niet in de rechtszaal zijn tot ze moeten getuigen. Daarom is Harry Bosch er ook niet.'

Voor Lucinda kon reageren, stond de parketwachter op achter zijn bureau bij de deur naar het cellencomplex en kondigde de entree aan van rechter Ellen Coelho. De timing was perfect. Terwijl de mensen in de rechtszaal gingen staan, ging de deur achter de balie open en liep de in zwarte toga gehulde rechter de drie treden op naar de zwarte leren zetel waarin ze de zaak zou presideren.

'Gaat u zitten,' zei ze, en haar stem werd versterkt door het cassette-plafond en de akoestiek van de rechtszaal.

Terwijl ik weer ging zitten, boog ik me over naar Lucinda en fluister-de tegen haar: 'Er komen nu eerst een paar gesprekken met de rechter. Dan is het jouw beurt. Zoals we eerder hebben besproken: wees kalm, wees direct, kijk naar mij of kijk naar de rechter als je antwoord geeft. Kijk niet naar de andere advocaten.'

Lucinda knikte aarzelend. Ze maakte nog steeds een bange indruk en haar lichtbruine teint zag er bleek uit.

'Het komt goed,' zei ik. 'Je bent er klaar voor. Je gaat dit goed doen.'

'Maar als ik het nou niet goed doe?'

'Zo moet je niet denken. De mensen achter de andere tafel willen jou je leven afpakken. Ze willen je je zoon afpakken. Wees boos op ze, niet bang voor ze. Jij moet terug naar je zoon, Lucinda. Zij proberen je daar-van te weerhouden. Hou dat voor ogen.'

Ik zag achter haar iets bewegen, keek op van ons onderonsje en zag Frank Silver die aan haar andere kant ging zitten.

'Sorry dat ik laat ben,' fluisterde hij. 'Hoi, Lucinda. Weet je nog wie ik ben?'

Voor ze kon antwoorden legde ik mijn hand op haar arm om haar het zwijgen op te leggen en boog voor haar langs om Silver zo kalm als mijn woede me toestond van repliek te dienen.

'Wat doe jij hier?' fluisterde ik.

'Ik ben co-advocaat,' zei hij. 'Dat was onze deal. Ik kom assisteren.'

'Wat voor deal?' vroeg Lucinda.

'Er is geen deal,' zei ik. 'Je moet hier weg, Frank. Nu meteen.'

'Ik ga niet weg,' zei Silver.

'Luister even heel goed. Jij kunt hier niet zijn. Dat gooit…'

Ik werd onderbroken door de rechter.

'In de zaak-Sanz tegen de staat Californië is een habeas-corpusverzoek ingediend. Zijn de raadslieden gereed?'

Hayden Morris en ik stonden tegelijk op achter onze afzonderlijke tafels en bevestigden dat wij gereed waren.

'Meneer Haller,' zei de rechter, 'in mijn documenten heb ik niet gezien dat u wordt bijgestaan door een co-advocaat. Wie zit er naast uw cliënt?'

Silver stond op om daarop te reageren, maar ik was hem voor.

'Meneer Silver is de oorspronkelijke advocaat van de verzoeker in deze zaak,' zei ik. 'Hij is alleen gekomen om haar zijn steun te betuigen. Hij is géén co-advocaat.'

Coelho keek de papieren door die voor haar op de balie lagen.

'Staat hij niet op uw getuigenlijst?' vroeg ze. 'Ik meen me de naam te herinneren.'

'Jawel, edelachtbare,' zei ik. 'Dat klopt. En hij wilde hier alleen bij het begin zijn, zoals ik al zei, om zijn steun te betuigen. Hij zal de zaal nu verlaten. Sterker, edelachtbare, de verzoeker vraagt alle getuigen de rechtszaal te verlaten tot ze als getuige worden opgeroepen.'

Morris, die al was gaan zitten, schoot weer overeind en zei tegen de rechter dat de getuige naar wie ik verwees brigadier Stephanie Sanger was, die in de rechtszaal aanwezig was in verband met een motie van staatswege tot vernietiging van haar dagvaarding wegens plichtsverzuim.

'Goed, daar komen we dadelijk aan toe,' zei Coelho. 'Maar eerst, meneer Silver, dient u de rechtszaal te verlaten.'

Ik stond nog steeds, bereidde me voor op het debat over Sanger en had Silver al uit mijn hoofd gezet. Ik moest het doel voor ogen houden en me niet laten afleiden. Morris wilde Sanger duidelijk weghouden uit de getuigenbank – en hoe dan ook zo ver mogelijk van de zaak en mijn ondervraging vandaan als mogelijk. Dat kon ik niet laten gebeuren.

Uit mijn ooghoek zag ik dat Silver langzaam opstond en zijn stoel naar achteren duwde. Ik keek even om en knikte kort, zodat het leek alsof we naaste collega's waren en het eens waren over dit gerechtelijk hobbeltje. Hij leek het spel mee te spelen, gaf Lucinda een schouderklopje en liep langs me heen naar het hekje. Hij glimlachte en knikte meelevend en fluisterde: 'Krijg de tyfus. Ik ga niet getuigen. Veel succes met de dagvaarding.'

Ik knikte alsof hij me net buitengewoon wijze woorden had ingefluisterd.

En toen was hij weg. Ik stond nog steeds achter de tafel te wachten tot het debat zou beginnen en sloeg een map open waarin een kopie zat van de dagvaarding die Bosch aan Sanger had gestuurd. Ik had geen idee hoe Morris die zou aanvechten.

Rechter Coelho wachtte tot Silver nagenoeg de rechtszaal uit was voor ze verderging.

'Meneer Morris, u hebt het woord.'

De volgende vijf minuten beweerde Morris dat de dagvaarding van brigadier Sanger vernietigd diende te worden omdat de eisende advocaat – ik – een schot in het duister loste en geen grond had om Sanger te laten getuigen.

'Brigadier Sanger is betrokken bij lopende onderzoeken die schade zouden kunnen lijden als de raadsman van de verzoeker in zijn ondervraging willens nillens van de weg raakt. Hij probeert alleen maar indruk te maken met deze getuige, edelachtbare, en dat kan ten koste gaan van het recht in andere zaken. Daar komt bij dat de aanvraag voor de dagvaarding door de raadsman is gebaseerd op een identificatie die verzoeker heeft gemaakt op een zeer twijfelachtige wijze en niet conform het standaardprotocol bij fotografische identificatie. Dat alleen al maakt de dagvaarding ongeldig.'

'Vertelt u mij over die identificatie,' zei Coelho.

'Jawel, edelachtbare. De assistent van de verzoeker toonde haar een reeks foto's in de bezoekruimte van de gevangenis waar zij is gedetineerd. Dit stelde hem ertoe in staat de identificatie van brigadier San-ger te beïnvloeden. Dat was de grond voor de dagvaarding die u hebt getekend. Zoals de rechtbank weet, hoort een correcte fotografische presentatie aan een getuige te worden gedaan middels een zogenoemd sixpack, waarbij de persoon zes foto's tegelijk te zien krijgt, zonder eni-ge invloed van buitenaf wat betreft welke foto gekozen moet worden, áls er een foto gekozen moet worden. Maar nu is het daar te laat voor; de identificatie is besmet en het Volk verzoekt u de dagvaarding nietig te verklaren.' Morris ging weer zitten.

Ik was opgelucht. De redenering van de waarnemend officier sloeg helemaal nergens op. Morris klampte zich vast aan strohalmen, wat mij vooral duidelijk maakte hoe bezorgd hij was dat Sanger zou moeten getuigen. Ik moest er nu alleen voor zorgen dat ik haar in de getuigen-bank kreeg.

'Meneer Haller?' vroeg de rechter. 'Wilt u reageren?'

'Dank u, edelachtbare,' zei ik. 'Ja, daar wil ik graag op reageren. Om te beginnen: ik heb reeds decennia in deze stad het recht uitgeoefend en dit is de eerste keer dat ik de term "willens nillens" heb horen ge-bruiken als grond voor een protest. Ik zal het op de universiteit gemist hebben, maar om de woorden van mijn collega te gebruiken, zijn be-zwaar is willens nillens en, bovendien, absurd. Mijn assistent, Harry Bosch, heeft meer dan veertig jaar gewerkt als agent en rechercheur bij het Los Angeles Police Department. Hij weet hoe een correcte fo-to-identificatie dient plaats te vinden. Hij vroeg de toezichthouders in de gevangenis om een advocaat-cliëntruimte om mevrouw Sanz daar te ontmoeten. Die ruimte werd hem geweigerd. Dus sprak hij mevrouw Sanz in een hokje in de bezoekruimte en ging hij te werk zoals in mijn verzoek om een dagvaarding is beschreven. Hij liet mevrouw Sanz één foto tegelijk zien en pakte de telefoon niet op voordat zij alle zes foto's had gezien. Daarna maakte ze de identificatie. Er was geen beïnvloe-ding, geen stiekeme hint, zelfs geen willens nillens – wat dat ook moge betekenen. En, edelachtbare, een camera in de gevangenis heeft dat allemaal vastgelegd. Als er ook maar enige waarheid schuilt in de beschuldiging van een besmette identificatie, zal meneer Morris ons de beelden van die camera moeten laten zien. Als we deze hoorzitting willen uitstellen en de onwettige hechtenis van Lucinda Sanz willen voortzetten, kunnen we alles schorsen opdat de rechtbank beveelt dat de video wordt overgelegd ter bestudering.'

'Edelachtbare?' vroeg Morris.

'Nog niet, meneer Morris,' zei Coelho. 'Meneer Haller, wilt u reageren op het eerste deel van het bezwaar?'

'Meneer Morris verwijst naar andere onderzoeken van vertrouwelijke aard,' zei ik. 'Blijkbaar is hij wanhopig. Ik heb de intentie niet om andere onderzoeken te berde te brengen dan alleen het gemankeerde en gecorrumpeerde onderzoek naar de moord op Roberto Sanz. De getuige die hij van getuigen wil weerhouden zat daar tot over haar oren in en de heer Morris wil voorkomen dat de rechtbank de waarheid te weten komt over deze zaak. Geen andere onderzoeken zullen worden genoemd. Dat stipuleer ik hier en nu. Als ik daarvan afwijk, kan de rechtbank mij het woord ontnemen.'

Er viel een korte stilte. Toen deed Morris nogmaals een poging.

'Edelachtbare, als ik daar even op mag ingaan,' zei hij.

'Dat zal niet nodig zijn,' zei Coelho. 'Hebt u een video-opname van de assistent die de verzoeker de foto's toont?'

'Nee, edelachtbare, die heb ik niet.'

'Hebt u die beelden gezien?' drong Coelho aan. 'Vormden zij de basis van uw verzoek?'

'Nee, edelachtbare,' zei Morris deemoedig. 'Onze basis was het verzoek om dagvaarding van verzoeker.'

'Dan bent u dus niet voorbereid op verdediging van uw bezwaar,' zei Coelho. 'De motie tot vernietiging wordt geweigerd. Brigadier Sanger wordt verzocht de rechtszaal te verlaten tot het moment van haar getuigenis daar is. Verder nog iets, heren, voor we beginnen met het horen van getuigen in deze zaak?'

Morris stond weer op achter zijn tafel. 'Ja, edelachtbare.'

'Goed,' zei Coelho. 'Wat wilt u kwijt?'

'Zoals de rechtbank weet, werd het verzoek door de rechtbank op verzoek van de staat verzegeld,' zei Morris, 'om te voorkomen dat het verzoek door de media zou worden opgepikt en uitvergroot, aangezien mijn opponent in eerdere gevallen de neiging had zoiets te doen.'

Ik stond op.

'Protest,' zei ik. 'Edelachtbare, de waarnemend officier laat geen middel onbenut om de rechtbank af te leiden van het feit dat...'

'Meneer Haller,' zei Coelho met nadruk, 'ik ben er niet van gediend dat raadslieden elkaar interrumperen. Als ik van mening ben dat meneer Morris een punt heeft, krijgt u de kans erop te reageren. Gaat u alstublieft zitten en laat hem uitpraten.'

Ik deed wat me was gezegd en hoopte dat mijn protest Morris althans van zijn stuk had gebracht.

'Dank u, edelachtbare,' zei Morris. 'Zoals ik zei werd de motie verzegeld door de rechtbank tot het moment dat de hoorzitting over de zaak zou aanvangen.'

'En dat is nu, meneer Morris,' zei Coelho. 'Ik begrijp waar u heen wilt. Ik zie vertegenwoordigers van de media op de publieke tribune en ik heb een verzoek om een tekenaar in de rechtszaal goedgekeurd. De zaak is niet langer verzegeld. De zitting is geopend. Wat is uw bezwaar?'

'De rechtbank kreeg het verzoek om een tekenaar op vrijdag,' zei Morris. 'Dat bericht kregen wij allen. Op dat moment was de zaak nog steeds onder zegel en toch blijken de media op de een of andere manier op de hoogte. De staat vraagt om sancties tegen de advocaat van verzoeker wegens het schenden van het gerechtelijk bevel tot geheimhouding van het verzoek.'

Ik stond weer op, maar zei niets. Ik wilde alleen dat de rechter wist dat ik klaar was om erop te reageren. Maar ze stak haar hand op en tikte ermee in de lucht ten teken dat ik moest gaan zitten. Wat ik deed.

'Meneer Morris, u doet nu precies dat, waarvan u twee minuten geleden meneer Haller beschuldigde,' zei Coelho. 'U bespeelt de media. Ik weet zeker dat meneer Haller zou zeggen dat hij niet degene was die de media op deze zitting wees voor het zegel werd opgeheven, en dat er geen bewijs was voor het tegendeel, als ik het hem zou vragen. Om eerlijk te zijn denk ik dat hij te slim is om zoiets zelf te doen. Dus, meneer Morris, tenzij u dergelijk bewijs kunt overleggen, zie ik u slechts oreren voor de bühne. Ik zou graag zien dat u daarmee ophield. Ik zou graag overgaan tot datgene waarvoor we hier zijn. Er komen geen sancties. Meneer Haller, bent u gereed?'

Ik stond op, knoopte deze keer mijn jasje dicht alsof het een schild was en ik de strijd aanging.

'Wij zijn gereed,' zei ik.

'Goed dan,' zei de rechter. 'Roept u uw eerste getuige maar.'

25

Van rechter Coelho mocht Lucinda Sanz in haar gewone kleren verschijnen, die haar moeder zou kunnen komen brengen. Maar dat aanbod had ik afgeslagen. Ik wilde met niets instemmen wat zou kunnen
afleiden van het feit dat deze vrouw vijf jaar gevangen had gezeten voor
een misdaad die ze niet had begaan. Ik wilde dat de rechter er constant
aan herinnerd werd dat haar door een onterechte veroordeling alles
was afgenomen – haar zoon, haar familie, haar vrijheid en haar middelen van bestaan – en dat ze niets anders meer had dan een blauwe overall met aan de voor- en achterkant GEVANGENE CDC erop.

In de getuigenbank zag Lucinda er klein uit; ze kon nauwelijks boven de sierlijke, houten balustrade uit kijken. Haar haar was strak naar
achteren samengebonden in een korte paardenstaart; haar kaaklijn was
scherp. Ze zag er bang maar vastberaden uit. Ik zou haar als eerste ondervragen. Dat was het makkelijkste deel. Het gevaar zat hem in het
kruisverhoor van Morris. Hij had kunnen beschikken over de tran-
scripties van de eerste keer dat de rechercheurs haar bijna zes jaar geleden ondervraagd hadden en van de verklaring die ze twee maanden
geleden in Chino had afgelegd. Ik had geen gebruik gemaakt van de
mogelijkheid die een civiele procedure bood om haar een verklaring af
te laten leggen, maar Morris had ervoor gekozen om Lucinda te laten
getuigen, waaruit meteen zijn strategie duidelijk werd. Als hij haar op
één enkel leugentje kon betrappen, zou hij haar en haar hele bewering
dat ze onschuldig was direct in twijfel kunnen trekken.

'Mag ik je Cindi noemen?' vroeg ik.

'Eh... jawel,' zei ze.

'Cindi, kun je de rechtbank vertellen waar je woont en hoelang je daar al woont?'

Maar voordat Lucinda iets kon zeggen, onderbrak Morris ons.

'Edelachtbare, de omstandigheden van de opsluiting van mevrouw Sanz voor een misdaad die ze heeft bekend, zijn genoegzaam bekend bij alle partijen en de rechtbank,' zei hij. 'Kunnen we overgaan tot de zaken die relevant zijn voor dit verzoek?'

'Tekent u bezwaar aan, meneer Morris?' vroeg Coelho.

'Jazeker, edelachtbare.'

'Goed dan. Toegewezen. Meneer Haller, kunt u ter zake komen?'

Ik knikte. Dat beloofde wat.

'Jawel, edelachtbare,' zei ik. 'Cindi, heb je je ex-man, Roberto Sanz, gedood?'

'Nee,' zei Lucinda.

'Maar je hebt de eis van doodslag niet betwist. Waarom zou je iets bekennen waarvan je nu zegt dat je het niet gedaan hebt?'

'Dit zeg ik niet nu pas. Ik heb het de hele tijd gezegd. Ik heb het tegen de sheriffs gezegd. Tegen mijn familie. Tegen mijn advocaat. Ik heb Roberto niet neergeschoten. Maar volgens meneer Silver was er zo veel bewijs dat een jury me schuldig zou vinden als het tot een rechtszaak zou komen. Ik heb een zoon. Ik wilde hem weer terugzien. Ik wilde hem kunnen omhelzen en deel uitmaken van zijn leven. Ik had niet gedacht dat ik zo veel jaar zou krijgen.'

Het kwam zo uit de grond van haar hart dat ik even niets zei en naar het notitieblok voor me op de lessenaar keek, zodat Lucinda's woorden nog even als een geest in de ruimte bleven hangen. Maar de rechter, die al meer dan een kwarteeuw geleden voor het leven benoemd was, had alle trucjes uit het boekje al voorbij zien komen en trapte er niet in.

'Verder geen vragen meer, meneer Haller?' vroeg ze.

'Toch wel, edelachtbare, ik heb nog meer,' zei ik. 'Cindi, kun je de rechtbank vertellen wat er die avond, bijna zes jaar geleden, is gebeurd?'

Dit was het meest riskante deel. Lucinda mocht niet afwijken van wat er al eerder herhaaldelijk was vastgelegd. We konden met iets nieuws komen, wat ik ook van plan was, maar niet met iets anders. Dan zou Morris direct genoeg in handen hebben om haar linea recta terug naar Chino te sturen om haar straf uit te zitten.

'Onze zoon, Eric, was dat weekend bij Roberto,' begon Lucinda. 'Hij zou hem om zes uur thuisbrengen, zodat we bij mijn moeder konden gaan eten. Maar toen hij met hem aan kwam zetten was het al bijna acht uur en hadden ze al gegeten bij Chuck E. Cheese.'

'Was je daar boos over?' vroeg ik.

'Ja, ik was heel boos en we kregen ruzie. Robbie en ik. En hij...'

'Voordat we daarmee verdergaan, vertelde Roberto je ook waarom hij te laat was?'

'Het enige wat hij zei was dat hij een werkoverleg had en ik wist dat dat gelogen was, want het was zondag en zijn eenheid werkte nooit op zondag.'

'Goed, je geloofde hem niet en jullie kregen woorden. Klopt dat?'

'Ja, en toen vertrok hij. Ik smeet de deur achter hem dicht omdat mijn plannen voor die avond in de soep waren gelopen.'

'En wat gebeurde er toen?'

'Toen hoorde ik de schoten. Twee.'

'Hoe wist je dat het schoten waren?'

'Omdat ik in Boyle Heights ben opgegroeid met dat geluid en omdat Roberto me, toen we getrouwd waren, wel eens meenam naar de schietbaan om me te leren schieten. Ik weet hoe een pistoolschot klinkt.'

'Dus je hoorde twee schoten. Wat deed je toen?'

'Ik dacht dat hij het was, Roberto bedoel ik, die op het huis schoot omdat hij boos was, snapt u? Ik rende naar achteren, naar de kamer van mijn zoontje en we gingen op de grond liggen. Maar dat was het, daarna waren er geen schoten meer.'

'Heb je het alarmnummer gebeld?'

'Ja, ik heb meteen gebeld. Ik zei dat mijn ex-man op mijn huis stond te schieten.'

'Wat zeiden ze dat je moest doen?'

'Dat ik bij mijn zoon moest blijven en we ons verborgen moesten houden tot ze er waren.'

'Vroegen ze je aan de lijn te blijven?'

'Ja.'

'En toen?'

'Ik weet niet hoeveel tijd er voorbijging, maar op een gegeven moment zeiden ze dat het buiten veilig was en dat ik naar de deur moest gaan omdat de politie er was.'

'En deed je dat ook?'

'Ja, en toen zag ik hem. Roberto lag op de grond en ze zeiden dat hij dood was.'

Ik vroeg de rechter of ik de opname mocht afspelen van de noodoproep die Lucinda net had beschreven. Morris had geen bezwaar en de opname werd afgespeeld op de audioapparatuur van de rechtszaal. Het gesprek week niet af van de beschrijving die Lucinda net had gegeven, alleen was haar stem op de band doortrokken van een urgentie en een angst, die nu, jaren later, in haar relaas van de gebeurtenis ontbrak. Het leek me goed dat de rechter dit zou horen en ik was verbaasd dat Morris niet een of ander bezwaar had opgeworpen om het te verhinderen.

Nadat het telefoongesprek was afgespeeld, gooide ik het over een andere boeg. 'Cindi, een paar minuten geleden zei je dat Roberto je meenam naar een schietbaan om je te leren schieten, toen jullie nog getrouwd waren. Kun je de rechtbank daar iets meer over vertellen?'

'Zoals?'

'Zoals hoe vaak je naar die schietbaan bent geweest.'

'Twee of drie keer. Het was voordat onze zoon werd geboren. Daarna had ik geen behoefte meer om wapens te hebben of te schieten.'

'Bezat je in de periode voordat je zoon werd geboren wel een wapen?'

'Nee, die waren van Robbie. Allemaal.'

'Hoeveel had hij er?'

'Dat weet ik niet meer precies. Een stuk of vijf.'

'En had hij die allemaal gekocht?'

'Nee, hij vertelde me dat hij er een paar van mensen had afgepakt. Van slechte mensen. Als ze wapens bij hen vonden, pakten ze die af. Soms hielden ze ze zelf.'

'Wie zijn "ze", Cindi?'

'Zijn eenheid. Het was…'

Morris tekende bezwaar aan, maar niet snel genoeg. Het woord 'eenheid' was gevallen. Morris voerde aan dat dit antwoord uit het verslag moest worden geschrapt en dat Lucinda haar verhaal en wat ze nog meer zou vertellen van horen zeggen had; dat het informatie uit de tweede hand was, gebaseerd op een vermeende uitspraak van iemand die niet meer in leven was. De rechter stond het bezwaar toe zonder me de kans te geven met een tegenargument te komen. Maar dat gaf niet, want iedereen in de rechtszaal, inclusief en vooral de rechter, wist wie 'ze' waren: de andere leden van Roberto Sanz' bendebestrijdingseenheid.

'Oké. Cindi, vertel ons eens over de training die je op de schietbaan kreeg van je toenmalige man.'

'Hij leerde me wat de verschillende onderdelen van het pistool waren, en hoe ik moest staan en richten. We schoten op een doel.'

'Weet je nog welke houding je moest aannemen?'

'Ja.'

'En hoe werd die genoemd?'

'O, ik dacht dat u bedoelde of ik nog wist hoe ik moest staan. Ik weet niet meer of die houding ook een naam had.'

'Zou je die houding kunnen laten zien als de rechtbank het toestaat?'

'Eh… jawel.'

Vervolgens vroeg ik de rechter toestemming om Lucinda uit de getuigenbank te laten stappen en de schiethouding te demonstreren die haar man haar geleerd had. Morris maakte bezwaar met het argument dat een dergelijke exercitie de tijd van de rechtbank zou verspillen, om- dat zo'n demonstratie op geen enkele manier in verband kon worden gebracht met het neerschieten van Roberto Sanz.

'Ik kan bewijzen dat Lucinda Sanz niet de schoten heeft gelost die haar ex-man hebben gedood. Deze demonstratie is een van de puntjes die uiteindelijk met elkaar zullen worden verbonden om het grote plaatje zichtbaar te maken.'

'Ik sta het toe,' zei Coelho. 'Maar ik zal u aan uw belofte houden om die punten te verbinden. U kunt verdergaan.'

'Dank u, edelachtbare. Cindi, wil je uit de getuigenbank komen en laten zien wat je man je heeft geleerd?'

Lucinda liep naar de open ruimte tegenover de rechter. Ze spreidde haar voeten een centimeter of zestig uit elkaar voor de stabiliteit en strekte haar armen op schouderhoogte recht voor zich uit. Met haar linkerhand hield ze haar rechterhand in evenwicht, en ze stak haar wijsvinger vooruit als de loop van een vuurwapen.

'Zo,' zei ze.

'Goed, dank je wel,' zei ik. 'Je mag weer terug naar de getuigenbank.'

Terwijl Lucinda terugliep, liep ik naar onze tafel om een map te pak- ken. Die opende ik en ik vroeg toestemming om twee foto's aan de getui- ge te laten zien. Ik gaf Morris kopieën, ook al had hij deze al ontvangen en waren ze vijf jaar eerder al onderdeel geweest van het zogenaamde bewijs tegen Lucinda. Ook gaf ik kopieën aan de rechter. Op de foto's stond Lu- cinda op de schietbaan, terwijl ze een pistool vasthield in dezelfde hou- ding die ze zojuist in de rechtszaal had gedemonstreerd.

'Meneer Haller, ik maak me een beetje zorgen,' zei de rechter nadat ze de foto's had bekeken. 'U vraagt me twee foto's als bewijsstuk op te nemen waarop wordt aangetoond dat uw cliënt toegang had tot een vuurwapen en wist hoe ze het moest gebruiken. Is dit wel verstandig?'

'Het is weer een van de puntjes, edelachtbare,' zei ik. 'Het zal de rechtbank snel duidelijk worden dat deze foto's ontlastend zijn, en niet schadelijk voor de zaak van mijn cliënt.'

'Zoals u wilt,' zei Coelho. 'Het is uw feestje.'

Toen liep ik met een derde set foto's naar de getuigenbank en legde die voor Lucinda neer.

'Lucinda, kun je zeggen waar en wanneer deze twee foto's zijn genomen?' vroeg ik.

'De precieze datum weet ik niet meer,' zei Lucinda. 'Maar het was toen Robbie me leerde schieten. Dit was de schietbaan waar we naartoe gingen in Sand Canyon.'

'Sand Canyon, is dat in Antelope Valley?'

'Volgens mij is het Santa Clarita Valley.'

'Maar wel in de buurt ervan?'

'Ja, het is er niet ver vandaan.'

'Oké, wie is die man naast je op de tweede foto?'

'Dat is Robbie.'

'Je toenmalige echtgenoot.'

'Ja.'

'Wie heeft die foto genomen?'

'Een van zijn vrienden van zijn eenheid. Die leerde zijn vrouw daar ook schieten.'

'Weet je nog hoe hij heette?'

'Keith Mitchell.'

'Oké, en het pistool dat je op de foto's vasthoudt, waar is dat nu?'

'Dat weet ik niet.'

'Heeft je man na de scheiding een of meer van zijn wapens achtergelaten?'

'Nee, geen een. Ik wilde ze niet in huis hebben. Niet in de buurt van mijn zoon.'

Ik knikte alsof haar antwoord heel belangrijk was en keek op mijn blocnote waar ik de hoofdlijnen van mijn ondervraging uiteen had gezet. Ik vinkte de verschillende ondervragingsstrategieën af die ik had gepland.

'Oké. Laten we teruggaan naar de avond van de dood van je ex-man.

Wat gebeurde er nadat je de deur had geopend voor de politie en je Roberto's lichaam in de tuin zag liggen? Lag hij met zijn gezicht omlaag of omhoog?'

'Met zijn gezicht naar beneden,' antwoordde Lucinda.

'En wat gebeurde er toen met je?'

'Mijn zoontje en ik moesten achter in een surveillancewagen gaan zitten.'

'En hoelang hebben jullie daar gezeten?'

'Eh… het leek heel lang. Maar toen namen ze me mee en zetten me apart van mijn zoontje in een andere auto. Een gewone auto.'

'En uiteindelijk brachten ze je naar het bureau van Antelope Valley om je te ondervragen?'

'Ja.'

'Werd je daarvoor gevraagd toestemming te geven om je handen en kleren te laten testen op kruitsporen?'

'Ja. Ze vroegen me uit te stappen en testten me.'

'Met een schijfje schuimrubber?'

'Ja.'

'En wie voerde die test uit?'

'Een hulpsheriff. Een vrouw.'

'Op een bepaald moment heeft mijn assistent, Harry Bosch, je opge- zocht in de gevangenis in Chino en je gevraagd foto's van vrouwelijke agenten te bekijken.'

'Ja.'

'Hij wilde weten of je de vrouwelijke hulpsheriff kon identificeren die bij jou de test had afgenomen. Klopt dat?'

'Ja.'

'Heeft hij je zes verschillende foto's laten zien?'

'Ja.'

'En heb jij een van die foto's eruit gepikt en degene geïdentificeerd die jou getest had?'

'Ja.'

Vervolgens gaf ik een kopie van de foto van Stephanie Sanger uit de fotoconfrontatie van Bosch aan Morris en de rechter. Deze stemde direct toe om de foto als bewijsstuk 2 van de verzoeker op te nemen en aan de getuige te laten zien.

'Is dat de vrouw die je hebt geïdentificeerd als de hulpsheriff die je getest heeft op kruitsporen?'

'Ja, dat is ze,' zei Lucinda.

'Kende je haar?'

'Nee.'

'Je wist niet dat ze in dezelfde eenheid als je man zat op het sheriffs department?'

'Nee, ik kende haar niet, maar ze vertelde me dat ze met Robbie samenwerkte.'

'Leek ze overstuur dat Robbie dood was?'

'Ze was heel kalm. Professioneel.'

Ik knikte. Meer had ik niet nodig. Het meeste moest op een later moment tijdens de hoorzitting zijn vruchten afwerpen. Ik was tevreden. Nu hoefde ik alleen maar te hopen dat Lucinda niet zou bezwijken onder het kruisverhoor van Morris. Als ze dat zou doorstaan, maakten we een goede kans.

'Ik heb verder geen vragen meer,' zei ik. 'Maar ik wil me het recht voorbehouden om de getuige later nog terug te roepen.'

'Heel goed, meneer Haller,' zei de rechter. 'Meneer Morris, wilt u even pauzeren voordat u met uw kruisverhoor begint?'

Morris stond op.

'De staat zou een korte pauze verwelkomen, edelachtbare,' zei hij. 'Maar ik heb voor deze getuige slechts twee vragen, die met een eenvoudig ja of nee kunnen worden beantwoord. Misschien kunnen we de pauze inlassen nadat ik klaar ben met de getuige.'

'Goed dan, meneer Morris,' zei de rechter. 'Ga uw gang.'

Ik was op z'n zachtst gezegd verrast. Of Morris was veel slimmer dan ik hem had ingeschat, of veel dommer. Het was moeilijk te zeggen, want ik had hem nog nooit eerder in de rechtszaal tegenover me gehad. Justitie beschikte over de beste en slimste mensen, en voor de meesten was een habeas-zitting een koud kunstje. Maar op basis van zijn eerdere tegenwerpingen en zijn gewoonte om me te verwijten dat ik het feitenonderzoek niet te goeder trouw verrichtte, had ik niet het idee dat het een inkoppertje voor hem zou zijn. Het feit dat hij nu de getuige met slechts twee vragen liet gaan, gaf me dus te denken. Misschien voelde hij ook wel aan dat hij geen gaten kon schieten in Lucinda's verhaal omdat ze de waarheid sprak.

Ik keek aandachtig toe hoe Morris naar de lessenaar liep om zijn twee vragen te stellen.

'Mevrouw Sanz, u verblijft momenteel in de staatsgevangenis voor vrouwen in Chino, klopt dat?' vroeg Morris.

'Eh… ja,' antwoordde Lucinda. 'Dat klopt.'

'Kent u daar een andere gevangene die Isabella Moder heet?'

Lucinda keek naar mij, met in haar ogen een kortstondige, paniekerige flits van wat-moet-ik-doen?

Ik hoopte maar dat de rechter het niet gezien had. Ik knikte eenvoudigweg. Veel anders kon ik niet doen.

Lucinda keek weer naar Morris.

'Ja,' zei ze. 'Ze zat bij mij in de cel. En later werd ze overgeplaatst naar een andere gevangenis.'

Met dat antwoord wist ik precies wat de strategie van de staat was en hoe Morris van plan was het spelletje te spelen.

26

Als een ontsnapte gevangene kwam ik de rechtszaal uit. Snel keek ik links en rechts de gang in. De eerste die ik zag was Stephanie Sanger die op een bankje langs de muur tegenover de ingang van de rechtszaal zat. Ze grijnsde toen ze me zag, alsof ze wist wat Morris net had uitgehaald.

Ik gunde mezelf niet de tijd om zelfs maar terug te grijnzen. Ik bleef de gang afspeuren tot ik Bosch bij de lift zag staan. Zo te zien stond hij te kletsen met de parketwachter die de metaaldetector bediende. De rechtszalen op de begane grond werden voornamelijk gebruikt voor strafzaken; vandaar dat hier in de gang naast de metaaldetector ook een beveiligingsscanner stond.

Bosch keek op, zag me en stak een vinger in een zo-terug-gebaar op naar de parketwachter.

Ik wachtte halverwege de gang tot hij bij me was, zodat we buiten gehoorsafstand waren van zowel Sanger als de parketwachter met wie Bosch had staan praten.

'Hoe heeft ze het gedaan?' fluisterde Bosch.

'Tijdens mijn verhoor prima,' zei ik. 'Maar de staat had maar twee vragen nodig om alles onderuit te schoffelen.'

'Wat? Wat is er gebeurd?'

'Hij wil de boel saboteren met een gevangenisinformant. Ik wil dat je voor morgenochtend alles uitzoekt wat er te vinden is over een gevangene met de naam Isabella Moder. M-O-D-E-R, denk ik.'

'Hoe moet het dan met de getuigen?'

'Dat zal ik zelf moeten doen. Ik heb jou nodig voor Moder. Nu.'

'Oké. Zit ze in Chino? Wie is ze?'

'Ze was de celgenote van Lucinda. Maar ze hebben haar zo'n half jaar geleden overgeplaatst, ongeveer rond de tijd dat ik de habeas indiende.'

'En bij de inzage van stukken is haar naam niet opgedoken? Is dat geen schen–'

'Morris hoefde haar niet in de stukken te vermelden als hij haar als tegenbewijs inzet. Geen schending dus. Ze hebben ons mooi zand in de ogen gestrooid. Ik had het moeten zien aankomen.'

'Maar waarom zo'n haast als Morris haar pas zal oproepen nadat jij aan de beurt bent geweest?'

'Omdat de aanval de beste verdediging is. Ik moet weten of we haar kunnen neutraliseren wanneer ze haar in het getuigenbankje zetten.'

'Oké. Heeft Cindi je verteld wat ze tegen Moder heeft gezegd?'

'Ze heeft helemaal niets tegen haar gezegd. Moder is een informant. Ze gaat liegen. Ze zal zeggen dat Lucinda heeft toegegeven dat ze haar man heeft vermoord.'

'Maar dat is dikke onzin.'

'Dat doet er niet toe. Daarom wil ik dat je nu alles over haar uitzoekt. Kom ergens mee waarmee ik haar tot de grond toe kan afbranden.'

'Komt voor de bakker.'

'Bel Cisco als je hulp nodig hebt. Laat geen middel onbeproefd, maar denk eraan: de klok tikt. Morgen ben ik wel klaar met mijn getuigen. Dat is het moment dat Morris Moder inbrengt.'

'Alleen kan ik Shami dan morgenochtend niet naar de rechtbank brengen.'

'Laat dat maar aan mij over. Ga nu maar. Bel me zodra je iets weet. Vanmiddag zijn er geen zittingen, want Coelho heeft een rechterscongres. Ik ga nu Sanger als getuige oproepen. Morgen Arslanian en de rest. Jou ook, dus ga maar snel aan de slag met Moder.'

'Ik bel je. Veel geluk met Sanger.'

'Geluk heeft er niks mee te maken.'

Bosch liep naar de lift. Ik keek op mijn horloge. Nog een paar minuten en dan was de pauze afgelopen. Ik ging naar de toiletten, hield bij de wastafel mijn handen in een kommetje onder de koude kraan en bracht ze naar mijn gezicht. Er drukte iets zwaars ergens in het midden van mijn borst. Het was het gevoel onvoorbereid te zijn. Dat gevoel haatte ik meer dan wat dan ook ter wereld.

Op de terugweg naar de rechtszaal zag ik dat Sanger nog steeds op het bankje zat.

'Het gaat niet zo goed, hè?' vroeg ze.

Ik bleef staan en keek haar aan. Daar kwam weer diezelfde zelfgenoegzame grijns.

'Het gaat fantastisch,' zei ik. 'En jij bent zo meteen aan de beurt.'

Daarmee opende ik de deur van de rechtszaal en ging naar binnen.

De parketpolitie bracht Lucinda uit het cellencomplex naar de tafel van de verzoeker, een teken dat de rechter klaar was. Ik nam plaats naast mijn cliënt op het moment dat de boeien van haar polsen en enkels werden losgemaakt en er één pols aan de stalen ring aan de onderkant van de tafel werd vastgemaakt.

'Wat gaat er nu gebeuren?' fluisterde ze.

'Ik roep nu Sanger op, zet haar onder ede en dan bewijzen we morgen dat ze liegt.'

'Nee, ik bedoelde eigenlijk: hoe zit het met Isabella?'

'Harry werkt eraan, hij probeert iets te vinden waarmee we haar verhaal onderuit kunnen halen.'

'Hoe bedoel je?'

'We moeten aannemelijk maken dat ze liegt. Heb je echt nooit met haar over je zaak gesproken?'

'Nooit. En we hebben het ook nooit over haar zaak gehad.'

'Oké. Denk even goed na, Lucinda. Is er iets dat je over haar weet dat ons kan helpen? Ik durf wel te garanderen dat ze hier komt getuigen dat je haar verteld hebt dat je Roberto hebt vermoord. Ik moet haar ergens mee terugpakken. Is er...'

De bode onderbrak ons met zijn bevel om op te staan. We gingen staan, waarna de rechter de rechtszaal binnenkwam en de treetjes naar de rechterzetel beklom. Ellen Coelho was al bijna dertig jaar federaal rechter. Ze was destijds door Clinton benoemd, waardoor ze naar de liberale kant neigde, en dat was goed voor ons. Maar als puntje bij paaltje kwam, had ik geen idee hoe zij tegen gevangenisverklikkers aankeek.

'We hervatten de zaak Sanz contra de staat Californië,' zei ze. 'Meneer Haller, u kunt uw volgende getuige oproepen.'

Ik riep Stephanie Sanger op. Nu Bosch niet langer in de gang stond om de getuigen naar binnen te begeleiden, vroeg ik de rechter om een van de parketwachters naar buiten te sturen om haar te halen. De rechter leek geïrriteerd maar ging wel akkoord, en terwijl we wachtten richtte ik me weer tot mijn cliënt.

'Ik moet iets hebben om Isabella mee te pakken,' fluisterde ik. 'Probeer je te herinneren waar jullie het over hadden. Als 's avonds het licht uitging, praatten jullie dan?'

'Ja. Het is moeilijk om in slaap te komen.'

'Dat kan ik me voorstellen. Heeft ze ooit…'

De deur achter in de rechtszaal ging open en de parketwachter kwam binnen met Sanger achter zich aan, die door het middenpad en vervolgens door het hekje liep. Ze stopte bij het getuigenbankje en legde de eed af bij de griffier, waarna ze ging zitten. Ik liep naar de lessenaar met mijn dossiers en aantekeningen.

'Edelachtbare,' zei ik, 'voordat ik begin, wil ik de rechtbank vragen agent Sanger als onwillige getuige aan te merken.'

'Het is uw getuige, raadsman,' zei Coelho. 'Op welke gronden zou ik haar onwillig moeten verklaren?'

Ik wilde Sanger tot onwillige getuige laten verklaren omdat ik dan meer vrijheid had tijdens mijn verhoor. Het zou me in staat stellen suggestieve vragen te stellen, die alleen met ja of nee beantwoord konden worden. In die vragen zou ik dan allerlei feiten kunnen noemen waarvan ik wilde dat de rechter ze zou horen. Ook al zou Sanger ze ontkennen, de informatie was intussen wel mooi overgebracht.

'Zoals u vanmorgen gezien hebt, heeft ze al geprobeerd om niet te hoeven getuigen, edelachtbare,' zei ik. 'Voeg daarbij het gesprekje dat ik zojuist met haar had tijdens de pauze. Voor mij is het duidelijk dat ze niets moet hebben van mij, mijn cliënt of het feit dat ze hier moet zijn.'

Morris stond al op om te reageren, maar Coelho hief haar hand op.

'Laten we eerst maar eens kijken hoe het gaat, meneer Haller,' zei ze. 'Gaat u verder met uw verhoor.'

Morris ging zitten en Sanger leek blij met het feit dat het me niet gelukt was de rechter te overtuigen.

'Dank u, edelachtbare,' zei ik. 'Mevrouw Sanger, u bent als hulp-sheriff in dienst bij het sheriffs department van Los Angeles County. Is dat correct?'

'Correct,' zei Sanger. 'Maar dan wel als brigadier.'

'Wanneer bent u gepromoveerd?'

'Twee jaar geleden.'

'Wat is uw huidige taak bij het departement?'

'Ik ben toegewezen aan bureau Antelope Valley, waar ik de leiding heb over de bende-interventie-eenheid.'

'U bent al enkele jaren bij die eenheid, toch?'

'Ja.'

'En nu hebt u er de leiding over.'

'Dat zei ik net.'

'Ja, dank u. U werd aan die eenheid toegewezen op het moment van de dood van agent Roberto Sanz, correct?'

'Inderdaad.'

'Waren jullie tweeën partners?'

'Nee, in de eenheid hebben we niet per se partners. Er zijn zes gewone hulpsheriffs en één brigadier. We werken als een team en je kunt steeds, afhankelijk van vakanties en ziekmeldingen, samenwerken met een van de vijf andere hulpsheriffs. Dat verandert continu.'

'Dank u, agent, voor de ophelde–'

'Brigadier.'

'Neem me niet kwalijk. Brigadier. Dank u voor de opheldering. Dus, gezien dat voortdurend rouleren van interacties en partnerschappen, kunnen we daaruit afleiden dat u hulpsheriff Sanz goed kende?'

'Ja. We hebben drie jaar samengewerkt voordat hij werd vermoord door zijn ex-vrouw.'

Ik keek naar de rechter.

'Edelachtbare,' zei ik, 'dit lijkt me toch behoorlijk onwillig. De getuige geeft blijk van een overtuiging die tegen de zaak van mijn cliënt ingaat.'

'Gaat u maar gewoon verder, meneer Haller,' zei Coelho.

Ik keek naar mijn aantekeningen en herpakte me snel. Ik moest nu voorzichtig te werk gaan om Sanger de waarheid zien te ontlokken. Als ik haar hier onder ede openlijk iets zou laten zeggen waarvan ik later kon aantonen dat het niet waar was, dan zou dat een grote stap in de goede richting zijn als ik me er sterk voor wilde maken dat Lucinda met onzuivere bedoelingen of op zijn minst onterecht veroordeeld was.

'Laten we het eens hebben over de moord op agent Sanz,' zei ik. 'Die werd gepleegd op een zondag. Herinnert u zich hoe u vernam dat hij vermoord was?'

'Ik kreeg een SORS-bericht,' zei Sanger. 'Zoals iedereen op de afdeling.'

'Kunt u de rechter vertellen wat SORS is?'

'Het Special Operations Reporting System. Dat is een berichtenservice waarmee de afdeling appjes naar alle ingezworen agenten kan sturen. We kregen een appje waarin stond dat er een schietpartij was geweest waar een agent bij betrokken was in AV en dat we een van onze eigen mensen hadden verloren.'

'En AV staat voor Antelope Valley?'

'Correct. Ik ben toen gaan bellen en kwam erachter dat het slachtoffer Roberto Sanz was, van mijn eenheid.'

'En wat deed u toen?'

'Ik belde een andere collega van de eenheid en we zijn erheen gegaan om te kijken of we konden helpen.'

'Welke collega was dat?'

'Keith Mitchell.'

'Waarom hebt u alleen hem gebeld, terwijl de eenheid volgens u uit zes agenten en een brigadier bestond?'

'Omdat Keith het meest close met Robbie Sanz was.'

Ik opende de map die ik mee naar de lessenaar had genomen en haalde er drie kopieën van een document uit. Ik deelde ze uit aan Morris, de getuige en de rechter, en vroeg Coelho toestemming om het document als het volgende bewijsstuk van de verzoeker in te voeren en de getuige erover te ondervragen. Ze stond het toe.

'Wat is dat, brigadier?'

'Een kopie van het SORS-bericht dat werd verstuurd,' zei Sanger.

'En hoe laat staat er dat het verstuurd is?'

'Om twintig uur achttien.'

'Oftewel om twaalf voor half negen 's avonds in gewonemensentaal, correct?'

'Dat klopt.'

'Hoe snel was u daarna op de plaats delict?'

'Waarschijnlijk binnen een kwartier.'

'AV, zoals u het noemt, is een groot gebied. Hoe kon het dat u daar zo dichtbij was dat u er binnen een kwartier kon zijn?'

'Ik zat toevallig te eten in een restaurant vlakbij.'

'Welk restaurant was dat?'

'Brandy's Café.'

'Was u daar met iemand anders?'

'Ik zat alleen aan de bar. Ik kreeg dat appje, liet wat geld achter en ging meteen weg. Keith Mitchell belde ik onderweg.'

Ze zei het op vermoeide toon, alsof mijn vragen irrelevant waren en niets met de zaak van doen hadden. De rechter moet dit ook hebben opgepikt: ze onderbrak me.

'Meneer Haller,' zei ze. 'Gaan uw vragen nog ergens heen?'

'Jazeker, edelachtbare,' zei ik. 'Het zal duidelijk worden wanneer de andere getuigen hun verklaring afleggen.'

'Goed, wilt u dan alstublieft voortmaken, zodat we zo snel mogelijk met die andere getuigen door kunnen?'

'Als mijn verhoor niet zou zijn onderbroken, zou dat al het geval geweest zijn.'

'Als die opmerking bedoeld is als een terechtwijzing aan het adres van de rechtbank, hebben we een probleem, meneer.'

'Het spijt me, edelachtbare, het was geenszins als een terechtwijzing bedoeld. Mag ik doorgaan?'

'Ga uw gang, maar maakt u voort.'

Ik knikte en keek in mijn aantekeningen om te zien waar ik gebleven was.

'Brigadier Sanger, waren er al rechercheurs van Moordzaken ter plaatse toen u aankwam?' vroeg ik.

'Nee, nog niet,' zei Sanger.

'Wie was er wel van het sheriffs department?'

'Er waren al heel veel hulpsheriffs aanwezig om de plek veilig te stellen, voor wanneer Moordzaken zou aankomen vanuit het stars Center in Whittier.'

'Die zullen er wel minstens een uur over gedaan hebben, klopt dat?'

'Ja, waarschijnlijk wel.'

'Dus terwijl u wachtte op het team van Moordzaken, besloot u hun werk alvast maar voor hen te doen.'

'Nee, dat is niet zo.'

'Dus u hebt Lucinda Sanz niet uit de auto gehaald waar ze in was gezet, om haar te onderzoeken op schotresten op haar lichaam en kleren?'

'Dat heb ik wel gedaan. Zo'n test kun je maar het beste zo snel mogelijk na een schietincident uitvoeren.'

'Was dat de gebruikelijke procedure, dat een agent die met het slachtoffer had samengewerkt de armen en handen van een verdachte testte op schotresten?'

'Op dat moment was ze geen verdachte. Het…'

'Geen verdachte? Waarom werd ze dan achter in een surveillancewagen gezet om te worden bemonsterd als ze geen verdachte was?'

Morris stond op om bezwaar te maken.

'Edelachtbare,' zei hij. 'De raadsman intimideert de getuige en laat haar haar antwoorden niet afmaken.'

'Meneer Haller,' zei Coelho. 'Laat haar uitpraten en matig uw toon een beetje. Er is hier geen jury om indruk op te maken.'

Ik knikte schuldbewust.

'Jawel, edelachtbare,' zei ik. 'Brigadier Sanger, maakt u alstublieft uw antwoord af.'

'Zoals ik al zei, is het belangrijk om zo vroeg mogelijk in het onderzoek te testen op schotresten,' zei Sanger. 'Anders kan het bewijs worden verspreid of verwijderd, of op iets anders overgedragen. Ik wist dat het in dit geval wel een uur of langer kon duren voordat de rechercheurs van Moordzaken ter plaatse waren, dus heb ik de verdachte getest en de schijfjes schuimrubber in een bewijszakje gedaan.'

'Ze is de verzoeker, brigadier, niet de verdachte. Wat hebt u met het bewijszakje gedaan, nadat u de test had afgerond die volgens u zo dringend nodig was?'

'Ik heb het aan hulpsheriff Mitchell gegeven, die het later aan het moordteam overhandigde. Dat moet in het verslag van de bewijsverantwoordingsketen staan, zoals u vast gezien hebt.'

'En als ik u nu eens vertel dat het niet in dat verslag staat?'

'Dat zal dan een slordigheidje geweest zijn van Mitchell.'

'Heel aardig dat u Mitchell voor de bus gooit, maar waarom hebt u het zelf niet aan het moordteam gegeven? U hebt de test uitgevoerd. Probeerde u dat te verbergen, brigadier?'

'Ik probeerde niets te verbergen. Ik stond op het punt de plaats delict te verlaten. Ik ging de toenmalige vriendin van Sanz op de hoogte brengen van wat er was gebeurd. Ik vond dat ze dat beter van een van Robbies vrienden kon horen dan dat ze het op het nieuws zag.'

'Dat was heel nobel van u, brigadier Sanger.'

'Dank u.'

Het sarcasme droop ervan af. Ik was bijna aan het eind van mijn verhoor. Dit leek me het moment om de boel eens flink op te schudden.

'Brigadier Sanger, wist u dat Roberto Sanz ten tijde van zijn moord in een bende met andere hulpsheriffs zat?'

Sanger schudde letterlijk een paar centimeter heen en weer in haar stoel. Morris sprong overeind om te protesteren.

'Dat is uitgaan van ongestaafde feiten,' zei hij. 'Edelachtbare, de raadsman is aan het vissen, in de hoop dat de getuige zich verspreekt en hem iets geeft wat hij buiten proporties kan opblazen.'

Ik schudde mijn hoofd. Ik liep naar de tafel van de verzoeker en opende een map met verschillende kopieën van de foto's van de autopsie van Roberto Sanz. Ik zorgde dat Lucinda ze niet kon zien.

'Edelachtbare, ik ben niet aan het vissen en ik denk dat de raadsman dat heel goed weet,' zei ik. 'Ik ben bereid, als de rechtbank me toestaat, om deze getuige bewijs te laten zien dat haar collega lid was van een clubje hulpsheriffs. Als de rechtbank het nodig acht, kan ik ook een getuige-deskundige inbrengen die alles kan vertellen over het interne onderzoek door het sheriffs departement en het externe onderzoek door de FBI naar deze groepjes gangsters met een politiepenning. Onderzoeken die ertoe hebben geleid dat een voormalig sheriff naar de gevangenis is gestuurd en dat er ingrijpende wijzigingen hebben plaatsgevonden in het personeelsbestand en de manier van opleiden binnen het departement.'

Dat was bluf. De deskundige was FBI-agent MacIsaac en die had ik tot nu toe nog niet te pakken kunnen krijgen.

Als de rechtbank erop zou aandringen, kon ik de verslaggever van de *Los Angeles Times* oproepen die het schandaal voor het eerst aan het licht had gebracht en verslag had gedaan van de vele onderzoeken daarna.

Gelukkig waren beide niet nodig.

'Het lijkt me niet dat we daar een expert voor nodig hebben. De problemen op het sheriffs departement ten tijde van deze moord zijn al genoegzaam bekend,' zei Coelho. 'De getuige mag de vraag beantwoorden.'

Alle ogen in de rechtszaal waren weer gericht op Sanger. Ik vroeg haar of ik de vraag moest herhalen.

'Nee,' zei ze. 'Ik wist niet dat Roberto bij een clubje of in een bende zat of hoe u het ook wilt noemen.'

'Als de rechtbank het toestaat, laat ik u twee foto's zien,' zei ik. 'Ze zijn genomen tijdens de autopsie van Roberto Sanz.'

Ik liep naar de rechter toe en overhandigde haar de foto's van het lichaam van Sanz op de autopsietafel en de close-up van de tatoeage op zijn heup. Ik gaf Morris zo'n zelfde setje. Hij stond onmiddellijk op en maakte bezwaar tegen de suggestieve aard van de foto's.

'Deze man was een held, edelachtbare,' protesteerde hij. 'De raadsman loopt nu wel met deze foto's te wapperen, om zogenaamd een betrokkenheid met een bende aan te tonen, maar ze bewijzen helemaal niets.'

'Edelachtbare,' antwoordde ik, 'indien nodig kan de verzoeker een expert op dit terrein inbrengen die de tatoeage op het lichaam van Roberto Sanz kan identificeren, een tatoeage die zich toevallig bevindt op een plek die niet zichtbaar is voor het publiek. Maar als de rechtbank of iemand anders de moeite zou nemen om even vluchtig te zoeken in Google, zal al snel bevestigd worden dat de geheime tatoeage van Sanz hem direct in verband brengt met zo'n zogenaamd clubje dat opereerde in Antelope Valley.'

De rechter had niet veel tijd nodig om tot een beslissing te komen. 'U mag ze aan de getuige laten zien,' zei ze.

Ik liep naar de getuigenbank en overhandigde Sanger de foto's. 'Herkent u deze tatoeage, brigadier Sanger?' vroeg ik.

'Nee,' zei Sanger.

'Wist u niets van de banden die uw collega had met de Cucos, een bekend clubje binnen het departement van de sheriff?'

'Nee, en ik denk ook niet dat een tatoeage dat bewijst.'

'Hebt u zelf zo'n tatoeage, brigadier?'

'Nee.'

Daar stopte ik en vanuit mijn ooghoeken zag ik dat Morris alweer ging staan; blijkbaar ging hij er al van uit dat mijn volgende zet zou zijn de rechtbank te vragen Sangers lichaam te laten inspecteren op tatoeages. Maar dat deed ik niet. Ik wilde dat die mogelijkheid boven de uiteindelijke beslissing van de rechter over het verzoekschrift zou blijven hangen.

'Ik heb voorlopig nog maar één vraag, brigadier,' zei ik. 'Wat was uw telefoonnummer dat gekoppeld was aan het Special Operations Reporting System?'

Morris, die net wilde gaan zitten, sprong meteen weer op. Met een overdreven blik van schrik en afschuw op zijn gezicht spreidde hij zijn armen wijd uit.

'Bezwaar, edelachtbare,' zei hij. 'Wat zou de verzoeker in vredesnaam willen bereiken met de onthulling van het privénummer van deze ambtenaar, anders dan het blootstellen van haar persoon aan de media en het publiek?'

'Kunt u daarop antwoorden, meneer Haller?' vroeg de rechter.

'Edelachtbare, het is niet mijn intentie haar privénummer openbaar te maken,' zei ik. 'Maar ze heeft verklaard dat ze een bericht over de moord op Sanz had ontvangen op haar mobiele telefoon en de verzoeker heeft recht op dat telefoonnummer. Het is onderdeel van het bewijs in deze zaak. Als de rechtbank de getuige opdraagt het nummer via de heer Morris of de griffier aan mij te laten zien, is dat ook prima.'

'Maar waarom wil hij het nummer hebben, behalve om de getuige lastig te gaan vallen met telefoontjes?' vroeg Morris.

'Edelachtbare, ik ben niet van plan dat nummer ooit openbaar te maken of te bellen,' zei ik. 'En mocht ik dat wel doen, dan mag u me berispen voor minachting van de rechtbank.'

'Waarom hebt u het nummer dan nodig, meneer Haller?' vroeg de rechter.

Verbaasd spreidde ik mijn armen, net zoals Morris net had gedaan.

'Edelachtbare, alstublieft,' zei ik. 'Vraagt u mij hier mijn strategie uit te stippelen voor de heer Morris?'

'Laten we even kalmeren,' zei de rechter.

Ze leek in te zien dat ze een misstap had begaan. Ze dacht lang na over haar beslissing voordat ze antwoordde.

'Goed dan,' zei ze uiteindelijk. 'De rechtbank beveelt de getuige om het gevraagde telefoonnummer aan de griffier te geven, waarna het zal worden doorgegeven aan de raadsman van de verzoeker.'

'Edelachtbare,' zei Morris, 'de staat vraagt het nummer te verzegelen.'

'Is dat nodig, meneer Morris?' vroeg Coelho.

'Ja, edelachtbare,' zei Morris. 'Om te voorkomen dat agent Sanger wordt lastiggevallen.'

'Het is brigadier Sanger,' zei ik.

'Brigadier Sanger,' verbeterde Morris zichzelf.

'Zoals u wilt,' zei Coelho. 'De verzoeker mag het nummer niet verspreiden of gebruiken. Het wordt door de rechtbank verzegeld. Als u de verzegeling verbreekt, meneer Haller, roept u de toorn van deze rechtbank over u af.'

'Dank u, edelachtbare,' zei Morris, op een toon alsof hij zojuist een soort overwinning had behaald.

'Dank u, edelachtbare,' echode ik, en ik wist dat de overwinning voor mij was.

27

Het was al laat toen ik het appje van Bosch kreeg. Ik werkte aan de keukentafel omdat mijn thuiskantoor nog steeds één grote puinhoop was. Ik zat net op een schrijfblok de vragen op te schrijven die ik Shami Arslanian wilde stellen, toen mijn telefoon zoemde. Het bericht bestond uit een adres in Burbank. Een appartement op de tweede verdieping. Bosch schreef me dat ik snel moest komen en gaf me de code voor de beveiligingspoort van het gebouw.

Ik liet het schrijfblok op tafel liggen en pakte de Navigator. Ik reed de heuvel af en nam de korte route via Laurel Canyon naar de Valley. Een kleine drie kwartier later bereikte ik de bestemming in de buurt van Burbank Airport. De toegangscode voor de poort die Bosch had gestuurd werkte, en twee minuten later klopte ik aan bij appartement 317. Cisco deed open en ging me voor naar binnen. Bosch zat in de piepkleine woonkamer van het appartement op een felgroene bank naast een man met een warrige rode haardos en een bleke witte huid. Hij leek achter in de twintig, maar dat was slechts een gok omdat zijn gezicht vol korstjes zat, wat zijn ware leeftijd verhulde. Hij was overduidelijk een tikverslaafde en had net zo goed vijftig of twintig kunnen zijn. Ik maakte bijna weer rechtsomkeert. Crystal-methverslaafden zijn geen goede getuigen.

'Mick, dit is Max Moder,' zei Cisco. 'De broer van Isabella.'

Moder wees naar me met een blik van herkenning.

'Hé, jij! Jij bent die gast van die reclames, toch?' vroeg Moder. 'Ik zie je de hele tijd.'

'Ja, dat ben ik,' zei ik. 'Wat heb je voor me?'

Moder keek naar Bosch alsof hij zijn goedkeuring vroeg. Met een knikje gaf Bosch hem groen licht.

'Nou, een maand of drie, vier geleden belde mijn zus me vanuit de gevangenis waar ze zit,' zei hij. 'Ze vroeg me naar de bibliotheek te gaan, waar ze de oude krantenarchieven bewaren. Ze was op zoek naar artikelen over een moordzaak. Een hulpsheriff die werd vermoord in Quartz Hill.'

'En, heb je dat gedaan?' vroeg ik.

'Ja, ik ben gegaan,' zei Moder. 'Ik moest ervoor naar de grote bieb in het centrum.'

'En wat heb je daar gevonden?'

'De artikelen waar ze om vroeg.'

'Oké. En wat deed je toen?'

Moder keek eerst naar Bosch en toen op naar Cisco.

'Zorgt deze vent straks voor me?' vroeg hij. Zowel Cisco als Bosch zweeg. Ik beantwoordde de vraag.

'Eerst moet ik weten wat je weet,' zei ik. 'Daarna kunnen we het hebben over wat ik voor je kan doen. Wat deed je toen je die krantenartikelen vond?'

'Ik moest betalen om ze te laten printen,' zei Moder. 'Toen ze me terugbelde, heb ik ze aan haar voorgelezen. Allemaal.'

'Belde ze collect via de gevangenistelefoon of had ze een mobiele telefoon?'

'Ze had een mobiel geleend. Ik weet niet hoe ze eraan kwam.'

'Maar ze belde jou op je mobiele nummer, toch?'

'Ja, op mijn mobiel.'

'Waar is die telefoon nu?'

'Eh... die heb ik niet meer. Ik heb hem verkocht. Ik had geld nodig.'

'Wanneer?'

'Wanneer ik hem verkocht heb, bedoel je?'

'Ja, wanneer je hem verkocht.'

'Een paar maanden geleden, of zoiets.'

'Waar heb je hem verkocht?'

'Hm, nou, eigenlijk heb ik hem geruild.'

Voor drugs. Dat hoefde hij er niet aan toe te voegen. Iedereen in de kamer wist het.

'Heb je nog rekeningen van de provider?' vroeg ik. 'Van het telefoonbedrijf?'

'Niet echt,' zei Moder. 'Om eerlijk te zijn had ik de rekening niet altijd betaald. Ze sloten me af en toen heb ik hem verpatst.'

'En het nummer? Weet je dat nog?'

'Nee, het nummer weet ik niet echt meer.'

'En die prints van de bibliotheek? Waar zijn die?'

'Ik denk dat ik ze in mijn vorige huis heb laten liggen. Ik heb ze niet meer.'

Ik knikte. Natuurlijk had hij ze niet meer. Dat zou ook al te gemakkelijk zijn geweest. Ik vroeg me af of ik hier nog mee door moest gaan. Drugsverslaafden waren als getuige extreem onbetrouwbaar en deden meer kwaad dan goed zodra je ze in de getuigenbank zette. Ik zag niets om zijn verhaal mee te staven.

'Betaal je me?' vroeg Moder. 'Ik moet serieus beter worden, man.'

'Ik betaal niet voor getuigenissen,' zei ik. 'Het enige wat ik kan doen, is je een Kans-kaart geven: "Verlaat de gevangenis zonder betalen".'

'Hoe bedoel je, een kanskaart?'

'Mijn visitekaartje. De volgende keer dat je vastgezet wordt, bel je het nummer dat erop staat, en dan haal ik je eruit en neem ik je zaak.'

Moder keek verontwaardigd op naar Cisco.

'Wat krijgen we nou, man?' vroeg hij kwaad. 'Je zei dat hij me zou betalen.'

'Dat heb ik nooit gezegd,' zei Cisco. 'Ik zei dat hij voor je zou zorgen als hij tevreden was met wat je te vertellen had. Meer niet.'

'Fuck!' riep Moder gefrustreerd.

'Rustig aan,' zei ik. 'Je…'

'Nee, doe zelf effe rustig!' schreeuwde Moder. 'Ik heb geld nodig, man. Echt geld! Ik heb pijn, man!'

'De enige getuigen die ik betaal zijn getuigen-deskundigen,' zei ik. 'En afgezien van jezelf wezenloos spuiten met crystal meth, denk ik niet dat jij ergens deskundig in bent.'

'Rot dan maar op. Jullie allemaal. Optiefen. Ik verneuk m'n zus niet voor een visitekaartje. Flikker op!'

Bosch stond op van de bank en liep naar de deur. Cisco verroerde geen vin. Hij wachtte op mij, zodat hij ons dekking kon geven, mocht Moder besluiten gewelddadig te worden. Ik trok mijn portefeuille en viste er een visitekaartje uit.

'Je hebt haar al verneukt,' zei ik.

Ik wierp het kaartje op de salontafel en volgde Bosch naar buiten.

We zeiden alle drie niets tot we weer op straat bij de Navigator stonden.

'Wat denk je ervan?' vroeg Cisco.

'Het zou fijn zijn als ik iets degelijks had om zijn verhaal te onder-steunen,' zei ik. 'Maar als het erop aankomt met die zus denk ik dat ik het wel red.'

'Wil je hem dagvaarden?' vroeg Bosch.

'Nee,' antwoordde ik. 'Ik wil niet dat de officier weet dat we hem gevonden hebben. Hoe hebben we hem trouwens gevonden?'

Bosch wees met zijn kin in Cisco's richting.

'Cisco's werk,' zei hij.

'Ik had uitgezocht waar ze vroeger woonde in Glendale en ben wat rond gaan vragen in de buurt,' zei Cisco. 'Haar broer en zij waren niet bepaald geliefd. Daarna kon een kind de was doen.'

Ik knikte waarderend.

'En, waar zit ze voor?' vroeg ik.

'Dood door schuld en rijden onder invloed,' zei Cisco. 'Ze reed door rood in Sun Valley en schepte een verpleegster die uit haar werk kwam in St. Joseph. Ze blies drie punt nul promille. Kreeg vijftien jaar. Die verpleegster had een gezin.'

'Wat denk jij, Harry?' vroeg ik. 'Wat zouden ze haar beloofd hebben in ruil voor het verraden van Lucinda? Ik bedoel, teruggaan naar de rechter die haar veroordeeld heeft lijkt me niet echt voor de hand te liggen. In een zaak als deze zal geen rechter zo gek zijn om ook maar een dag van de straf af te halen. Daar krijg je de handen niet voor op elkaar.'

'Moeilijk te zeggen,' zei Bosch. 'Misschien hoefde de officier alleen maar te beloven het te proberen. Ze zit al acht jaar. Over een jaar wordt bekeken of ze voorwaardelijk vrij kan komen. Misschien dat Morris dan een goed woordje voor haar doet.'

'Ja, zoiets zal het wel zijn,' zei ik. 'Goed werk, heren. Ik heb iets waar ik wat mee kan als het nodig is.'

Geen van mijn beide assistenten reageerde op het compliment.

'Goed, iemand honger?' vroeg ik. 'Ik in ieder geval wel. Musso is nog open. Ik trakteer.'

'Ik lust wel wat,' zei Cisco.

'Jij lust altijd wel wat,' zei ik. 'Harry?'

'Best,' zei hij.

'Mooi,' zei ik. 'Dan bel ik Sonny van de bar of hij een goede tafel voor ons kan regelen. Ik zie jullie daar.'

28

Zo laat nog bij Musso and Frank eten was achteraf geen goede zet geweest. Ik had niet gedronken, maar vond het moeilijk om weerstand te
bieden aan het New Yorkse uitgaansleven met alles erop en eraan. De
volgende ochtend voelde ik me sloom en duf. Gelukkig stond Bosch al
op de veranda te wachten toen ik naar buiten strompelde. Hij reed terwijl ik mijn schrijfblok tevoorschijn haalde en me weer concentreerde
op mijn zaak.

'Wie roep je als eerste op vanmorgen?' vroeg Bosch.

'Eerst maar eens zien wat er gebeurt wanneer Morris Sanger onder-
vraagt,' zei ik. 'Misschien heb ik daarna ook nog wat vragen. Ik hoop
dat ze vandaag weer in uniform is.'

'Waarom?'

'O, niet meer dan een fundering die ik gisteren was vergeten te leggen.'

'Oké, en daarna? Keith Mitchell?'

'Ja, daarna Mitchell. We laten hem onder ede zijn verhaal doen en
dan roepen we Shami op. Kun je haar ophalen zodra je mij bij de rechtbank hebt afgezet? Voor het geval we snel klaar zijn met Sanger en
Mitchell.'

'Doe ik.'

Mijn strategie was tweeledig. Allereerst moest ik aantonen dat met
het onderzoek naar de zaak al vanaf het begin af aan van alles was mis-
gegaan. Er was ofwel sprake van een tunnelvisie op Lucinda Sanz als
dader of, erger nog, een doofpot waarbij Lucinda erin was geluisd. Het

tweede deel van mijn strategie was dat ik de rechter op de een of andere manier een boosdoener moest bezorgen. Ik moest overtuigend genoeg iemand aanwijzen om aan te tonen dat Lucinda Sanz onschuldig verklaard zou moeten worden, of op zijn minst toestemming zou moeten krijgen om haar verklaring in te trekken en een proces te krijgen. Wie die boosdoener precies moest worden, was nog onzeker, maar dankzij de computermodellen van Shami Arslanian had ik wel al een idee.

Bosch reed lekker door. Ik had met mijn ogen in mijn papieren gezeten en zijn bochtenwerk niet opgemerkt, maar ik was mooi op tijd in het gerechtsgebouw en door de twee beveiligingsscreenings heen, zodat ik Nate, de parketwachter, kon vragen of ik nog even naar het cellencomplex mocht om mijn cliënt te spreken.

Lucinda droeg weer dezelfde blauwe overall met korte mouwen, maar vandaag droeg ze er een dik wit shirt met lange mouwen onder. Het maakte niet uit wat voor tijd van het jaar het was, in de federale gevangenis was het altijd kil.

'Cindi,' zei ik. 'Gaat het?'

'Jawel,' zei ze. 'Wanneer begint de zitting?'

'Ze komen ons over een paar minuten halen. Ik wilde je alleen even komen vertellen dat het tot nu toe goed gaat. Ik denk dat we goed op weg zijn met hoe we onze zaak willen presenteren. En ik denk ook dat je je geen zorgen hoeft te maken over Isabella Moder. Dat hebben we geregeld.'

'Hoe bedoelt u: geregeld?'

'Als de officier van justitie haar oproept en ze getuigt over jou, moeten we haar kunnen ontmaskeren als een liegende verklikker.'

'Oké. En wat gebeurt er dan vandaag?'

'Dan hebben we ons belangrijkste punt naar voren gebracht en hopen we dat dat genoeg is om de rechter ervan te overtuigen dat ik agent MacIsaac mag oproepen. Hij is essentieel, maar we hebben hem nog niet voor de rechtbank kunnen krijgen. De FBI speelt verstoppertje met hem.'

'Waarom komt hij niet?'

'Nou, wat ze deden is nogal pijnlijk voor ze. Ze keken de andere kant op toen jij werd aangeklaagd, Cindi, en dat was verkeerd.'

'En dat kunt u bewijzen?'

'Dat denk ik wel. Als ik hem in de getuigenbank kan krijgen.'

De deur achter me ging open en Nate kwam binnen.

'Tijd om te gaan,' zei hij.

Ik richtte me nog even tot Lucinda om haar sterkte te wensen.

Een paar minuten later zaten we aan onze tafel in de rechtszaal toen rechter Coelho binnenkwam en plaatsnam. Brigadier Sanger werd opnieuw opgeroepen voor het kruisverhoor. Het deed me deugd dat ze weer in uniform was.

Morris ging als een schoolmeester te werk. Uiterst nauwgezet doorliep hij met Sanger haar zeventienjarige carrière bij het sheriffs department, inclusief alle details over haar verschillende functies, promoties en onderscheidingen. Hij ging zelfs zover dat hij de plaquette voor de wetshandhaver van het jaar die ze het jaar daarvoor van de Rotaryclub van Antelope Valley had ontvangen, als bewijsstuk presenteerde. Dat was dus Morris' strategie: hij wilde erop aansturen dat de zaak zou draaien om de geloofwaardigheid en het karakter van de betrokken hulpsheriffs. Daarom legde hij het er zo dik bovenop.

Hij eindigde sterk met een aantal vragen die de kern raakten van Lucinda Sanz' bewering dat ze onterecht veroordeeld was.

'Brigadier Sanger, bent u op de hoogte van enige vorm van corruptie of wangedrag tijdens het onderzoek naar de dood van Roberto Sanz?' zei hij. 'En mag ik u eraan herinneren dat u onder ede staat?'

'Nee, meneer,' antwoordde Sanger.

Nog eens onder de aandacht brengen dat de getuige onder ede stond was duidelijk voor de bühne. De boodschap die Morris aan de rechter wilde overbrengen, was helder: dit is een professionele wetshandhaver die hoge onderscheidingen heeft ontvangen, en het is haar woord tegen dat van de verzoeker, die eerder haar schuld aan dit misdrijf niet heeft weersproken.

Toen Morris klaar was, was ik weer aan de beurt. Ik liep snel naar de lessenaar.

'Ik wil nog even kort ergens op terugkomen, edelachtbare,' zei ik.

'Ga uw gang, meneer Haller,' sprak de rechter.

'Brigadier Sanger, toen de heer Morris uw carrière en onderscheidingen doornam, leek hij er één te vergeten,' zei ik. 'Klopt dat?'

'Ik weet niet waar u op doelt,' zei Sanger.

'Ik doel op de speld die u boven de borstzak van uw uniform draagt. Waar is die voor, brigadier Sanger?'

Ik had de speld de dag ervoor al gezien, maar pas na het lezen van Sangers getuigenis bedacht ik wat ik ermee kon doen.

'Dat is een kwalificatie-insigne voor de baan,' antwoordde Sanger.

'U bedoelt de schietbaan?' vroeg ik.

'Ja, de baan.'

'Zo'n speld op je uniform krijg je niet zomaar, een kwalificatie alleen is niet genoeg, of wel?'

'Hij wordt gegeven aan de beste schutters.'

'Uitgedrukt in een percentage?'

'De beste tien procent.'

'Juist. En hoe wordt zo'n speld genoemd?'

'Dat weet ik niet.'

'Het betekent dat u een scherpschutter bent, nietwaar?'

'Zo zou ik het niet noemen.'

'Maar die speld die u zo trots op uw uniform draagt, betekent toch dat u gekwalificeerd bent als een excellent schutter, of niet soms?'

'Dat soort woorden zou ik zelf nooit gebruiken.'

Met gespeelde frustratie hief ik mijn hand op en liet hem vervolgens met een plof op de lessenaar vallen. Ik vroeg de rechter of ik de getuige mocht benaderen om haar een eerder door de rechtbank geaccepteerd bewijsstuk te laten zien. Nadat ik toestemming had gekregen, pakte ik de foto's van Lucinda op de schietbaan.

'Kunt u de mensen op deze foto identificeren?' vroeg ik.

'Jawel,' zei Sanger. 'Het is Robbie Sanz met zijn toenmalige vrouw, de verdachte, Lucinda Sanz.'

'U bedoelt de verzoeker?'

'Ja, de verzoeker.'

Het was weer een en al sarcasme.

'Dank u,' zei ik. 'Op de tweede foto die u daar hebt, ziet u de man die u zojuist als Robbie Sanz identificeerde, met zijn handen de houding van zijn toenmalige vrouw verbeteren. Is dat correct?'

'Jawel,' zei Sanger.

'Als wetsdienaar en scherpschutter, met de bijbehorende eervolle vermelding, welke houding ziet u hier gedemonstreerd?'

'Het is de staande schiethouding.'

'Dank u, brigadier Sanger. Ik heb geen verdere vragen, edelachtbare, maar de verzoeker behoudt zich het recht voor om de getuige in een later stadium van de hoorzitting opnieuw op te roepen.'

'Oké,' zei Coelho. 'Meneer Morris, hebt u nog vragen?'

'Nee, edelachtbare,' zei Morris. 'De staat is klaar voor de volgende.'

'Brigadier Sanger, u kunt gaan,' zei Coelho. 'Meneer Haller, u kunt uw volgende getuige oproepen.'

Zoals ik van plan was, riep ik hulpsheriff Keith Mitchell op. Hij werd opgehaald uit de gang en legde de eed af, waarna hij mocht plaatsnemen in de getuigenbank. Mitchell was een grote zwarte man met een kaalgeschoren hoofd. De mouwen van zijn uniformhemd stonden strak over zijn spierballen heen gespannen. Ik ging terug naar de lessenaar met mijn notitieblok. Ik nam niet de moeite om de rechter te vragen Mitchell tot onwillige getuige te verklaren.

Na een paar inleidende vragen om vast te stellen dat Mitchell lid was van dezelfde bende-interventie-eenheid als Roberto Sanz en Sanger, kwam ik tot de kern van zijn verklaring.

'U bent een grote man, meneer Mitchell,' begon ik. 'Hoe lang bent u?'

Die vraag leek Mitchell in verwarring te brengen.

'Eh… één drieënnegentig,' zei hij.

Morris ging staan.

'Edelachtbare, kunnen we het verhoor beperken tot zaken die relevant zijn voor de zaak?' zei hij.

'Sorry, edelachtbare,' zei ik. 'Ik zal verdergaan.'

Coelho fronste haar wenkbrauwen.

'Niet afdwalen, meneer Haller,' zei ze.

'Dat zal ik niet doen, edelachtbare,' antwoordde ik. 'Hulpsheriff Mitchell, u was op de plaats delict in de nacht van de moord op Roberto Sanz, is dat correct?'

'Dat is correct,' zei Mitchell.

'Maar u had geen dienst?'

'Nee, ik had geen dienst.'

'Waarom was u daar dan toch?'

'Ik kreeg een appje dat er een schietpartij was geweest in AV en tien minuten later belde een ander lid van onze eenheid me op om te zeggen dat Robbie was neergeschoten. Robbie was mijn maat, dus vandaar dat ik ernaartoe ging.'

'En het was Stephanie Sanger die belde, correct?'

'Correct. Brigadier Sanger.'

'Was ze toen al brigadier?'

'Eh… nee. Toen nog niet.'

'En waar was u toen hulpsheriff Sanger belde?'

'Thuis in Lancaster.'

'Wat is uw huisadres?'

Mitchell aarzelde even en Morris sprong op om bezwaar te maken tegen het openbaar maken van het huisadres van de getuige.

'Edelachtbare,' zei Morris. 'Die informatie kan deze getuige en zijn gezin in gevaar brengen.'

'Ik trek de vraag in,' zei ik voordat de rechter kon ingrijpen.

'Heel goed,' zei de rechter. 'Gaat u verder.'

Morris knikte instemmend, alsof hij weer een punt had gescoord.

'Hulpsheriff Mitchell, laten we eens teruggaan naar die avond,' zei ik. 'Was u betrokken bij het onderzoek naar de dood van hulpsheriff Sanz?'

'Nee,' zei Mitchell.

'Maar in de bewijsverantwoording staat dat u in het bezit was van de schijfjes schuimrubber die gebruikt waren om Lucinda Sanz te testen op schotresten. Klopt dat?'

'Ja. Een andere hulpsheriff vroeg me dat bewijsmateriaal veilig te bewaren tot het onderzoeksteam ter plaatse was. Toen de rechercheurs van Moordzaken arriveerden, heb ik het bewijs aan hen overgedragen.'

'Waaruit bestond het bewijsmateriaal precies?'

'Voor zover ik het me herinner, waren het twee schijfjes die waren gebruikt voor de schotrestentest in een bewijszakje.'

'En welke hulpsheriff gaf u dat zakje om het, zoals u zelf zei, veilig te bewaren?'

'Brigadier Sanger. Ik bedoel, hulpsheriff Sanger destijds.'

Ik wachtte even, keek op mijn schrijfblok en zette me schrap voor het verzet dat ik verwachtte op mijn volgende vragen.

'Hulpsheriff Mitchell,' zei ik na een tijdje, 'wist u dat hulpsheriff Roberto Sanz lid was van een clubje hulpsheriffs dat onderwerp was van een FBI-onderz–'

'Bezwaar!' Morris gilde het zo ongeveer uit voordat ik mijn vraag kon afmaken.

Hij sprong overeind.

'Uitgaan van ongestaafde feiten,' zei hij. 'De raadsman van de verzoeker probeert dit proces opnieuw te vertroebelen met insinuaties die hij absoluut niet kan waarmaken.'

'Meneer Haller, wat is daarop uw antwoord?' vroeg de rechter.

'Dank u, edelachtbare,' zei ik. 'Als ik mijn vraag mag afmaken, zullen genoemde feiten aan het licht komen.'

De rechter dacht hier lang over na voordat ze antwoordde.

'Nogmaals, daar zal ik u aan houden, meneer Haller,' zei ze. 'De getuige mag antwoorden.'

'Edelachtbare,' zei Morris. 'Dit is hoogst…'

'Meneer Morris, hebt u de beslissing van de rechtbank niet gehoord?' vroeg Coelho.

'Jawel, edelachtbare,' zei Morris. 'Dank u, edelachtbare.'

Morris ging zitten en alle ogen waren weer op Mitchell gericht. Voor het theatrale effect stelde ik de vraag opnieuw.

'Hulpsheriff Mitchell, wist u dat hulpsheriff Roberto Sanz lid was van een clubje hulpsheriffs dat onderwerp was van een FBI-onderzoek?'

Mitchell aarzelde voor het geval Morris opnieuw bezwaar wilde maken, maar deze zweeg dit keer.

'Nee, daar was ik niet van op de hoogte,' zei Mitchell.

'Was u, ten tijde van Sanz' dood, lid van een clubje hulpsheriffs genaamd de Cucos?' vroeg ik.

'Nee, dat was ik niet.'

'Bent u ooit door de FBI ondervraagd met betrekking tot uw deelname aan zo'n club?'

'Nee.'

'Hebt u ergens op uw lichaam een tatoeage waaruit blijkt dat u lid bent van een clubje hulpsheriffs dat de Cucos heet?'

Morris ging alweer staan.

'Edelachtbare, de staat maakt hier categorisch bezwaar tegen,' zei hij. 'De raadsman heeft de gewoonte om zijn eigen getuigen zwart te maken. Wat kunnen we nog meer van hem verwachten? Gaat hij de getuige vragen zich uit te kleden zodat hij hem kan inspecteren op tatoeages?'

Coelho stak een hand op om me bij voorbaat de mond te snoeren.

'Ik wil de raadslieden in mijn kamer spreken voordat we verdergaan op de ingeslagen weg,' zei ze.

Daarmee schorste ze de zitting en vertrok naar haar kamer. Morris en ik volgden weldra.

29

Rechter Coelho vond het niet nodig haar zwarte toga uit te trekken en nam plaats achter een enorm bureau waarbij alle andere bureaus die ik ooit had gezien in het gerechtsgebouw waar de staatsrechters presideerden, volledig in het niet vielen.

'Goed, heren,' zei ze. 'Het is dus menens. En voordat het daarbuiten in een slagveld verandert, dacht ik dat we misschien beter eerst hier even konden bespreken waar we met deze hoorzitting naartoe willen. Meneer Haller, u bent deze weg ingeslagen met brigadier Sanger en doet het nu opnieuw met hulpsheriff Mitchell.'

Ik knikte en ordende mijn gedachten. Ik besefte dat het verloop van de rest van de hoorzitting van mijn antwoord afhing.

'Dank u, edelachtbare, voor de gelegenheid om een en ander te verduidelijken,' zei ik. 'Als we de kans krijgen om de zaak in zijn geheel te presenteren, zal de rechtbank zien dat Roberto Sanz werd vermoord omdat hij een informant voor de FBI was geworden. Sterker nog, een uur voordat hij werd vermoord, was hij nog in gesprek met een FBI-agent. Lucinda Sanz moest opdraaien voor zijn moord en werd een deal in gemanipuleerd.'

'Edelachtbare, dit is krankzinnig,' zei Morris. 'Hij heeft hier geen enkel bewijs voor, dus gebruikt hij nu de openbaarheid van de rechtszaal om schandalige en lasterlijke beweringen te doen over wetshandhavers die gewoon hun werk deden.'

'Dank u, meneer Morris,' zei de rechter. 'Maar u spreekt pas als ik u iets vraag. Goed, meneer Haller, hoe denkt u dit te gaan aantonen? Er staat niets in uw verzoek wat deze beweringen ondersteunt.'

'Edelachtbare, in het verzoekschrift staat dat we bewijs hebben van een complot om Lucinda Sanz erin te luizen,' zei ik. 'Daar heb ik het nu over. Ik kon niet te veel in detail treden, want dat zou de samenzweerders een voorsprong geven, zodat ze hun sporen konden uitwissen. Ik zou de rechtbank om wat armslag willen vragen om dit naar buiten te kunnen brengen. Mijn volgende twee getuigen zullen dit overduidelijk maken, en ik hoop dat de rechtbank naar aanleiding daarvan de contactpersoon van Roberto Sanz bij de FBI, agent MacIsaac, zal bevelen te verschijnen, zodat hij onder ede kan worden gehoord over wat er echt is gebeurd op de dag dat Sanz werd vermoord.'

'Edelachtbare,' zei Morris, 'mag ik iets zeggen?'

'Nee,' zei Coelho. 'Ik weet wat u wilt zeggen, meneer Morris. Maar ik ben hier de feitenrechter. En als zodanig ben ik verplicht om de feiten boven water te krijgen voordat ik tot mijn beslissing kom. Meneer Haller, ik laat u doorgaan, maar ik wil u wel waarschuwen voorzichtig te werk te gaan. Als u van de bewijsbare feiten afwijkt, zal ik u onverbiddelijk de mond snoeren. Dat wilt u niet, en dat wil uw cliënt evenmin. Is dat duidelijk?'

'Jawel, edelachtbare,' zei ik. 'Luid en duidelijk.'

'Goed dan,' zei Coelho. 'U kunt terugkeren naar de rechtszaal en ik zal me zo direct bij u voegen om de hoorzitting voort te zetten.'

Morris en ik stonden op en liepen de deur uit. Ik volgde hem de gang in achter de rechtszaal. Toen we vlak bij de deur waren waardoor we bij het bureau van de griffier zouden uitkomen, draaide Morris zich plotseling naar me om.

'Vuile klootzak,' zei hij. 'Het maakt jou echt geen fuck uit hè, wie je door het slijk haalt. Zolang jij maar je toneelstukje voor de media kunt opvoeren. Kun jij 's nachts wel slapen, Haller?'

'Ik weet niet waar je het over hebt, Morris,' zei ik. 'Lucinda Sanz is onschuldig en als je de zaak wat grondiger had onderzocht, had je dat ook geweten. Als ik al mensen door het slijk haal, dan horen ze daar thuis. En jij zult er ook de spetters van oplopen.'

Hij keerde zich om, greep de deurklink vast, maar richtte zich toen weer tot mij.

'De Lincoln-advocaat, m'n reet,' zei hij. 'De liegende advocaat lijkt er meer op. Geen wonder dat je vrouw bij je weg is en je kind er ook vandoor is.'

Ik greep Morris in zijn kraag, draaide hem om en duwde hem tegen de muur naast de deur.

'Hoe weet je dat van mijn vrouw en dochter?' vroeg ik.

Morris hief zijn handen op tegen de muur, misschien in de hoop dat iemand die toevallig de gang in liep zou zien dat hij werd aangevallen.

'Blijf met je poten van me af, Haller, of ik laat je arresteren voor mishandeling,' zei hij. 'Dat je je huwelijk naar de kloten hebt geholpen, is algemeen bekend.'

Ik liet hem los en stak mijn hand uit naar de deurklink. Ik zwaaide de deur open en keek hem aan. Hij stond daar nog steeds met zijn handen omhoog.

'Val dood,' zei ik.

Ik liep terug de rechtszaal in. Omdat ze wel verwacht hadden dat de bespreking in de kamer van de rechter van korte duur zou zijn, hadden de parketwachters Lucinda op haar plaats laten zitten. Ik ging naast haar zitten en praatte haar zo goed mogelijk bij. Ik probeerde haar gerust te stellen.

'Zodra we klaar zijn met Mitchell gaan we naar onze forensisch expert en dan denk ik dat het er wel beter uit zal zien voor ons. Dus laten we kijken hoe we er aan het eind van de dag voor staan. Ik denk dat we tegen die tijd heel wat wijzer zullen zijn.'

De rechter keerde terug naar de rechtszaal en we gingen door waar we gebleven waren. Het ging meteen lekker snel omdat Morris besloot Mitchell niet te verhoren. De grote hulpsheriff mocht de rechtszaal verlaten, dus had ik alleen nog mijn laatste twee getuigen plus Stephanie Sanger nog een keer. Tenzij ik natuurlijk de rechter ervan kon overtuigen agent MacIsaac op te roepen. Ik had ook nog Frank Silver op mijn getuigenlijst staan, hoewel ik dat vooral had gedaan om hem juist uit de rechtszaal te houden. Maar nu moest ik toch overwegen hem op te roepen. Het zou een riskante zet zijn en hij zou zeker een onwillige getuige zijn. Als ik hem überhaupt kon vinden.

Ik riep Shami Arslanian op en Morris stond meteen alweer op om bezwaar te maken.

'Op welke gronden, meneer Morris?' vroeg de rechter.

'Zoals u weet, edelachtbare, heeft de raadsman van de verzoeker gistermiddag bij de rechtbank een verzoek ingediend,' zei Morris. 'Het betrof de vraag om de audiovisuele apparatuur van de rechtszaal te gebruiken. Tot op heden heeft de staat echter bij de inzage van stukken niets ontvangen waarvoor AV-apparatuur vereist is. De raadsman is duidelijk van plan ons ergens mee te overvallen waar we niet op voorbereid zijn, en de staat maakt bezwaar.'

De rechter wendde zich tot mij.

'Meneer Haller, ik heb uw verzoek gistermiddag ontvangen en ingewilligd,' zei ze. 'Wat bent u met mijn AV-apparatuur van plan te gaan doen waar de heer Morris zo veel moeite mee heeft?'

'Dank u, edelachtbare,' zei ik. 'Mag ik u er allereerst op wijzen dat er geen inbreuk is gepleegd op de regels inzake de inzage van stukken, zoals de heer Morris suggereert? Vandaag wil ik dr. Shami Arslanian als getuige oproepen. Ze is een wereldberoemd forensisch expert die in meer dan tweehonderd rechtszaken heeft getuigd, waaronder verschillende keren in Los Angeles bij zowel staats- als federale rechtbanken. Ze heeft deze zaak en de omstandigheden rond de moord op Roberto Sanz onderzocht en wil de AV-apparatuur gebruiken om haar bevindingen te projecteren. Als de heer Morris had opgelet, had hij haar naam vanaf het begin op de getuigenlijst kunnen zien staan. Hij heeft de afgelopen zes weken ruimschoots de tijd gehad om haar te bevragen over wat ze van plan was in de rechtszaal, maar hij koos ervoor om dat niet te doen en nu klaagt hij dat ik hem probeer om te tuin te leiden nog voordat ik dr. Arslanian überhaupt heb kunnen oproepen.'

'"Projecteren", meneer Haller?' vroeg Coelho. 'Wat houdt dat precies in?'

'Ze heeft een reconstructie van het misdrijf gemaakt,' zei ik. 'Daarbij heeft ze zich gebaseerd op forensisch onderzoek, getuigenverklaringen en fotografisch bewijsmateriaal van de plaats delict. Waar de heer Morris overigens al langer toegang toe heeft dan de verzoeker.'

De rechter richtte zich weer tot Morris.

'Edelachtbare, de raadsman laat wel een paar feiten achterwege,' zei hij. 'Mijn kantoor heeft maar liefst drie keer contact gezocht met dr. Arslanian om een verklaring af te nemen, maar elke keer zei ze dat ze de zaak nog in behandeling had en nog niet klaar was om erover bevraagd te worden. Nu komen we er aan de vooravond van haar getuigenis achter dat er een soort goocheltruc zal worden vertoond waar we niet op voorbereid zijn en die waarschijnlijk ook niet voldoet aan regel zeven-nul-twee.'

Ik wachtte niet tot de rechter weer naar mij keek, maar dook er vol op.

'Goocheltruc, edelachtbare?' vroeg ik. 'Dr. Arslanian heeft als forensisch expert vaker voor de aanklager dan voor de verdediging getuigd. Dus dan zouden al die keren dat ze een verdachte heeft helpen veroordelen volgens de raadsman ook een goocheltruc geweest zijn.'

'Oké, raadsman, laten we ons niet verliezen in semantisch gekibbel,' zei Coelho. 'De rechtbank zal de getuigenis van dr. Arslanian beluisteren en de presentatie bekijken in een Daubert-zitting. Dan zal ik als de feitenrechter, zoals ik al eerder zei, een beslissing nemen in het kader van zeven-nul-twee over de vraag of deze presentatie de rechtbank helpt om een beter begrip te krijgen van het bewijsmateriaal of om ter discussie staande feiten vast te stellen. Meneer Haller, de ochtend glipt ons door de vingers. Breng uw getuige binnen zodat we verder kunnen gaan.'

Ik probeerde de beslissing van de rechter tot me door te laten dringen en reageerde niet direct.

'Meneer Haller, is uw getuige aanwezig?' zei de rechter streng.

'Eh... jawel, edelachtbare,' zei ik. 'De verzoeker roept dr. Shami Arslanian op.'

Ik ging zitten en wachtte terwijl een van de parketwachters naar de gang liep om Arslanian op te halen. Vrijwel meteen pakte Lucinda mijn arm.

'Wat is dit?' fluisterde ze. 'Wat is een Daubert?'

'Dat is een hoorzitting binnen de hoorzitting,' zei ik. 'Dr. Arslanian legt haar getuigenverklaring af en zal haar reconstructie laten zien, zodat de rechter kan bepalen of die... geldig is en nuttig voor haar bij het nemen van een beslissing in de zaak. Dat is waar regel zeven-nul-twee om de hoek komt kijken. Die houdt in dat een getuige-deskundige zijn of haar deskundigheid moet bewijzen. Ik maak me daar geen zorgen over, Lucinda. Als dit voor een jury zou worden gedaan, zou ik niet blij zijn, maar de rechter zal hierover beslissen, dus komt ze hoe dan ook te weten wat dr. Arslanians bevindingen zijn.'

'Maar als ze wil, kan ze de hele boel eruit gooien?'

'Ja, maar denk eraan, je kunt een klok niet ontluiden. Ken je die uitdrukking?'

'Nee.'

'Het betekent dat zelfs als de rechter alles verwerpt, ze hoe dan ook zal weten wat dr. A. heeft ontdekt. Wat je eenmaal hebt gehoord, kun je niet meer níét gehoord hebben. Dus laten we gewoon maar zien wat er gebeurt, oké?'

'Oké. Ik vertrouw op jou, Mickey.'

Nu maar hopen dat dat vertrouwen niet beschaamd werd.

30

Dr. Arslanian kwam de rechtszaal binnen met een dunne laptoptas. Die legde ze neer op de getuigenstoel terwijl ze haar hand opstak en zwoer de waarheid te vertellen. Ik stond al achter de lessenaar en had de *Federal Rules of Evidence* bij me, met het boekwerk opengeslagen op de pagina met de bepalingen van Regel 702, waarin de toelaatbaarheid van getuigenissen van deskundigen is geregeld. Ik wilde voorbereid zijn op eventuele bezwaren van Morris.

Zodra Arslanian zat, begon ik met mijn verhoor.

'Dr. Arslanian, laten we beginnen met uw opleiding,' zei ik. 'Kunt u de rechter vertellen welke diploma's u hebt behaald en bij welke instelling?'

'Zeker,' zei Arslanian. 'Dat zijn er heel wat. Ik heb een master in chemische technologie behaald aan het Massachusetts Institute of Technology. Daarna ging ik naar New York, waar ik ben gepromoveerd in criminologie aan het John Jay College. Daar ben ik nu universitair hoofddocent.'

'En daarvoor?'

'Ik heb ook twee bachelordiploma's. Ik heb op Harvard een bachelor in de ingenieurswetenschappen behaald, en daarna ben ik nog even doorgegaan en heb een bachelor in de muziek behaald aan Berklee College. Zingen is mijn lust en mijn leven.'

Ik glimlachte. Op dat moment had ik best gewild dat ze voor een jury had gestaan. Uit ervaring wist ik dat die nu zo ongeveer uit haar hand gegeten zou hebben. Maar rechter Coelho, die al bijna dertig jaar in het vak zat, leek minder gecharmeerd. Ik vervolgde:

'En eredoctoraten? Hebt u die ook?'

'Jazeker,' zei Arslanian. 'Tot nu toe heb ik er drie. Eens even zien… van de universiteit van Florida – hup, Gators! – en van Florida State, de concurrent, in forensische wetenschappen en daarna nog eentje in forensische wetenschappen van Fordham in New York.'

Ik sloeg een vel van mijn blocnote om en vroeg de rechter om Arslanian volgens Regel 702 goed te keuren als getuige-deskundige. Dat deed ze. Gek genoeg kwam er geen bezwaar van Morris.

'Goed, dr. Arslanian,' zei ik. 'Voor de goede orde, u wordt betaald als getuige-deskundige in deze zaak, klopt dat?'

'Ja, ik reken een vast bedrag van drieduizend dollar om een zaak te beoordelen,' antwoordde ze. 'Meer als ik ervoor moet reizen. En nog meer als ik voor de rechtbank moet getuigen over mijn bevindingen.'

'Hoe bent u bij deze zaak betrokken geraakt?'

'Gewoon, omdat u me hebt ingehuurd om het bekende bewijs in de zaak te beoordelen.'

'Heb ik u in het verleden vaker ingehuurd?'

'Ja, in de afgelopen zestien jaar hebt u me vijf keer eerder ingehuurd.'

'En is er een ethische norm waar u zich aan houdt bij uw beoordeling van een zaak?'

'Heel eenvoudig: ik beoordeel ze zoals ik ze zie. Ik bekijk een zaak en dan is het wat het is. Als het bewijs naar mijn mening wijst op de schuld van uw cliënt, dan zal ik niets anders getuigen dan dat.'

'U zei dat ik u vijf keer eerder heb ingehuurd. Hebt u in al die zaken voor de verdediging getuigd?'

'Nee. In drie gevallen wees mijn onderzoek uit dat ik vond dat het bewijsmateriaal uw cliënt als schuldige aanwees. Dat heb ik gemeld en daar eindigde mijn betrokkenheid bij de zaak.'

Ik sloeg weer een vel om en keek naar de rechter om te zien of ze naar de getuige luisterde. Het was me al vaak opgevallen – althans op de staatsrechtbanken – dat de rechters tijdens de verklaring van een getuige afwezig leken. Veel rechters dachten dat ze de macht en het vermogen hadden om te multitasken tijdens de behandeling van een zaak, als ze eenmaal in hun ambt benoemd of verkozen waren. Ze zaten opinies te schrijven of stukken in andere zaken te lezen terwijl ze mijn zaken voorzaten. Eén keer begon een rechter zelfs in zijn microfoon te snurken terwijl ik een getuige ondervroeg. De griffier moest hem wekken.

Maar dit gold allemaal niet voor rechter Coelho. Ze had zich omgedraaid in haar stoel en keek Arslanian recht aan toen die getuigde. Ik ging door.

'Maar nu bent u hier, dr. Arslanian,' zei ik. 'Kunnen we uit het feit dat u vandaag hier getuigt opmaken dat u gelooft dat Lucinda Sanz mogelijk onschuldig is aan de moord op haar ex-man?'

'Voor mij draait het niet om schuld of onschuld,' zei Arslanian. 'Het draait om het technisch bewijs. Is het consistent en wijst het in de richting van de beschuldigde? Dat is de vraag. Toen ik deze zaak bekeek, was het antwoord nee.'

'Kunt u ons stap voor stap vertellen hoe u tot die conclusie bent gekomen?'

'Ik kan het laten zien.'

Ik vroeg de rechter de doctor toestemming te geven om haar digitale reconstructie van het misdrijf te projecteren op het grote scherm aan de muur tegenover de jurybank. Morris maakte bezwaar op grond van Regel 702(c), die vereist dat een getuigenis van een deskundige het resultaat is van 'betrouwbare principes en methoden' van forensisch onderzoek. Dat geldt voor elke vorm van reconstructie van een misdaad.

'Dank u, meneer Morris,' zei Coelho. 'Ik zal de getuige toestaan verder te gaan met de demonstratie en vervolgens zal ik een uitspraak doen in het kader van zeven-nul-twee.'

Morris ging zitten en ik zag hem kwaad met een pen een grote kras zetten over de bovenste pagina van zijn blocnote.

Arslanian sloot haar laptop aan op de AV-apparatuur van de rechtszaal en al snel was er een inhoudsopgave te zien met verschillende versies van haar presentatie.

'Goed, uit het onderzoeksdossier kennen we de versie van de staat van wat er gebeurd is,' zei ze. 'Wat ik hier heb gedaan, is een reconstructie maken van het misdrijf op basis van bekende parameters, zoals de locatie van het lichaam, de baan van het projectiel en de getuigenverklaringen. Kijkt u maar even mee.'

Ze startte het programma op haar laptop. Ik keek naar de rechter en zag dat ze haar ogen strak gericht hield op het scherm aan de muur. De reconstructie begon met een vooraanzicht van het huis van Lucinda Sanz, op basis van een foto die Arslanian had genomen toen ze op pad was met Bosch. De deur ging open en een mannelijke avatar – een standaard digitaal poppetje – kwam naar buiten. Een onzichtbare hand sloeg de deur achter hem dicht. De man liep de drie treden van het bordes af, stapte van het stenen pad af en begon langzaam het gazon diagonaal over te steken. De voordeur ging weer open en nu kwam er een vrouwelijke avatar tevoorschijn met een pistool in haar linkerhand. Terwijl de man over het gazon bij haar vandaan liep, bracht ze in de staande schiethouding het wapen omhoog, richtte en vuurde. De man werd geraakt; hij zakte meteen door zijn knieën en viel toen voorover op de grond. De vrouw vuurde opnieuw en deze kogel trof de man terwijl hij neerlag. De kogels lieten rode stippellijntjes achter tussen het pistool en het doel.

'Dit is wat de oorspronkelijke onderzoekers en aanklagers zeiden dat er gebeurd was,' zei Arslanian.

'Maar is dat ook mogelijk?' vroeg ik.

'Niet volgens de wetten van de natuurkunde voor zover mij bekend,' zei Arslanian.

'Kunt u de rechtbank vertellen waarom niet?'

'Omdat we te maken hebben met variabelen, zoals de snelheid waarmee het slachtoffer het gazon overstak. Zoals u zag in de reconstructie, moest hij, nadat de deur was dichtgeslagen, heel langzaam over het gazon lopen om op het juiste moment op de plek te zijn waar hij werd neergeschoten.'

Morris ging staan en protesteerde.

'Edelachtbare, dit is puur giswerk en speculatie. Dit is geen feit,' klaagde hij.

Voordat ik ook maar kon beginnen een antwoord te formuleren, had Coelho al gereageerd.

'Ze noemde het een variabele, meneer Morris,' zei de rechter. 'Ik wil graag meer over deze variabelen horen en hoop dat ze ook worden ondersteund door feiten voordat ik een beslissing neem over deze demonstratie. Gaat u verder, dr. Arslanian.'

Het leek me een goed teken dat de rechter Arslanian aansprak met 'doctor'.

Arslanian vervolgde: 'In elke verklaring van Lucinda Sanz, vanaf de avond van de moord tot de meest recente gesprekken met haar advocaat en zijn researcher, heeft ze volgehouden dat ze de voordeur dichtsloeg nadat haar ex-man het huis verliet. Ze moest de deur dus weer opengedaan hebben om naar buiten te gaan en te schieten. Dat is een tijdvariabele, en die omvat bovendien de vraag waar ze het pistool zo snel vandaan haalde en hoe. Het maakt het zeer onwaarschijnlijk dat Roberto Sanz slechts vier meter van het trottoir verwijderd was toen hij werd neergeschoten. Laten we nu eens kijken hoe het er in reconstructie nummer twee uitziet, wanneer Roberto Sanz met een gemiddelde snelheid van vierenhalve kilometer per uur loopt.'

Arslanian koos in de inhoudsopgave op haar laptop de tweede reconstructie. Deze keer stapte de mannelijke avatar een stuk sneller van het bordes af en was hij ruim voorbij de markering van vier meter toen hij werd neergeschoten.

'Zoals u ziet, werkt dat niet,' zei Arslanian. 'En meneer Morris, u hebt gelijk dat dit speculatie is, maar dan wel speculatie die gebaseerd is op bekende feiten. Zullen we nog wat meer feiten toevoegen?'

'Hè, ja. Meer feiten,' zei Morris sarcastisch.

Hij schudde zijn hoofd vol gespeeld ongeloof.

'Meneer Morris, die toon en uw theatrale optreden mag u achterwege laten,' zei de rechter.

'Jawel, edelachtbare,' antwoordde Morris.

'Dr. Arslanian,' zei ik. 'Wat wilt u ons nu laten zien?'

'De schouwarts en zijn mensen hebben goed werk verricht met het lichaam. Ze zullen waarschijnlijk extra zorgvuldigheid betracht hebben omdat het slachtoffer een politieagent was. Ze bekeken de wondsporen en de baan van de kogels, en stelden vast dat de kogels hulpsheriff Sanz onder verschillende hoeken troffen. De eerste, die hem trof terwijl hij liep, raakte hem nauwelijks onder een hoek. Hij ging door de ruggengraat heen, en aan de schaafwonden op de benen konden we zien dat hij onmiddellijk door zijn knieën zakte en vooroverviel. Vervolgens werd hij geraakt door het tweede schot, dat hem onder een zeer scherpe hoek trof. De volgende reconstructie laat zien dat het officiële verhaal omtrent deze beschieting niet strookt met de natuurwetten. In deze reconstructie is de schutter niet te zien. Hier is alleen de baan van de kogels te zien en waar het wapen zich moest bevinden om die schoten te lossen.'

Arslanian speelde een derde reconstructie af op het grote scherm. Opnieuw kwam de mannelijke avatar het huis uit, en werd de deur dichtgeslagen en weer geopend. Deze keer kwam er geen vrouw tevoorschijn, maar werd wel de baan van de kogels in rood op het scherm zichtbaar gemaakt. Hieruit bleek duidelijk dat beide schoten vanuit een lage hoek afgevuurd moesten zijn.

'Bij deze schoten is rekening gehouden met de baan die in het rapport van de schouwarts beschreven staat,' zei Arslanian.

'En wat concludeerde u zelf uit deze reconstructie?' vroeg ik.

'Dat het hoogst onwaarschijnlijk is dat de schoten vanaf het bordes kwamen,' zei Arslanian. 'De schutter, wie het ook was, moet dan gehurkt op het bordes hebben gezeten om de schoten te kunnen lossen.'

'Hebt u de hoogte van het bordes gemeten bij het uitvoeren van uw onderzoek, doctor?'

'Ja. Elk van de drie treden is 25 centimeter hoog, dus is het bordes in zijn geheel 75 centimeter hoog.'

'Dus u zegt, dr. Arslanian, dat de schoten die Roberto Sanz doodden niet van het bordes kwamen?'

'Dat is correct.'

Ik wierp een blik op de rechter voordat ik verderging. Ze staarde naar het scherm. Alweer een goed teken.

'Doctor, hebt u zich een mening gevormd over waar de schoten dan wel vandaan kwamen?' vroeg ik.

'Ja, dat heb ik.'

'Kunt u die mening delen met de rechtbank?'

'Ja, ik heb een definitieve reconstructie, die volgens mij op basis van de bekende feiten over de baan en de locatie van het slachtoffer laat zien waarvandaan de schoten zijn afgevuurd.'

Terwijl Arslanian de laatste reconstructie op het grote scherm startte, keek ik naar Morris. Zijn gezicht was vertrokken van angst.

Op het scherm kwam de mannelijke avatar weer uit het huis en werd de deur achter hem dichtgeslagen. De figuur liep opnieuw dwars over het gazon, maar dit keer kwamen de rode stippellijnen die de baan van de kogels verbeeldden vanaf de voorgevel van het huis, links van het bordes. De mannelijke vorm werd geraakt, viel op de grond en werd opnieuw geraakt. Arslanian stopte de presentatie.

'Welke andere feiten hebt u uit deze reconstructie kunnen afleiden, doctor?' vroeg ik.

'Oké,' zei Arslanian, 'als je de schutter tegen de voorgevel van het huis plaatst, kun je een driehoek trekken tussen de grond, de muur en de kogelbaan, die bij benadering de hoogte aangeeft vanwaar de schoten zijn afgevuurd.'

'En welke hoogte is dat?'

'Met een ruime marge kom ik uit op tussen de 1,58 en 1,68 meter.'

'En als u nu een vrouw neemt van 1,58 meter, zoals mevrouw Sanz, zou zij die schoten dan gelost kunnen hebben vanuit een staande positie?'

'Nee, daar is ze niet lang genoeg voor. Als een vrouw van die lengte onder die hoek zou willen schieten, zou ze het wapen hoger dan oog-hoogte moeten houden. Sterker nog, boven haar hoofd. Als je dan ook nog rekening houdt met het feit dat de schoten zo dicht bij elkaar het lichaam van het slachtoffer geraakt hebben, denk ik dat het voor haar onmogelijk geweest zou zijn om een van die schoten te lossen, laat staan twee in korte tijd.'

Morris stond op en protesteerde zwakjes, opnieuw wegens onge-gronde speculaties van de getuige.

En ook dit keer hoefde ik niet te reageren.

'Meneer Morris, u hebt geen bezwaar gemaakt toen ik dr. Arslanian toeliet als getuige-deskundige,' zei de rechter. 'En nu haar expertise ne-gatief uitpakt voor uw zaak, maakt u bezwaar. Ik acht haar oordeel en getuigenis voldoende gestaafd door een feitelijke basis. Uw bezwaar wordt afgewezen.'

Ik was benieuwd of Morris nog met een ander bezwaar zou komen, maar hij hield zijn mond.

'Gaat u verder, meneer Haller,' sprak de rechter.

'Dank u, edelachtbare,' zei ik. 'Op dit moment heb ik geen verdere vragen meer voor dr. Arslanian, maar ik behoud me het recht voor haar nogmaals op te roepen, mocht dat nodig zijn.'

'Meneer Morris, wilt u de getuige ondervragen?' vroeg Coelho.

'Edelachtbare, het is bijna 12.00 uur,' zei Morris. 'De staat vraagt de zitting nu te onderbreken om tijdens de lunchpauze de presentatie en meningen van de getuige te evalueren en te beslissen of we tot een kruisverhoor zullen overgaan.'

'Heel goed, dan schors ik nu de zitting,' zei Coelho. 'Alle partijen zijn hier om 13.00 uur terug, waarna we verdergaan met deze getuige. En meneer Morris, u mag uw sarcasme achterwege laten. De zitting is ge-schorst.'

De rechter stond op van haar zetel. Morris bleef met zijn kin op zijn borst aan zijn tafel zitten. Ik wist niet of het de laatste berisping van de rechter was of de zwaarte van Arslanians getuigenis, maar hij zag eruit als een man op een zinkend schip dat niet voorzien was van reddings-sloepen.

Ik zag dat Lucinda gehuild had. Haar ogen waren roodomrand en haar wangen vertoonden sporen van weggeveegde tranen. Ik realiseer-de me dat ik vergeten was haar te waarschuwen voor de reconstructies, waarin te zien was hoe de man van wie ze ooit had gehouden en met wie ze een gezin had gesticht, in haar voortuin werd neergeschoten.

'Het spijt me dat je dat moest zien, Lucinda,' zei ik. 'Ik had je erop moeten voorbereiden.'

'Nee, dat geeft niet,' zei ze. 'Het greep me gewoon even aan.'

'Maar dr. Arslanian heeft er wel een hoop goed mee gedaan voor ons. Ik weet niet of je op de rechter hebt gelet, maar ze was een en al oor. Ik denk dat ze overtuigd is.'

'Dan is het goed.'

De parketwachter kwam om haar weer weg te brengen naar het cellencomplex. Hij was zo vriendelijk even te wachten zodat we ons gesprek konden afmaken, iets wat hij nog niet eerder had gedaan. Ik zag het als een teken dat ook hij onder de indruk was van wat hij op het scherm had gezien.

'Tot zo,' zei ik. 'Na deze getuige gaan we door met een andere sterke getuige, Harry Bosch.'

'Dank u,' zei ze.

Parketwachter Nate maakte de ring onder de tafel los en boeide haar polsen voor het korte wandelingetje naar de cel, waar ze de lunchpauze zou doorbrengen. Ze liep uit zichzelf naar de deur, zonder dat ze door Nate geleid hoefde te worden. Ik keek haar na. Ze had haar hoofd gebogen en ik vermoedde dat er nog meer tranen kwamen.

Nate opende de stalen deur en toen was ze weg.

DEEL 7

NAAR DE KNOPPEN

31

Haller straalde toen hij bij de uitgang aan Spring Street van het federale gerechtsgebouw met Arslanian in de Navigator stapte.

'Harry, je had erbij moeten zijn,' zei hij. 'Shami pakte iedereen in. De rechter kon haar ogen niet van het scherm houden.'

Bosch hield niet van zulke praat. Hij wist dat er van alles kon gebeuren in de rechtszaal en wilde niet dat Haller het noodlot zou tarten nu het team zo te horen een goede ochtend had gehad.

'Waar gaan we heen?' vroeg Bosch.

'Naar een goeie tent,' zei Haller. 'Dat hebben we wel verdiend. Deze vrouw is een reuzendoder.'

'Ik weet niet,' zei Arslanian, 'of we al feest moeten vieren zolang de rechter nog geen uitspraak heeft gedaan.'

'Daar ben ik het mee eens, maar ik denk echt dat ze vrijkomt,' zei Haller. 'Je hebt het perfect gedaan, en na de lunch gaat Harry de genadeklap uitdelen.'

'Vergeet niet dat Morris mij ook nog aan de tand gaat voelen,' zei Arslanian.

'Daar geloof ik niets van,' zei Haller. 'Hij vroeg om een pauze omdat hij weet dat hij verslagen is. En het zal alleen maar erger voor hem worden als Harry aan de beurt is en met die telefoongegevens komt.'

'Laten we niet op de zaken vooruitlopen,' zei Bosch.

'Ach, kom op,' zei Haller. 'Ouwe mopperkont. Kom, we gaan naar Water Grill. We gaan even goed lunchen en wachten met vieren tot alles achter de rug is.'

'Ik breng jullie erheen,' zei Bosch. 'Maar ik wacht in de auto. Ik wil alles nog eens doornemen voordat ik moet getuigen. Misschien is het handig om er nog even samen doorheen te gaan, zodat alle neuzen in één richting staan?'

'Ik maak me er geen zorgen over,' zei Haller. 'Jouw getuigenis wordt de kers op de taart die Shami voor ons heeft gebakken. Echt, Harry, ze heeft onomstotelijk aangetoond dat Lucinda die schoten niet kan hebben gelost.'

'Dat is te veel eer,' zei Arslanian. 'En je bent nog niet klaar met de presentatie van je zaak. Je moet op alles voorbereid zijn. Dat heb je me lang geleden al eens verteld.'

Een paar minuten later zette Bosch de anderen af voor het restaurant op Grand Avenue. Daarna reed hij verder de straat in tot hij een parkeerplaats vond en zette de auto stil. Op de tast vond hij op de vloer achter zijn stoel het dossier met de uitdraaien van de telefoonmaatschappij AT&T die Haller van plan was als bewijsmateriaal aan de rechtbank voor te leggen.

Hij nam de uitdraaien door en vergeleek de nummers met de kaart die hij op de passagiersstoel had opengevouwen. Hij was aan het repeteren omdat hij nerveus was. Hij had nieuwe digitale technologie ingezet en die teruggebracht tot een uitgesproken analoge presentatie. Hij hoopte dat hiermee de onschuld van Lucinda Sanz doorslaggevend zou worden bewezen.

32

Bosch zat achteraan op de publieke tribune en wachtte af of Hayden Morris Shami Arslanian een kruisverhoor zou afnemen of dat het zijn beurt zou zijn in de getuigenbank plaats te nemen. Toen de waarnemend officier van justitie Arslanian terugriep, leek niemand op te merken dat Bosch in de rechtszaal was, dus bleef hij zitten. Haller was zo verguld geweest met Arslanians heldere getuigenis dat Bosch wel wilde zien hoe ze zich zou houden bij een kruisverhoor. Voor zijn ogen zag hij het pleit voor Lucinda Sanz' onschuld echter als een zandkasteeltje in elkaar zakken.

En het kostte Morris welgeteld vijf minuten.

Het begon ermee dat Morris Arslanian vroeg haar reconstructieprogramma weer op het grote scherm te laten zien. Met een paar snelle tikken op haar laptop deed ze wat hij vroeg.

'Dank u. Ik wil graag uw aandacht vestigen op de rechterbenedenhoek van het scherm,' zei Morris. 'Dat is een copyrightbescherming, is dat juist?'

'Ja,' zei ze. 'Technisch gezien is die slechts aangevraagd, maar we hebben er alle vertrouwen in dat we die zullen krijgen.'

'Is Project AImy de naam van de reconstructiesoftware?'

'Ja.'

'Zeg ik het correct? Zoals de naam Amy?'

'Ja.'

'Dus hoofdletter A, hoofdletter I en niet A, kleine letter l?'

'Dat klopt.'

'Waarom is de naam zo gespeld?'

'Het programma is geschreven in een digitale leeromgeving die ik samen met mijn partner, hoogleraar Edward Taffee, bij het MIT heb ontwikkeld.'

'Bedoelt u met digitale leeromgeving kunstmatige intelligentie?'

'Ja.'

'Dank u. Verder geen vragen.'

Coelho zei tegen Arslanian dat ze de getuigenbank mocht verlaten. Bosch keek naar Haller en zag dat de jurist zijn hoofd boog. Er ging iets mis. Nog voor Arslanian het hekje naar de publieke tribune was gepasseerd, richtte Morris zich tot de rechter.

'Edelachtbare,' zei hij, 'de staat dient een verzoek in tot het schrappen van de getuigenis en presentatie van de getuige op grond van de federale regelgeving sectie zeven nul twee C.'

Haller stond op om te reageren. Arslanian schoof de bank in waar de meeste journalisten waren gaan zitten.

'Edelachtbare?' vroeg Haller.

'Nog niet, meneer Haller,' zei de rechter. 'U krijgt dadelijk de gelegenheid. Meneer Morris, wilt u daarover uitweiden?'

'Dank u, edelachtbare,' zei Morris. 'Met betrekking tot de getuigenis door experts stelt sectie zeven nul twee C dat de getuigenis en presentatie van een getuige-deskundige het product moeten zijn van betrouwbare principes en methoden. Het gebruik van kunstmatige intelligentie is niet goedgekeurd in het U.S. District Court voor het zuidelijk district van Californië. Daarom moeten de presentatie van de getuige en welke getuigenis dan ook die daarvan is afgeleid, verworpen worden.'

De rechter liet een lang ogenblik stilte vallen en wendde zich toen tot Haller.

'Meneer Haller, ik vrees dat hij gelijk heeft,' zei ze. 'Dit district zoekt naar een zaak die kan dienen om kunstmatige intelligentie te beproeven… maar die zaak is nog niet voorbijgekomen.'

'Mag ik het woord?' vroeg Haller.

'Ja,' zei Coelho.

'Dit is volkomen gestoord,' zei Haller. Hij wees naar het scherm. 'Dit programma bewijst dat Lucinda Sanz haar ex-man niet heeft doodgeschoten. Gaat u dat aanvechten op grond van een technisch detail? Ze is opgeslo–'

'Het is geen technisch detail,' zei Morris. 'Het is de wet.'

'Meneer Morris, niet onderbreken,' zei de rechter. 'Gaat u verder, meneer Haller.'

'Lucinda Sanz zit al vijf jaar in de gevangenis voor iets wat ze niet heeft gedaan,' zei Haller. 'Dit programma bewijst haar onschuld en iedereen in deze rechtszaal weet dat. Als dit niet wordt goedgekeurd, laat dít dan de zaak zijn om de methode te testen. Edelachtbare, wijst u het bezwaar af, dan kunnen we verder en kan het ministerie in beroep gaan.'

'Of ik steun het bezwaar en u kunt zelf in beroep gaan,' zei Coelho. 'Dat komt met andere middelen op hetzelfde neer. Het hof zal er dan over beslissen. Dat is dan uw zaak ter beproeving van de methode.'

'Maar hoelang zal dat dan duren?' zei Haller. 'Zit mijn cliënt nog drie jaar in de gevangenis terwijl wij wachten tot we over de zaak worden gehoord? Deze rechtbank loopt achter, edelachtbare. AI is overal. Het wordt gebruikt in de chirurgie, het bestuurt auto's, het koopt aandelen, het kiest de muziek uit waar we naar luisteren. Edelachtbare, de toepassingen zijn oneindig. Stuurt u deze vrouw niet terug naar de gevangenis omdat het recht archaïsch is en achterloopt op de technologie van nu.'

'Meneer Haller, ik begrijp uw bezorgdheid,' zei Coelho. 'Dat meen ik. Maar ik heb gezworen de wet te handhaven zoals die is en ik kan niet vooruitgrijpen op de wet van de toekomst.'

'Edelachtbare, deze zitting heeft de bedoeling de waarheid te vinden,' zei Haller. 'Wat zegt het niet over ons als we de waarheid kennen en die overboord gooien?'

'Helaas, meneer Haller, maar zo werkt het hier niet,' zei Coelho. 'Het spijt me zeer, maar ik steun het bezwaar. De presentatie en getuigenis van de getuige worden geschrapt en zullen niet van invloed zijn op het uiteindelijke vonnis in deze zaak.'

'We moeten ons schamen,' zei Haller. 'Dat we er niet in slagen het juiste te doen terwijl het pal voor onze neus ligt.'

'Meneer Haller, u begeeft zich hier op glad ijs,' zei Coelho.

Haller legde zijn handen op tafel en boog zijn hoofd. Bosch voelde een gapende leegte in zijn borst ontstaan. Haller draaide zich om en keek naar Morris, die recht vooruit keek.

'En jij dan, Morris. Slaap jij vannacht lekker? Jij hoort een waakhond te zijn, jij hoort de waarheid te zoeken, en je verbergt je...'

'Meneer Haller!' zei de rechter luid. 'U gaat te ver. Ga zitten. Nu!'

Haller gooide zijn handen in de lucht in een gebaar van overgave en ging zitten. Hij boog zich naar Lucinda en fluisterde iets tegen haar. Bosch kon zich niet herinneren dat hij ooit een advocaat zo van streek had gezien door het besluit van een rechter. Hij vroeg zich af in hoeverre het voor de show was en in hoeverre oprechte woede.

Coelho schonk water uit een karaf in een glas. Ze nam er de tijd voor, wellicht in het vertrouwen dat een langzaam hervatten van de zaak de kalmte in de zaal zou doen terugkeren.

'Welnu,' zei ze ten slotte. 'Wilt u nog een getuige oproepen, meneer Haller?'

Haller ging niet in op de vraag. Hij bleef fluisteren tegen Lucinda Sanz; blijkbaar probeerde hij haar uit te leggen wat er net met haar hoop op vrijheid was gebeurd.

'Meneer Haller?' vroeg de rechter nogmaals. 'Hebt u nog een getuige?'

Haller onderbrak zijn onderonsje met Lucinda en stond op. 'Ja, die heb ik,' zei hij met verstikte stem. 'Verzoeker roept Harry Bosch op te getuigen.'

Terwijl de spanning in de rechtszaal groeide tot hij zo dik was als de zeemist boven de baai van Santa Monica, stond Bosch op en liep naar het hekje. Hij legde de eed af bij de griffier en ging in de getuigenbank zitten. Hij zag hoe Haller langzaam naar de lessenaar liep, nog steeds van zijn stuk door het verlies van Arslanians getuigenis. Hij stelde Bosch een paar inleidende vragen over zijn staat van dienst.

'Meneer Bosch, wat is uw huidige functie?'

'Ik werk in deeltijd voor u als assistent-researcher,' zei Bosch.

'Welke ervaring hebt u in het onderzoeken van misdrijven?'

'Ik was veertig jaar rechercheur bij het Los Angeles Police Department. Het grootste deel van die tijd behandelde ik moordzaken. Na mijn pensionering werkte ik een paar jaar als vrijwillig onderzoeker bij de afdeling Cold Cases in San Fernando en later weer bij het LAPD.'

'U weet iets van moord af, zou je kunnen zeggen.'

'Ja, dat zou je kunnen zeggen. Ik heb aan meer dan driehonderd moordzaken gewerkt, deels als leidend rechercheur, deels als assistent-onderzoeker.'

'Ik kan dus gerust zeggen dat u een hoop mensen – moordenaars – achter de tralies hebt gebracht?'

'Ja.'

'Maar nu spant u zich in om een persoon te bevrijden van wie de staat zegt dat ze een moordenaar is. Waarom doet u dat?'

Het was de enige vraag die Haller en Bosch hadden gerepeteerd. Daarna zouden ze wel zien waar het schip strandde.

'Omdat ik denk dat ze het niet heeft gedaan,' zei Bosch. 'Toen ik de zaak doornam, vond ik inconsistenties in het onderzoek, tegenstrijdigheden. Daarom maakte ik u erop attent.'

'Dat weet ik nog,' zei Haller. 'Kwam er tijdens uw onderzoek een moment waarop u een bedrijf dat AT&T heet een dagvaarding stuurde?'

'Ja, dat heb ik vorige week gedaan.'

'En wat…'

Voor Haller zijn vraag kon uitspreken, werd hij onderbroken door Morris, die protest aantekende.

'Edelachtbare,' zei hij, 'als meneer Haller vragen gaat stellen over data van mobiel telefoonverkeer, hebben we nogmaals een probleem met het delen van gegevens.'

'Hoezo, meneer Morris?' vroeg de rechter. 'Ik meen me toch te herinneren dat hiervan melding werd gemaakt in de meest recente opgave van bewijsmateriaal die meneer Haller bij de rechtbank heeft gedaan.'

'Jawel, edelachtbare,' zei Morris. 'Hij heeft meer dan negentienhonderd pagina's aan gegevens van zes verschillende zendmasten overgedragen. En nu, nog geen vier dagen later, wil hij zijn onderzoeksresultaten aan de rechtbank voorleggen.'

'Vraagt u om een verdaging van de zitting, zodat u extra tijd hebt om het materiaal te bestuderen?' vroeg Coelho.

'Nee, edelachtbare,' zei Morris. 'De staat vraagt u verzoeker niet toe te staan dit materiaal te gebruiken omdat niet is voldaan aan de meest basale normen omtrent het delen van gegevens.'

'Dat lijkt me nogal een extreme maatregel,' zei Coelho. 'Daar heeft verzoeker vast iets tegen in te brengen. Meneer Haller?'

'Edelachtbare, er is geen sprake van kwade opzet,' zei Haller, 'en ik word er een beetje moe van mezelf te moeten verdedigen in verband met deze kwesties die meneer Morris steeds herhaalt als een plaat die blijft hangen. De regels inzake gegevensdeling zijn duidelijk. Ik was niet verplicht hem en zijn team het materiaal ter beschikking te stellen voor ik besloot het in de rechtszaal te gebruiken. Dat besluit nam ik vrijdagochtend, toen ik op de hoogte werd gebracht door mijn assistent, meneer Bosch, nadat hij het materiaal had bestudeerd. Vergeet u alstublieft niet, edelachtbare, dat ik mijn praktijk in mijn eentje drijf met slechts één partner, één voltijds- en één deeltijdsonderzoeksassistent. Meneer Bosch ontving de gegevens van AT&T dinsdagmiddag en deed verslag van zijn bevindingen op vrijdagochtend. Hij is in zijn eentje. Morris, van zijn kant, heeft alle denkbare macht en kan beschikken over al het personeel van het hele Openbaar Ministerie. Hij vertegenwoordigt ook de officier van justitie van het district L.A., en de laatste keer dat ik het naging telde dat kantoor achthonderd aanklagers en tweehonderd onderzoeksassistenten. Kon hij dan niet iemand vinden om hem in het weekend te helpen het materiaal door te nemen? Edelachtbare, hier is sprake van kwade opzet. Wat er is gebeurd, is dat Morris vermoedde dat ik dat materiaal bij hem dumpte omdat het waardeloos was en hij zijn tijd zou verspillen aan het doornemen ervan. Hij heeft het dus het hele weekend laten liggen en komt er nu achter dat het misschien toch niet zo waardeloos is; dat het daadwerkelijk gaat om materiaal à décharge, en nu roept hij dat er vals wordt gespeeld. Ik zeg het u nogmaals, edelachtbare: dit zou een zoektocht naar de waarheid moeten zijn, maar meneer Morris is daar niet in geïnteresseerd. Hij is alleen geïnteresseerd in het opwerpen van versperringen op de weg naar de waarheid. In mijn ogen is dát kwade opzet.'

Morris spreidde zijn armen alsof het vleugels waren. 'Edelachtbare, dat gelooft u toch niet? Meneer Haller voelt zich moreel boven ons verheven maar vergeet de feiten. De rechtbank heeft de dagvaarding voor de data van AT&T al meer dan drie weken geleden goedgekeurd. Hij heeft gewacht tot de dag voor het proces met de uitvoering en het verzamelen van gegevens. Dat was een opzettelijke vertraging, edelachtbare, maar hij houdt u en mij niet voor de gek. Het Volk blijft staan achter de klacht en de voorgestelde maatregel.'

'Edelachtbare, mag ik daarop ingaan?' vroeg Haller.

'Nee, ik denk niet dat dat nodig zal zijn, meneer Haller,' zei Coelho. 'Ik heb een goed idee van wat u wilt gaan zeggen. Ik ga dit materiaal niet diskwalificeren. We gaan nu verder met meneer Bosch' getuigenis. En als die is voltooid, zal ik meneer Morris de tijd geven om zijn kruisverhoor voor te bereiden, als het daadwerkelijk aan tijd schort. Laten we nu een pauze van tien minuten nemen, even afkoelen en de zitting daarna voortzetten.'

33

Het grootste deel van de tien minuten pauze besteedde Bosch aan het uit de buurt houden van Haller bij Morris in de gang buiten de rechtszaal. Haller was natuurlijk diep teleurgesteld door de tegenvaller dat Arslanian niet mocht getuigen, en Arslanian zelf was dat ook. Ze was van plan geweest een nachtvlucht terug naar New York te nemen, maar stond er nu op haar vlucht uit te stellen zodat ze Bosch kon horen getuigen en mee kon doen aan de evaluatie daarna.

Maar er werd niet gescholden of gevochten in de gang en algauw zat Bosch weer in de getuigenbank te wachten op de terugkeer van de rechter en de gevangene. Lucinda kwam eerst en nadat ze naar haar plaats naast Haller was geleid, boog deze zich meteen naar haar over en begon te fluisteren. Bosch zag aan zijn gebaren dat hij probeerde haar gerust te stellen en duidelijk maakte dat het verlies van Arslanians getuigenis niet het einde van de wereld betekende. Bosch was er nog niet zo zeker van of Haller dat zelf wel geloofde.

De rechter kwam de zaal binnen, nam plaats, heropende de zitting en nodigde Haller uit verder te gaan. Haller pakte zijn notitieblok en liep naar de lessenaar.

'Toen we onderbroken werden,' zei hij tegen Bosch, 'stond u op het punt ons te vertellen over een verzameling data van zendmasten die met een dagvaarding werden verkregen. Wilt u ons stap voor stap vertellen hoe u die gegevens verkreeg?'

'Ja, we wilden Roberto Sanz' gangen nagaan op de dag dat hij werd vermoord,' zei Bosch. 'We wisten dat hij een mobiele telefoon had en we vonden het nummer in Lucinda Sanz' belgegevens. Zij had hem meerdere malen gebeld op de avond dat hij werd vermoord. En daarna ging ik naar een website waar je een nummer kunt invoeren en kunt achterhalen bij wie het abonnement is afgesloten.'

'Ten behoeve van de verslaglegging, welke website was dat?' vroeg Haller.

'De site heet FreeCarrierLookup-punt-com. Ik voerde het nummer van Roberto in en volgens de site was zijn provider AT&T. Op basis daarvan hebt u een dagvaarding opgesteld tot overhandiging van alle data van alle AT&T-masten in Antelope Valley op de dag van de moord.'

Haller floot. 'Dat moeten veel data zijn geweest.'

'Ja,' zei Bosch. 'De uitdraai was ongeveer tweeduizend pagina's lang, enkele regelafstand.'

'Kunt u ons in lekentermen uitleggen wat voor gegevens het betrof?'

'Jawel. Elke provider heeft zijn eigen zendmasten. In sommige gebieden staan er meer dan in andere en daarom wordt er in tv-reclames voor die bedrijven gesproken over de beste dekking en zo. Als je een mobiele telefoon hebt, staat die onafgebroken in contact met alle masten in de buurt. Als je je verplaatst, veranderen de verbindingen ook.'

'Ongeveer zoals Tarzan aan lianen van boom naar boom slingert, zo slingert de verbinding van mast naar mast?'

'Hm, nou, zo heb ik het zelf nooit bekeken, maar ik neem aan dat je het zo kunt zien, ja.'

'En u hebt Roberto Sanz' nummer in die tweeduizend pagina's kunnen terugvinden.'

'Ja. Toen heb ik een kaart opgevraagd waarop alle AT&T-antennes in AV staan afgebeeld…'

'Wat had u aan die kaart?'

'Zoals ik al zei, staat een mobiele telefoon in verbinding met meerdere masten van de provider tegelijk, maar de verbinding is het sterkste met de dichtstbijzijnde. En in de gegevens die de telefoon naar de mast stuurt is ook de sterkte in decibel opgenomen, gebaseerd op nabijheid en gps-coördinaten. Daarom kun je met een app zoals Waze of Google Maps precies op het scherm zien waar je bent.'

'Wilt u zeggen dat de gegevens die u met de dagvaarding verkreeg precies laten zien waar Roberto Sanz zich bevond, in de loop van de dag van zijn dood?'

'Inderdaad, ja. En ik kon die gegevens op een kaart intekenen.'

'Hebt u die kaart bij u?'

'Ja.'

Haller keek naar de rechter en vroeg of Bosch de getuigenbank mocht verlaten en de kaart op een standaard mocht zetten, zodat hij zijn resultaten beter kon uitleggen. Nadat Morris daar geen bezwaar tegen had gemaakt, stond Coelho dat toe. De parketwachter haalde de standaard uit de werkkast en vijf minuten later werd Bosch' kaart erop vastgeprikt. Er stonden drie lijnen op de kaart: een rode, een blauwe en een groene. Bosch had de lijnen zorgvuldig getekend, thuis aan de eettafel. Hij hoopte dat zijn conclusies duidelijk zouden zijn en goed te begrijpen door de rechter.

'Goed, rechercheur Bosch, wat kunt u ons laten zien?' vroeg Haller.

Voor Bosch kon antwoorden, maakte Morris bezwaar.

'Hij is geen agent of rechercheur meer,' zei hij. 'Hij dient niet langer "rechercheur" te worden genoemd.'

'Dat klopt,' zei Coelho.

Haller wierp Morris een blik toe waaruit duidelijk sprak dat het maar een bezwaar van lik-me-vestje was, en ging door met zijn verhoor van Bosch.

'Ik zie drie lijnen op de kaart,' zei hij. 'Welke is Roberto Sanz?'

'Deze,' zei Bosch. 'De groene.'

'Ik neem aan dat we later nog aan de andere toekomen. Laten we met de groene beginnen. Wat was er bijzonder aan Roberto Sanz' verplaatsingen in de uren voor zijn dood?'

Bosch wees naar een plaats onder het groene spoor. 'Volgens de data was hij bijna twee uur op deze plaats in Lancaster,' zei hij.

'En wat is daar bijzonder aan?' vroeg Haller.

'Twee dingen. Ten eerste is er op die locatie een hamburgertent die Flip's heet; een jaar eerder kwam Roberto Sanz daar terecht in een schietpartij met vier bendeleden. Ten tweede staat er in het oorspronkelijke onderzoeksverslag dat Roberto twee uur te laat was toen hij zijn zoon terugbracht bij Lucinda; hij zei tegen haar dat hij een werkoverleg had gehad. Maar het is gebleken dat er geen werkoverleg plaatsvond waarbij zijn eenheid van het sheriffskantoor betrokken was. Dit is dus nieuwe informatie die hem lokaliseert in dit etablissement gedurende die twee uur – dezelfde plaats als waar hij een jaar eerder bij een schietpartij betrokken was.'

'Als ik nog eens op uw kaart kijk, zie ik een rode lijn die de groene lijn van Roberto Sanz kruist op die locatie. Zie ik dat goed?'

'Ja. Die twee telefoons waren bijna even lang op die plaats. De rode telefoon was er in feite eerder, zes minuten voor de groene. Na een uur en eenenveertig minuten gingen ze daar allebei weg.'

'En wat hebt u daaruit afgeleid?'

Morris maakte bezwaar en stelde dat Bosch' antwoord zuiver speculatie zou zijn en geen feit. De rechter ging daarin mee, dus ging Haller langs een andere weg af op het antwoord dat hij wilde hebben.

'Hoe kwam u op die rode lijn?' vroeg hij.

'Ik vond dat Sanz buitengewoon veel tijd bij Flip's had doorgebracht,' zei Bosch. 'Het is niet veel meer dan een snackbar, en hij was daar één uur en eenenveertig minuten. Bovendien was het precies daar waar hij eerder was beschoten. Dus waarom zou hij daarnaartoe gaan, als de locatie niet zo belangrijk was voor wat er die dag te gebeuren stond? Ik concludeerde dus dat hij daar met iemand had afgesproken. Vandaar dat ik in de gegevens begon te zoeken naar een andere telefoon die gedurende dezelfde tijd op dezelfde gps-coördinaten verbleef.'

Bosch keek naar de rechter terwijl hij antwoord gaf en hoopte aan haar te kunnen zien of hij zich begrijpelijk uitdrukte. De rechter keek strak naar de kaart en leek niet in verwarring. Haller riep Bosch weer bij de les met zijn volgende vraag.

'Maar had dat geen telefoon kunnen zijn van een andere provider die niet in deze gegevens voorkwam?' vroeg Haller.

'Dat was een gok,' zei Bosch. 'Maar ik wist dat AT&T korting berekende aan leger- en politiepersoneel, dus dacht ik dat er een grote kans was dat hij met een andere agent had afgesproken, die eveneens een AT&T-abonnement zou hebben.'

'Juist. En wat vond u toen u naar een andere telefoon zocht die ook bij Flip's was?'

'Ik vond de rode telefoon en concludeerde dat Sanz een afspraak had met de eigenaar van die telefoon. Ik nam aan dat het een ontmoeting met de auto's naast elkaar betrof op de parkeerplaats.'

Morris maakte hetzelfde bezwaar en stelde dat Bosch' conclusies zuiver speculatie waren en geen feiten. Maar voor Haller daartegen kon protesteren, legde de rechter het bezwaar naast zich neer en stelde dat Bosch' ervaring van decennia als onderzoeker zijn aannames geldiger maakte dan wilde speculatie. Ze vroeg Haller zijn ondervraging voort te zetten.

'Hebt u de eigenaar van de rode telefoon kunnen identificeren?' vroeg Haller.

'Ja,' zei Bosch.

'Hoe?'

'Ik heb het nummer gebeld en een man noemde zijn naam toen hij het gesprek aannam: MacIsaac. Toen ik hem een vraag stelde, hing hij wel meteen op, maar ik kende die naam al door mijn onderzoek naar Roberto Sanz' bewegingen op de dag van zijn dood. Ik had al gezien dat Sanz ongeveer een uur voor zijn dood een ontmoeting had met een agent MacIsaac. Daarna was het niet moeilijk te achterhalen dat er een agent Tom MacIsaac voorkwam op de personeelslijst van het lokale kantoor van de federale veiligheidsdienst van Los Angeles.'

'U bedoelt van de FBI?'

'Ja.'

'U zei dat hij ophing toen u hem een vraag stelde?'

'Ja. Ik noemde mijn naam, vertelde hem wat ik aan het doen was en vroeg of hij een ontmoeting had gehad met Sanz op de dag van Sanz' dood. Op dat moment beëindigde hij het gesprek. Ik belde hem nog eens, maar hij nam niet op. Daarna stuurde ik hem een appje, maar daar reageerde hij niet op. En dat heeft hij tot nu toe ook niet gedaan.'

Haller keek in zijn aantekeningen en liet die laatste opmerking nog even in de lucht hangen.

'Oké,' zei Haller. 'Laten we het nu dan over de blauwe lijn hebben. Op uw kaart staat dat de eigenaar van de blauwe telefoon zich samen met de groene telefoon verplaatste, klopt dat?'

'Ja en nee,' zei Bosch. 'De gegevens bevatten ook tijden. Daaruit is af te leiden dat de blauwe telefoon dezelfde weg aflegt als de groene, en op elke geografische locatie twintig tot veertig seconden achterloopt, totdat de groene telefoon stopt bij Flip's.'

'Geeft dat aan dat de blauwe telefoon de groene telefoon volgde?'

'Ja.'

Morris stond al op terwijl Bosch antwoord gaf en maakte hetzelfde bezwaar – dat het speculatie was. Maar opnieuw wees de rechter het bezwaar af: Bosch' conclusie was aanvaardbaar, gebaseerd op zijn ervaring en zijn expertise inzake zendmasten.

'Wat gebeurde er toen Roberto Sanz – de groene telefoon – stopte bij Flip's om MacIsaac te ontmoeten?' vroeg Haller.

Deze keer was Morris héél snel met zijn protest.

'Dat gaat uit van onbewezen feiten,' riep hij uit.

'Nogmaals, ik sta dit antwoord toe,' zei de rechter. 'Meneer Morris, ik denk dat u weet waar dit naartoe gaat en uw voortdurende onderbreking van de getuige hindert de rechtbank bij het vormen van een goed begrip van de zaak. Wacht alstublieft tot u een écht bezwaar hebt. Ik wijs dit bezwaar af. Gaat u door, meneer Haller.'

Haller wachtte tot Bosch antwoord gaf. Maar dat deed hij niet.

'Wilt u dat ik u de vraag nog eens stel?' vroeg Haller.

'Als u het niet erg vindt,' zei Bosch.

'Geen probleem. Volgens de data en de kaart die u op basis daarvan hebt gemaakt, wat waren de bewegingen van de blauwe telefoon toen Roberto Sanz bij Flip's parkeerde om agent MacIsaac te ontmoeten?'

Bosch volgde de lijn van de blauwe telefoon met zijn vinger terwijl hij antwoord gaf. 'De blauwe telefoon reed verder, parkeerde op een hoek verderop bij het benzinestation van ARCO en bleef daar minstens een uur staan.'

'Wat bedoelt u met "minstens een uur"? Zijn de data niet compleet?'

'Dat wel. Maar de blauwe telefoon hield op die plaats op gps-coördinaten naar de mast te sturen.'

'Hij verdween gewoon?'

'Inderdaad.'

'Wil dat zeggen dat de telefoon werd uitgeschakeld?'

'Ja, of hij werd op vliegtuigstand gezet, zodat hij geen signaal meer uitzond naar zendmasten in de buurt.'

'Juist. Een stapje terug, alstublieft. Waarom onderzocht u de blauwe telefoon?'

'Na afloop van de zitting van gisteren gaf de griffier u het mobiele nummer van brigadier Sanger, waar u naar vroeg toen ze getuigde. Ik heb dat nummer gezocht in de zendmastgegevens van AT&T. Ik heb het daar ook gevonden en het spoor in kaart gebracht.'

Haller wees naar de kaart op de standaard en zei overdreven verbaasd: 'Dat was de telefoon van Sanger? Zij volgde Sanz?'

'Dat blijkt,' zei Bosch.

'Maar bij het benzinestation gaat de telefoon opeens uit de lucht.'

'Juist.'

'En wanneer kwam de telefoon weer in de lucht, volgens de gegevens?'

'Geen enkele mast in Antelope Valley heeft nog contact met dat nummer nadat het bij het ARCO-benzinestation onbereikbaar wordt, en het is onbereikbaar tot tweeëntwintig minuten nadat Lucinda Sanz het alarmnummer belt omdat er geschoten wordt. Dat geeft aan dat de telefoon gedurende die tijd was uitgeschakeld, op de vliegtuigstand stond of buiten bereik van een zendmast was.'

'En waar is die telefoon als die na de schietpartij weer contact maakt?'

'Hij komt weer in de lucht in Palmdale bij een restaurant dat Brandy's Café heet.'

'Hebt u de route gevolgd?'

Bosch wees weer naar de kaart. 'Ja. Het is de tweede blauwe lijn op de kaart. Die loopt van het café naar de plaats delict bij Lucinda Sanz' huis.'

'Hoeveel minuten was de blauwe telefoon offline, alles bij elkaar?'

'Vierentachtig minuten.'

'En Roberto Sanz werd gedurende die vierentachtig minuten doodgeschoten, klopt dat?'

Morris sprong overeind en riep luidkeels: 'Protest! Edelachtbare, dit is pure fantasie! Ik vraag het hof dringend een eind te maken aan deze speculaties en insinuaties. Er is geen greintje bewijs voor enige andere conclusie dan dat Lucinda Sanz haar ex-man heeft doodgeschoten.'

'Edelachtbare, de getuige heeft driehonderd moordzaken behandeld. Hij weet wat hij doet en wat hij zegt. Meneer Morris probeert met zijn stortvloed aan bezwaren alleen maar...'

'Genoeg zo!' riep Coelho. 'Het bezwaar wordt terzijde geschoven om eerdergenoemde redenen. Gaat u door, meneer Haller.'

'Dank u, edelachtbare,' zei Haller. 'Meneer Bosch, is er een andere verklaring voor het wegvallen van de verbinding met de masten in Antelope Valley dan dat brigadier Sanger haar telefoon heeft uitgezet, op vliegtuigstand heeft gezet of buiten bereik was?'

'Nee, niet dat ik me kan voorstellen.'

Haller keek de rechter aan van achter de lessenaar. 'Edelachtbare, ik heb verder geen vragen.'

DEEL 8
SUBPOENA DUCES TECUM

34

Vanaf het dakterras van het Conrad had je een prachtig uitzicht over het centrum. Dit was nou het uitzicht waarom je van deze stad hield, omdat het je eraan herinnerde dat daarbeneden op straat álles mogelijk was.

Maar we hadden er geen aandacht voor – Bosch, Arslanian, Cisco en ik. We rouwden in stilte om de verliezen die de dag had gebracht. Bosch' getuigenis was een eenzaam stralend moment geweest voor de zaak-Lucinda Sanz, maar ook dat bleek te mooi om waar te zijn. Rechter Coelho had het verzoek om meer tijd voor het onderzoeken van de telefoongegevens gehonoreerd. Ze had de hoorzitting geschorst tot de volgende maandagochtend, zodat Morris en zijn minkukels drie dagen hadden – of vijf, als ze er overuren in stopten en in het weekend doorwerkten – om de implicaties van Bosch' getuigenis en bewijsvoering te ondermijnen.

Maar dat besluit stelde weinig voor, vergeleken bij het verlies van Arslanians getuigenis en reconstructie. Dat besluit hielp de zaak om zeep en ik merkte dat ik niet alleen boos was op Morris, maar ook diep teleurgesteld in de rechter, omdat ze geen recht wilde maken en de op AI gebaseerde reconstructie niet wilde goedkeuren. Dus daar zaten we dan, met een adembenemend uitzicht over de stad aan alle kanten, waar geen van ons nog schoonheid in kon ontwaren. De hemel werd al donker en de kans dat Lucinda Sanz nog vrij zou komen nam zienderogen af.

'Het spijt me erg, Mickey,' zei Arslanian. 'Ik had moeten…'

'Nee, Shami,' zei ik. 'Het ligt niet aan jou. Het ligt aan mij. Dit had ik moeten zien aankomen. Ik had jou moeten vragen naar de oorsprong van je programma.'

'Je gaat dat besluit toch aanvechten, hè?' vroeg Bosch.

'Natuurlijk,' zei ik. 'Maar zoals ik in de rechtszaal al zei, moet Lucinda in de tussentijd terug naar Chino om dat af te wachten. En dat kan jaren duren. Zelfs al winnen we in het Negende, dan nog moet het door naar het hooggerechtshof. Dat is een traject van vijf à zes jaar. We kunnen geluk hebben en nieuw recht maken, maar Lucinda zal haar straf dan al hebben uitgezeten.'

'Maar je zegt zelf toch altijd dat je onmogelijk een klok kunt "ontluiden"?' vroeg Cisco. 'De rechter heeft de hele presentatie wel gezien, toch? Ze heeft hem dan wel ongeldig verklaard, maar ze heeft ook gezien hoe indrukwekkend die was.'

Ik schudde mijn hoofd.

'Dat is misschien zo, maar de rechter weet ook dat het Openbaar Ministerie meekijkt,' zei ik. 'Ze zal haar uiterste best doen die presentatie geen deel te laten uitmaken van haar oordeel.'

'Het is mijn schuld,' zei Arslanian.

'Hé joh, hou nou eens op,' zei ik. 'Ik ben de kapitein van dit schip en ik zal ermee ten onder gaan. Het ligt aan mij.'

'Niet als je Sanger weer laat getuigen en bewijst dat ze liegt,' zei Bosch. 'De rechter is je iets verschuldigd, en dat weet ze. Bewijs dat Sanger liegt en misschien geeft ze je dan MacIsaac. Als we die kunnen laten getuigen, krijgen we het ware verhaal en dat wijst op Sanger. Niet op Lucinda.'

Ik nam een grote slok cranberry-soda en schudde mijn hoofd weer.

'Ik denk niet dat Coelho denkt dat ze mij iets verschuldigd is,' zei ik. 'Federale rechters worden voor het leven benoemd. Die kijken pas achterom als het Hof van Beroep voor het Negende circuit dat vraagt.'

Er viel weer een lange stilte. Ik dronk mijn glas leeg en keek om me heen of ik de serveerster zag.

'Nog een rondje?' vroeg ik.

'Dank je, ik heb nog,' zei Bosch.

'Nog een biertje, alsjeblieft,' zei Cisco.

'Nee, dank je,' zei Arslanian.

Er was geen bediening in de buurt. Ik stond op, pakte Cisco's glas en het mijne, en liep naar de bar.

'Hadden we die schotrestenschijfjes maar,' zei Arslanian.

Ik draaide me weer terug.

'Dat zou er niet toe doen,' zei ik. 'Die mensen waren niet dom bezig. Ze hebben de schijfjes die ze bij Lucinda gebruikten vervangen door schijfjes met schotresten erop.'

'Dat weet ik wel,' zei Arslanian. 'En ik weet dat het bewijsmateriaal is vernietigd na de uitspraak. Maar ik heb het ook niet over schotresten. Als ze met die schijfjes over Lucinda's handen zijn gegaan, dan zouden er ook huidcellen aan vast zijn blijven zitten. De meeste mensen stonden er niet bij stil dat op die manier ook DNA werd opgepikt. Ook advocaten niet. Maar de testmethoden zijn zo goed vandaag de dag, dat we zouden kunnen bewijzen of die schijfjes daadwerkelijk bij haar zijn gebruikt.'

Ik liet de glazen bijna uit mijn handen vallen. Snel zette ik ze terug op tafel.

'Wacht eens even,' zei ik. 'Volgens mij heb je nu…'

Ik maakte de zin niet af. Ik racete bij mezelf door alle documenten over de oorspronkelijke zaak tegen Lucinda die ik had gezien.

'Hè, wat?' vroeg Arslanian.

'Het dossier van de officier van de oorspronkelijke vervolging,' zei ik. 'Daar hebben we een kopie van gekregen bij de opgave van bewijsmateriaal. Daar zat een bevel in tot overdracht van bewijsmateriaal. Frank Silver zette de gebruikelijke stappen. Hij vroeg om een opgave van het bewijsmateriaal zodat hij een privélab de schotrestenschijfjes kon laten onderzoeken. Er waren twee schijfjes en de rechter liet er één overbrengen naar Silvers laboratorium. Maar toen sloot hij die deal voor Lucinda en deed het er niet meer toe.'

'Wil je zeggen dat dat schijfje nog steeds in het lab zou kunnen liggen?' vroeg Cisco.

'Er zijn gekkere dingen gebeurd,' zei ik. 'Het dossier ligt achter in de Lincoln.'

'Vijf minuten,' zei Bosch. 'Ik ben zo terug.'

Hij stond op en liep naar de lift. Ik keek Cisco aan.

'Cisco, geef me je telefoon even,' zei ik. 'Als ik met mijn eigen telefoon met Silver bel, neemt hij waarschijnlijk niet op.'

Cisco haalde zijn telefoon uit zijn zak, tikte de code in en gaf hem me aan. Ik haalde mijn portefeuille uit mijn zak en zocht Silvers kaartje, dat ik maanden geleden uit de sleuf naast zijn deur had geplukt.

Ik belde het mobiele nummer dat erop stond en Silver nam het gesprek vrolijk aan.

'Frank Silver. Wat kan ik voor u doen?'

'Niet ophangen.'

'Met wie spreek ik?'

'Haller. Ik heb je hulp nodig.'

'Mijn hulp? Je kan mijn reet likken. Ik help jou en ik krijg een vijf-nul-vier aan mijn broek. Fijne avond.'

'Silver, niet ophangen. Ik meen wat ik zeg. Ik heb je hulp nodig. En je weet dat ik geen vijf-nul-vier heb ingediend. Dat was een smoes.'

Er viel een korte stilte.

'Als dit maar geen trucje is.'

'Dat is het niet,' zei ik. 'Ik wil je vragen je even voor de geest te halen dat je aan de zaak werkte. Je kreeg een bevel tot het delen van bewijs toegekend, zodat je door een privélab een van de schotrestenschijfjes die op Lucinda zouden zijn gebruikt kon laten onderzoeken. Weet je dat nog?'

'Als het in het dossier staat, heb ik dat gedaan.'

'Je herinnert je dat niet?'

'Ik heb daarna nog een paar andere zaken gedaan, geloof het of niet. Ik herinner me niet alle details van elke zaak.'

'Oké, oké, duidelijk. Ik ook niet. Maar weet je nog naar welk lab je bent gegaan en of jij of de rechter ooit het bewijsmateriaal hebben teruggekregen na de test? Volgens mij zit er geen labverslag in het dossier.'

Opnieuw viel er een stilte en ik kon Silvers hersenen bijna horen knarsen terwijl hij zich afvroeg hoe hij er het maximale uit kon halen.

'Je wil de naam van mijn lab,' zei hij.

'Kom op Silver, verpest het nou niet voor jezelf. Heeft dat lab nog steeds dat schijfje liggen?'

'Ik neem aan van wel. Maar dat geven ze alleen af aan mij.'

'Prima. We moeten bevestigen dat het er nog is. Als dat zo is, ben jij straks de held.'

'Ik bel je morgenochtend.'

'Dat…'

Hij verbrak de verbinding. Ik gaf Cisco zijn telefoon terug.

'Bij welk lab heeft hij het laten doen?' vroeg Arslanian.

'Hij is beledigd,' zei ik. 'Hij houdt het voor zich en geeft geen bewijs uit handen voor hij zeker weet dat hij de held zal zijn.'

'Die gast is een loser,' zei Cisco.

'O ja,' zei ik. 'Maar we moeten het spelletje meespelen. Anders krijgen we ons bewijs niet.'

Bosch kwam terug met het dossier uit de Lincoln en ik vertelde hem over mijn gesprekje met Silver.

'Dus nu moeten we tot morgen wachten?' vroeg hij.

'Laten we eerst even kijken wat er in het dossier zit,' zei ik.

Ik sloeg de map open en bladerde door de eerste stappen van het onderzoek tot ik Silvers verzoek om een onafhankelijke analyse van het bewijsmateriaal vond. Het verzoek werd goedgekeurd door opperrechter Adam Castle, die beval dat een van de schijfjes moest worden overgebracht naar een onafhankelijk laboratorium in Van Nuys dat Applied Forensics heette.

'Misschien hebben we dan toch geluk,' zei ik. 'Een van de schijfjes is overgebracht naar Applied Forensics. Silver heeft daar een gerechtelijk bevel voor gekregen, dus is het waarschijnlijk dat het Applied Forensics niet werd toegestaan het bewijs te vernietigen of te verplaatsen zonder een volgend gerechtelijk bevel. En als zo'n bevel had bestaan, zou het in het dossier zitten. Dat betekent dat het bewijs er nog steeds zou moeten zijn. Zelfs na vijf jaar nog.'

'Hoe komen wij er dan aan?' vroeg Cisco.

'Niet,' zei ik. 'Ik heb Applied Forensics nog nooit een opdracht verleend, maar ze hebben me daar wel om gevraagd. Ze beschikken over een volledig geoutilleerd DNA-lab. We hoeven alleen Silver maar zover te krijgen dat hij ze vraagt op DNA te testen.'

'Dat niet alleen,' zei Arslanian. 'Waarschijnlijk zit er DNA op van degene die bemonsterd heeft én van degene die bemonsterd werd. Het lab moet DNA van Lucinda hebben om te kunnen vergelijken.'

'Hebben we haar DNA?' vroeg Cisco.

'Nog niet,' zei ik. 'Maar ik heb al een plannetje om dat te krijgen. De vraag is of we voor maandag een vergelijking kunnen hebben, als we weer bij de rechter zitten.'

'Als ik ze bij Applied Forensics op hun nek blijf zitten wel,' zei Arslanian. 'Ik installeer me daar en neem ze op sleeptouw.'

'Nee, Shami, jij moet terug naar huis,' zei ik.

'Laat me dit nou alsjeblieft doen,' zei ze. 'Het moet.'

Ik knikte.

'Oké,' zei ik. 'Dan gaan jullie morgenochtend met zijn drieën naar Applied Forensics. Silver gaat daar waarschijnlijk ook naartoe. Zorg dus dat je er bent voor ze opengaan. Ik ga met de rechter praten, maar ik wacht op jullie bericht voor ik bij haar aanklop.'

'Hoe weten we dat Silver geen spelletje met ons probeert te spelen?' vroeg Bosch.

'Ik bel hem morgenochtend,' zei ik. 'Als hij moeilijk doet, zal Cisco hem het licht doen zien.'

We keken allemaal naar Cisco, die een kort knikje gaf.

35

Woensdagochtend om tien uur zat ik klaar op de bank in de gang bij de rechtszaal van rechter Coelho. Ik wist dat het daar nu donker zou zijn, aangezien de habeas-zitting was verdaagd. Terwijl ik op mijn telefoon keek of er nog berichten waren, ging de deur van de rechtszaal open en kwam een journaliste naar buiten die op maandag en dinsdag de hoorzitting had gevolgd. Ze was jong en aantrekkelijk, had donker haar en maakte een serieuze indruk. Te midden van de andere journalisten die ik van eerdere processen en zaken kende was ze nieuw.

'Goh, meneer Haller, wat een verrassing,' zei ze. 'Ik bedoel, nu de zitting tot maandag is verdaagd.'

'Ik moet de griffier even spreken,' zei ik. 'U bent journalist, hè? Was u er maandag én dinsdag?'

'Ja. Britta Shoot,' zei ze.

We gaven elkaar een hand.

'Shoot?' vroeg ik. 'Echt?'

'Ja,' zei ze. 'Ik weet het, nogal toevallig aangezien de zaak over een schietpartij gaat.'

'Voor wie werkt u?'

'Meestal voor mezelf. Ik werk freelance. Maar mijn artikelen zijn gepubliceerd in *The New York Times*, *The Guardian*, *The New Yorker* en nog een stel tijdschriften. Ik schrijf vaak over technologie en ik werk aan een boek over *geofencing*, en hoe dat in toenemende mate wordt gebruikt door wetshandhavers – en sommige advocaten zoals u – en hoe zich dat verhoudt tot het Vierde Amendement en zo.'

'Interessant. Hoe kwam u bij deze zaak terecht?'

'Eh… een van mijn bronnen zei dat geofencing ter sprake zou komen. En met uw getuige Bosch was dat beslist het geval. Ik zou hem graag interviewen – en u ook – als u tijd hebt.'

'Dat zal moeten wachten tot de zaak achter de rug is. Federale rechters houden er niet zo van als advocaten en getuigen tijdens lopende zaken met de media praten.'

'Het is hoe dan ook een langetermijnproject. De rechter zal er niets van merken tot het boek uitkomt. Maar ik kan wel wachten. Ik weet ook wel dat u uw handen vol hebt, helemaal na dat besluit over de reconstructie. AI in de rechtszaal is ook zo'n verhaal waar ik over zou willen schrijven.'

Ze zette haar laptoptas naast me op de bank, trok de rits open en gaf me een kaartje. Er stond alleen haar naam op en een telefoonnummer.

'Dit is mijn mobiele nummer.'

'Vier-één-vijf… komt u uit San Francisco?'

'Ja. Later vandaag ga ik ook weer terug, maar ik ben hier beslist maandag weer.'

'Ja, zorg dat u maandag niet mist.'

'O? Is er een verrassing?'

'Misschien. Dat moeten we nog zien. Waarom was u zojuist in de rechtszaal?'

'Ik wilde graag een kopie van uw dagvaarding van de gegevens van de zendmasten en een kopie van wat u aanleverde als bewijsmateriaal. Die dagvaarding kon ik zo krijgen, maar de kosten van de uitdraai van de gegevens gaan mijn budget te boven.'

'Ja, ze rekenen zoiets als een dollar per bladzijde. Hier.'

Ik pakte mijn portefeuille, haalde er een kaartje uit en gaf het haar.

'Als je hier maandag weer bent, krijg je een kopie,' zei ik.

'Dank u wel,' zei ze. 'Zeker weten?'

'Ja hoor, geen probleem.'

'Dank u, wat aardig. Dat scheelt me een hoop tijd en geld. Anders had ik tot het eind van de middag moeten wachten tot ze alles hadden gekopieerd. Nu kan ik een eerdere vlucht nemen.'

Ik hield haar kaartje op.

'Cool,' zei ik. 'Misschien kun jij mij op een dag een dienst bewijzen. Je zou me kunnen interviewen voor je boek. Of misschien een artikel over mij in *The New Yorker* publiceren. Wat jij?'

Ze glimlachte.

'Wie weet,' zei ze. 'Tot maandag.'

'Tot maandag.'

Ik keek haar na terwijl ze naar de lift liep en vroeg me af wie haar bron was. Vermoedelijk iemand bij het Openbaar Ministerie die wist van de dagvaarding van de zendmastdata.

Ik pakte mijn telefoon en googelde 'geofencing' omdat ik daar nog nooit van had gehoord. Ik was halverwege een artikel in de *Harvard Law Review* over het Vierde Amendement en het gebruik van telefoondata om personen op te sporen toen mijn telefoon ging. Bosch.

'Goed nieuws graag,' zei ik.

'Ik heb goed en slecht nieuws,' zei hij. 'Het bewijs ligt hier nog en toen ze hun test deden, gebruikten ze er maar de helft van. Er is dus nog een ongebruikte helft in de koeling.'

'Oké. Wat is het slechte nieuws?'

'Silver nummer twee heeft het lab destijds laten zitten. Toen Lucinda naar de gevangenis ging, had hij de resultaten van de schotrestentest niet meer nodig en betaalde hij ook de rekening niet. Ze vinden hem hier dus niet zo aardig. Ze leveren geen bewijsmateriaal als er niet eerst voor betaald wordt.'

'Wat kost het?'

'Vijftienhonderd.'

'Heb je een creditcard bij je, Harry? Betaal daar alsjeblieft mee en declareer het straks. Je krijgt het terug.'

'Mijn idee. En dan nog iets anders. Silver roept dat hij hiervoor betaald wordt.'

'De rat. Niemand wordt betaald voor wat dan ook. Is hij in de buurt? Kan ik hem spreken?'

'Moment. Hij staat met Cisco en Shami te praten. Volgens mij wil Cisco hem net in een nekklem nemen.'

'Even wachten nog. Geef me Silver maar en ga vragen of ze creditcards accepteren voor die rekening van toen.'

'Moment.'

Er ging een portier open; Harry had me gebeld vanuit zijn auto. Er klonk het geluid van een andere deur terwijl hij Applied Forensics binnenging. Ik hoorde wat gedempte stemmen en toen had ik Frank Silver aan de lijn.

'Mick! Heb je het goede nieuws al gehoord?'

'Ja. Ik hoor ook dat jij geld wil zien.'

'We staan hier nog altijd dankzij mij en mijn tijd is ook geld. Ik wil een paar duizend dollar, meer niet.'

'Ten eerste weten we nog helemaal niet waar we het over hebben. Ten tweede zal ik de rekening moeten betalen die jij vijf jaar geleden hebt laten liggen. En ten derde, en dat is het belangrijkste, jij bent getuige in deze zaak. Als ik jou zelfs maar een cent betaal voordat je getuigt, en het OM komt daarachter, ben jij geen getuige meer.'

'Ik heb al gezegd dat ik niet ga getuigen. Ik ga me niet door jou voor de bus laten gooien vanwege incompetente vertegenwoordiging.'

'Dat ligt achter ons, Frank. Maak je geen zorgen. Dáárom ben jij geen getuige. Als er iets boven komt drijven bij Applied Forensics heb ik jou nodig in de getuigenbank om te vertellen hoe het bewijs daar terechtkwam en waarom het er na vijf jaar nog was. Dan ben jij de held.'

'Klinkt goed. Maar dan word ik wel betaald.'

'Hoor eens, misschien zit er wat CJA-geld in als alles achter de rug is, maar jij wordt pas betaald als we allemaal worden betaald.'

'CJA? Wat is dat?'

'Federaal geld voor advocaten – valt onder de Criminal Justice Act.

Het is niet heel veel, maar wel iets en wát we krijgen, krijg jij allemaal. Ik sta op het punt met rechter Coelho te gaan praten. Ook hierover. Geef me Harry maar weer.'

'Oké, Mick. Overigens, ik vind Harry een aardige gast. Maar die grote kerel niet zo.'

'Dat is de bedoeling ook niet. Geef me Harry.'

Ik stond op en liep heen en weer door de gang terwijl ik wachtte. Ik probeerde mijn opwinding over wat dit kon betekenen te beheersen. Toen hoorde ik Bosch' stem weer.

'Mick?'

'Ja. Hebben ze je creditcard geaccepteerd?'

'Die namen ze aan, ja.'

'Mooi. Wat is Shami aan het doen?'

'Die maakt een toertje door het lab. Ze zijn dol op haar. Volgens mij is ze hartstikke beroemd op haar vakgebied.'

'Nou, reken maar. Als ze klaar is met haar toertje, zeg haar dan dat ze het lab voorbereidt op een gerechtelijk bevel tot testen van een monster op DNA en een vergelijking daarvan met een ander monster dat aan het eind van de dag binnen zou moeten komen.'

'Zal ik doen. En we hebben haast, hè?'

'We betalen graag voor een spoedtest. Maandag moeten we de resultaten hebben.'

'Oké. Hoe is het met jou?'

'Ik ga zo met de rechter praten om te proberen dit in gang te zetten.'

'Succes daarmee.'

'Dank je, dat heb ik wel nodig ook.'

Ik verbrak de verbinding en liep naar de deur van de rechtszaal.

36

De lichten in de rechtszaal waren uit, behalve de lamp boven de grif-
fierstafel rechts van die van de rechter. Coelho's griffier was Gian
Brown, een jonge man die net afgestudeerd was aan de rechtenfaculteit
van de usc. Hij had me het afgelopen half jaar al vaker langs zien komen om verzoeken voor de rechter af te geven. En elke keer vertelde hij
me dat ik het mezelf een stuk gemakkelijker zou kunnen maken als ik
de documenten en verzoeken gewoon zou mailen, maar dat deed ik
nooit. Ik wilde dat hij wist wie ik was, dat hij me kende. Ik wilde dat hij
me aardig vond. Ik kwam te weten dat hij wel een *caramel macchiato*
lustte op zijn tijd en nam er soms een uit de cafetaria voor hem mee,
ook al protesteerde hij elke keer dat dit me geen gunsten zou opleveren
bij hem of de rechter. En dan zei ik altijd dat ik niet uit was op gunsten,
omdat ik ze niet nodig had.

Maar nu wel.

'Meneer Haller, u weet toch dat we vandaag geen zittingen hebben?'
vroeg Brown.

'Dat moet ik vergeten zijn,' zei ik. We glimlachten allebei.

'Laat me raden, dan hebt u vast een verzoek voor ons,' zei Brown.

'Ik kom om een gunst vragen,' zei ik. 'Een grote. Ik moet de rechter
spreken over een dagvaarding *duces tecum* en het is dringend. Is ze er?'

'Eh... ja, dat wel,' zei Brown. 'Maar ze heeft "Niet Storen" aan staan.'

Hij wees naar een rood lampje op een paneel op het halve muurtje
waarachter hij zat. Daarnaast zat de knop die hij indrukte als alle partijen aanwezig waren en de rechter de rechtszaal kon binnenkomen.

'Oké, Gian, dan wil ik dat je haar belt of oppiept, want ik heb iets te zeggen dat ze zeker interessant zal vinden,' zei ik.

'Eh…'

'Gian, alsjeblieft. Het is essentieel voor de zaak. Het is belangrijk dat dit zo snel mogelijk onder haar aandacht wordt gebracht. Ik denk zelfs dat ze boos op je zal worden als ze hoort dat ze het vanwege een rood lampje te laat te weten is gekomen.'

'Oké, dan loop ik even naar achteren om te zien of haar deur open is.'

'Doe dat. Dank je wel. En als hij dicht is, klop dan even aan.'

'Ik kijk wel even. Wilt u hier wachten? Ik ben zo terug.'

Hij stond op en liep door de deur achter zijn tafel de gang in die naar de kamer van de rechter leidde.

Ik wachtte drie minuten tot de deur eindelijk weer openging. Brown kwam erdoor, maar zonder de rechter. Hij schudde zijn hoofd.

'Haar deur is dicht,' zei hij.

'En, heb je geklopt?' vroeg ik.

'Nee. Ze wil duidelijk niet gestoord worden.'

Zonder er verder over na te denken ging ik op mijn tenen staan en leunde over het halve muurtje. Ik stak mijn hand uit naar de knop om de rechter mee op te roepen. Mijn voeten bungelden in de lucht en ik balanceerde op de vijftien centimeter brede rand van het muurtje.

'Hé!' protesteerde Brown.

Ik drukte op de knop en hield mijn vinger erop totdat ik onder mijn eigen gewicht achterover zakte en weer met mijn voeten op de vloer belandde.

'Waar bent u in godsnaam mee bezig?' schreeuwde Brown.

'Ik moet haar spreken, Gian,' zei ik. 'Het is een noodgeval.'

'Doet er niet toe. Daar had u het recht niet toe. Ik wil dat u de rechtszaal nú verlaat.'

Ik hief mijn handen op en begon achteruit bij hem vandaan te lopen.

'Je kunt me vinden in de gang,' zei ik. 'Daar blijf ik de hele dag zitten als het moet.'

Toen klonk er een zoemtoon. Brown liep naar zijn bureau en nam de telefoon op.

'Jawel, mevrouw de rechter,' zei hij.

Terwijl hij luisterde, begon ik terug te lopen.

'Het is meneer Haller,' zei Brown. 'Hij drukte op de knop omdat ik u niet wilde storen.'

Ik leunde weer over het halve muurtje.

'Mevrouw de rechter, ik moet u spreken,' zei ik luid.

Brown legde zijn hand over de telefoon en wendde zich van me af. 'Hij zei dat het om een dringende dagvaarding gaat,' zei hij. 'Ja, dat was hem. Hij is hier nog.'

Brown luisterde een paar seconden en hing toen op. Zonder zich om te draaien zei hij: 'Ze zei dat ze u te woord wil staan,' zei hij. 'U mag naar binnen.'

'Dank je, Gian,' zei ik. 'Je hebt een macchiato van me tegoed.'

'Doe geen moeite.'

'Met extra karamel.'

Ik liep langs zijn bureau naar de gang. Rechter Coelho stond in de deuropening van haar kamer. In plaats van een zwarte toga droeg ze nu een spijkerbroek en een corduroy blouse.

'Ik hoop dat dit de moeite waard is, meneer Haller,' zei ze. Ze draaide zich om en ging me voor haar kamer in.

'Sorry voor mijn informele kleding,' zei ze terwijl ze achter haar bureau ging zitten. 'Omdat we vanwege de verdaging de hele dag geen zitting hebben, hoopte ik wat schrijfwerk in te kunnen halen.'

Ik wist dat dat vonnissen en gerechtelijke bevelen betekende. Ze wees naar een van de stoelen tegenover haar.

'Een dagvaarding duces tecum,' zei ze. 'U bent iets van plan en u wilt niet dat de heer Morris het weet. Althans, nu nog niet.'

'Klopt helemaal, edelachtbare,' zei ik.

'Ga zitten, alstublieft. Verklaar u nader.'

'Dank u. De tijd dringt, mevrouw de rechter. Vanmorgen hebben we vernomen dat het bewijs uit de oorspronkelijke zaak niet is weggegooid nadat daar vijf jaar geleden een uitspraak in was gedaan. De oorspronkelijke advocaat van Lucinda Sanz had een deel van het bewijsmateriaal ontvangen voor een onafhankelijk onderzoek: een van de schijfjes schuimrubber dat gebruikt zou zijn om Sanz' handen en kleding te testen op schotresten.'

'En volgens u is dat er nog?'

'Het ligt in het onafhankelijke lab waar haar advocaat Frank Silver het naartoe bracht. Applied Forensics in Van Nuys. We zijn er ook achter gekomen dat niet al het materiaal is gebruikt toen er destijds een schotrestenonderzoek werd uitgevoerd. Ze hebben daar nog steeds een schijfje liggen dat niet getest is.'

'En wat wilt u ermee gaan doen?'

'Mevrouw de rechter, ik heb een dagvaarding van u nodig voor een DNA-test van mijn cliënt in het federale detentiecentrum. En dan wil ik van u een verzegeld bevel aan Applied Forensics om haar DNA te vergelijken met dat van het ongeteste bewijs in het lab daar.'

Ze staarde me een lang moment aan, terwijl ze probeerde de punten met elkaar te verbinden.

'Oké, verklaar u nader,' zei ze uiteindelijk.

'Onze stelling is vanaf het begin af aan geweest dat er met het bewijs van de schotresten in de oorspronkelijke zaak tegen Sanz is gesjoemeld,' zei ik. 'Dat moet wel, want ze heeft niet geschoten. Er werd dus door hulpsheriff Sanger een test met schijfjes schuimrubber afgenomen, maar op een bepaald moment werden deze verwisseld met vervuilde schijfjes die vervolgens positief testten op schotresten. In de DNA-test waar we om vragen zou het DNA van de huidcellen van Sanz moeten worden aangetroffen op het schijfje bij Applied Forensics, als dat tenminste daadwerkelijk met haar huid in aanraking is geweest.'

'Maar dan kan uw test ook doorslaan naar de andere kant. Als haar DNA wel op dat schijfje wordt gevonden, wordt uw stelling onderuitgehaald. Weet u zeker dat u dat risico durft te nemen, meneer Haller?'

'Absoluut, mevrouw de rechter. We staan hier volledig achter.'

'We? Hebt u de risico's met uw cliënt besproken? Als haar DNA op dat schijfje zit, weet u waar dat toe leidt.'

'Ze weet hoe het zit en is akkoord. Ze is onschuldig. Ze weet dat haar DNA daar niet op zal zitten.'

Dat was niet gelogen. Lucinda had de avond ervoor vanuit het detentiecentrum collect gebeld en ik had haar verteld dat er misschien nog een schijfje van het oude onderzoek was. Ik legde haar uit wat een DNA-test kon bewijzen. Ze vertelde me wat ik de rechter net had verteld: dat ze onschuldig was en, als ze de kans kreeg, de test zou ondergaan.

'Edelachtbare,' voegde ik eraan toe, 'ook al zijn de gegevens van de zendmast en de reconstructie van het misdrijf door de rechtbank afgekeurd, ze tonen aan dat mijn cliënt onschuldig is. Dat zal deze test ook doen.'

'Ik bewonder uw vertrouwen in uw cliënt en in wat u denkt met het bewijs aan te tonen,' zei Coelho. 'Maar waarom wilt u de dagvaarding en het gerechtelijk bevel laten verzegelen?'

'Zolang we geen uitslag hebben, ben ik bang voor belemmering van de rechtsgang.'

'Nee toch, meneer Haller. Meent u dat werkelijk? Denkt u dat iemand zal inbreken bij Applied Forensics om het bewijs te stelen?'

'Die mogelijkheid is aanwezig, mevrouw de rechter. Sinds ik deze zaak op me heb genomen, is zowel bij mijn assistent als bij mij thuis ingebroken, alhoewel er ogenschijnlijk niets is gestolen. Mijn kantoor aan huis werd verwoest en mijn computer vernield; er was ahornsiroop over het toetsenbord gegoten. Dat was bedoeld als intimidatie en ik wil de rechtbank daarom vragen dit verzoek te verzegelen totdat we een testresultaat hebben. Zodra we dat hebben, mag de rechtbank het wat mij betreft de wereld in slingeren.'

'Is er een proces-verbaal opgemaakt van deze inbraken?'

'Ja, we hebben allebei aangifte gedaan en ik kan er een afschrift van opvragen bij het LAPD als de rechtbank dat nodig acht. Maar zoals ik al zei, de tijd dringt. Ik heb ook een claim bij de verzekering ingediend voor een nieuwe computer en om de schoonmaakkosten te vergoeden. Zonder proces-verbaal keren die sowieso niets uit. Goed, als mensen je vroeger wilden intimideren, plasten of poepten ze op je spullen. Maar sinds je ze door middel van hun DNA kunt opsporen worden ze voorzichtiger. Ze namen mijn eigen fles ahornsiroop, een cadeautje van mijn dochter.'

'Heel elegant.'

Ze was even stil, alsof ze zat te overwegen of ze mijn verhaal over die inbraken zou geloven zonder de officiële stukken te zien.

'Hoe snel kan die test plaatsvinden?' zei ze uiteindelijk.

'Als we het DNA van Lucinda Sanz aan het eind van de dag bij hen kunnen krijgen, hebben we maandag de resultaten,' zei ik.

'Dat zal nog een hele klus worden om de parketwacht zo snel te laten werken.'

'U zou mij de dagvaarding kunnen geven met een bevel dat me directe toegang geeft tot mijn cliënt.'

Coelho schudde haar hoofd. Ze begon iets te schrijven op een notitieblok.

'Nee, dat gaan we niet doen,' zei ze. 'Ik wil dat het verzamelen van het DNA en het afleveren ervan bij het lab door de parketwacht wordt uitgevoerd. Dan ontstaan er later geen problemen met de bewijsverantwoordingsketen, mocht dit uitpakken zoals u denkt en hoopt dat het zal doen.'

'Ja, edelachtbare,' zei ik. 'Heel verstandig.'

'Niet zo onderdanig, meneer Haller. Dat past u niet.'

'Nee, edelachtbare.'

'Ik zal de dagvaardingen dadelijk uitschrijven en heb binnen het uur kopieën voor u. Het zal me waarschijnlijk net zo veel tijd kosten als het u kost om naar de cafetaria te lopen en een excuus-macchiato voor mijn griffier te halen.'

Ik zweeg. Ze keek op van haar notities.

'Daar heeft hij me over verteld,' zei ze. 'Elke keer. Hij wilde niet dat er een schijn van vriendjespolitiek zou ontstaan.'

'Begrepen,' zei ik.

'U kunt gaan. Wacht u maar in de rechtszaal. Gian zal u de kopieën brengen zodra ze klaar zijn.'

'Dank u wel, edelachtbare.'

Ik stond op en liep naar de deur. Ik was opgetogen, maar probeerde het niet te laten merken. Ik had mijn hand al op de deurknop, maar keek toen nog een keer om naar de rechter. Ze had haar stoel al omgedraaid naar de computer op een aparte tafel naast haar bureau, maar op de een of andere manier merkte ze dat ik nog in de kamer was.

'Was er verder nog iets, meneer Haller?' vroeg ze.

'U zei dat u de dag wilde gebruiken om te schrijven,' zei ik. 'Vanwege de verdaging.'

'Inderdaad.'

'Zou u de uitspraak over de misdrijfreconstructie van dr. Arslanian nog eens willen heroverwegen? Want ik denk dat dit dé gelegenheid is om een belangr–'

'U kunt ook te ver gaan, meneer Haller. Als ik u was, zou ik maar gaan nu ik u nog gunstig gezind ben.'

'Jawel, edelachtbare.'

Ik opende de deur en stapte naar buiten.

37

Op zondag verzamelde het Lucinda Sanz-team zich, dit keer met een tegensputterende Frank Silver en zonder onze cliënt, in de oefenrechtszaal van de Southwestern Law School. Als oud-student en bescheiden donateur, maar wel met een voornamelijk positief publiek profiel – vooral na de zaak-Ochoa – had ik toegang tot de faciliteiten van de opleiding als ze niet in gebruik waren. En dus installeerden we ons in de kleine rechtszaal met een rechterszetel, een getuigenbank en een kleine publieke tribune. Maandag zou de dag zijn waarop we ons habeas-verzoek zouden winnen of verliezen en ik wilde dat iedereen die kon repeteren, dat ook zou doen.

De DNA-resultaten die we vrijdag van Applied Forensics hadden verwacht, waren er nog niet en ik had de afgelopen twee dagen gewerkt aan mijn getuigenopstelling zoals een honkbalmanager werkt aan een slagopstelling voor de eerste wedstrijd van de World Series. Ik moest uitzoeken wie er een stopstoot kon plaatsen, wie er een honk kon stelen en wie de genadeslag kon uitdelen. Ik moest erachter zien te komen wat voor worpen de tegenstander in huis had en hoe ik mijn team het beste daarop kon voorbereiden.

De parketwacht had de DNA-test van Lucinda Sanz uiteindelijk pas donderdagmiddag bij het lab afgeleverd, en daarvoor had ik me eerst nogmaals naar het gerechtsgebouw moeten begeven, me langs de nog steeds boze Gian Brown moeten kletsen en de rechter moeten vragen de parketwacht tot spoed te manen.

Door de vertraging beloofde Applied Forensics dat we de resultaten op zijn vroegst maandag rond het middaguur zouden hebben. Ik moest mijn getuigen inplannen en repeteren in de veronderstelling dat ik die resultaten zou krijgen en dat ze ontlastend zouden zijn voor mijn cliënt.

De eerste die aan slag zou zijn, was Harry Bosch. Daarin had ik geen keus, tenzij Hayden Morris de vijf dagen had benut om de resultaten van de zendmast te analyseren en besloot af te zien van een kruisverhoor. Maar dat leek me niet waarschijnlijk. Op zijn minst zou Morris de geloofwaardigheid van Bosch proberen te ondermijnen. Bosch was al oud en al lang uit de running. Hij had dan wel tientallen jaren ervaring met moordonderzoeken, maar hij had nog nooit eerder geofencing – een term die ik leerde van Britta Shoot – in een onderzoek gebruikt. Dat maakte Bosch kwetsbaar en ik moest toegeven dat ik hem ook daarop zou hebben aangevallen als ik de aanklager was in deze zaak. Ik moest er dus voor zorgen dat Bosch maandagmorgen goed beslagen ten ijs kwam.

Ik hoopte dat het kruisverhoor van Bosch de hele ochtend in beslag zou nemen en dat ik de resultaten van Applied Forensics in handen zou hebben tegen de tijd dat de volgende getuigen konden worden opgeroepen. Als Morris vroeg klaar zou zijn met zijn verhoor, zou ik Bosch opnieuw moeten verhoren, wat ons tot aan de lunchpauze en mogelijk zelfs nog verder zou brengen.

Zodra Bosch de getuigenbank kon verlaten, was Frank Silver aan de beurt. Hij zou de rechter vertellen hoe een schijfje schuimrubber dat voor het schotrestenonderzoek over de handen van Lucinda Sanz zou zijn geveegd, vijf jaar nadat het daarheen was overgebracht in perfecte staat was teruggevonden in een laboratorium in Van Nuys. Frank zou dan worden afgelost door opnieuw Shami Arslanian, waarna het de beurt was aan de laborant die de DNA-sporen had vergeleken. Hoewel Stephanie Sanger zeker geen deel uitmaakte van mijn team, zou de belangrijkste gebeurtenis haar terugkeer in de getuigenbank zijn. Daar kon ik me niet door te oefenen op voorbereiden. Het zou helemaal op mij aankomen, en het enige wat ik wist was dat mijn vragen aan Sanger de informatie moesten bevatten waarvan ik wilde dat die de rechter zou bereiken. Ik had het gevoel dat Sanger in de getuigenbank niet zou breken en zich bij het beantwoorden van de vragen onder ede zou beperken tot zo min mogelijk woorden.

Dat was hoe het volgens mijn informatie zou verlopen. Maar er konden altijd onvoorziene omstandigheden zijn. Mijn plan was om het DNA-bewijs en de ontkenningen van Sanger te gebruiken om de rechter ertoe over te halen actie te ondernemen en FBI-agent MacIsaac voor verhoor te dagvaarden. Dat was het uiteindelijke doel: een FBI-agent die onder ede zou bevestigen dat Roberto Sanz meewerkte aan een onderzoek naar zijn eigen eenheid. Als ik dat wist te bereiken, twijfelde ik er niet aan dat Lucinda Sanz vrijuit zou gaan.

Over het algemeen verliep de repetitie goed. Ik zette Cisco Wojciechowski op de plaats van de rechter, zodat er een intimiderende aanwezigheid was die bij de getuigen over de schouder keek tijdens hun verklaring. Bosch deed het goed; hij had in zijn carrière natuurlijk al honderden uren getuigd. Shami Arslanian was zoals altijd charmant en professioneel. Jennifer Aronson, die de rol speelde van Stephanie Sanger, gaf sarcastische antwoorden van niet meer dan één lettergreep, wat me hielp mijn vragen aan te scherpen zodat de boodschap beter overkwam. De enige domper op de feestvreugde was Silver, die in antwoord op mijn eerste vragen zijn eigen belang en juridisch inzicht bleef uitvergroten. Dat dwong me om te heroverwegen hoe ik hem zou ondervragen als hij echt moest getuigen.

Al met al was het een geslaagde dag. We hielden er om 17.00 uur mee op en ik trakteerde iedereen, ook Silver, op een vroeg etentje in de privéwijnkamer van Musso and Frank. Er heerste een hecht gevoel van kameraadschap in het team en we hieven allemaal het glas, of er nu alcohol in zat of niet, proostten op Lucinda en beloofden morgen onze uiterste best voor haar te doen.

Het was al na achten toen ik mijn auto in de garage onder mijn huis parkeerde. Ik was van plan om direct te gaan slapen, zodat ik de volgende ochtend goed uitgerust zou zijn. Ik sloot de garage af en liep langzaam de trap op. Toen ik nog maar drie treden te gaan had, zag ik een man zitten op een van de barkrukken aan de rand van het terras. Hij zat met zijn rug naar me toe en zijn voeten lagen op de balustrade. Hij zat er ontspannen bij en leek naar de lichtjes van de stad te turen. Het enige wat er nog ontbrak was een flesje bier.

Hij sprak zonder zich naar me om te draaien.

'Ik zit al een paar uur op je te wachten,' zei hij. 'Ik had gedacht dat je op zondagavond wel thuis zou zijn.'

Ik had mijn sleutels in mijn hand. Bovenaan de trap was de huisdeur. Ik wist dat ik de deur open zou kunnen hebben voordat hij bij me was. Maar op de ene of andere manier had ik het gevoel dat hij niet zo rustig in zijn eentje op de rand van het terras zou zitten als hij van plan was geweest om me te intimideren of me kwaad te doen. Ik nam de sleutels zo in mijn hand dat er een tussen mijn vingers uitstak, om enige schade te kunnen aanrichten als ik gedwongen werd een klap uit te delen. Voorzichtig liep ik op hem af. Toen ik dichterbij kwam, ging er een schok door me heen: de man droeg een zwart kogelvrij masker dat zijn hele gezicht bedekte.

'Relax,' zei hij. 'Als ik je had willen omleggen, was dat allang gebeurd.'

Ik herpakte mezelf, balde mijn vuisten en kwam dichterbij. Maar niet zo dichtbij dat hij me kon raken.

'Waarom dan dat masker?' vroeg ik. 'En wie ben je eigenlijk?'

Hij liet zijn voeten op de voetsteun van de barkruk zakken en keerde het uitzicht de rug toe.

'Ik had je slimmer ingeschat, Haller,' zei hij. 'Ik wil natuurlijk niet dat je mijn gezicht ziet.'

Plotseling realiseerde ik me wie hij was.

'De ongrijpbare agent MacIsaac,' zei ik.

'Bravo,' zei hij.

'Ik heb zo het vermoeden dat je hier niet bent om me te vertellen dat je komt getuigen.'

'Ik ben hier om je te vertellen dat ik dat niet ga doen en dat je dat idee moet laten varen.'

'Ik heb een onschuldige cliënt en ik denk dat jij me kunt helpen dat te bewijzen. Ik laat dat niet zomaar lopen.'

'Je helpen dat te bewijzen betekent niet per se dat ik ook getuig.'

Ik dacht lang over die woorden na en staarde naar de ogen achter de ovale uitsparingen in het masker. Voordat ik mijn volgende vraag kon bedenken, stelde hij er een.

'Waarom denk je dat ik niet kan getuigen? Waarom is de openbaar aanklager bereid om een federale rechter te trotseren als het zover zou komen?'

'Omdat de FBI in verlegenheid zal worden gebracht door wat er in de rechtszaal wordt onthuld: dat de FBI bereid was Lucinda Sanz naar de gevangenis te sturen, zolang maar niet naar buiten kwam dat hun agent de dood van haar ex-man heeft veroorzaakt.'

MacIsaac lachte. Het geluid bleef gedempt achter het masker, maar ik hoorde het evengoed en het maakte me kwaad.

'Ga je het zelfs hier ontkennen?' vroeg ik. 'Sanger heeft gezien dat je Sanz ontmoette. Een uur later was hij dood en moest Lucinda ervoor opdraaien. Ondertussen kijkt de FBI – en jij – de andere kant op.'

'Ik wil je helpen, maar je hebt geen flauw idee van wat er is gebeurd,' zei MacIsaac.

'Vertel het me dan, MacIsaac. Waarom wil je niet getuigen en waarom heb je dat stomme masker op?'

'Kunnen we niet even naar binnen gaan? Ik praat niet graag hier in de openlucht.'

'Nee, we gaan niet naar binnen. Niet voordat je me vertelt wat je hier doet.'

'Als we hier blijven omdat je me voor de camera wil houden, bespaar je dan maar de moeite.'

Ik draaide me om en keek naar de Ring-camera die ik na de inbraak een half jaar geleden onder de dakrand had laten installeren. Er hing een honkbalpet van de Dodgers voor de lens.

'Waar slaat dit in godsnaam op?' vroeg ik.

'Het is dus niet echt de bedoeling dat ik hier ben, oké?' zei MacIsaac. 'Ik ben hier omdat ik snap waar je mee bezig bent. Maar het is een oude zaak. We zijn inmiddels ruim vijf jaar verder en ik werk aan iets anders, iets dat dwars door de grenzen van de nationale veiligheid heen loopt. Ik kan niet voor de rechtbank verschijnen omdat ik met die zaak geen risico's kan lopen. Ik zou het leven van mensen op het spel zetten. Begrijp je dat?'

'Je zegt dat je je gezicht niet kunt laten zien omdat je undercover werkt.'

'Deels, ja.'

'In de rechtszaal zijn geen camera's. We kunnen het zelfs zo regelen dat je getuigt in de kamer van de rechter. Wat mij betreft hou je je masker op.'

Hij schudde zijn hoofd. 'Ik kan onmogelijk in de buurt van het gerechtsgebouw komen. Het wordt in de gaten gehouden.'

'Door wie?'

'Daar laat ik me niet over uit. Het heeft niets met jouw zaak te maken. Het punt is dat ik wil dat je je terugtrekt. We kunnen niet hebben dat dit wordt opgeblazen in de media. Er zouden foto's kunnen zijn die ze kunnen gebruiken. Als dat gebeurt, ben ik er geweest en is de zaak waaraan ik werk ook verleden tijd.'

'Dus ik moet mijn cliënt maar laten wegrotten in de gevangenis terwijl jij je verder kunt wijden aan je "zaken van nationale veiligheid"?'

'Luister, ik dacht echt dat zij het gedaan had, oké? Ik ben al die tijd kwaad op haar geweest omdat er met de moord op hem een eind kwam aan mijn onderzoek. Maar dan verschijn jij ten tonele, en ik volg de zaak en begin te zien wat jij ziet. Ik denk dat je misschien iets te pakken hebt, maar ik kan je niet helpen in de rechtszaal.'

'Wat kun je dan voor me doen? Voor haar?'

'Ik kan je vertellen dat Roberto Sanz inderdaad geen held was, al probeerde hij dat wel te zijn op zijn manier.'

'Die schietpartij bij Flip's was geen hinderlaag. Hij wilde die gasten tillen. Vertel mij wat.'

'Hij zou zich laten zenderen. De dag dat we elkaar troffen, stemde hij daarmee in. We zouden die hele eenheid oprollen. En een uur later was alles afgelopen.'

'Omdat Sanger jullie tweeën heeft gezien.'

'Dat wist ik niet.'

'Nee, dat blijkt. Laat me je iets vragen: kwam hij naar jullie of ging jij naar hem?'

'Hij kwam naar ons. Zijn geweten begon te knagen, hij wilde proberen dingen recht te zetten. Die club waar hij bij zat ging te ver.'

'Maar leg me dit dan eens uit: hij werd vermoord vlak nadat jullie elkaar hadden gesproken. Hoe kon je dan denken dat het zijn ex-vrouw was?'

Het leek alsof MacIsaac nu pas voor het eerst over deze vraag nadacht.

'Arrogantie,' zei hij uiteindelijk. 'Wij zijn de FBI. Zulke fouten maken wij niet. Ik dacht dat die ontmoeting onopgemerkt was gebleven. Ik had een back-upteam en ze hebben niemand gezien die hem schaduwde. En toen ik las wat voor bewijs er tegen jouw cliënt was, die schotresten en zo, geloofde ik denk ik wat ik wilde geloven. We sloten het onderzoek af en gingen door met het volgende.'

'En een onschuldige vrouw zit al vijf jaar in de cel. Mooie boel. En dat allemaal van onze belastingcenten. Maar je moet me wel iets geven, MacIsaac, anders komt dit allemaal naar buiten. Of je nu komt getuigen of niet, ik zal de onderste steen bovenhalen. Daar ben ik al mee begonnen. En als ik de rechter zover krijg om jou te dwingen te getuigen en je dekmantel gaat daarmee aan flarden, dan boeit me dat geen zier. Lucinda Sanz gaat niet terug die cel in. Snap je dat?'

'Dat snap ik. En ik heb ook iets voor je. Daarom ben ik hier. Ik wil een ruil voorstellen. Tijdens ons gesprek heeft Sanz me een aantal dingen verteld. Dat clubje was slechts het team dat het grondwerk moest verrichten. Ze werkten aan iets veel groters.'

'Wie?'

'Liever gezegd: wat. Maar laten we binnen verder praten.'

'Waarom ben je er zo op gebrand om mijn huis binnen te gaan?'

'We zitten hier open en bloot.'

Ik vertrouwde hem voor geen meter. Niet binnen en niet buiten. Maar ik moest weten wat hij wist.

Ik realiseerde me dat mijn linkerhand nog steeds tot een vuist gebald was, met de baard van mijn huissleutel tussen mijn vingers. Ik ontspande mijn hand en liet de sleutel in mijn handpalm vallen.

'Oké,' zei ik. 'We gaan naar binnen.'

DEEL 9
EEN WARE GELOVIGE

38

Bosch maakte zich zorgen. De repetitie was de dag ervoor goed verlopen. Mickey Haller had hem in zijn rol van aanklager Hayden Morris aan een intensief kruisverhoor onderworpen en hem met name hard aangepakt op zijn gebrek aan ervaring met het gebruik van mobieletelefoongegevens in moordonderzoeken. Volgens zijn eigen inschatting en die van Haller had Bosch zich goed staande weten te houden, en hij dacht wel voorbereid te zijn op alles wat Morris maandagochtend over hem uit zou storten. Maar nu hij hier in het getuigenbankje zat te wachten tot de rechtbank bijeen werd geroepen, begon Bosch 'm te knijpen, want Morris zat niet alleen aan zijn tafel. Naast hem zat een vrouw die Bosch herkende als de voormalig officier van justitie. Ze stond in haar tijd bekend als 'Maggie McFierce', fanatieke Maggie. Ze was bovendien Mickey Hallers ex-vrouw en de moeder van zijn enige kind.

Maggie McPherson had destijds verlof genomen als officier van justitie van Ventura County om haar ex-man bij te staan toen hij ten onrechte van moord werd beschuldigd. Haller werd uiteindelijk vrijgesproken en McPherson ging terug naar Ventura, waar ze de leiding had over de eenheid Zware Criminaliteit van het Openbaar Ministerie. Maar die informatie was kennelijk achterhaald, want het werd Bosch nu duidelijk dat ze voor Morris werkte. Zij en Morris zaten voorovergebogen aan de tafel van de raadsman van de tegenpartij met elkaar te smoezen. Op tafel lag de dikke stapel uitdraaien van de gegevens van de zendmast die Haller bij de inzage van stukken had overhandigd. Morris had een ringband naar zich toe getrokken. Bosch vreesde dat Mc-Pherson het kruisverhoor zou gaan afnemen.

Bosch keek naar de tafel van de verzoeker om te zien of Haller zich zorgen maakte of op de een of andere manier liet blijken hoe hij dit zou gaan spelen. Maar Haller had alleen maar oog voor Lucinda Sanz, die uit het cellencomplex de rechtszaal in geleid werd. Pas toen ze eindelijk op haar plek zat en door de parketwachters aan de ring onder de tafel was vastgeketend, keek Haller de rechtszaal in. Hij spotte de journaliste over wie hij Bosch had verteld, gaf haar een knikje en keek toen verder in het rond. Zijn blik kruiste die van Bosch. Met een handgebaar – een vlakke, omlaag gerichte palm – maande Haller Bosch tot kalmte.

Bosch was ervan uitgegaan dat Haller net zo verbaasd zou zijn over de verschijning van Maggie McPherson als hij, maar de Lincoln-advocaat zag er koel, kalm en beheerst uit. Dat gaf hem moed.

Getuigen in strafzaken was niets nieuws voor Bosch. Hij had honderden keren in het getuigenbankje gezeten. Toen hij er in het weekend over zat na te denken, herinnerde hij zich de eerste keer dat hij was opgeroepen om te getuigen, in 1973 in een drugszaak. Hij was als gewoon agent, met één streep op zijn mouw, op patrouille geweest. Bij het fouilleren van een man die rondhing in de buurt van de Dorsey High School had hij zo'n dertig gram marihuana gevonden. Al die jaren later kon Bosch zich nog duidelijk de verdachte voor de geest halen die hij staande had gehouden. Zijn naam was Junior Teodoro. Hij was twintig jaar oud en had zelf ook op Dorsey gezeten, waar hij vroegtijdig vanaf was gegaan. Bij het ochtendappèl hadden Bosch en zijn toenmalige partner te horen gekregen dat een dealer zich in de buurt van de school ophield. Aldaar zagen ze Teodoro; ze grepen hem zo snel in de kraag dat hij niet wist wat hem overkwam, fouilleerden hem en vonden de belastende waar.

Bosch getuigde tijdens een voorlopige hoorzitting over de zaak. Nadat Teodoro was voorgeleid, onderhandelden hij en zijn advocaat over een deal. Bosch herinnerde het zich nog zo goed omdat Junior Teodoro schuld bekende en een gevangenisstraf van vijf tot zeven jaar kreeg voor iets wat vijftig jaar later geen misdrijf meer was.

Bosch had er vaak over nagedacht hoe iets wat vroeger gerechtvaardigd leek, na verloop van tijd kon veranderen in iets heel anders. Hij bedacht hoe die arrestatie en de strenge straf die erop volgde Teodoro's leven volledig hadden veranderd.

Zolang Bosch nog bij het LAPD werkte, bleef hij hem volgen door van tijd tot tijd zijn naam op te zoeken via het volgsysteem van de Californische politie. De gevangenispoort werd voor Teodoro een draaideur. Telkens als Bosch hem weer eens in het systeem opzocht, zat hij of weer in de gevangenis of was hij net voorwaardelijk vrij. Van het feit dat hij een aandeel had gehad in het uitstippelen van het levenspad van Junior Teodoro kon Bosch vijftig jaar later nog steeds wakker liggen. En dat was wat hem nu zorgen baarde: dat zijn getuigenis tijdens een kruisverhoor er op de een of andere manier toe zou kunnen bijdragen dat Lucinda Sanz haar kans op vrijheid zou missen en dat ook dat hem de rest van zijn dagen zou blijven achtervolgen.

McPherson en Morris beëindigden hun gefluisterde gesprek, waarna McPherson een dunne aktetas van de grond pakte en er een schrijfblok uit haalde. Ze schreef er een paar aantekeningen in en legde die boven op de uitdraaien om alles in één keer mee te nemen naar de lessenaar. Haar blik viel op Bosch en ze zag dat hij naar haar zat te staren. Ze glimlachte, waarschijnlijk omdat ze zijn ongerustheid aanvoelde. Van alle zaken die hij door de jaren heen had gedaan, was er geen enkele op haar bureau beland, maar hij wist dat ze een killer was in de rechtszaal. Bosch begreep dus maar al te goed dat die glimlach niet vriendelijk bedoeld was. Het was het soort glimlach dat een kat een in het nauw gedreven muis zou toewerpen.

Eindelijk vroeg de bode iedereen op te staan en kwam rechter Coelho binnen. Ze zag Bosch in de getuigenbank staan.

'Gaat u zitten,' zei ze. 'Ik zie dat inspecteur Bosch al klaarstaat, maar voordat we met het kruisverhoor beginnen moeten we eerst nog wat andere zaken afhandelen.'

Bosch ging niet zitten, maar draaide zich om om uit de getuigenbank te stappen.

'Blijft u daar maar, inspecteur Bosch,' zei Coelho. 'Dit duurt niet lang. Gaat u maar zitten.'

Bosch ging zitten en besefte dat ze hem inspecteur Bosch had genoemd.

'Meneer Morris, ik zie dat u uw team vandaag hebt uitgebreid,' vervolgde Coelho.

Morris ging staan om de rechtbank toe te spreken.

'Inderdaad, edelachtbare,' zei hij. 'Waarnemend officier van justitie Margaret McPherson zal de heer Bosch het kruisverhoor afnemen. Ze heeft ervaring met de materie waarover hij vorige week heeft getuigd.'

'Mooi, daarmee is dan meteen de vraag beantwoord of er een kruisverhoor komt,' zei de rechter. 'Meneer Haller, is er nog iets dat u onder de aandacht van de rechtbank wilt brengen?'

Haller stond op.

'Goedemorgen, edelachtbare,' zei Haller. 'Eigenlijk wel. Verzoeker maakt bezwaar tegen de toevoeging van mevrouw McPherson aan het team van de staat wegens conflicterende belangen.'

Morris ging weer staan.

'Een ogenblik, meneer Morris,' zei Coelho. 'Wat voor conflict is dat, meneer Haller?'

'Mevrouw McPherson en ik zijn getrouwd geweest,' zei Haller.

Bosch keek naar de rechter om te zien hoe ze reageerde. Het was duidelijk dat ze niet op de hoogte was van het huwelijksverleden van de twee juristen voor haar.

'Interessant,' zei Coelho. 'Daar was ik niet van op de hoogte. Wanneer was u getrouwd?'

'Al een flink tijdje geleden, edelachtbare,' zei Haller. 'Maar we hebben een volwassen dochter en zijn dus nog steeds met elkaar verbonden, plus: er is nog steeds onvrede over de ontbinding van het huwelijk en de gevolgen daarvan.'

'Hoezo, meneer Haller?' vroeg de rechter.

'Edelachtbare, ik heb de indruk dat mevrouw McPherson nog wrok koestert over het feit dat haar carrière als officier van justitie in Los Angeles County… is gedwarsboomd door haar relatie met mij. Ik wil niet dat dit het recht van mijn cliënt op een eerlijke en onpartijdige hoorzitting in de weg staat.'

De rechter wendde zich tot Morris. 'Meneer Morris, probeert u een extern conflict in deze procedure te introduceren?'

'Geenszins, edelachtbare,' zei Morris. 'Zoals ik al heb verklaard, is mevrouw McPherson bij het Openbaar Ministerie van Californië expert op het gebied van mobiele data. Vanwege die expertise hebben ze haar vorig jaar zelfs weggekocht bij het Openbaar Ministerie in Ventura County. Dit is een tamelijk nieuw rechtsgebied dat vaak wordt aangevoerd als vermeend "nieuw bewijs" in beroepszaken en habeas-zittingen. Vorige week werden we door dit materiaal overvallen, en dankzij het uitstel dat de rechtbank ons gunde, kon ik het voorleggen aan onze expert, mevrouw McPherson, die het materiaal heeft geanalyseerd ter voorbereiding op het kruisverhoor van deze getuige. Er is geen sprake van een conflict, edelachtbare. Voor zover ik weet is het huwelijk al langer voorbij dan dat het heeft bestaan. Er zijn geen voogdijgeschillen omdat het enige kind inmiddels volwassen is en op zichzelf woont. Er zijn sowieso geen geschillen, mevrouw de rechter. Twee jaar geleden heeft mevrouw McPherson zelfs verlof opgenomen bij het Openbaar Ministerie in Ventura om de heer Haller juridisch bij te staan toen hij werd beschuldigd van een misdrijf.'

'Klopt dat, meneer Haller?' vroeg Coelho.

'Het klopt dat er geen onenigheid over de voogdij of andere juridische geschillen zijn, mevrouw de rechter,' antwoordde Haller. 'Maar bij meer dan één gelegenheid werd me in de schoenen geschoven dat ik de oorzaak zou zijn van tegenslagen, demoties of andere veranderingen in de carrière van mevrouw McPherson, en zoals ik al eerder zei, wil ik niet dat een mogelijke wrok het recht van Lucinda Sanz op een eerlijke en onpartijdige hoorzitting in de weg staat.'

De rechter fronste haar wenkbrauwen en zelfs Bosch wist waarom. Het was de rechter die eerlijk en onpartijdig moest zijn. Het argument van Haller was tegen de verkeerde gericht. Maar voordat de rechter iets kon zeggen, deed Maggie McFierce haar mond open.

'Edelachtbare, mag ik iets zeggen?' vroeg ze. 'Iedereen heeft het over mij. Het lijkt me dat ik daar wel op mag reageren.'

'Ga uw gang, mevrouw McPherson,' zei Coelho. 'Maar houdt u het kort. We zitten hier niet bij de familiekamer en ik wil niet dat dit ontaardt in een onderzoek naar een stukgelopen huwelijk en de eventuele grieven die daarbij komen kijken.'

'Ik hou het graag kort,' zei McPherson. 'Ik koester geen wrok tegen mijn ex-man. Het was destijds inderdaad een ingewikkelde verbintenis tussen een aanklager en een strafpleiter, maar die verbintenis is al lang geleden beëindigd. We zijn ieder ons weegs gegaan en onze dochter is een volwassen vrouw die haar plek aan het vinden is in de wereld. De heer Morris was niet eens op de hoogte van dat huwelijk toen hij me vorige week benaderde om het materiaal te bekijken dat in het kader van de inzage van stukken was overhandigd. Pas toen ik eraan begon te werken, kwam ik erachter dat het een zaak van mijn ex-man was en dat de getuige de heer Bosch was, die ik ook wel eens ontmoet heb. Ik heb de heer Morris daar onmiddellijk van op de hoogte gebracht, maar heb hem verteld, zoals ik ook tegen de rechtbank zeg, dat er geen belangenconflict bestaat tussen de heer Haller en mij. Onze relatie als ouders van een jonge vrouw levert op geen enkele manier strijd op en ik koester geen enkele wrok jegens hem, zijn cliënt of zijn getuige.'

'Ik weet niet of ik dat kort zou noemen, maar de rechtbank stelt uw openheid op prijs,' zei Coelho. 'Had u verder nog iets, meneer Haller?'

'Ik onderwerp me aan uw beslissing,' zei Haller.

Hij zei het op een toon waar de verslagenheid van afdroop. Hij voorzag al hoe dit zou aflopen.

'Heel goed,' zei de rechter. 'Het is de verantwoordelijkheid van deze rechtbank om eerlijk en onpartijdig te blijven bij het horen van bewijs en het vaststellen van de waarheid. Dat is dan ook mijn intentie. Het bezwaar wordt verworpen. Goed, meneer Haller, is er nog iets dat u aan de rechtbank wilt voorleggen voordat we verdergaan met de getuige?'

'Momenteel niet, mevrouw de rechter,' zei Haller.

Coelho wachtte even voor ze verderging en keek Haller aan. Bosch wist dat ze verwachtte dat hij zou aankondigen dat hij nieuw materiaal had om ter inzage aan de aanklager te overhandigen. Maar er waren nog geen resultaten binnen van de DNA-analyse die de week ervoor in gang was gezet. Haller zou pas meer weten zodra hij van Shami Arslanian, die bij Applied Forensics zat om de vorderingen op de voet te volgen, zou horen of er nieuw ondersteunend bewijs was dat Lucinda Sanz zou kunnen helpen.

'Goed dan,' zei de rechter weer. 'Dan gaan we nu verder. Mevrouw McPherson, uw getuige.'

39

Bosch werd er weer even aan herinnerd hoe ver hij van zijn missie was afgedwaald. Maggie McFierce was een overtuigd carrièrejurist die zich nooit had laten verleiden om over te stappen naar de goedbetaalde privésector. Ze was trouw gebleven aan haar missie, en ondanks veranderende functies en omstandigheden was zij nooit van haar doel afgeweken. En hier stond Bosch, tot dan toe ook overtuigd van het ware geloof, maar nu stond hij op het punt om in de getuigenbank vermorzeld te worden, precies zoals hij eerder zo veel getuigen voor criminele verdachten vermorzeld had zien worden.

McPherson zou eropuit zijn te bewijzen dat Bosch een huursoldaat was die ook voor geld zou liegen, die de kantjes eraf zou lopen en alleen op zoek was naar zaken die de waarheid zouden verdoezelen of helemaal aan het zicht onttrekken. Er was geen twijfel aan dat ze haar huiswerk over Bosch had gedaan en wist waar zijn zwakke plekken zaten. En daar zou ze van het begin af aan in gaan prikken.

'Meneer Bosch, hoelang werkt u al als rechercheur voor de verdediging?' vroeg ze.

'Eh... dat heb ik eigenlijk nooit gedaan,' zei Bosch.

'Maar u werkt toch voor de heer Haller?'

'Ik werk voor hem aan een specifiek project dat niet met de verdediging an sich te maken heeft.'

'Werkte u niet voor de verdediging van de heer Haller toen hij werd beschuldigd van een misdrijf?'

'Toen was ik meer een adviseur. Zoals uzelf. Denkt u dat u nooit voor de verdediging hebt gewerkt?'

'Ik ben hier niet degene die de vragen beantwoordt.'

'Pardon.'

'Dus in feite vertelt u de rechtbank dat u uw inspanningen voor Lucinda Sanz, een vrouw die een moord heeft bekend en daarvoor is veroordeeld, niet beschouwt als werk voor de verdediging?'

'De heer Haller heeft me ingehuurd om zaken te beoordelen van veroordeelden die stellen dat ze onschuldig zijn. Hij wilde dat ik ze bekeek om te zien of er iets in zat. De zaak van Lucinda Sanz was er daar één van, en…'

'Dank u, meneer Bosch, ik vroeg u niet naar de hele geschiedenis van de zaak. Maar u zegt dat uw werk aan de zaak-Lucinda Sanz geen verdedigingswerk is.'

'Correct. Het is geen verdediging. Het is waarheidsvinding.'

'Heel slim, meneer Bosch. Wat gebeurt er met uw zogenaamde waarheidsvinding als u op bewijs stuit dat iemand schuldig is aan het misdrijf waarvoor diegene is veroordeeld?'

'Dan vertel ik de heer Haller dat het een heilloze zaak is en ga ik door met de volgende.'

'En heeft zo'n scenario zoals u zojuist schetste zich ooit voorgedaan?'

'Eh… jawel. Nog maar een paar maanden geleden.'

'Kunt u de rechtbank daar iets meer over vertellen?'

'Ja, het was ene Coldwell die veroordeeld was omdat hij iemand had ingehuurd om zijn partner in een zakelijke investering te vermoorden. Hij werd voornamelijk veroordeeld op basis van de getuigenis van de huurmoordenaar, die ook terechtstond maar meewerkte met de openbaar aanklager. Hij getuigde dat hij vijfentwintigduizend dollar contant betaald had gekregen voor het plegen van die aanslag. Het andere bewijs omvatte de bankafschriften van Coldwell. De aanklager wist aan te tonen dat er exact vijfentwintigduizend bij elkaar was gesprokkeld door kleine bedragen te pinnen en via cheques die Coldwell uitschreef aan vrienden die ze verzilverden en het geld vervolgens aan hem gaven.'

'Waarom dacht u dat hij onschuldig was?'

'Dat deed ik niet. Ik dacht dat zijn zaak misschien de moeite waard was om nog eens te bekijken. Ik had een gesprek met hem en hij zei dat hij die vijfentwintigduizend dollar kon verantwoorden, en bovendien inlichtingen kon geven die hij in de gevangenis had opgepikt en die negatief zouden uitpakken voor de huurmoordenaar. Ik zal u de hele geschiedenis besparen, maar ik concludeerde dat Coldwell wel degelijk schuldig was en we hebben het verder laten vallen.'

'Nee, bespaar ons de details alstublieft niet. Waarom was hij schuldig? In uw ogen?'

'Hij zei dat hij het geld aan een minnares had gegeven en dat hij dat destijds niet tijdens de rechtszaak ter sprake had kunnen brengen omdat hij toen nog getrouwd was en zijn advocaat betaald werd met geld van zijn vrouw. Als die minnares aangevoerd zou worden, zou Coldwells vrouw direct de geldkraan hebben dichtgedraaid. Intussen is zijn vrouw, een paar jaar na zijn veroordeling, van hem gescheiden, dus durfde hij nu wel met die minnares op de proppen te komen. Hij zei ook dat een gevangene die overgeplaatst was uit de gevangenis waar de huurmoordenaar terechtkwam, namelijk Soledad, hem had verteld dat de huurmoordenaar daar had lopen opscheppen dat hij Coldwell had laten opdraaien voor de moord.'

'Oké, dit lijkt me wel genoeg. Laten we ons weer richten op de voorliggende zaak.'

Haller stond op om te protesteren.

'Edelachtbare, zij heeft zelf deze deur opengezet,' zei hij. 'En nu wil ze hem plotseling weer dichtslaan omdat ze weet dat wanneer ze de getuige het verhaal laat afmaken, wel eens zou kunnen blijken dat de getuige integer is, en dat past niet in het plan van de staat om zijn geloofwaardigheid aan te tasten.'

De rechter aarzelde geen moment en wees het bezwaar toe.

'De raadsman heeft een punt,' zei Coelho. 'De staat heeft deze deur geopend. Nu wil ik ook horen hoe dit verhaal afloopt. De getuige mag zijn antwoord afmaken als hij nog meer te zeggen heeft.'

Haller knikte naar Bosch, bedankte de rechter en ging zitten.

'Ik heb de Dienst Justitiële Inrichtingen gebeld,' zei Bosch. 'Met de hulp van een inlichtingenofficier op Soledad heb ik kunnen vaststellen dat de huurmoordenaar en de overgeplaatste gevangene over wie Coldwell het had nooit in hetzelfde cellenblok hebben gezeten en elkaar niet konden zijn tegengekomen toen ze daar zaten. Daarmee was dat deel van zijn verhaal ontkracht. Vervolgens ben ik met de minnares gaan praten. Die kon niet erg goed liegen, want binnen twintig minuten had ik haar verhaal onderuitgehaald. Ze gaf toe dat Coldwell haar nooit vijfentwintigduizend dollar had gegeven, dat ze erover had gelogen omdat hij haar geld had beloofd zodra hij vrijkwam en de staat zou aanklagen wegens onterechte veroordeling en gevangenzetting. Dus dat was dat. We lieten de zaak vallen, Mickey en ik.'

'Dus, meneer Bosch,' zei McPherson, 'u wilt dat de rechtbank weet dat uw beoordeling doorslaggevend is.'

'Ik weet niet of dat een vraag was, maar ja, inderdaad.'

'Goed dan, laten we het nu hebben over de zaak-Sanz en hoe u die beoordeelde. Oké, meneer Bosch?'

'Daarvoor ben ik hier.'

'Weet u wat geofencing is, meneer Bosch?'

'Ja, het is een duur woord voor het traceren van de locatie van mobiele telefoons via mobiele data.'

'Dat is een handig hulpmiddel geworden voor de politie, nietwaar?'

'Klopt.'

'In uw eerste verhoor zei u dat u aan honderden moordzaken hebt gewerkt, klopt dat?'

'Ja, dat klopt.'

'In hoeveel van die zaken hebt u gebruikgemaakt van geofencing?'

'In geen enkele. Het was een technologie die pas na mijn pensionering goed opkwam.'

'Oké, en hoe vaak hebt u die technologie dan als privédetective gebruikt?'

'Nooit.'

'En als onafhankelijk onderzoeker die werkt voor de heer Haller?'

'Dit was de eerste keer.'

'Eén zaak. Zou u zeggen dat je daarmee een expert bent op het gebied van geofencing?'

'Een expert? Ik weet niet wat iemand een expert maakt. Maar ik weet hoe ik de gegevens moet lezen en in kaart moet brengen, als u dat bedoelt.'

'Hoe hebt u geleerd de gegevens te lezen en in kaart te brengen?'

'Ik had wat hulp van de heer Haller, die al bekend was met geofencing uit eerdere zaken. Maar het meeste heb ik geleerd door het bestuderen van de interne veldgids van de FBI voor agenten die zich bezighouden met dit onderzoeksgebied. Hij is samengesteld door het team voor mobiledata-analyse van de FBI en is in feite een handleiding voor agenten. Het is een zeer gedetailleerde gids van meer dan honderd pagina's, en ik heb hem twee keer gelezen voordat ik aan de slag ging met de gegevens die we in deze zaak hebben verzameld.'

Zo'n volledig antwoord had McPherson niet verwacht, en ze verviel direct in sarcasme om te verdoezelen dat ze zich vergist had door deze vraag te stellen.

'Zo simpel kan het dus zijn,' zei ze. 'Je volgt een onlinecursus en je bent een expert.'

'Het is niet aan mij om te zeggen of ik al dan niet een expert ben,' zei Bosch. 'Maar die onlinecursus, als u het zo wilt noemen, was wel van de FBI. Hij is zo ontworpen dat elke agent de bewegingen van mobiele apparaten kan traceren en in kaart kan brengen. Als u suggereert dat ik dat verkeerd heb gedaan of het verkeerd heb begrepen, dan ben ik het daar niet mee eens. Ik denk dat ik het goed heb gedaan en het resultaat roept nogal wat vragen op over Lucinda Sanz' schul–'

'Ik verzoek het antwoord van de getuige te schrappen omdat het geen antwoord op de vraag is.'

McPherson keek op naar de rechter, maar voordat die kon reageren, was Haller al gaan staan.

'Geen antwoord?' vroeg hij. 'Hij kreeg niet eens de kans om zijn antwoord af te maken.'

De rechter had geen zin om zich in de strijd te mengen.

'Laten we maar gewoon verdergaan met de volgende vraag,' zei Coelho. 'Mevrouw McPherson.'

Haller ging zitten. Bosch keek voor het eerst tijdens het kruisverhoor zijn kant op. Haller knikte en gaf een slagje met zijn vuist tegen zijn borst. Bosch zag het als een niet zo verholen gebaar: hou stand!

'Meneer Bosch,' zei McPherson, waarmee ze Bosch' aandacht weer naar haar toe trok. 'Bent u ziek?'

Haller sprong op uit zijn stoel.

'Edelachtbare, waar slaat dit op?' vroeg hij verontwaardigd. 'De gezondheid van de getuige gaat de raadsvrouwe niets aan. Wat heeft die te maken met de vraag die voor deze rechtbank ligt?'

De rechter wierp McPherson een strenge blik toe.

'Mevrouw McPherson, wat is hiervan de bedoeling?' vroeg ze.

'Edelachtbare,' zei McPherson, 'als de rechtbank mij toestaat, zal snel heel duidelijk worden wat hiervan de bedoeling is, en de heer Haller weet dat maar al te goed. De gezondheid van de getuige gaat ons aan als zijn werk erdoor wordt beïnvloed.'

'U mag verdergaan,' zei de rechter. 'Maar voorzichtig.'

'Dank u, edelachtbare,' zei McPherson. Ze richtte haar aandacht weer op de getuigenbank en vroeg: 'Meneer Bosch, wordt u momenteel behandeld voor een medische aandoening?'

'Nee,' zei Bosch.

McPherson keek verbaasd, maar verhulde dat snel.

'Bent u dan onlangs behandeld voor een medische aandoening?' vroeg ze.

Bosch aarzelde en dacht na over hoe hij zijn antwoord moest formuleren.

'Ik heb eerder dit jaar een behandeling ondergaan,' zei hij uiteindelijk.

'Een behandeling voor wat?' vroeg McPherson.

Haller, die blijkbaar aanvoelde waar dit op uit zou lopen, stond weer op om bezwaar te maken.

'Edelachtbare, toen ik vorige week een getuige om haar mobiele nummer vroeg, ging de heer Morris helemaal uit zijn dak,' zei hij. 'Maar nu is het ineens oké om de persoonlijke medische geschiedenis van een getuige in de zaak te betrekken? Zijn er geen grenzen aan het schenden van privacy in deze rechtbank?'

'De heer Haller heeft een goed punt, mevrouw McPherson,' zei Coelho.

'Edelachtbare, de medische status van de getuige is van belang voor deze zaak en ik kan aantonen waarom als u me verder laat gaan,' zei McPherson. 'De heer Haller weet dit heel goed en daarom gaat hij nu zelf uit zijn dak.'

'Hou het kort, mevrouw McPherson,' zei de rechter. 'Mijn geduld begint op te raken.'

Haller ging zitten en de rechter verzocht Bosch de vraag te beantwoorden.

'Ik werd behandeld voor kanker,' zei Bosch. 'Ik maakte deel uit van een klinisch onderzoek dat bijna een half jaar geleden eindigde.'

'En sloeg de behandeling aan?' vroeg McPherson.

'Volgens de artsen wel. Ze zeiden dat ik gedeeltelijk in remissie ben.'

'En dit klinische onderzoek, was dat om een geneesmiddelentherapie te testen?'

'Ja.'

'Wat voor geneesmiddel?'

'Eigenlijk was het een isotoop. Het heet geloof ik Lutetium-177.'

'U werd met deze isotoop behandeld terwijl u aan deze zaak werkte?'

'Ja. Het was maar één ochtend per week, gedurende twaalf weken.'

'En wat zijn de mogelijke bijwerkingen van Lutetium-177?'

'Eh… misselijkheid, oorsuizingen, vermoeidheid. Er is een hele lijst, maar behalve wat ik net noemde had ik verder niet echt last van bijwerkingen.'

'Hoe zit het met verwardheid en geheugenverlies?'

'Eh… ja, volgens mij stonden die ook op de lijst, maar daar heb ik geen last van gehad.'

'Hebt u cognitieve stoornissen ondervonden tijdens het werk aan deze zaak?'

Haller stond op met zijn armen omhoog in een smekend gebaar. 'Edelachtbare… werkelijk?'

De rechter wees naar zijn lege stoel.

'Uw bezwaar is afgewezen,' zei ze. 'Gaat u zitten, meneer Haller.'

Haller ging langzaam zitten.

'Moet ik de vraag herhalen?' vroeg McPherson.

'Nee,' zei Bosch. 'Er is niets mis met mijn geheugen, dank u wel. Het antwoord is nee. Ik heb geen cognitieve stoornissen ondervonden.'

'Hebt u een arts daarnaar gevraagd of hebt u het afgelopen half jaar een cognitieve test laten doen?'

'Nee.'

McPherson keek op haar lessenaar naar een document dat ze had meegenomen.

'Hebt u eerder dit jaar aangifte gedaan van een inbraak bij u thuis?' vroeg ze.

'Eh… ja. Dat klopt,' zei Bosch.

'En was dat ten tijde van uw behandeling met de isotoop Lutetium-177?'

'Klopt.'

McPherson vroeg de rechter of ze de getuige een document mocht laten zien dat ze bewijsstuk nummer één van de staat noemde. Eerst gaf McPherson een kopie aan Haller en de rechter. Bosch sloeg Haller gade terwijl die het zat te lezen en zag een verontruste blik in zijn ogen. Hij stond op en maakte bezwaar omdat het document niet aan hem was voorgelegd bij de inzage van stukken.

'Dit wordt aangeboden om het voorafgaande aan te vechten, edelachtbare,' zei McPherson. 'De getuige heeft zojuist verklaard geen cognitieve problemen te hebben.'

'Toegestaan,' zei Coelho.

Bosch zette zich schrap toen McPherson met een kopie van het document naar hem toe kwam en weer terugkeerde naar haar lessenaar.

'Meneer Bosch, is dat het proces-verbaal van de vermeende inbraak in uw huis op Woodrow Wilson Drive?' vroeg ze.

'Daar lijkt het wel op,' zei Bosch. 'Dat is mijn adres. Maar dit document heb ik niet eerder gezien.'

'U bent politieagent geweest. Vindt u het er officieel uitzien?'

'Ja, dat wel.'

'Kunt u dan de alinea in de samenvatting van de dienstdoende agent voorlezen die ik geel gemarkeerd heb?'

'Eh… jawel. Er staat: "Bij bevraging leek het slachtoffer verward… en niet zeker of er feitelijk was ingebroken. Slachtoffer is ziek en wordt behandeld. Mogelijk geval van… dementie. Woning doorlopen. Geen sporen van inbraak. Follow-up niet nodig."'

Bosch voelde hoe zijn nek en rug begonnen te gloeien. Hij was stomverbaasd over wat de agent had geschreven.

'Ik was niet in de war,' zei hij. 'Omdat er niets was meegenomen, wist ik niet zeker of het wel een inbraak was. Dat is alles. En "dementie" was zijn woord, niet…'

'Edelachtbare, ik verzoek de laatste opmerking van de getuige te schrappen omdat dit geen antwoord op de vraag is,' zei McPherson.

'Toegewezen,' zei Coelho. 'Hebt u verder nog vragen, mevrouw McPherson?'

'Nee, edelachtbare.'

Ze stapte bij de lessenaar weg en ging naast Morris zitten.

De rechtszaal werd gehuld in stilte en Bosch merkte dat niemand naar hem keek, zelfs Haller niet. Het was alsof iedereen zich plaatsvervangend geneerde. Hij wilde wel uitschreeuwen: 'Ik ben niet gek!' maar hij wist dat hij daarmee juist de insinuatie van Maggie McFierce zou bevestigen.

'Meneer Haller,' sprak de rechter uiteindelijk. 'Wilt u nog ergens op terugkomen?'

Haller stond op en liep langzaam naar de lessenaar.

'Dank u, mevrouw de rechter,' zei hij. 'Meneer Bosch, hoe vaak bent u in de loop van dit onderzoek naar de staatsgevangenis in Chino gereden om onze cliënt, Lucinda Sanz, te bezoeken?'

Bosch keek op van het proces-verbaal dat nog voor hem lag.

'Viermaal,' zei hij. 'Eén keer met u, drie keer alleen.'

'Dat is ongeveer een uur rijden, klopt dat?'

'Klopt.'

'Gebruikt u een navigatieapp om de weg te vinden?'

'Eh… nee. Ik weet waar het is.'

'Dus u bent nog nooit verdwaald of te ver doorgereden, waardoor u de afslag miste?'

'Nee.'

'U rijdt me vaak als we werken, klopt dat?'

'Klopt.'

'Ik kan me niet herinneren dat ik u ooit een navigatieapp heb zien gebruiken. Waarom is dat?'

'Ik gebruik die apps niet. Ik weet waar ik moet zijn.'

'Dank u. Ik heb geen verdere vragen meer.'

DEEL 10
DE ROOKMAGIËR

40

Zodra Bosch de getuigenbank mocht verlaten, vroeg ik om een ochtendpauze. De rechter gaf ons een kwartier. Maggie McFierce pakte haar leren aktetas en was vertrokken voordat ik de kans had haar aan te spreken. Het maakte niet uit; ik maakte me meer zorgen om Bosch. Ik liep naar de getuigenbank, waar hij naast de leuning stond.

'Zeg hier maar niets,' zei ik. 'Laten we even een vergaderruimte zoeken.'

We verlieten de rechtszaal. In de gang was niemand. Geen spoor te bekennen van Maggie. We liepen naar een vergaderzaaltje voor advocaten bij een rechtszaal een verdieping lager, een kleine ruimte zonder ramen met een tafel en een paar stoelen. Ik kreeg op slag last van claustrofobie toen we binnenkwamen.

'Ga zitten,' zei ik. 'Harry, ik weet niet wat je denkt, maar probeer het los te laten. De agent die dat rapport schreef kletste uit zijn nek en dat doen Maggie en Morris ook. Ze kunnen doodvallen.'

'Hoe wist ze van de UCLA?' vroeg Bosch. 'Dat kan onmogelijk bij de inzage van stukken hebben gezeten. Ze…'

'Nee. Sorry, man. Dat is mijn fout. De laatste keer dat we met Hayley gingen eten, vertelde ik dat je voor mij werkte en dat ik je in dat onderzoeksprogramma had gekregen. Dat was nog voordat ze die baan bij het Openbaar Ministerie aannam. Niet te geloven dat ze dat heeft gebruikt. Het spijt me, Harry.'

Bosch schudde zijn hoofd.

'Tja,' zei hij. 'Maar hoe erg raakt het ons?'

'Dat zou ik echt niet weten,' zei ik. 'Ik zou denken dat de rechter wel ziet dat er niets mis met je is. Wat een gelul allemaal. En het toont alleen maar aan dat hun zogenaamde geofencing-expert haar toevlucht moest nemen tot karaktermoord omdat ze in jouw verklaring daarover niets geks kon vinden. Dat zal de rechter ook niet ontgaan zijn.'

Ik pakte mijn telefoon en zette hem aan.

'Vroeger waren het altijd de strafpleiters die zich verlaagden tot schieten op de pianist,' zei Bosch. 'Niet de officier van justitie, niet de aanklager.'

'Ja, dat was laag,' zei ik. 'En dat zal ik haar laten weten ook.'

'Doe geen moeite. Gebeurd is gebeurd. Weten we al iets van Applied Forensics?'

'Shami is daar. Voor zover ik weet werken ze er nog aan.'

Ik typte een appje naar Maggie.

Nu weet ik waarom je Hayley niet hebt uitgenodigd om naar ons te komen kijken in de rechtszaal. Dat was een rotstreek, Mags. Hoe kon je?

Ik herlas mijn tekst en verstuurde hem. Ik keek op mijn horloge. We moesten binnen vijf minuten terug zijn in de rechtszaal.

'Oké, gaat het?' vroeg ik.

'Ja, best,' antwoordde Bosch. 'Maar het feit dat ik niet verdwaal tijdens het rijden is denk ik niet genoeg om de schade ongedaan te maken.'

'Het was het beste wat ik ter plekke kon verzinnen. Maar dat is niet het enige. Je getuigenverklaring van vorige week was gedegen en professioneel. Die zendmastgegevens had je volledig onder de knie en de rechter heeft dat gezien en gehoord. Ze zal haar beslissing niet alleen baseren op wat er net is gebeurd. Ik denk dat het wel goed komt. Ik zou je nu willen vragen Frank Silver te zoeken om hem binnen te brengen. Hij moet getuigen zodra we de resultaten van Shami hebben.'

'En Sanger?'

'Zij komt als laatste. Nadat we het DNA hebben.'

'En MacIsaac?'

'Geen MacIsaac. Dat is een gepasseerd station.'

'Pardon? Ik dacht dat deze hele vertoning bedoeld was om de rechter zover te krijgen dat…'

'Dat ligt nu allemaal anders. We krijgen MacIsaac nooit in de getuigenbank, dus doen we het zonder hem.'

'Hoe weet je dat ze geen bevel zal uitvaardigen om hem te dwingen te getuigen?'

'Omdat hij me gisteravond een bezoekje heeft gebracht.'

'Wát zeg je nou?'

'Toen ik na het eten thuiskwam, zat hij op mijn veranda. Hij werkt undercover aan een zaak van nationale veiligheid en ze laten hem niet in de buurt van het gerechtsgebouw komen.'

'Gelul. Ze gebruiken die onzin over nationale veiligheid altijd wanneer ze niet willen dat…'

'Ik geloof hem.'

'Waarom?'

'Omdat hij me iets gaf. Iets wat ik tegen Sanger kan gebruiken.'

'Wat?'

'Dat kan ik nu nog niet zeggen. Ik moet eerst nog een paar dingen uitzoeken, maar daarna vertel ik het je.'

Bosch keek me aan alsof ik net had gezegd dat ik hem niet vertrouwde.

'Echt, je bent de eerste die het hoort. Maar eerst moet ik terug naar de rechtszaal en jij moet die loser van een Silver zien op te duikelen.'

Bosch knikte.

'Oké,' zei hij.

Hij stond op en liep naar de deur.

'En het spijt me echt, Harry,' zei ik. 'Wat Maggie daarbinnen uithaalde.'

'Daar kun jij niks aan doen, Mick,' zei hij. 'Zodra Silver klaarstaat, laat ik het je weten.'

In de gang liep hij de ene kant op en ik de andere, richting rechtszaal. Vlak voordat ik daar was, kwam er op de valreep nog een appje van Maggie binnen.

Er was eens een advocaat die zei dat alles toegestaan was in de arena van de rechtszaal. O ja, volgens mij was jij dat.

Ik besloot niet te reageren en Shami Arslanian te bellen. 'Hoe staan we ervoor?' vroeg ik.

'We hebben net de resultaten binnen,' zei ze. 'Ik zit ze nu te bekijken.'

Ik zette mezelf schrap. Nu kwam het.

'En?' vroeg ik.

'Er zat DNA op het schuimrubber,' zei ze. 'En het is niet van Lucinda.'

Ik maakte een beweging, bijna onwillekeurig, in de richting van een van de marmeren banken in de hal en plofte erop neer met de telefoon tegen mijn oor gedrukt. Op dat moment wist ik bijna zeker dat we zouden winnen, dat Lucinda Sanz vrijuit zou gaan.

'Mickey, ben je daar nog?' vroeg Arslanian.

'Eh… ja,' reageerde ik. 'Ik ben gewoon helemaal… Dit is fantastisch.'

'Er is wel een complicatie.'

'Wat dan?'

'Het DNA dat is aangetroffen, is afkomstig van twee andere mensen. Eén ervan is onbekend. En voor die andere hebben we al een match gevonden omdat die van een voormalig laborant van Applied Forensics is. Ze testen altijd hun eigen personeel om verontreiniging te voorkomen.'

'Wat betekent dat, Shami?'

'De betreffende laborant werkt hier al vier jaar niet meer. Het betekent dat het bewijs onzorgvuldig werd behandeld toen het hier werd aangeleverd en vervuild is geraakt met zijn DNA. En nogmaals, dan hebben we het over het secundair overgedragen DNA, waar ze op dat moment nog geen protocol voor hadden.'

Ik sloot mijn ogen. 'Jezusmina. Elke keer als ik denk dat we de jackpot hebben gewonnen, gaat er iets mis en staan we weer met lege handen.'

'Sorry, Mickey. Maar het belangrijkste is dat Lucinda's DNA niet op dat schijfje zit. Dit bewijst jouw theorie over deze misdaad. Maar denk je dat je dit niet kunt gebruiken in de rechtszaal?'

'Ik weet het niet. Ik zou het echt niet weten. Maar ik wil je zo snel mogelijk hier in het gerechtsgebouw hebben met alle rapporten die je daar hebt. Zorg dat je de naam van die voormalig laborant te weten komt, plus alle documentatie die er is over de verontreiniging. Je zult waarschijnlijk alles aan de rechter moeten uitleggen in een aparte bewijshoorzitting. Daar ga ik nu om vragen.'

'Oké Mickey, ik pak een Uber.'

Ik hing op en probeerde mezelf te kalmeren door de geest van Legal Siegel op te roepen. *Adem dit in. Dit is jouw moment. Dit is jouw podium. Wil het. Bezit het. Neem het.*

Ik stond op van de bank en ging de rechtszaal weer in.

41

Hoewel ik bezwaar maakte, hield rechter Coelho de inzagezitting achter gesloten deuren. De Latijnse term was *in camera*, wat klonk als het tegenovergestelde van een besloten bijeenkomst, maar wat gewoon 'in de kamer' betekende. Ik had bezwaar gemaakt omdat ik wilde dat de wereld het zou weten als de rechter besloot de resultaten van het DNA-onderzoek niet toe te laten, en mijn woede daarover zou delen. Maar mijn pleidooi voor een openbare zitting was aan dovemansoren gericht en nu zat ik naast Hayden Morris tegenover Coelho aan haar enorme bureau. De aanwezigheid van mijn cliënt werd beschouwd als overbodig. Lucinda wachtte in de cel van de rechtbank tot ik haar kwam vertellen hoe de zaken ervoor stonden.

'Voor we beginnen moeten we meneer Morris op de hoogte brengen van wat er de afgelopen vijf dagen is gepasseerd,' zei Coelho. 'Woensdag kwam meneer Haller hier bij mij. Hij vertelde dat er bewijsmateriaal uit de destijds geschikte zaak was gelokaliseerd. Hij vroeg om een gerechtelijk bevel onder zegel, opdat hem zou worden toegestaan het bewijsmateriaal te testen.'

'Wat voor bewijsmateriaal was dat?' vroeg Morris. 'En over wat voor testen hebben we het?'

'Dat is waar het ingewikkeld wordt, meneer Morris,' zei de rechter. 'Ik laat meneer Haller u graag van de details op de hoogte brengen.'

'Dank u, edelachtbare,' zei ik. 'Tijdens de oorspronkelijke vervolging van vijf jaar geleden vroeg de advocaat van de gedaagde, Frank Silver, om het bewijsmateriaal te splitsen, zodat hij het onafhankelijk kon laten testen. Er waren twee schotrestenschijfjes die zouden zijn gebruikt om Lucinda Sanz' handen, armen en kleding af te nemen. Zoals u weet vormde de schotrestentest de kern van de aanklacht. De rechtbank gaf hem een van de twee schijfjes om die onafhankelijk op schotresten te laten onderzoeken.'

'Was dat vóór de pleitovereenkomst?' vroeg Morris.

'Inderdaad,' zei ik. 'Het schijfje werd overgebracht naar Applied Forensics, een onafhankelijk lab in Van Nuys dat nog steeds in bedrijf is. Terwijl die procedure liep, begonnen de onderhandelingen over een overeenkomst, en zoals we allemaal weten ging Lucinda Sanz op het voorstel in. Ze pleitte nolo, ze ging naar de gevangenis en Silver nam de moeite niet meer om terug te gaan naar Applied Forensics om het bewijsmateriaal op te halen. Daar hoorden we afgelopen woensdag van. We verifieerden of het bewijsmateriaal nog steeds in de opslag van het lab lag, en dat bleek zo te zijn – in belangrijke mate omdat Silver de rekening van het lab nooit had voldaan.'

'Dat meen je niet,' zei Morris hoofdschuddend. 'Hier trappen we toch niet in? Edelachtbare, waarom besteden we hier tijd aan?'

'Laat meneer Haller even doorgaan,' zei Coelho.

'Denk ervan wat je wil,' zei ik. 'Maar ik ben woensdag bij de rechter langsgegaan en heb haar verzocht het resterende schijfje op DNA te laten testen, want als met dat schijfje inderdaad over de handen en kleding van mijn cliënt zou zijn geveegd, zouden we haar DNA – haar aanrakings-DNA – erop moeten vinden. Ik heb een forensisch expert die dat kan bevestigen. De rechter heeft de parketwacht opdracht gegeven bij Sanz een wangslijmmonster af te nemen en haar DNA af te leveren bij Applied Forensics.'

'Het interesseert me niet wie dat kan bevestigen,' zei Morris. 'Dit is volstrekt ongebruikelijk en het verkeerde protocol. Dit had gedaan moeten worden door het lab van de sheriff of het lab van justitie. Niet door een of ander dubieus lab in de Valley.'

Hij zei het op een toon alsof de hele San Fernando Valley een toevluchtsoord was voor schimmige bedrijfjes en dito mensen.

'Meneer Haller vroeg mij om een bevel onder zegel,' zei de rechter. 'Hij wilde het bewijsmateriaal particulier laten analyseren omdat hij obstructie vreesde vanuit de overheidsinstanties. Ik ben daarop ingegaan. De bevelen waren onder zegel tot de resultaten bekend zouden zijn. Als dit een vervolg heeft, zult u in de gelegenheid zijn het bewijsmateriaal te laten testen bij een lab van uw keuze. Goed, meneer Haller. Ik neem aan dat u om deze bijeenkomst hebt gevraagd omdat er resultaten zijn.'

'Jawel, edelachtbare,' zei ik. 'De resultaten van het lab zijn binnen. Het schotrestenschijfje bevatte resten van een schot. Twee unieke DNA-profielen zijn geïdentificeerd en vergeleken met het profiel van mijn cliënt. Er was geen match. Dat schijfje is nooit met het lichaam van mijn cliënt in aanraking geweest, en dat bewijst dat haar de moord op haar ex-man in de schoenen werd geschoven.'

'Dat bewijst helemaal niets,' zei Morris. 'Dit is toch niet te geloven? De rechtbank heeft zich gewoon laten manipuleren door deze... rookmagiër. Edelachtbare, dit bewijsmateriaal, als u het zo wilt noemen, is duidelijk niet toelaatbaar.'

'Het lijkt me dat de rechtbank daarover besluit, meneer Morris,' zei de rechter. 'En misschien wilt u uitleggen hoe de rechtbank dan gemanipuleerd is. Ik ga ervan uit dat meneer Haller getuigen en documentatie heeft van elke stap die er de afgelopen vijf dagen in dit proces is gezet. En ik neem aan dat zijn forensisch expert, die we al hebben horen getuigen, klaarstaat om haar mening als expert te geven dat een schijfje waarmee over het lichaam en de kleding van een persoon wordt gestreken het DNA van die persoon oppikt. Waar is hierin de manipulatie van de rechtbank?'

'Edelachtbare, neem me niet kwalijk dat ik de integriteit van de rechtbank in twijfel trok,' zei Morris vlug. 'Dat was niet mijn bedoeling. Maar dit hele verhaal is veel te vergezocht. Dit zijn rookgordijnen die op de valreep worden opgetrokken door een advocaat die de rechtbank wil afleiden van het bewijs van schuld dat er al die tijd al was.'

'Als dit rookgordijnen zijn, zal het staatslaboratorium dat zonder twijfel aan het licht brengen,' zei Coelho, en de irritatie was hoorbaar in haar stem.

'Er is ook een kleine complicatie,' zei ik.

Coelho richtte haar irritatie nu tegen mij. 'Wat voor complicatie?' vroeg ze.

'Zoals ik zei, werden er twee unieke DNA-profielen aangetroffen op het schotrestenschijfje,' zei ik. 'Eén ervan is niet geïdentificeerd. Het andere is geïdentificeerd als zijnde van een labtechnicus die voorheen bij Applied Forensics werkte.'

Morris stak zijn handen verontwaardigd in de lucht.

'Dan is dat hele schijfje gewoon besmet!' zei hij. 'Dat is niet toelaatbaar. Geen twijfel aan.'

'Nogmaals, er valt wél aan te twijfelen en het is aan de rechtbank om daarover een besluit te nemen,' zei Coelho.

'Ik wil beweren dat het niet besmet is,' zei ik. 'Het bewijsmateriaal werd afgegeven ten behoeve van een schotrestentest en werd door de laborant volgens dat protocol behandeld – niet volgens DNA-protocol. Niet volgens het protocol voor secundair overgedragen DNA. Vijf jaar geleden waren er maar een paar labs die überhaupt een protocol hádden voor secundair DNA. Maar dat was niet de bedoeling van Frank Silvers oorspronkelijke analyseverzoek.'

'Doet er niet toe,' zei Morris. 'Het is besmet. Het komt er niet in. Ontoelaatbaar, edelachtbare.'

Ik keek de rechter aan. Mijn pleidooi was aan haar gericht, niet aan Morris. Maar ik wilde niet dat ze nu al een besluit nam.

'Edelachtbare,' zei ik, 'ik wil graag een verzoek indienen bij de rechtbank.'

Morris rolde met zijn ogen.

'Daar gaan we weer,' zei hij.

'Meneer Morris, ik heb genoeg van uw sarcastische opmerkingen,' zei Coelho. 'Wat is uw verzoek, meneer Haller?'

Ik boog me naar voren over de rand van haar bureau, zodat de afstand tussen ons kleiner werd en Morris uit mijn blikveld verdween. Dit was iets tussen de rechter en mij.

'Rechter, als u de waarheid boven tafel wilt, als dit werkelijk een zoektocht naar de waarheid is, zou de rechtbank een bevel moeten uitvaardigen om het ongeïdentificeerde DNA dat op het schijfje is gevonden te laten vergelijken met DNA uit het wangslijm van brigadier Sanger.'

'Geen sprake van!' bulderde Morris. 'Dat gaat níét gebeuren. En het zou hoe dan ook niets bewijzen. Als het DNA van Sanger erop gevonden wordt, wat dan nog? In de verslagen wordt zij genoemd als degene die het bewijsmateriaal heeft vergaard.'

'Het bewijst de doorgestoken kaart,' zei ik. 'Dat ze besmette schijfjes inleverde die nooit met Sanz' handen in aanraking waren geweest. Het bewijst Sanz' onschuld en het bewijst dat Sanger schuldig is.'

'Edelachtbare,' zei Morris, 'U kunt toch niet...'

'Zo is het genoeg, meneer Morris,' zei de rechter. 'We gaan het volgende doen. Ik neem het verzoek van meneer Haller, alsmede de vraag of het bewijs toelaatbaar is, in overweging en zal mijn besluit kenbaar maken na enig onderzoek en overleg.'

Ik fronste mijn voorhoofd. Ik wilde dat ze nu meteen een besluit nam. Rechters en jury's waren één pot nat. Hoe langer ze de tijd namen om een besluit te nemen, hoe waarschijnlijker het was dat de verdediging het nakijken had.

'We houden nu lunchpauze en zetten de zitting voort om 13.00 uur,' ging de rechter verder. 'Meneer Haller, zorgt u dat uw volgende getuige dan klaarstaat.'

'Edelachtbare, ik kan mijn volgende getuige niet oproepen,' zei ik.

'En waarom niet?'

'Omdat ik pas weet wie ik wil oproepen als ik eenmaal weet wat uw oordeel is in dezen,' zei ik. 'Dat bepaalt mijn volgende stap.'

Coelho knikte.

'Prima,' zei ze. 'Dan hervatten we de zitting om 14.00 uur en hebt u mijn oordeel voor die tijd.'

'Dank u, mevrouw de rechter,' zei ik.

'Dank u, edelachtbare,' zei Morris.

'U kunt nu gaan, heren,' zei de rechter. 'Ik heb werk te doen. Kunt u Gian vragen even binnen te komen om mijn bestelling voor de lunch op te nemen? Ik zal geen tijd hebben de raadkamer te verlaten.'

'Jawel, mevrouw,' zei ik.

Morris en ik stonden tegelijk op en ik liep achter hem aan de kamer uit. Toen we op de gang waren, zei ik tegen zijn rug: 'Ik heb geen idee hoe dit gaat aflopen,' zei ik. 'Maar het zou fijn zijn als brigadier Sanger om 14.00 uur weer in het gebouw is, zodat ik overal klaar voor ben.'

'Niet mijn pakkie-an,' zei Morris. 'Ze is jouw getuige.'

'En ze werkt voor jou en doet wat jij zegt. Zorg maar dat ze er is. Anders zeg ik tegen de rechter dat ik je vroeg haar terug te roepen en jij weigerde mee te werken. Kun je het haar zelf uitleggen.'

'Prima.'

Toen we bij de deur naar de rechtszaal kwamen, keek hij achterdochtig over zijn schouder. Maar ik maakte geen aanstalten hem tegen de muur te zetten zoals ik eerder had gedaan. En hij zei ook niets dat me daartoe aanleiding gaf. Maar op dat moment besefte ik wel iets. Ik stak mijn hand uit en hield de deur dicht.

'Wat doe je nou weer?' vroeg hij. 'Ga je me weer aanvallen?'

'Je wist het, hè?' zei ik.

'Wist wat?'

'Dat van mijn ex-vrouw. Je hebt haar hiernaartoe gehaald om mij van mijn stuk te brengen. Je wist van ons.'

'Ik weet niet waar je het over hebt. Ik wist helemaal niet dat jullie getrouwd waren geweest.'

'O jawel. Dat wist jij. Wie trekt hier nu rookgordijnen op, Morris?'

Ik nam mijn hand van de deur, hij deed hem open en liep erdoorheen, zonder nog iets tegen me te zeggen.

42

Het team-Sanz genoot een langdurige werklunch in Drago Centro, waar ik verslag deed van de zitting *in camera* en waar we het eindspel van de zaak doornamen, dat afhankelijk was van het besluit van de rechter. Als de laboratoriumresultaten werden toegelaten, lag de strategie voor de hand: ik zou Silver en Arslanian inzetten om de tijdlijn en het bewijs in te leiden en dan zou ik alles verklaren door Sanger weer op te roepen en haar te confronteren met doorslaand bewijs dat de schotrestenschijfjes die ze had ingeleverd niet met Lucinda Sanz' handen in aanraking waren geweest. Maar als Coelho besloot de laboratoriumresultaten niet toe te laten, had ik alleen Sanger en verder niet bijster veel om een vorm van kruisverhoor op te baseren. Agent MacIsaac had me een tip gegeven, maar die was niet meer dan een toespeling. Sanger zou hem wegwuiven als een vlieg die rond haar gezicht vloog.

'Als je moest gokken, wat denk je dan dat ze doet?' vroeg Bosch op een gegeven moment.

'Ten eerste zou ik niet gokken,' zei ik. 'De uitkomsten liggen te dicht bij elkaar. Het gaat erop neerkomen dat ze een wettelijk besluit of een moreel besluit neemt. Wat zegt de wet dat ze moet doen? Wat zegt haar onderbuik dat ze moet doen?'

'Shit zeg,' zei Cisco. 'Dan heb je straks niets waarmee je achter Sanger aan kunt. Dan is het afgelopen, uit.'

'Misschien niet,' zei ik. 'Gisteravond kreeg ik thuis bezoek van agent MacIsaac. Hij kwam me vertellen dat hij nooit in deze zaak zou getuigen en dat de officier bereid was hem te steunen en zelfs bereid was een dagvaarding van een federale rechter in de wind te slaan. Maar hij kwam niet met lege handen. Hij vertelde me waarom Roberto Sanz naar de FBI was gegaan en had voorgesteld zich te laten zenderen. Dat was vanwege Sanger…'

Ik gaf door wat MacIsaac me had verteld en we brachten de rest van de lunchtijd door met brainstormen over manieren om dat in de zaak op te nemen. Het was wel duidelijk dat het neerkwam op mijn ondervraging van Sanger en het blootleggen van tegenstrijdigheden in haar verhaal. Makkelijker gezegd dan gedaan.

Na de pasta propten we ons allemaal in de Navigator en bracht Bosch ons terug naar het gerechtsgebouw. Toen we uit de lift kwamen en naar Coelho's rechtszaal liepen, zag ik brigadier Sanger op een bank in de gang zitten wachten. Ze keek me aan zonder een moment met haar ogen te knipperen terwijl we langsliepen, alsof ze mij uitdaagde haar uit te dagen. En ik besefte op dat moment dat ik hoe dan ook álles zou doen wat in mijn macht lag om haar ten val te brengen als de rechter eenmaal haar besluit had genomen.

Ik ging achter de tafel van de verzoekende partij zitten en wachtte tot Lucinda zou worden binnengebracht, en tot de rechter haar zou volgen. Ik pakte mijn koffertje niet uit. Ik wilde eerst weten welke kant het op zou gaan. Ik keek op naar de woedende adelaar, bracht mezelf tot rust en wachtte af.

Zodra Lucinda uit de cel naar mijn tafel was gebracht, vuurde ze in rap tempo de ene na de andere vraag op me af.

'Mickey, wat is er aan de hand?' vroeg ze. 'Ik heb hartstikke lang zitten wachten.'

'Sorry daarvoor, Cindi,' zei ik. 'Daar zullen we heel gauw meer van weten. We zijn naar de kamer van de rechter gegaan en ik heb daar bewijsmateriaal voorgelegd waaruit blijkt dat de kruitproef niet deugde. Dat ze je erin hebben geluisd, in feite.'

'Wie heeft dat dan gedaan?'

'Iemand uit de eenheid van je ex-man. Waarschijnlijk Sanger zelf, aangezien zij degene was die de test bij je afnam.'

'Wil dat zeggen dat zij Robbie heeft doodgeschoten?'

'Dat weet ik niet, Cindi. Maar je kunt het zo zien: als ik de rechter moet overtuigen dat het iemand anders was dan jij, dan wijs ik naar haar. Zij zit er middenin en als zij het zelf niet was, dan weet ze wie het wél was.'

Duistere woede trok over Lucinda's gezicht. Ze had vijf jaar in de gevangenis gezeten voor een misdaad die iemand anders had gepleegd, en nu had ze misschien een naam en een gezicht om die woede en verwijten op te richten. Dat kon ik wel begrijpen.

'Luister even,' zei ik. 'Er hebben zich complicaties voorgedaan met het bewijs dat we hebben ontdekt, en we moeten nog horen of de rechter het deel laat uitmaken van haar overwegingen. Daarom duurde alles zo lang. De rechter zat op haar kamer om eraan te werken.'

'Oké,' zei Lucinda. 'Dan hoop ik maar dat ze doet wat goed is.'

'Ik ook.'

Ik zei verder niets meer en dacht na over de manier waarop ik zou reageren op de twee mogelijke besluiten van de rechter. Ik kwam uit op een plan waarmee ik de zaak misschien zou kunnen redden, mocht het besluit niet in mijn voordeel uitvallen. Ik stuurde snel een reeks appjes met instructies naar Harry Bosch en Shami Arslanian. Bosch was op de gang om Frank Silver in de gaten te houden, voor het geval hij besloot ertussenuit te knijpen voor hij zou getuigen. Arslanian was daar ook en wachtte tot het eventueel weer haar beurt was.

Voordat Bosch kon bevestigen dat hij mijn plan begreep, kwam de rechter uit haar kamer en moest ik mijn telefoon uitzetten. Coelho kwam meteen ter zake.

'Goed. We gaan verder met de habeas-zitting Sanz tegen de staat Californië,' zei ze. 'Heren, is er nieuws te melden voor ik mijn besluiten inzake de ingediende verzoeken bekendmaak?'

Half en half verwachtte ik dat Morris opnieuw zou proberen de argumenten die hij in de raadkamer al had genoemd te herhalen, al was het overduidelijk dat dat voor de rechter een gepasseerd station was en dat ze klaar was om haar besluit kenbaar te maken. Maar Morris bedankte ervoor nog iets aan de verslaglegging toe te voegen, en ik eveneens. Ik keek Lucinda aan en glimlachte bemoedigend tegen haar, maar ze besefte niet hoe belangrijk de komende minuten zouden zijn.

'Heel goed,' zei de rechter. 'Met betrekking tot de verzoeken die deze ochtend bij de rechtbank zijn ingediend, wil ik beginnen met de bewering van de staat dat het bewijs ontoelaatbaar is vanwege de besmetting en onzorgvuldige behandeling door het laboratorium dat de analyse uitvoerde van de schotrestentest waarom de verdediging verzocht. Het feitenpatroon laat zien dat de besmetting door een laborant enkele jaren geleden plaatsvond, toen het bewijsmateriaal onder andere omstandigheden en volgens andere protocollen werd aangeleverd. De besmetting vond niet plaats gedurende de meest recent uitgevoerde analyse. Tevens moet worden opgemerkt dat het DNA-monster van de laborant beschikbaar was ter vergelijking, aangezien het in gecertificeerde DNA-laboratoria standaardprotocol is om te verifiëren of resultaten besmet zijn door personeel.'

Ik kon nu al zeggen dat Morris' protest wegens besmetting het niet zou halen. De rechter ging het afschieten. Ik kreeg hoopvolle kriebels in mijn buik.

'Ik denk dat het belangrijkste in deze kwestie niet is wiens DNA wél, maar wiens DNA níét op het bewijsmateriaal werd aangetroffen,' zei Coelho. 'Het DNA van verzoeker werd niet aangetroffen op het bewijsmateriaal. Dat is net zo problematisch voor de rechtbank als dat het ontlastend is voor de verzoeker.'

Ik keek Lucinda aan. Het was duidelijk dat het juridische jargon waar de rechter haar woorden mee doorspekte niet geheel tot haar doordrong, maar ik glimlachte half geruststellend. Tot nu toe ging het de goede kant op.

'Er was vanaf het allereerste begin iets mis met deze zaak en met dit onderzoek,' zei de rechter. 'En de rechtbank hoopt dat een degelijk onderzoek naar dit onderzoek op deze rechtsgang zal volgen. De rechtbank worstelt echter ook met de verdediging van verzoeker tegen de oorspronkelijke aanklacht.'

Toen voelde ik het aankomen. Nu ging het toch de verkeerde kant op. De rechter zou het bewijs niet toelaten tot haar uiteindelijke besluitvorming over de zaak.

'De grond voor een habeas corpus-verzoek is het presenteren van nieuw bewijs dat de onwettige detentie van de verzoeker aantoont,' zei Coelho. 'En het spijt me zeer, maar dit bewijs is niet nieuw. Het heeft vijf jaar ongestoord in het laboratorium gelegen en het had duidelijk al helemaal in het begin van de vervolging van verzoeker kunnen worden opgevraagd en getest op haar DNA. De bewering van verzoeker dat secundair overgedragen DNA destijds niet beschikbaar was, is onjuist. Er zijn belangrijke strafzaken waarbij secundair DNA al veel eerder betrokken was, zoals de zaak-Casey Anthony in Florida en het onderzoek naar Jon-Benét Ramsey in Colorado. De rechtbank moet dus beslissen of dit bewijs nieuw is, dan wel of het vijf jaar geleden beschikbaar was om te worden opgevraagd en geanalyseerd, voor het nolo-contendere-pleidooi van verzoeker voor dit misdrijf.'

Ik kon het niet geloven. Ik boog mijn hoofd en kon zelfs mijn cliënt niet aankijken.

'De rechtbank vindt het laatste,' zei Coelho. 'Dit bewijs kon, wellicht móést, door de verdediging vijf jaar geleden worden opgevraagd en is daarom uitgesloten van deze procedure. De verzoekende partij kan zeer wel een geldige klacht indienen wegens incompetente vertegenwoordiging door haar advocaat in verband met het oorspronkelijke pleidooi in deze zaak, maar die klacht maakt geen deel uit van dit verzoek en deze hoorzitting.'

Ik schoot overeind. 'Edelachtbare, de zaken die u noemde zijn uitzonderingen,' zei ik. 'Het waren onderzoeken op zeer grote schaal waar veel tijd en geld mee gemoeid was. In meer alledaagse zaken werd die wetenschap niet gebruikt. De oorspronkelijke advocaat in deze zaak was incompetent, inderdaad, maar in dit opzicht niet. Niemand maakte daar toen gebruik van.'

'Maar iemand had dat kunnen doen, meneer Haller,' zei Coelho. 'En daar gaat het om.'

'Nee! Dat kunt u niet maken.'

De rechter keek me een ogenblik lang aan, verbijsterd door mijn uitbarsting.

'Pardon, meneer Haller?' zei ze ten slotte.

'Dit kunt u niet doen,' zei ik.

'Ik heb het zojuist gedaan. En u moet…'

'Het is verkeerd. Ik protesteer. Het is bewijs van onschuld, mevrouw. U kunt dat niet zomaar wegwerpen omdat het niet past binnen de letter van de wet.'

De rechter liet een stilte vallen en nam toen op kalme toon het woord.

'Meneer Haller, ik moet u waarschuwen,' zei ze. 'Het besluit is genomen. Als u denkt dat het een vergissing betreft, staan u andere wegen open. Maar waag het niet mij hier uit te dagen. Als u nog een volgende getuige hebt, roep die persoon dan binnen, dan kunnen we de zaak voortzetten.'

'Nee. Dat vertik ik,' zei ik. 'Dit is een schijnvertoning. U hebt eerst de reconstructie al om zeep geholpen en nu helpt u dit om zeep. Mijn cliënt is onschuldig en bij elke gelegenheid hebt u het bewijs dat dat aantoont ontoelaatbaar geacht.'

De rechter liet weer een stilte vallen, maar haar woede tegen mij bedaarde niet en leek in haar ogen op te laaien. Er schoten dolken uit die ogen.

'Bent u nu klaar, meneer Haller?'

'Nee,' zei ik. 'Ik protesteer. Dit bewijs is nieuw. Het is niet vijf jaar oud. Het werd vanochtend in het laboratorium bepaald. Hoe kunt u beweren dat het niet nieuw is en deze vrouw, de moeder van een jongen van veertien, terugsturen naar de gevangenis voor een misdrijf dat ze niet beging?'

'Meneer Haller, ik geef u nog één kans te gaan zitten en uw mond te houden,' zei Coelho. 'U bent gevaarlijk dicht bij een berisping wegens minachting van de rechtbank.'

'Neem me niet kwalijk, edelachtbare, maar ik laat me niet muilkorven,' zei ik. 'Ik moet de waarheid spreken omdat de rechtbank dat niet doet. U hebt de reconstructie van het misdrijf geschrapt en daar kan ik mee leven. Maar dit DNA... dit DNA bewijst dat mijn cliënt deze moord in de schoenen geschoven kreeg. Hoe kunt u daar zitten en dat niet toelaten? In elke andere rechtszaal in dit land zou het bewijs...'

'Meneer Haller!' riep de rechter. 'Ik heb u gewaarschuwd. U minacht de rechtbank. Bode, neem meneer Haller in bewaring. Dit is een federale rechtbank, meneer Haller. Uw stem verheffen tegen de rechtbank en zijn oordelen afkeuren werkt misschien in een staatsrechtbank, maar niet hier.'

'U kunt me niet zomaar het zwijgen opleggen!' riep ik. 'Dit is botweg verkeerd en iedereen hier weet dat!'

Nate, de parketwachter, duwde me voorover op tafel. Mijn armen werden ruw naar achteren getrokken en ik kreeg strakke boeien om mijn polsen. Een hand greep me in mijn kraag en ik werd weer overeind getrokken. Toen draaide de parketwachter me om en duwde me naar de deur van het cellenblok.

'Misschien zal een nachtje in de cel u leren de rechtbank te respecteren,' riep Coelho me na.

'Lucinda Sanz is onschuldig!' riep ik, terwijl ik door de deur werd geduwd. 'U weet dat, ik weet dat en iedereen in de rechtszaal weet dat!'

Het laatste wat ik hoorde voor de deur dichtviel, was rechter Coelho die de zitting verdaagde.

Precies waarop ik had gehoopt.

DEEL 11
EEN KOOR VAN CLAXONS

43

Bosch zat achter het stuur van de Navigator met Arslanian naast zich. Langzaam kroop het verkeer op de 101 naar het noorden.

'Denk je dat ze hem daar vannacht vasthouden?' vroeg Arslanian.

'Daar lijkt het wel op,' zei Bosch. 'Het heeft er veel van weg dat hij haar echt nijdig heeft gemaakt. Dat had ik wel willen meemaken.'

'Denk je dat hij daar gevaar loopt?'

'Waarschijnlijk zetten ze hem apart. Dat een advocaat die ze daar-naartoe heeft gestuurd iets wordt aangedaan is wel het laatste wat een rechter wil.'

'Maar blijft hij vannacht dan in het cellenblok bij de rechtszaal?'

'Nee. Ze brengen hem naar het MDC.'

'Wat is dat, het MDC?'

'Het Metropolitan Detention Center. De federale gevangenis. In de cellen bij de rechtszaal wordt niemand 's nachts vastgehouden. Ieder-een wordt aan het eind van de dag met een busje naar het MDC ge-bracht. Waarschijnlijk zit hij nu ook in zo'n busje, of misschien wordt hij in zijn eentje vervoerd vanwege zijn vipstatus.'

'Ik mag het hopen.'

'Hij overleeft het wel, hoor. Ik weet zeker dat hij dit heeft ingecalcu-leerd voor hij tegen de rechter uitviel. Toen hij een paar jaar geleden zelf van moord werd beschuldigd, zat hij drie maanden in de districts-gevangenis. Daar is hij ook zonder kleerscheuren weer uit gekomen. Daar heb je toch van gehoord, hè?'

'O, zeker. Ik stond klaar om over te komen als het nodig was, maar toen hadden jij en de anderen van het team het al voor elkaar.'

'Ja. Inclusief Maggie McFierce. Ze liet me vandaag alle hoeken van de rechtszaal zien.'

'Weet je, ik heb ook overwogen advocaat te worden. Of in elk geval de titel aan het rijtje toe te voegen. Maar toen dacht ik: ach welnee. Veel te veel grijze gebieden, en je weet nooit aan wie je morgen weer loyaal moet zijn. Ik hou me maar bij de wetenschappelijke kant van de zaak.'

'Goed idee.'

'Hoe dan ook begrijp ik niet hoe de rechter in hemelsnaam zo kan oordelen over de wetenschap.'

Bosch gaf geen antwoord. Het was precies zo gegaan als Haller bij de lunch had gezegd. De rechter had de letter gevolgd en niet gedaan wat moreel juist was. Geen grijze gebieden.

'Ze slaat af,' zei hij.

Arslanian keek. Bosch schoof een baan op zodat ze de auto voor hen konden blijven volgen.

'Waar denk je dat ze naartoe gaat?' vroeg Arslanian.

'Geen idee,' zei Bosch. 'Ik denk niet dat ze zo ver van AV woont.'

Sanger reed in een Rivian pick-uptruck. Daarvan waren er zo weinig op deze weg dat het achtervolgen een eitje was; Bosch kon op grote afstand blijven en viel dus niet op. Maar toen ze bij Ventura Boulevard afsloegen, besefte hij dat er bij de stoplichten maar twee auto's tussen hen waren. Als Sanger in haar spiegel keek, zou ze de Navigator misschien herkennen – en de mensen erin ook.

Van de drie rijstroken leidden er twee naar links. De Rivian stond in de meest linkse, met een andere pick-uptruck erachter. Bosch stopte daar weer achter en klapte zijn zonneklep naar beneden. In de laadbak van de pick-up voor hem stond een rek met buizen en onderhoudsapparatuur voor airconditionings dat een redelijke dekking vormde.

Een dakloze stond langs de weg met een bordje HULP GEVRAAGD, blijkbaar in welke vorm ook. Bij de Rivian kreeg hij nul op het rekest en hij liep verder langs de auto's terwijl hij zijn bordje omhoog hield.

Het licht stond nog steeds op rood.

Vanwaar hij zat kon Bosch zowel de zijkant van de pick-up voor hem als de zijkant van die van Sanger zien. Hij zag dat het raam van de Rivian naar beneden ging. Er waaide sigarettenrook naar buiten. Toen stak Sanger haar arm naar buiten en gooide iets uit de auto naast de rugzak van de dakloze man en een plastic melkkrat.

'Ze heeft iets uit het raam gegooid,' zei hij. 'Het zou wel eens een peuk kunnen zijn. Dat kan werken, toch?'

'Jazeker!' zei Arslanian. 'Absoluut. Zie je hem liggen?'

'Ik geloof van wel.'

'Laten we hem gaan pakken.'

'Als we hier blijven staan, raken we haar waarschijnlijk kwijt.'

'Geeft niet. Meer dan die peuk hebben we niet nodig. We gaan er regelrecht mee naar het lab.'

Het licht sprong op groen, de Rivian trok op en sloeg links af over het viaduct richting Ventura. Bosch keek in de binnenspiegel en zag nu twee auto's achter zich staan. Hij zette de alarmlichten aan en reed de Navigator zo ver mogelijk van de weg als hij kon, maar het was toch zo krap dat hij niet helemaal opzij kon gaan én zijn portier dan nog kon opendoen.

Er volgde een koor van claxons op zijn manoeuvre. Onaangedaan zette Bosch de automaat in de parkeerstand, stapte uit en trof de dakloze aan in het smalle strookje tussen de Navigator en de betonblokken langs de uitvoegstrook.

'Verdomme man, wat maak je me nou?' zei de man. 'Je reed bijna tegen me aan!'

'O sorry, dat spijt me,' zei Bosch.

Hij sloeg het portier dicht en liep naar de plaats bij het melkkrat terwijl hij zijn telefoon uit zijn zak pakte. Hij hurkte neer en zijn knieën stuurden alarmsignalen naar zijn hoofd. Voor zich zag hij de sigarettenpeuk op het grind liggen. Hij opende de camera-app en nam een foto van de peuk *in situ* – zoals hij hem had gevonden – voor het geval de wijze van vergaring van het bewijs werd aangevochten. Toen stak hij zijn telefoon weer weg en haalde een plastic zakje uit zijn jaszak. Hij gebruikte het zakje zelf als handschoen, pakte het weggegooide peukje op en maakte het zakje dicht.

Hij stond weer op, draaide zich om en liep terug naar de Navigator. Daar stond nog steeds de dakloze. De uitdrukking op zijn gezicht was een en al verbazing.

'Hé man, dat is wel mijn sigaret,' zei hij. 'Dit is mijn plek. Van mij.'

'Het is maar een peuk,' zei Bosch. 'Ze heeft hem tot het filter opgerookt.'

'Interesseert me niet. Mijn peuk. Wil je 'm kopen?'

'Hoeveel?'

'Tien dollar.'

'Voor een sigarettenpeuk?'

'Tien dollar. Dat is de prijs.'

Bosch groef in zijn zak en haalde zijn geld tevoorschijn. Hij had een twintigje en een tientje. Hij gaf de man het tientje.

'Kun je een stapje terug doen zodat ik weer in mijn auto kan?' vroeg hij.

'Tuurlijk, chef.'

Hij pakte het tientje aan en deed een stap naar achteren.

Bosch stapte weer in, gaf Arslanian het plastic zakje en keek in de spiegel of hij weer kon invoegen. Ze bekeek de inhoud van het zakje, maar maakte het niet open.

'Dit is prima,' zei ze. 'We hebben mazzel.'

'Dat werd ook wel eens tijd,' zei Bosch.

'Ik had verwacht dat we haar helemaal tot in Antelope Valley hadden moeten volgen. En misschien nog verder. En dat we dan in haar huisvuil hadden moeten graven.'

'Ik ook. Maar goed. Applied Forensics?'

'Ja, absoluut. Ik bel ze vast, zodat ze klaarstaan. Als we het nu brengen, hebben we hopelijk morgen wat we nodig hebben.'

Het licht sprong op groen en Bosch voegde in voor de auto die achter hem stond te wachten, wat hem opnieuw een boos getoeter opleverde. Hij stak zijn hand op, wuifde vriendelijk en reed door.

Terwijl ze koers zetten naar Van Nuys drong er iets tot hem door.

'Zij heeft bij me ingebroken,' zei hij.

'Wie?' vroeg Arslanian.

'Sanger.'

'Wanneer dan?'

'Een maand of zeven geleden. Ik ben er nu pas zeker van. Ik rook sigarettenrook toen ik thuiskwam en de deur openstond.'

'Had ze iets meegenomen?'

'Nee. Ze wilde alleen maar dat ik het wist. Pure intimidatie.' Bosch glimlachte en schudde zijn hoofd. 'Maar het werkte niet, want ik was er zelf niet zeker van of ik de deur niet open had gelaten en mijn verstand begon te verliezen,' zei hij. 'Begrijp je? Dementie of zoiets. Ik dacht dat de sigarettenstank in m'n neus een bijwerking kon zijn van de isotoop die ze me hadden ingespoten.'

'Nou, dan zal het wel fijn zijn om te weten dat er écht was ingebroken, ook al klinkt dat raar als je het zo zegt.'

'Ja, vermoedelijk heb je wel gelijk.'

Bosch dacht aan het proces-verbaal dat Maggie McFierce had gebruikt om hem in de rechtszaal in verlegenheid te brengen en te suggereren dat hij dementeerde. Hij voelde zich verslagen.

DEEL 12
DE BEWIJSGROND

44

's Ochtends brachten de parketwachters me terug naar het federale gerechtsgebouw met de gevangenenbus van zeven uur. Daarna bracht ik twee uur door in het centrale cellenblok van het gerechtsgebouw, samen met andere gedetineerden die wachtten tot ze werden overgebracht naar hun rechtszaal of tijdelijke cel. Ik droeg nu federale gevangeniskleding; wat er met mijn eigen kleding, portefeuille en telefoon was gebeurd, wist ik niet. Uiteindelijk werd ik naar de cel bij de rechtszaal van rechter Coelho gebracht. Lucinda Sanz zat al in de cel naast de mijne. We konden elkaar niet zien maar wel horen.

'Mickey, is alles goed met je?' zei ze zacht.

'Ja,' zei ik. 'Hoe is het met jou, Cindi?'

'Goed wel. Ik kan er gewoon niet bij dat ze je de hele nacht hebben opgesloten.'

'De rechter wilde iets duidelijk maken.'

Nate, de bode, kwam het cellenblok binnen, maakte mijn cel open en gaf me een bruine papieren zak.

'Hier zijn je kleren,' zei hij. 'Kleed je maar om. De rechter wil je spreken.'

Ik keek in de zak. Mijn pak lag in een dikke prop op mijn schoenen.

'Waar is mijn telefoon? En mijn portefeuille? En waar zijn mijn sleutels?'

'Achter slot in mijn bureau,' zei Nate. 'Je krijgt ze terug als de rechter zegt dat het goed is. Je hebt vijf minuten. Kleed je aan.'

'Nee, dit ga ik niet aantrekken. Dat pak ziet er niet uit met die kreukels. Als je me dadelijk meeneemt naar de rechter ga ik zoals ik ben.'

'Da's niet mijn pakkie-an. Als ik het zo mag zeggen.'

'Leuk, Nate.'

'Moet ik je weer boeien of ga je je gedragen?'

'Nee, hoeft niet.'

Hij nam me mee de cel uit en we liepen langs die van Lucinda naar de rechtszaal.

'Sterkte, Lucinda,' zei ik.

We liepen door de rechtszaal. Er brandde geen licht, op een lamp boven het bureau van Gian Brown na.

'Mag ik hem naar achteren brengen?' vroeg Nate.

'Ze wacht op hem,' zei Brown.

Hij bekeek me van top tot teen. 'Weet u zeker dat u uw eigen kleren niet wilt aantrekken?' vroeg hij.

'Ja,' zei ik.

De bode maakte de halve deur van de griffierspost open en we liepen door de gang naar de vertrekken van de rechter. Nate klopte aan en we hoorden haar roepen dat ik binnen kon komen.

Nate liet mij voorgaan en zorgde dat ik in een van de stoelen voor het bureau ging zitten. Rechter Coelho zat erachter.

'Ik heb opdracht gegeven u uw pak terug te geven, meneer Haller,' zei ze.

'Dat pak is naar de vaantjes,' zei ik. 'Het is van Canali. Een pak van Italiaanse zijde dat vannacht in een prop in een papieren zak heeft gezeten. Ik heb mijn telefoon nodig, dan kan ik een schoon pak laten afleveren.'

'We zorgen dat u die dadelijk terugkrijgt. Nate, zorg er alsjeblieft voor dat die klaarligt voor meneer Haller zodra dit achter de rug is. Je kunt wel teruggaan naar de rechtszaal.'

De parketwachter aarzelde. 'Weet u zeker dat ik er niet even bij moet blijven?' vroeg hij.

'Ja, dat weet ik zeker,' zei Coelho. 'Ik roep je wel als je meneer Haller kunt komen halen. Ga nu maar.'

Nate liep de kamer uit en deed de deur achter zich dicht. De rechter nam me even in zich op en besloot toen wat ze zou gaan zeggen.

'Het spijt me dat het zover heeft moeten komen, meneer Haller,' zei ze. 'Maar de minachting waarmee u de rechtbank gisteren bejegende kon ik niet laten passeren. Ik hoop dat u de nacht hebt gebruikt om na te denken over uw gedrag in mijn rechtszaal en dat u me kunt garanderen dat dit niet weer gebeurt.'

Ik knikte.

'Ik heb over veel dingen nagedacht, mevrouw de rechter,' zei ik. 'Ik wil me verontschuldigen voor wat ik heb gezegd en gedaan. Ik heb berouw. Het zal niet weer gebeuren, dat beloof ik u.'

Het enige wat ik die nacht tijdens mijn verblijf in een koude eenpersoonscel had bedacht, was dat ik Coelho nooit meer met 'edelachtbare' zou aanspreken.

'Mooi,' zei Coelho. 'Ik aanvaard uw verontschuldigingen. U wordt vrijgelaten uit uw hechtenis en misschien kunnen we haast maken met dat schone pak, zodat we daar niet de hele ochtend mee kwijt zijn. Ik zal alle partijen vragen of ze om 11.00 uur aanwezig kunnen zijn.'

'Dank u,' zei ik. 'Ik zou dit kostuum graag zo snel mogelijk uittrekken.'

'Ik heb net Gian een belletje gegeven en Nate staat klaar met uw eigendommen.'

'Als u de partijen weer bijeen roept, wilt u er dan alstublieft voor zorgen dat ook brigadier Sanger wordt opgeroepen? Zeer waarschijnlijk is zij mijn volgende getuige.'

'Ik zal haar die opdracht geven.'

Vijf minuten later zat ik in de rechtszaal en haalde ik mijn telefoon uit een plastic zak met mijn eigendommen. De eerste die ik belde was Bosch.

'Mick, ben je vrij?'

'Ja, nu net. Hoe gaat het? Waar ben jij nu?'

'Bij Applied Forensics. We hebben ze een sigarettenpeukje van Sanger gebracht. Een kwartiertje geleden zei Shami dat ze nog twee uur nodig hebben.'

'Oké, daar kan ik mee leven. Stuur me een berichtje zodra je iets weet.'

'Zal ik doen.'

Ik beëindigde het gesprek en belde Lorna Taylor.

'Jezus, Mickey, is alles goed met je?'

'Nu wel.'

'Waar ben je nu?'

'In de rechtszaal. Ik zou graag willen dat je me een schoon pak, overhemd en das kwam brengen.'

'Geen probleem. Welk pak?'

'Ik denk… dat van Hugo Boss. Het grijze met de lichte streepjes. En dan een lichtblauw oxfordhemd en kies zelf maar een das uit. Je weet waar de sleutel is, hè?'

'Zelfde plaats?'

'Zelfde plaats.'

Daarna praatte ik heel zacht verder, zodat Gian en Nate me niet konden verstaan.

'Lorna, luister goed. Haast je niet. Kom hier niet met dat pak vóór half een op zijn minst. Harry en Shami hebben tijd nodig.'

'Duidelijk.'

Ik praatte weer op normale toon verder. 'Oké. Waarschijnlijk zit ik dan weer in de cel, dus geef het maar aan de bode in de rechtszaal. Nate heet hij.'

'Komt in orde. Ik ga nu naar jouw huis.'

'Dank je.'

Ik verbrak de verbinding, stond op en vroeg Nate of hij me wilde terugbrengen naar het cellenblok, zodat ik mijn cliënt kon zien en me daar kon verkleden zodra mijn schone pak was aangekomen.

Terwijl ik werd teruggebracht naar het cellenblok bedacht ik dat ik niets had gegeten en Lorna had moeten vragen om een mueslireep mee te nemen. De leegte in mijn maag kreeg een extra accent door de angst die ik voelde om wat er nu bij Applied Forensics gebeurde. Ik wist dat dit mijn laatste kans was in het spel dat ik de afgelopen twee dagen had gespeeld. Zeer binnenkort was het de dood of de gladiolen.

45

Doordat Lorna zo lang mogelijk had gewacht met het afleveren van mijn pak werd de hoorzitting pas tegen tweeën heropend. De rechter was niet zo blij met de late start, maar ik wel, omdat ik nu alles had wat ik nodig had om Stephanie Sanger nog één keer in de getuigenbank te confronteren. Bosch en Arslanian hadden allebei gebracht waar ik op gehoopt had. Arslanian zat buiten in de gang klaar om te getuigen en Bosch zat in de rechtszaal op de eerste rij van de publieke tribune naast de rechtbanktekenaar van Channel 5.

Nadat rechter Coelho de rechtbank bijeen had geroepen en mij het woord had gegeven, riep ik brigadier Stephanie Sanger opnieuw op in de getuigenbank. De rechter herinnerde haar eraan dat ze nog steeds onder ede stond.

'Goed u weer te zien, brigadier Sanger,' begon ik. 'Allereerst wil ik u vandaag vragen naar enkele verklaringen en bewijzen die vorige week zijn binnengekomen. Met name naar de telefoongegevens die door mijn assistent zijn onderzocht.'

'Is dit een vraag?' vroeg Sanger.

'Nog niet, brigadier Sanger. Maar laten we beginnen met deze. Op de dag dat hulpsheriff Roberto Sanz werd vermoord voor het huis van zijn ex-vrouw, volgde u hem toen?'

Sanger wierp me een vernietigende blik toe voordat ze antwoordde. 'Ja,' zei ze.

Ik knikte en noteerde iets in mijn schrijfblok. Hoe Maggie McFierce ook haar best had gedaan om Bosch' geloofwaardigheid in de getuigenbank te ondermijnen, de feiten waren onweerlegbaar en Sanger kon die niet ontkennen. Maar ik was toch verrast door haar onverbloemde antwoord op mijn vraag. Het bracht me van mijn stuk omdat ik verwacht had een aantal vragen te moeten stellen voordat ik haar eindelijk zover had dat ze toegaf dat ze Roberto Sanz had gevolgd. Mijn schrijfblok stond vol vervolgvragen die ineens overbodig waren geworden. Daardoor nam ik mijn toevlucht tot een aantal geïmproviseerde vragen, die ik achteraf gezien beter niet had kunnen stellen.

'U geeft dus toe dat u Roberto Sanz volgde op de dag van zijn dood?'

'Ja, zoals u gehoord hebt.'

'Waarom volgde u hem?'

'Omdat hij me dat vroeg.'

Daar had je de poppen aan het dansen. Met één onverstandige, geïmproviseerde vraag begaven we ons op onbekend terrein. Nu zou er ongetwijfeld een verhaal volgen dat de onweerlegbare telefoongegevens moest verklaren. Ik wist dat als ik het niet naar boven haalde en het probeerde te beheersen, Hayden Morris dat wel zou doen in het kruisverhoor. Ik moest hier meteen op ingaan en daarna voortgaan op de ingeslagen weg.

'Waarom vroeg Roberto Sanz u hem te volgen?' vroeg ik.

'Omdat hij een afspraak had met een FBI-agent en zich zorgen maakte dat het een valstrik was,' zei Sanger. 'Hij wilde dat ik een oogje in het zeil hield voor het geval er iets mis zou gaan, zodat ik hem kon dekken.'

Sanger en de aanklager deden precies wat ik zelf de hele hoorzitting had gedaan: zich toe-eigenen wat negatief zou kunnen uitpakken en er zelf een draai aan geven. Als uitkomt dat je het moordslachtoffer volgde, zeg dan dat het moordslachtoffer je dat gevraagd heeft, want er is niemand meer in leven die dat kan weerleggen.

'Dus u moest hem beschermen tegen een FBI-agent?' vroeg ik.

'Niet per se op dat moment,' zei Sanger. 'Eerder later, als er iemand moest instaan voor zijn verhaal dat hij met de FBI had gesproken en hij hun verzoek had afgewezen.'

'En hij heeft u nooit verteld wat ze van hem vroegen?'

'Daar heeft hij nooit de kans voor gekregen.'

'Hoe weet u dan dat hij het verzoek van de FBI bij die afspraak zou afwijzen?'

'Hij vertelde me van tevoren dat hij dat van plan was.'

Haar verhaaltje sneed niet echt hout. Maar ik wist dat als ik zou doorvragen, ik me wel eens in de nesten zou kunnen werken. Er was al genoeg schade aangericht toen ik Sanger de gelegenheid gaf om in te gaan op de telefoongegevens. Zo goed mogelijk improviseren was het beste wat ik kon doen op dat moment.

'En u hebt hier nooit melding van gemaakt of dit verteld aan het team dat de moord op Sanz onderzocht?' vroeg ik.

'Nee,' zei Sanger.

'Sanz wordt vermoord na een clandestiene ontmoeting met een FBI-agent en u dacht dat de rechercheurs van Moordzaken dat niet wilden weten?'

'Zo zat het niet.'

'En hoe dan wel?'

'Ik was bang dat het de reputatie van Robbie Sanz zou bezoedelen. Hij was dood, zijn ex-vrouw had hem vermoord en ik wilde dit niet oprakelen.'

Opnieuw had ik haar een uitweg geboden. Ik moest zorgen dat ik niet verder wegzakte in dit moeras.

'Goed, we gaan verder, brigadier Sanger,' zei ik. 'Kunt u voor de rechtbank het protocol beschrijven dat u volgde toen u de schotresten-test uitvoerde op Lucinda Sanz op de avond van de moord op haar ex-man?'

'Dat is eigenlijk vrij eenvoudig,' zei ze. 'De *stubs* zitten in een pakje van twee, en...'

'Staat u me toe u daar even te onderbreken. Kunt u uitleggen wat u bedoelt met "stubs"?'

'Het zijn ronde schijfjes schuimrubber met een koolstof kleeflaag die de schotresten opnemen als ze over iemands handen en armen worden geveegd.'

'Dus u opende een verpakking met twee stubs toen u Lucinda Sanz bemonsterde?'

'Correct.'

'Droeg u handschoenen toen u dat deed?'

'Ja.'

'Waarom is dat, brigadier Sanger?'

'Opdat ik de stubs niet zou besmetten. Ik draag een wapen, dus er kunnen ook schotresten op mijn handen zitten. Het is op het departement en bij alle andere instanties standaardprotocol om handschoenen te dragen tijdens het uitvoeren van een schotrestenonderzoek op een verdachte.'

'U zegt dus dat Lucinda Sanz toen al verdachte was?'

'Nee, ik had het over het protocol in het algemeen. In deze specifieke zaak werd mevrouw Sanz op dat moment niet als verdachte beschouwd. We zagen haar vooral als getuige, zolang we nog niet alle feiten hadden verzameld.'

'Waarom was u er dan als de kippen bij om haar te testen op schotresten als ze slechts een getuige was?'

'Ten eerste omdat schotresten niet aan de huid blijven kleven. Het is het beste om binnen twee uur na een vuurwapenincident een schotrestenonderzoek te doen. Na vier uur heeft het geen zin meer; dan ben je te veel kwijt. En ten tweede wisten we nog niet hoe het ervoor stond, dus wilden we op alles voorbereid zijn. Ik voerde de test uit en die bleek later positief te zijn. En volgens mij heb ik daar al over getuigd.'

'Inderdaad, brigadier Sanger. We willen er zeker van zijn dat we het goed doen. Hoe kwam u te weten dat de test positief was?'

'De leider van het onderzoek belde me om het me te vertellen en om me te bedanken dat ik de test zo vroeg had uitgevoerd. Het resultaat van de schotrestentest was onmiskenbaar positief, zei hij.'

Ik vroeg de rechter om de tweede helft van Sangers antwoord te schrappen aangezien het geen antwoord was op mijn vraag, maar Coelho verwierp dat en zei dat ik verder moest gaan.

'Dus u deed alles volgens het boekje. Klopt dat, brigadier Sanger?'

'Dat klopt.'

'U trok een paar handschoenen aan, opende de testverpakking, voerde de test uit, deed de stubs in een labzakje en sloot dat af.'

'Correct.'

'Geen verontreiniging.'

'Correct.'

'En u gaf dat zakje aan hulpsheriff Keith Mitchell om aan de rechercheurs van Moordzaken te overhandigen. Correct?'

'Correct.'

Morris stond op om bezwaar te maken.

'Edelachtbare, de raadsman heeft dit al aan de orde gebracht in zijn eerste verhoor,' zei hij. 'Waarom moeten we de tijd van de rechtbank hiermee verspillen?'

'Ik vroeg me hetzelfde af, meneer Haller,' zei Coelho.

'Mevrouw de rechter, met mijn volgende vragen begeven we ons als het goed is op nieuw terrein,' zei ik.

'Goed dan,' zei ze. 'Maar ik ga u kort houden. Gaat u verder.'

Ik keek op mijn schrijfblok, rechtte mijn rug en stelde mijn volgende vraag. 'Brigadier Sanger, bent u bekend met secundair DNA?'

Morris stond alweer overeind.

'Edelachtbare, overleg?' zei hij.

Coelho wenkte ons bij zich. 'Komt u naar voren,' zei ze.

Morris en ik liepen naar haar toe en de rechter boog zich voorover om te horen wat zijn bezwaar was.

'Edelachtbare, de raadsman begeeft zich met zijn ondervraging op een gebied dat de rechtbank gisteren ontoelaatbaar heeft verklaard,' zei Morris. 'Ik weet niet of hij nog een uitbarsting in scène wil zetten, gevolgd door een berisping van de rechtbank, maar hij begeeft zich duidelijk richting verboden terrein.'

'Zeker niet, mevrouw de rechter,' zei ik snel. 'Ik ben niet van plan om deze getuige iets te vragen over het ontbreken van Lucinda Sanz' DNA op het schotrestenschijfje. Wat dat betreft was de uitspraak van de rechtbank gisteren glashelder.'

'Ik zou toch denken dat u na een nacht in de cel wel twee keer zou nadenken voordat u zich opnieuw op het pad begeeft dat ik gisteren heb afgesloten, meneer Haller,' zei Coelho.

'Dat is ook zo, mevrouw de rechter,' zei ik. 'En u mag me weer in de cel stoppen als ik het DNA van mijn cliënt of het gebrek daaraan ter sprake breng.'

'Goed dan, u mag doorgaan,' zei Coelho. 'Maar past u op. Bezwaar afgewezen.'

We gingen terug naar onze plaats en ik bekeek mijn aantekeningen.

'Nogmaals, brigadier Sanger, bent u bekend met aanrakings-DNA?' vroeg ik.

'Ik weet wat het is,' zei Sanger. 'Maar ik ben er geen expert in. Daar hebben we een lab voor.'

'U hoeft geen expert te zijn om dit te beantwoorden. Hoe kan het dat, ondanks het protocol dat u naar eigen zeggen gevolgd hebt, op minstens een van de stubs die u over de handen en armen van Lucinda Sanz hebt geveegd, uw eigen DNA terecht is gekomen?'

Morris vloog uit zijn stoel alsof hij een elektrische schok had gekregen. Hij spreidde zijn armen.

'Edelachtbare, de raadsman doet nu precies wat hij net zei dat hij niet zou doen,' zei hij.

'Nee, dat deed ik niet,' zei ik snel. 'Ik vroeg de getuige of…'

'Laat me u hier onderbreken,' zei Coelho. 'Ik wil u beiden nú in mijn kamer spreken. Alle anderen kunnen een kwartiertje pauze nemen.'

Met een werveling van haar zwarte toga verliet ze de rechtszaal. Morris en ik volgden in haar kielzog.

46

Nog altijd in toga keek de rechter ons van achter haar bureau aan.

'Ga zitten,' beval ze. 'Meneer Haller, ik begin weer mijn geduld met u te verliezen. Ik vind het moeilijk te geloven dat uw verblijf in het Metropolitan Detention Center zo goed is bevallen dat u daar opnieuw naar solliciteert.'

'Nee, mevrouw de rechter,' zei ik. 'Integendeel.'

'Dan begrijp ik niet wat u aan het doen bent,' zei ze. 'Zoals de heer Morris ook al heeft aangegeven: u speelt met vuur. Ik heb de labresultaten van gisteren niet-ontvankelijk verklaard en nu stelt u de getuige doodleuk een vraag over de labresultaten.'

Ik knikte intussen instemmend.

'Mevrouw de rechter, u oordeelde dat de schijfjes schuimrubber destijds tijdens de eerste behandeling van deze zaak door de verdediging op DNA van Lucinda Sanz getest hadden kunnen worden,' zei ik. 'U oordeelde dat het labresultaat volgens de eisen van een habeas-procedure geen nieuw bewijs was, maar eerder een uitglijder van de verdedigingsadvocaat destijds en daarom niet-ontvankelijk. En zoals ik al zei tijdens ons overleg aan uw tafel, is dat niet de weg die ik hier insla.'

'Welke weg slaat u dan wel in?' vroeg Coelho.

'De getuige verklaarde net over de protocollen die ze gevolgd zou hebben bij het bemonsteren van Lucinda Sanz. Ze trok haar handschoenen aan, opende het testpakket, bemonsterde Sanz en borg de stubs op in een afgesloten zakje. Ik ben in staat de rechtbank van bewijs te voorzien dat het DNA van brigadier Sanger aanwezig is op de stub die vijf jaar geleden aan de verdediging is overhandigd en sindsdien veilig is bewaard bij Applied Forensics.'

'Hebt u een vergelijking uitgevoerd met haar DNA?'

'Jawel, mevrouw de rechter.'

'En hoe komt u aan haar DNA? Want dit was geen door het gerecht bevolen analyse.'

'Sanger rookt. Haar DNA werd afgenomen van een sigarettenpeuk die ze gisteren na de zitting weggooide. Mijn assistent en mijn forensisch expert raapten die op en brachten hem naar Applied Forensics om te laten vergelijken met het onbekende DNA dat werd gevonden op de stub uit de zaak-Sanz. En voor uw informatie: voor deze analyse was geen onderzoek van de schotrestenstub nodig, wat bewijsmateriaal is en een bevel van u zou hebben vereist. Dit was een vergelijking van het DNA van de opgeraapte sigarettenpeuk met het onbekende DNA-profiel dat werd gevonden tijdens de eerdere analyse van het bewijsmateriaal. De resultaten kwamen binnen vlak voordat de rechtbank vandaag bijeenkwam. Het is Sangers DNA en ik heb het recht haar te vragen hoe het daar terecht is gekomen.'

Morris maakte een geluid dat begon als een kreun en uitliep in een bezwaar. 'Het is net zo ontoelaatbaar als gisteren,' zei hij. 'En bovendien is het onmogelijk om in minder dan vierentwintig uur een DNA-analyse te laten uitvoeren.'

'Niet als je bereid bent te betalen,' zei ik. 'En als je met een erkend forensisch expert werkt die toezicht houdt op het werk.'

'Meneer Haller, waar wilt u hiermee naartoe?' vroeg de rechter.

'Waar we de hele tijd al met deze zaak naartoe gaan,' zei ik. 'Lucinda Sanz werd erin geluisd voor de moord op haar ex-man. Het belangrijkste bewijsstuk in dit opzetje waren de schotresten die op haar handen werden gevonden. Die duidden er niet alleen op dat ze een pistool had afgevuurd, maar ze leek daarmee ook betrapt te worden op een leugen, en vanaf dat moment hebben de rechercheurs alle andere mogelijkheden uitgesloten. Het is de theorie en overtuiging van verzoeker dat op een bepaald moment nadat Sanger Sanz had getest op schotresten, en voordat Mitchell het bewijsmateriaal overhandigde aan de rechercheurs van Moordzaken, de schijfjes schuimrubber – oftewel de stubs – werden vervangen door schijfjes die vervuild waren met schotresten. Dus, mevrouw de rechter, u wilt weten waar ik naartoe ga? Ik ga recht op Sanger af. Ik wil weten hoe haar DNA op dat schijfje terecht is gekomen.'

Coelho zweeg terwijl ze mijn betoog volgde. Ik nam de tijd om er nog een schepje bovenop te doen voordat Morris de kans kreeg iets te zeggen.

'Dit is nieuw bewijs, mevrouw de rechter,' zei ik. 'Het is niet iets waar de oorspronkelijke verdediging mee had kunnen komen, want Sangers naam komt niet eens in de processen-verbaal voor. U hebt de reconstructie van het misdrijf en het DNA van gisteren niet aanvaard, maar bij elkaar genomen maken deze zaken duidelijk wat er gebeurd is. Stephanie Sanger geeft nu zelfs toe dat ze Roberto Sanz heeft zien praten met een FBI-agent, maar dat ze dit niet aan de rechercheurs heeft gemeld. Waarom is dat? Omdat zij degene is die Sanz heeft vermoord en zijn ex-vrouw ervoor heeft laten opdraaien.'

De rechter bleef me aanstaren zonder me echt te zien. Kennelijk liep ze in haar hoofd alle stappen na en controleerde ze het logische gehalte van mijn theorie. Morris had het hele idee blijkbaar al meteen verworpen, waarschijnlijk omdat het van een strafpleiter kwam en hij geconditioneerd was om het nooit met een advocaat eens te zijn.

'Wat een fabeltjes,' zei hij. 'Edelachtbare, u kunt dit onmogelijk geldig verklaren. Hij trekt weer een rookgordijn op – precies waar de heer Haller bekend om staat.'

Coelho onderbrak haar analyse en keek me aan.

'Staat u daarom bekend, meneer Haller?' vroeg ze. 'Rookgordijnen?'

'Hm, ik hoop om meer dan dat, mevrouw de rechter,' zei ik.

Ze knikte met een ondoorgrondelijke uitdrukking op haar gezicht. Maar toen sprak ze de magische woorden waar ik op had gewacht.

'Ik sta dit toe,' zei ze. 'Meneer Haller, u kunt uw vragen stellen en dan kijken we wel waar we uitkomen.'

'Edelachtbare, ik moet hier echt bezwaar tegen maken,' zei Morris. 'Dit is pure –'

'Meneer Morris, u had al bezwaar gemaakt en ik heb dat bezwaar net afgewezen,' zei Coelho. 'Was ik niet duidelijk?'

'Jawel, mevrouw de rechter,' zei hij zwakjes.

'Dank u, edelachtbare,' zei ik.

Met deze uitspraak was ze in mijn ogen weer edel en achtbaar geworden.

De rechter bleef achter toen wij haar kamer verlieten. Ik liep achter Morris aan naar de rechtszaal. Hij zei geen woord en liep hard, alsof hij zo snel mogelijk bij me vandaan wilde.

'Ben je je tong verloren, Morris?' vroeg ik. 'Of komt het door het feit dat je deze keer aan de verkeerde kant staat? Valt dat je zwaar?'

Zijn enige reactie was een opgeheven vuist waaruit zijn middelvinger omhoogstak. Hij ging de deur door naar de rechtszaal en deed geen moeite om hem voor me open te houden.

'Heel vriendelijk,' zei ik.

In de rechtszaal zag ik dat de plek waar Bosch had gezeten leeg was. Ik liep door naar de gang, in de hoop hem en Arslanian te vinden voordat de rechter weer plaatsnam om de zitting te hervatten.

Ik vond Shami op een bankje naast de deur van de rechtszaal, maar Bosch was in geen velden of wegen te bekennen.

'De rechter staat het DNA van Sanger toe,' zei ik. 'Je zult moeten getuigen over de sigarettenpeuk – het oprapen ervan en alles.'

'Wat geweldig, Mickey,' zei Arslanian. 'Ik ben er klaar voor.'

'Waar is Harry? Misschien hebben we hem nodig als de rechter zijn foto's van Sangers sigaret wil zien.'

'Toen Sanger de rechtszaal verliet, volgde hij haar naar buiten. Hij zei dat hij haar in de gaten wilde houden voor het geval ze ervandoor zou gaan.'

'Meen je dat?'

'Politie-instinct, denk ik.'

Ik had nooit getwijfeld aan het politie-instinct van Bosch. Arslanians antwoord zette me aan het denken over hoe ik de zaak zou voortzetten als Sanger haar hielen had gelicht.

DEEL 13

DE MAN IN
HET ZWART

47

Bosch wilde dichterbij komen zodat hij hun gesprek kon afluisteren, maar hij durfde het risico niet te nemen. Sanger wist natuurlijk wie hij was, en de man die op de achterste rij van de rechtszaal had gezeten kon hem ook gezien hebben. Als een van beiden Bosch zou opmerken, zouden ze hun verhitte conversatie direct beëindigen. Dus keek Bosch van een afstandje toe, waarbij hij een bushokje voor het gerechtsgebouw in Spring Street als dekking gebruikte.

Sanger en de man stonden in de ruimte die voor rokers was gereserveerd aan de noordkant van het gerechtsgebouw. Ze stond naast een betonnen urn ter grootte van een vuilnisbak, die dienstdeed als asbak. Sanger rookte, maar de man met wie ze praatte niet. Hij kwam op Bosch over als een latino. Hij was klein, had een bruine huid, gitzwart haar en een snor die voorbij zijn mondhoeken doorliep. Het zag er niet uit als een gezellig gesprekje. De man was helemaal in het zwart gekleed, als een priester, en hij helde tijdens het praten lichtjes naar Sanger over. En Sanger boog zich naar hem toe terwijl ze nadrukkelijk haar hoofd schudde alsof ze het absoluut niet met hem eens was.

Bosch keek op zijn horloge. De pauze was bijna over en hij had minstens vijf minuten nodig om weer naar binnen te lopen, door de beveiliging te gaan en de lift naar boven te nemen. Toen hij weer naar de rookruimte keek, zag hij dat de man zich nog verder naar Sanger toe boog en met één hand de voorkant van haar uniform greep. Het gebeurde zo snel dat Sanger bijna niet tegenstribbelde. Met zijn vrije hand trok de man haar wapen uit de holster, drukte de loop tegen haar zij en vuurde drie snelle schoten af, waarbij hij ervoor zorgde dat haar lichaam de knallen dempte. Toen duwde hij haar tegen de urn en ze duikelde eroverheen op de grond. Een vrouw die net over het trottoir voorbijliep, begon te gillen en rende ervandoor.

De man met het wapen keek niet eens op. Hij stapte om de urn heen, strekte zijn arm uit en vuurde nog een keer om zijn werk met een schot in Sangers hoofd af te maken. Hij draaide zich om en liep rustig de rookruimte uit. Hij ging de trap voor het gerechtsgebouw af, stapte snel het trottoir op en liep weg over Spring Street in zuidelijke richting. Hij had het pistool in zijn hand langs zijn lichaam.

Bosch kwam het bushokje uit en rende de trap op naar de rookruimte. Sanger was dood; met opengesperde ogen staarde ze wezenloos naar de hemel. De laatste kogel had haar precies in het midden van haar voorhoofd geraakt. Haar uniform en het beton naast haar lichaam waren doordrenkt met bloed.

Bosch keek om. De moordenaar was al bij de volgende zijstraat op Spring Street. Een geüniformeerde parketwachter was door de zware glazen deuren van het gerechtsgebouw naar buiten gekomen zodra hij de schoten en de schreeuw van de voorbijganger had gehoord. Bosch liep op hem af.

'Er is een hulpsheriff neergeschoten,' zei hij. 'Die vent daar op Spring Street is de schutter.'

Bosch wees naar de man in het zwart.

'Waar is die hulpsheriff?' vroeg de parketwachter.

'In de rookruimte,' zei Bosch. 'Ze is dood.'

De parketwachter rende naar de rookruimte en trok tegelijkertijd een portofoon uit een holster aan zijn riem, waarin hij schreeuwde: 'Agent neergeschoten! Noordzijde rookruimte! Ik herhaal: agent neergeschoten!'

Bosch keek Spring Street in. De moordenaar was inmiddels het gemeentehuis gepasseerd en was al bijna bij First Street. Hij ontsnapte.

Bosch liep Spring Street in om de achtervolging in te zetten. Hij pak-

te zijn telefoon en belde het alarmnummer. Er werd onmiddellijk opgenomen.

'911, hebt u een noodgeval?'

'Schietpartij voor het federale gerechtsgebouw. Een man heeft een
hulpsheriff gedood met haar eigen pistool. Ik volg hem in zuidelijke
richting op Spring Street. Ik ben ongewapend.'

'Oké, meneer, rustig aan. Wie is er neergeschoten? Een hulpsheriff,
zei u?'

'Correct. Brigadier Stephanie Sanger. De federale parketwacht is erbij en ik loop achter de schutter aan. Ik heb ondersteuning nodig op de
hoek Spring Street en First Street. Hij loopt nu precies langs het PAB.'

Het Police Administration Building, het hoofdbureau van politie,
bevond zich aan de oostkant van Spring Street. Bosch zag de moordenaar oversteken naar de westkant van de straat en verder lopen langs
het oude gebouw van de *Los Angeles Times* in de richting van Second
Street. Tijdens het oversteken keek hij opzij alsof hij keek of er een auto
aan kwam, maar Bosch wist dat hij keek of hij gevolgd werd. Bosch was
meer dan een blok van hem verwijderd en werd niet door de schutter
opgemerkt.

'Hij lijkt Second Street in te gaan, richting het westen,' zei hij.

'Meneer, bent u van de politie?' vroeg de medewerker van de meldkamer.

'Ik zat vroeger bij het LAPD.'

'Dan moet u nu stoppen en wachten tot de politie arriveert. Ze zijn
op de hoogte.'

'Dat gaat niet. Hij gaat ervandoor.'

'Meneer, u moet...'

'Ik heb me vergist. Hij is Second Street niet in gegaan. Hij loopt nog
steeds op Spring Street, zuidwaarts richting Third Street.'

'Luister, meneer, u moet hier direct mee ophouden en...'

Bosch verbrak de verbinding en stopte de telefoon in zijn zak. Hij
wist dat hij een tandje moest bijzetten als hij de schutter in het vizier

wilde houden. Hij bereikte de hoek van Spring en Second Street net toen de schutter Third Street insloeg en uit het zicht verdween. Bosch begon te rennen en stak over naar de westkant van de straat zodra het verkeer het toeliet.

Bij Third Street sloeg Bosch rechts af en zag de schutter halverwege het blok richting Broadway. Hij was overgestoken naar de zuidkant van de straat. Bosch bleef op de stoep aan de noordkant, vertraagde zijn pas en probeerde zijn ademhaling weer onder controle te krijgen. Third Street liep licht omhoog en Bosch begon te hijgen. Het effect van de stoot adrenaline die door zijn bloedbaan was geschoten toen hij Sanger op klaarlichte dag vermoord zag worden, begon weg te ebben.

De schutter liep door rood om Broadway over te steken en sloeg aan de overkant van de straat links af. Tegen de tijd dat Bosch bij de hoek kwam, was het voetgangerslicht groen geworden. Bosch stak over en zag dat de schutter het gebouw van Grand Central Market in dook.

Bosch hoorde nu ook sirenes, maar ze waren nog niet echt in de buurt. Hij vermoedde dat de agenten naar de plaats van de schietpartij waren gegaan en niet naar de locatie die hij aan de meldkamer had doorgegeven.

De markt was vol met mensen die boodschappen aan het doen waren of in de rij stonden bij de vele verschillende eetkraampjes. Bosch ging naar binnen en zag de man in het zwart niet meteen. Maar toen dook hij halverwege de trap op, op weg naar de eerste verdieping van de markt. Bovenaan de trap keek hij om, maar niet specifiek in de richting van Bosch, die opging in de zee van winkelend publiek. Bosch vermoedde dat hij uitkeek naar uniformen, niet naar een oude man in een pak.

Bosch zag dat de man het pistool niet langer in zijn hand had, en dat zijn overhemd nu over zijn broek hing. Daaruit concludeerde Bosch dat hij het pistool niet had weggegooid. Het zat onder zijn hemd in zijn broek.

De schutter liep dwars door het marktgebouw heen, dat een heel blok in beslag nam, ging naar buiten op Hill Street, dook zonder aarzelen het verkeer in en stak de weg over.

Bosch kwam net op tijd naar buiten om te zien hoe de man door het poortje van Angels Flight ging en in de wachtende wagon van de kabelspoorbaan stapte.

Bosch wist dat hij moest wachten. Hij kon niet de wagon in zonder dat de moordenaar hem zag. Hij bleef aan de overkant staan en keek toe hoe de deur dichtging en de wagon langzaam omhoogreed naar het eindpunt op de top van Bunker Hill.

Angels Flight werd gepromoot als de kortste treinroute ter wereld. De kabelspoorbaan had twee antieke treinwagons die over een verhoogd spoor van 45 meter lang op en neer reden. Ze vormden elkaars tegenwicht: de ene ging omhoog terwijl de andere naar beneden kwam en ze passeerden elkaar in het midden. Bosch stak Hill Street over toen de tweede wagon omlaag aankwam. Samen met een handvol andere passagiers stapte hij in en ging op een van de houten bankjes zitten. Hij wachtte ongeduldig terwijl de wagon over het spoor ratelde.

Bovenaan kwam hij uit op een plein dat werd omringd door de torenhoge glazen gebouwen van het financiële district. Bosch was alvast naar de bovenste deur van de treinwagon gelopen, zodat hij er als eerste uit kon zodra de trein het eindpunt bereikte. Daar was het kaartjesloket en hij moest een dollar betalen om door het tourniquet naar buiten te kunnen. Hij pakte zijn geld, maar zag dat hij niet kleiner had dan een briefje van twintig. Hij schoof het door de opening in het glas van het loket.

'Hou het wisselgeld maar,' zei hij. 'Als je me er maar doorlaat.'

Hij ging door de tourniquet en eenmaal op het open plein keek hij overal om zich heen, maar de man in het zwart zag hij niet.

Bosch zag een opening tussen een van de torens en het museum voor hedendaagse kunst rechts van hem. Daar ging hij op een drafje op af. Toen hij Grand Avenue bereikte keek hij nogmaals alle kanten op, maar er was nog steeds geen teken van de man in het zwart. Hij was verdwenen.

'Shit,' zei hij.

Zwetend en hijgend boog hij voorover en zette zijn handen op zijn knieën om op adem te komen.

'Gaat het, meneer?'

Bosch keek op. Naast hem stond een vrouw met een tas uit de museumwinkel.

'Ja, het gaat wel,' zei hij. 'Een beetje buiten adem, meer niet. Maar bedankt.'

Ze liep door en Bosch kwam overeind en speurde de straat nog een laatste keer af in beide richtingen op zoek naar de man in het zwart. Er was niets dat zijn aandacht trok. Geen enkele voetganger of auto. Bovenaan Angels Flight had de schutter wel tien verschillende kanten uit kunnen gaan.

Bosch' telefoon zoemde en hij zag dat Haller hem belde.

'Mick.'

'Jezus, Harry, waar zit je? Ik heb je hier nodig. Er is iets aan de hand. De griffier werd gebeld en…'

'Sanger is dood.'

'Wat?'

'Ze is dood. Iemand schoot haar neer met haar eigen pistool toen ze buiten stond te roken.'

'Dat meen je niet!'

'Ik ben hem gevolgd maar raakte hem kwijt op Bunker Hill.'

'Heb je het zien gebeuren?'

'Van een afstand. Ik moet met de politie praten en ze vertellen wat ik weet.'

'Natuurlijk.'

'Wat gaat er nu gebeuren? Met de zaak?'

'Ik heb geen flauw idee. Ik neem aan dat de rechter de zitting voor vandaag wel zal schorsen. Niet te geloven.'

'Heeft ze het DNA weer verworpen?'

'Nee, het mag blijven. Ze oordeelde ten gunste van ons. Maar ik weet niet wat er nu gaat gebeuren zonder Sanger.'

Bosch besefte dat Haller zijn telefoon niet mocht gebruiken in de rechtszaal.

'Waar ben je?' vroeg hij.

'In de gang voor de rechtszaal,' zei Haller. 'De rechter stuurde me erop uit om jou en Sanger te zoeken. Wie was de schutter?'

'Dat weet ik niet, maar hij was vandaag ook in de rechtszaal. Ik zag hem op de achterste rij.

'Die latino?'

'Ja.'

'Ik heb hem ook gezien. Maar ik herinner me niet dat hij me de andere dagen al was opgevallen.'

'Ik herinner me dat ik hem eerder heb gezien. Ik kom nu terug, maar ik zal waarschijnlijk wel een tijdje bij de politie zitten.'

'Oké. Ik ga horen wat de rechter wil.'

Bosch verbrak de verbinding, liep in noordelijke richting over Grand Avenue, sloeg rechts af naar First Street en ging toen naar het Civic Center. Hij was blij dat het grootste deel van de weg nu omlaag liep. Tegen de tijd dat hij terugkwam bij het federale gerechtsgebouw was de hele kant van het gebouw aan Spring Street afgezet met politielinten en wemelde het van de agenten van het LAPD, het sheriffs department en de parketwacht.

Bosch liep naar een agent van het LAPD die naast het gele lint stond. Op zijn naamplaatje stond French.

'Het gerechtsgebouw is gesloten, meneer,' zei French.

'Ik ben getuige,' zei Bosch. 'Bij wie moet ik zijn?'

'Getuige waarvan?'

'De hulpsheriff die werd doodgeschoten. Ik ben de schutter gevolgd, maar raakte hem kwijt.'

De agent was ineens een en al aandacht. 'Oké, wacht u hier.'

'Best.'

Agent French deed een stap achteruit en begon in zijn portofoon te praten.

Terwijl Bosch wachtte, zag hij een busje van Channel 5 aan komen rijden. Een vrouw met perfect gekapt haar sprong uit de passagiersstoel met haar microfoon al in de aanslag.

DEEL 14
EL CAPITÁN

48

Vrijdagochtend laat werd ik opgeroepen om in de rechtszaal te verschijnen bij rechter Coelho. Het was drie dagen geleden dat ze de habeas-zitting had verdaagd na de moord op Stephanie Sanger. Het
grootste deel van die tijd had ik doorgebracht met het lezen en bekijken
van nieuws over de moord, in afwachting van het moment dat de pers
de punten met elkaar zou verbinden. Vanochtend kwam dan eindelijk
de *Los Angeles Times* met een verhaal van hun door de wol geverfde
misdaadverslaggever James Queally. In zijn artikel ging hij diep in op
de achtergrond en activiteiten van Sanger, en waarschijnlijk was dat de
aanleiding dat ik bij de rechter geroepen was.

Queally schreef dat Sanger lid was van een clubje hulpsheriffs met de
naam Los Cucos en dat de rechercheurs die de moord op haar onder-
zochten connecties hadden gevonden tussen haar en een Mexicaans
kartel dat haar had gechanteerd en gedwongen naar hun pijpen te dansen, wat mogelijk een hele serie huurmoorden inhield op rivalen van
het kartel in Californië. In het verhaal werd ook de zaak-Roberto Sanz
besproken, vanaf de moord op hem tot aan de huidige poging van zijn
ex-vrouw om vrijgesproken te worden. Het verslag in de *Times* onthul-
de voor het eerst dat Sanger in onze habeas-zaak had moeten getuigen,
enkele minuten voordat ze buiten het gerechtsgebouw werd vermoord.

Anonieme bronnen vertelden dat het onderzoek uitging van de theorie
dat Sanger was vermoord om te voorkomen dat ze verder zou getuigen en
onder druk zou worden gezet om mee te werken met de autoriteiten.

Ik had onofficieel met Queally gesproken en hem alles verteld wat ik wist plus wat ik dacht. Zonder agent MacIsaac bij naam te noemen, vertelde ik wat hij me eerder die week bij mij thuis had verteld: dat Roberto Sanz hem op de dag van zijn moord had laten weten dat Sanger en andere hulpsheriffs die bij de Cucos zaten, werden aangestuurd door leden van het Sinaloa-kartel dat in Los Angeles opereerde. Ik maakte Queally ook deelgenoot van mijn eigen theorie dat Sanger Roberto Sanz had vermoord, wat ik baseerde op het feit dat ze hem was gevolgd en hem met iemand van de FBI had gezien. De verslaggever had het vanaf daar verder opgepakt, de feiten geverifieerd en zelf nieuwe feiten opgespoord. Het verhaal stond op de voorpagina boven de vouw van de papieren krant en was het openingsartikel in de digitale editie.

Toen ik in Coelho's rechtszaal aankwam, zat Morris daar al te wachten. Hij liet op geen enkele manier blijken dat hij me gezien had. Roerloos als een steen zat hij aan zijn tafel en reageerde niet eens toen ik hem, de griffier en de stenograaf, Milly, terloops gedag zei.

Gian Brown belde de rechter om te zeggen dat alle partijen aanwezig waren en zij vroeg hem ons samen met de stenograaf naar haar kamer te sturen. Zwijgend liepen we erheen. Morris zag eruit alsof hij een paar nachten niet had geslapen.

De toga van de rechter hing aan een hanger aan de achterkant van de deur van haar kamer. Ze droeg een zwarte broek en een witte blouse.

'Bedankt voor uw komst, heren,' zei ze. 'Ik wacht even tot Milly zich geïnstalleerd heeft en dan kunnen we officieel overgaan op de zaak-Sanz.'

'Moet Lucinda hier niet bij zijn?' vroeg ik.

'Dat lijkt me voor deze bijeenkomst niet nodig,' zei Coelho. 'Maar ik heb de parketwacht gevraagd haar uit detentie te halen voor de middagsessie.'

De zaak was dus blijkbaar nog niet over.

We wachtten zonder iets te zeggen tot de stenograaf naar de hoek achter het bureau van de rechter was verhuisd, waar al een zacht krukje voor haar klaarstond, en haar vingers boven het stenoapparaat gereedhield.

'Goed, we hervatten de officiële behandeling van de zaak-Sanz tegen de staat Californië,' zei Coelho. 'Meneer Haller, hoe staat het met de presentatie van uw zaak?'

Ik wist dat deze vraag zou komen en was erop voorbereid. 'Edelachtbare, in het licht van wat er is gebeurd en het feit dat ik niet verder kan met brigadier Sanger als getuige, ben ik bereid mijn zaak te laten rusten en verder te gaan met mijn slotpleidooi. Mocht dat nodig zijn.'

Coelho knikte. Dat antwoord had ze verwacht.

'Meneer Morris?' vroeg ze.

De aanklager leek aan te voelen dat de zaak aan een zijden draadje hing. Hij sloeg meteen een defensieve toon aan.

'De staat is klaar om verder te gaan, edelachtbare,' zei Morris. 'We hebben diverse getuigen, onder wie één die zal verklaren dat Lucinda Sanz aan haar heeft bekend dat ze haar man heeft vermoord.'

Ik schudde glimlachend mijn hoofd.

'Dat kunt u niet menen,' zei ik. 'Er schort nogal wat aan je getuige, Hayden. Ze is een veroordeelde moordenaar die deze bekentenis heeft verzonnen op basis van krantenartikelen die haar broer uit de bibliotheek heeft gehaald en haar door de telefoon heeft voorgelezen.'

Ik zag dat die broer nieuws was voor Morris en dat hij zich realiseerde dat zijn team de getuige niet goed had doorgelicht.

'Eén dag,' vervolgde ik. 'Langer hadden we niet nodig om die broer te vinden. Ik zou je getuige in de getuigenbank met de grond gelijkgemaakt hebben. Maar dat maakt nu niet meer uit. Heb je de krant niet gezien vandaag? Sanger was een moordenaar. Ze vermoordde Roberto Sanz. Daar is geen twijfel over mogelijk. En mijn assistent was getuige van de moord op haar. Ze had ruzie met een man die ze blijkbaar kende – ze liet hem dichtbij genoeg komen om haar pistool af te pakken. Bosch heeft een hele nacht doorgebracht met de politie, Narcotica en god weet wie allemaal, om hem aan de hand van politiefoto's te identificeren. De schutter is een *sicario* voor het Sinaloa-kartel. Een huurmoordenaar!'

Morris schudde zijn hoofd alsof hij de waarheid op afstand wilde houden. 'Ze heeft nolo gepleit,' zei hij.

Hij verviel weer in zijn oude liedje: Lucinda had de aanklacht van moord op haar ex-man niet weersproken. Iemand die onschuldig is doet dat niet.

'Ze had geen keuze,' zei ik. 'Dat is waar het hier om draait. Ze werd op het verkeerde spoor gezet. Ze had een slechte advocaat en het belangrijkste bewijsstuk tegen haar was door Sanger gefabriceerd. We waren dat net aan het bewijzen toen Sanger werd omgelegd.'

Morris negeerde mij en keek naar de rechter.

'Mevrouw de rechter, we hebben het recht om onze zaak te presenteren,' zei hij. 'Hij mocht de zijne presenteren. Nu presenteren wij de onze.'

'U hebt nergens recht op, meneer Morris,' zei Coelho. 'Niet in mijn rechtbank. Ik bepaal waar u recht op hebt.'

'Mijn excuses, edelachtbare,' zei Morris. 'Ik drukte me verkeerd uit. Ik bedoelde te zeggen…'

'Ik hoef het niet te horen,' kapte de rechter Morris af. 'Ik ben klaar om uitspraak te doen over het verzoekschrift. Ik wilde de heren daarvan op de hoogte brengen. Om 14.00 uur komen we bijeen in de rechtszaal en zal ik mijn beslissing bekendmaken. Dat was het voor nu. U kunt gaan.'

'Dat kunt u niet maken,' zei Morris. 'De staat maakt ernstig bezwaar tegen het feit dat de rechtbank uitspraak doet voordat de staat de zaak heeft gepresenteerd.'

'Meneer Morris, als de staat het niet eens is met mijn uitspraak, kunt u in beroep gaan,' zei Coelho. 'Maar ik denk dat wanneer uw beroepsafdeling zich goed in de zaak verdiept, ze zullen besluiten zichzelf niet in verlegenheid te brengen. Ik schors nu het officiële gedeelte. Ik zie u beiden in de rechtszaal om 14.00 uur. Gaat u in de tussentijd ergens lekker lunchen.'

'Dank u, edelachtbare,' zei ik.

Ik stond op. Morris kwam niet van zijn stoel af, hij leek wel verlamd.

'Meneer Morris, gaat u?' vroeg Coelho.

'Eh… ja, ik ga,' zei Morris.

Hij schommelde eerst naar achteren en toen naar voren, en gebruikte het momentum om zichzelf uit zijn stoel te lanceren.

Deze keer ging ik hem voor naar de rechtszaal, en toen ik bij de deur kwam hield ik die wijd open om Morris voor te laten gaan.

'Na u,' zei ik.

'Val dood,' zei hij.

Ik knikte. Ik had niet anders verwacht.

In de rechtszaal keek ik hoe laat het was. Ik had nog twee uur voordat de hoorzitting zou worden hervat en Coelho de uitspraak zou doen waarvan ik verwachtte dat die het einde van de zaak zou betekenen. Toch was ik bang dat er niet genoeg tijd was om naar het detentiecentrum te gaan en Lucinda voor te bereiden voordat ze naar het gerechtsgebouw zou worden geleid. Ik appte Bosch om hem te vragen me aan de voorkant van het gebouw op te halen.

Ik nam de lift naar beneden en toen ik door de zware deuren naar buiten stapte, zag ik Bosch al in de Navigator. Ik keek langs de voorgevel van het gebouw naar de rookruimte aan de noordkant. Die was nog steeds afgezet en ik vroeg me af of ze het lint domweg vergeten waren of dat er nog een onderzoek gaande was op de plek waar Sanger was vermoord.

Ik opende het voorportier van de Navigator en sprong erin.

'Harry, we hebben zojuist de top van El Capitán bereikt,' zei ik. 'We gaan lunchen.'

'Waar?' vroeg Bosch. 'En wat bedoel je daarmee?'

'Weet je nog dat we het hadden over de beklimming van El Capitán? De rechter gaat vanmiddag uitspraak doen ten gunste van ons. Laten we naar Nick and Stef gaan en een biefstuk bestellen. Als ik win, eet ik steak.'

'Hoe weet je zo zeker dat je gewonnen hebt? Heeft de rechter je dat verteld?'

'Niet met zo veel woorden. Maar ik voel het. Mijn juridische barometer zegt me dat het voorbij is.'

'En Lucinda komt vrij?'

'Dat hangt ervan af. De rechter kan de veroordeling tenietdoen en haar vrijlaten. Maar ze kan de zaak ook terugsturen naar het Openbaar Ministerie en hen laten beslissen of ze haar al dan niet alsnog voor de rechter brengen. In dat geval moet Lucinda mogelijk vast blijven zitten totdat de keuze is gemaakt of totdat de officier van justitie besluit of hij in beroep gaat. Om 14.00 uur weten we het zeker.'

Bosch trok op en floot tussen zijn tanden.

'En dat allemaal omdat jij een speld in een hooiberg hebt gevonden,' zei ik. 'Niet te geloven. We vormen een goed team, Harry.'

'Tja, nou…

'Kom op, man. Niet zo zuinig.'

'Niks zuinig. Maar ik wacht liever tot het officieel is. Ik heb geen juridische barometer.'

'Ik moet Shami bellen. Die zal er wel bij willen zijn.'

'En Silver?'

'Die naast-het-goud-grijper mag het in de krant lezen. Ik ben die loser niets verschuldigd. Hij heeft Lucinda vijf jaar van haar leven gekost.'

Bosch knikte instemmend.

'Wat een eikel,' zei hij.

'Wat een eikel,' echode ik.

'En haar zoon?' vroeg Bosch. 'Moeten we hem erbij vragen?'

'Ja, goed idee,' zei ik. 'Ik zal onder de lunch Muriel bellen om te vragen of ze naar de rechtbank kunnen komen. Dan kan ze meteen wat kleren voor Lucinda meenemen. Voor het geval dat.'

Terwijl Bosch naar het restaurant reed, appte ik het nieuws over de hoorzitting van 14.00 uur naar James Queally, Britta Shoot en alle andere verslaggevers die ik kende. Ik wilde iedereen erbij hebben.

49

Om 14.00 uur zat de rechtszaal stampvol. Op de eerste twee rijen van de publieke tribune zat de pers schouder aan schouder. De moord op Sanger en alle mysteries eromheen waren het gesprek van de dag, en dankzij het artikel in de *Times* was rechtszaal 3 in het U.S. District Courthouse de plaats waar alles en iedereen samenkwam.

Op de twee rijen achter de media zaten verschillende familieleden van Lucinda Sanz, onder wie haar moeder, haar zoon en haar broer, en ook verschillende burgerwaarnemers, advocaten en aanklagers die wisten dat er in deze rechtszaal iets interessants ging gebeuren. Op de laatste rij, helemaal achteraan in de hoek, zat mijn ex met onze dochter Hayley. Ik was blij mijn dochter te zien, maar verbaasd over de beslissing van Maggie om erbij te willen zijn, vooral na haar inspanningen om de zaak van mijn cliënt onderuit te halen.

Er hing een tastbare spanning in de lucht. Het gevoel dat er iets ongewoons, misschien zelfs buitengewoons zou gaan gebeuren, werd nog versterkt toen Lucinda door de deur naar binnen werd gebracht – voor het eerst niet in haar blauwe gevangenisoverall. Haar moeder had kleren voor haar meegenomen, die ik op tijd bij haar had gebracht zodat ze zich voor de hoorzitting kon omkleden. Ze droeg een eenvoudige lichtblauwe Mexicaanse jurk met korte mouwen en geborduurde bloemen langs de zoom. Haar haar zat niet in een strakke paardenstaart, maar hing los omlaag langs haar gezicht. De tribune viel stil toen parketwachter Nate haar naar onze tafel begeleidde en haar aan de ring vastketende – hopelijk voor de laatste keer.

'Je ziet er prachtig uit,' fluisterde ik. 'Ik denk dat dit een mooie dag wordt. Je zoon en je moeder en de rest van de familie wilden het ook meemaken.'

'Mag ik me omdraaien om te kijken?' vroeg ze.

'Natuurlijk. Ze zijn hier voor jou.'

'Oké.'

Ze draaide zich om en toen ze naar de tribune keek sprongen meteen de tranen in haar ogen. Ze balde haar vrije hand tot een vuist en hield hem tegen haar borst. Ik geloof niet dat ik ooit eerder zo geraakt ben geweest door iets wat ik in een rechtszaal heb zien gebeuren. Toen Lucinda zich weer omdraaide om haar tranen voor haar familie te verbergen, sloeg ik een arm om haar schouders en leunde ik dicht tegen haar aan om in haar oor te kunnen fluisteren.

'Je hebt heel wat liefde achter je.'

'Dat weet ik. Ze hebben me nooit opgegeven.'

'Zij wisten wat de waarheid was. En die zullen ze vandaag te horen krijgen.'

'Dat hoop ik.'

'Dat weet ik.'

De stilte op de tribune leek de spanning in de zaal te verhogen, en die werd nog eens tweemaal zo intens toen de rechter maar niet uit haar kamer kwam, ondanks dat het al 14.00 was geweest. De minuten tikten voorbij als uren. Maar eindelijk, om 14.25 uur, gaf parketwachter Nate het bevel om op te staan en nam de rechter plaats op haar zetel. Coelho had een dun mapje bij zich en leek het van het begin af aan puur zakelijk te willen houden.

'Gaat u zitten,' zei ze. 'We hervatten de zaak-Sanz tegen de staat Californië. We hebben een vol huis vandaag, zo te zien. Ik wil benadrukken dat de rechtbank geen uitbarstingen of demonstraties van welke aard dan ook van de tribune tolereert tijdens de behandeling van de zaak. In de rechtbank verwacht ik decorum en respect van iedereen die door deze deuren naar binnen komt.'

Ze zweeg even en liet haar blik over de tribune gaan alsof ze keek of iemand het daar niet mee eens was. Ik zag dat haar blik even bleef hangen bij de plek waar Maggie McPherson zat. Toen ze er zeker van was dat haar autoriteit niet in twijfel werd getrokken, verplaatste Coelho haar aandacht eerst naar mij en vervolgens naar Morris. Ze vroeg of er nog nieuwe ontwikkelingen waren voordat ze een uitspraak deed over het habeas-verzoek.

Morris ging staan.

'Ja, edelachtbare,' zei hij. 'De staat Californië, als vertegenwoordiger van de burgers van Californië, maakt opnieuw bezwaar tegen de beslissing van de rechtbank om de presentatie van de staat in deze zaak te passeren.'

Ik ging staan om dit punt te weerleggen, mocht dat nodig zijn.

'"Passeren",' zei de rechter. 'Interessante woordkeuze, meneer Morris. Maar zoals ik al eerder in mijn kamer zei, heeft de staat de mogelijkheid om in beroep te gaan tegen de beslissingen van deze rechtbank.'

'Dan vraagt de staat deze hoorzitting te verdagen totdat er een uitspraak in hoger beroep is,' zei Morris.

'Dat gaat niet gebeuren, meneer Morris,' zei Coelho. 'U kunt uw beroep indienen, maar dat weerhoudt mij er niet van vandaag uitspraak te doen. Verder nog iets?'

'Nee, edelachtbare,' zei Morris.

'Nee, edelachtbare,' zei ik.

'Goed dan,' zei Coelho.

Ze opende de map die ze had meegenomen, zette een leesbril op en begon de uitspraak hardop voor te lezen. Ik keek naar Lucinda naast me en knikte haar toe.

'Het habeas-corpusprincipe is een fundamentele pijler onder ons rechtssysteem,' zei Coelho. 'Opperrechter John Marshall schreef bijna tweehonderd jaar geleden dat het recht van habeas corpus het heilige middel is om de vrijheid van eenieder te garanderen die zonder gegronde reden gevangenzit. Het waarborgt onze vrijheid, en beschermt ons tegen willekeur en wetteloosheid van de staat.

Het is vandaag mijn taak om te beslissen of de staat Lucinda Sanz wederrechtelijk heeft opgesloten voor de moord op Roberto Sanz. De vraag wordt gecompliceerd door het feit dat verzoeker, mevrouw Sanz, de aanklacht van doodslag niet heeft betwist. Na een zorgvuldige beoordeling van het bewijsmateriaal en de getuigenverklaringen die tijdens deze hoorzitting zijn gepresenteerd, en na overweging van wat er deze week buiten de rechtbank is gebeurd, is de rechtbank van mening dat verzoeker de overeenkomst die haar werd aangeboden als het enige licht ervoor aan het einde van een donkere tunnel. Of ze er nu toe gedwongen werd door haar toenmalige advocaat – niet u, meneer Haller – of zelf tot de conclusie kwam dat ze geen andere keuze had dan een deal te accepteren, is voor deze rechtbank niet van belang. Wat wél van belang is, is het duidelijke mandaat van de grondwet en de Bill of Rights dat habeas-redres moet worden toegekend wanneer de beslissing van de staatsrechtbank in een zaak een onredelijke toepassing van de wet is. Deze rechtbank is van mening dat verzoeker dit heeft aangetoond door duidelijk en nieuw bewijs te produceren van het feit dat er geknoeid was met het bewijs tegen verzoeker.'

Ik maakte een vuist, draaide me naar Lucinda en fluisterde: 'Je gaat naar huis.'

'Komt er geen rechtszaak?'

'Niet als er vervalst bewijs is. Het is over.'

Omdat ik me naar Lucinda toegekeerd had, zag ik niet dat Morris ging staan om bezwaar te maken.

'Edelachtbare?' zei hij.

Coelho keek op van het document dat ze aan het voorlezen was.

'Meneer Morris, u zou toch beter moeten weten dan mij te onderbreken,' zei ze. 'U gaat nu zitten. Ik ken uw bezwaar en ik wijs het af. Ga zitten. Nú!'

Morris plofte terug op zijn stoel als een zak vuile was.

'Ik ga door,' zei Coelho, 'en ik verwacht geen verdere onderbrekingen.'

Ze keek weer omlaag en het kostte haar even om de plek te vinden waar ze was gebleven.

'De handelingen van het sheriffs department, met name die van wijlen brigadier Sanger, hebben de integriteit van het onderzoek en de daaropvolgende vervolging dusdanig beschadigd dat er voor altijd gerede twijfel over zal blijven bestaan. Daarom beslist deze rechtbank de verzoeker habeas-redres te verlenen. De veroordeling van Lucinda Sanz wordt vernietigd.'

De rechter vouwde haar map dicht en zette haar bril af. Het bleef stil in de rechtszaal. Nu richtte ze zich rechtstreeks tot Lucinda.

'Mevrouw Sanz, u bent niet langer veroordeeld voor dit misdrijf. Uw vrijheid en burgerrechten worden hersteld. Ik kan u slechts de verontschuldigingen van deze rechtbank aanbieden voor de vijf jaar die u verloren hebt. Ik wens u veel geluk. U bent vrij om te gaan en deze zitting is nu geschorst.'

Het leek er wel op dat pas toen de rechter door de deur de rechtszaal had verlaten, iedereen weer durfde adem te halen. Maar toen explodeerde er in de zaal een geluid van opgewonden stemmen. Lucinda keerde zich naar me toe en sloeg haar vrije arm om mijn nek.

'Mickey, ontzettend bedankt,' zei ze en bevlekte met haar tranen mijn pas gestoomde Canali-pak. 'Ik kan het gewoon niet geloven. Echt niet.'

Terwijl ze me omhelsde, kwam parketwachter Nate eraan om haar pols los te maken. Hij begon de handboei te verwijderen.

'Kan ze hiervandaan gewoon vertrekken?' vroeg ik. 'Of moet ze nog langs het detentiecentrum?'

'Nee, man. De rechter heeft haar vrijgesproken,' zei Nate. 'Ze is vrij om te gaan en staan waar ze wil. Tenzij ze nog eigendommen in de gevangenis heeft liggen die ze terug wil hebben.'

Lucinda maakte zich van me los en keek op naar parketwachter Nate.

'Nee, niets,' zei ze. 'En dank u wel dat u zo vriendelijk voor me was.'

'Geen probleem,' zei Nate. 'En veel geluk.'

Hij draaide zich om en liep terug naar zijn bureau bij de deur naar het cellencomplex.

'Lucinda, je hebt hem gehoord,' zei ik. 'Je bent vrij. Ga maar gauw naar je familie.'

Ze keek over mijn schouder naar haar familie die op de tribune stond te wachten: haar zoon met haar moeder, haar broer en een aantal neven en nichten. Bij iedereen liepen de tranen over hun wangen, zelfs bij degenen wier kleding de White Fence-tatoeages niet kon verbergen.

'Mag ik er gewoon heen?' vroeg ze.

'Je mag er gewoon heen,' zei ik. 'Als je met de media wil praten nadat je je zoon en iedereen hebt gezien, zal ik zeggen dat ze je buiten het gerechtsgebouw kunnen vinden. Dan kunnen ze hun camera's alvast gaan opstellen.'

'Denk je dat ik dat moet doen?'

'Ja, dat denk ik wel. Vertel ze wat je de afgelopen vijfenhalf jaar hebt doorgemaakt.'

'Oké, Mickey. Maar eerst mijn familie.'

Ik knikte. Ze stond op, liep door het hekje naar de tribune en werd al snel omhelsd door haar zoon en al haar familieleden tegelijk.

Ik stond het allemaal in me op te nemen, toen ik mijn naam hoorde roepen vanaf de eerste rij. Het was Queally. Ik liep naar de balustrade en de verslaggevers verdrongen zich om te kunnen horen wat ik zou zeggen.

'Voor degenen onder u die beeld willen hebben: mijn cliënt en ik zullen voor het gerechtsgebouw aan de kant van Spring Street een pers-conferentie houden. Kom met uw camera's en vragen daarnaartoe en dan zie ik u daar.'

Ik draaide me om naar de tafel van de aanklager en zag dat Morris al vertrokken was. Hij was er waarschijnlijk tussenuit geknepen toen Lucinda en ik elkaar omhelsden om onze overwinning en zijn verlies te vieren. Toen ik achter in de rechtszaal keek, zag ik mijn dochter en ex-vrouw nog steeds op de laatste rij zitten. Ik ging door het hekje, liep door het middenpad naar achteren en schoof in de nu lege rij voor hen.

'Gefeliciteerd, pap,' zei Hayley. 'Wat geweldig.'

'Ik noem het de herrijzenis,' zei ik. 'Die maak je niet vaak mee. Fijn dat je er bent, Hay.'

'Als mama me niet gebeld had, zou ik het gemist hebben,' zei ze.

Ik keek naar Maggie en wist niet zo goed hoe ik haar moest benaderen. Gelukkig nam zij het voortouw.

'Gefeliciteerd,' zei ze. 'Ik stond duidelijk in deze zaak aan de verkeerde kant. Je mag Harry mijn excuses overbrengen.'

'Hij moet hier ook ergens rondlopen,' zei ik. 'Misschien kun je het zelf tegen hem zeggen.'

'Excuses waarvoor?' vroeg Hayley.

'Dat vertel ik je in de auto wel,' zei Maggie. Ik knikte dat dat wat mij betreft prima was.

'En nu?' vroeg Maggie. 'Ga je een miljoenenclaim indienen bij de staat?'

'Als mijn cliënt dat wil. Daar moet ik het nog met haar over hebben.'

'Kom op, je weet best dat je dat gaat doen en het gaat winnen ook.'

Haar stem kreeg iets scherps. Ondanks dat ik de slag had gewonnen, kon ze het toch niet laten me een steek onder water te verkopen. Ik liet het gaan. Maggie had niet meer dezelfde macht over me die ze ooit had. Ik was nu zover gekomen dat het er niet meer toe deed of ik haar teleurstelde.

'We zullen zien,' zei ik. 'Het helpt als de tegenpartij bewijsmateriaal heeft vervalst.'

Hayley wees achter me en ik draaide me om. Gian Brown stond bij de balustrade.

'De rechter wil u graag in haar kamer spreken,' zei hij.

'Nu?' vroeg ik.

Hij knikte en ik besefte dat dat een domme vraag was.

'Ik kom er zo aan.'

Ik wendde me weer tot mijn dochter.

'Kom je vanavond ook om het te vieren?' vroeg ik.

'Best,' zei ze. 'Waar gaan we heen?'

'Dat weet ik nog niet. Dan Tana, Musso, Mozza? Kies jij maar.'

'Nee, kies jij maar. App me maar waar en wanneer.'

Ik keek naar Maggie.

'Jij mag ook mee, hoor,' zei ik.

'Nee, vier jij het maar lekker met je dochter,' zei ze. 'Geniet ervan. Dat heb je verdiend.'

Ik knikte.

'Dan ga ik nu maar eens horen wat de rechter wil, denk ik,' zei ik.

'Laat haar niet wachten,' zei Maggie.

Ik liep door de rij naar het middenpad en kwam daar net aan toen Bosch uit de gang de zaal binnenkwam.

'Was je erbij?' vroeg ik. 'We hebben gewonnen. Lucinda is vrij.'

'Ik heb het gehoord,' zei hij. 'Ik stond achterin.'

'Waar is Shami? Heeft zij het ook gehoord?'

'Ze was hier, maar ze is teruggegaan naar haar hotel. Ze wil proberen vanavond nog een nachtvlucht terug naar New York te nemen. Ik breng haar naar het vliegveld.'

In een impuls omhelsde ik hem. Ik voelde hem verstijven maar hij maakte zich niet los.

'Het is ons gelukt, Harry,' zei ik. 'Het is ons gelukt.'

'Het is jou gelukt,' zei hij.

'Nee, daar was teamwerk voor nodig,' zei ik. 'En een onschuldige cliënt.'

We lieten elkaar onhandig weer los en keken allebei naar Lucinda, die nog steeds omringd werd door haar familie en met haar zojuist nog geketende hand die van haar zoon vasthield.

'Dat is mooi,' zei Bosch.

'Zo is het,' zei ik.

We keken een moment zwijgend toe. Toen zag ik Gian naar me

staan kijken van achter zijn bureau. Ik knikte hem toe dat ik zo kwam.

'De rechter wil me spreken, maar eerst nog twee dingen, Harry,' zei ik. 'Zodra ik daar klaar ben, houden we buiten een persconferentie aan de kant van Spring Street. Ik weet dat dat niet echt jouw ding is, maar ik heb je er graag bij als jij dat ook wil.'

'En het tweede?' vroeg hij.

'Vanavond gaan we uit eten. Om het te vieren. Hayley komt ook. Je mag Maddie ook meenemen, als je dat leuk vindt.'

'Daar voel ik wel wat voor. Ik zal het haar vragen. Waar? Wanneer?'

'Ik app je.'

Ik liep naar de balustrade.

'Ik hoop je straks beneden te zien,' zei ik. 'Je verdient het om erbij te zijn. Bel Shami of ze wil terugkomen voor de persconferentie. En voor het eten. Dan brengen we haar daarna wel naar het vliegveld.'

'Ik zal haar bellen.'

Ik liet hem daar achter, ging het hekje door en liep de zaal door om naar de rechter te gaan.

De deur van haar kamer stond open, maar ik klopte toch even aan. De rechter stond achter het bureau en had haar zwarte toga afgedaan.

'Kom binnen, meneer Haller,' zei ze. 'Gaat u zitten.'

Ik deed wat me gevraagd werd. Ze zat iets op een blocnote te schrijven en ik wachtte af. Uiteindelijk stak ze haar pen in de houder van een sierlijke bureauset die voorzien was van een koperen plaatje waarin haar naam gegraveerd stond, en keek me aan.

'Gefeliciteerd,' zei ze. 'De verzoeker in deze zaak had een geduchte advocaat aan haar zijde.'

Ik glimlachte.

'Dank u, edelachtbare,' zei ik. 'En dank u dat u ondanks alle afleiding en rookgordijnen tot een scherpe en rechtvaardige uitspraak bent gekomen. Weet u, ik waag me zelden in de federale rechtbank, omdat het meestal neerkomt op een strijd van één David tegen een heel stel Goliaths, maar na deze erv–'

'Ik weet wat u hebt gedaan, meneer Haller,' zei ze.

Ik zweeg. Haar toon was te serieus geworden voor een gewone nabespreking van een hoorzitting tussen een rechter en een advocaat.

'Wat ik gedaan heb, edelachtbare?' waagde ik.

'Ik heb de lange lunchpauze gebruikt om alles nog eens door te nemen wat er was gepresenteerd voordat ik tot mijn beslissing kwam,' zei ze. 'Inclusief mijn eigen eerdere beslissingen. En toen besefte ik wat u in mijn rechtszaal hebt gedaan.'

Ik schudde mijn hoofd.

'Mevrouw de rechter,' zei ik. 'U zult het me moeten vertellen, want ik weet niet…'

'U hebt me er met opzet toe aangezet u te bestraffen wegens minachting van de rechtbank,' zei Coelho.

'Mevrouw de rechter, ik weet niet wat…'

'U had tijd nodig om uw DNA-test uit te voeren voordat de zaak werd hervat. En waag het niet dat te ontkennen.'

Ik staarde naar mijn handen en sprak zonder haar aan te kijken. 'Eh… mevrouw de rechter, ik denk dat ik hier een beroep doe op het vijfde amendement.'

Ze zei niets. Ik keek haar weer aan.

'Ik zou een klacht moeten indienen bij de Orde van Californië wegens onbehoorlijk gedrag van een advocaat,' zei ze. 'Maar dat kan uw staat van dienst en uw reputatie aanzienlijk schaden. Zoals ik al zei, u bent een formidabele advocaat en daar hebben we er meer van nodig in ons rechtssysteem.'

Ik begon al wat rustiger te ademen. Ze wilde me laten schrikken, niet kapotmaken.

'Maar uw daden kunnen niet zonder gevolg blijven,' vervolgde ze. 'Ik acht u schuldig aan minachting van de rechtbank, meneer Haller. Ten tweeden male. Ik hoop dat u een tandenborstel in uw aktetas hebt. U mag uw zonden nog een nacht overdenken in het detentiecentrum.'

Ze pakte de hoorn van de telefoon op haar bureau en toetste een nummer in. Ik wist dat Gian aan de andere kant van de lijn zat.

'Wil je parketwachter Nate langssturen?' vroeg ze.

Ze hing op.

'Mevrouw de rechter, is er geen boete die ik kan betalen?' vroeg ik. 'Een donatie aan een goed doel naar keuze van de rechtbank of...'

'Nee, die is er niet,' zei ze.

De parketwachter kwam binnen.

'Nate, breng meneer Haller naar de cel,' zei Coelho. 'Hij gaat een nachtje doorbrengen in het detentiecentrum.'

Nate keek verbaasd en maakte niet meteen aanstalten.

'Wegens minachting van de rechtbank,' legde de rechter uit. Nate deed een pas naar voren en greep me bij mijn arm. 'Meekomen,' zei hij.

50

Het werd een lange nacht die gedomineerd werd door het onophoude-lijke gejammer van een medegevangene. Er was niets zinnigs van te maken, het was niets meer en niets minder dan een geesteziekte die zichzelf onophoudelijk kenbaar maakte. Omdat slapen geen optie was, verdreef ik in het donker van mijn eenpersoonscel, gezeten op de dun-ne matras met mijn rug tegen de betonnen muur en wc-papier in mijn oren gepropt, de tijd met nadenken over mijn leven en werk, welke stappen ik eerder genomen had en wat mijn volgende stappen zouden zijn.

De zaak-Lucinda Sanz voelde als een soort kantelpunt voor me, alsof het misschien tijd was om een nieuwe richting in te slaan. Zaak na zaak aanpakken om het machientje van brandstof te voorzien, krantenkop-pen te genereren, en reclameborden en bankjes in bushokjes te betalen – ik kon het ineens niet meer als mijn bestemming zien. Ik vroeg me af of het überhaupt ooit een goede bestemming was geweest.

Maar een kantelpunt waarnaartoe?

Mijn lange, doorwaakte nacht eindigde een uur voor zonsopgang toen mijn ontbijt werd bezorgd: een appel en een wit broodje boter-hamworst. Ik had sinds ik de dag ervoor met Bosch had geluncht niet meer gegeten, en het gevangenisontbijt smaakte me net zo goed als al-les wat ik ooit bij Du-par of het Four Seasons had gegeten.

De cel had een anti-ontsnappingsraam van tien centimeter breed. Kort nadat het ochtendlicht door het glas naar binnen begon te drin-gen maakte een bewaker de deur open, gooide een tas met mijn pak op de grond en zei dat ik me moest aankleden. Ik werd vrijgelaten.

Er hadden op deze plek mannen en vrouwen misschien wel weken of maanden vastgezeten, maar mijn zestien uren afzondering en slaaptekort waren voor mij genoeg. Dit keer hadden ze iets in me wakker gemaakt. Iets dat was begonnen met Jorge Ochoa en tot een climax kwam met Lucinda Sanz. Het was de behoefte aan verandering.

Bij het loket kreeg ik een afgesloten plastic zakje met mijn portefeuille, horloge en telefoon. Ik keek ernaar en vroeg me af of ik ze nog wel nodig had.

Enkele ogenblikken later ging de stalen deur open. Ik liep de zon in en begon aan mijn eigen herrijzenis.

Dankwoord

Meestal gebruik ik deze ruimte om degenen te bedanken die me hebben geholpen met de research, het schrijven en de redactie van het boek. Zoals Mickey Haller aan het eind van de zaak-Sanz zegt: daar was teamwerk voor nodig. Degenen die me hebben geholpen, weten dat, en ik bedank hen voor hun inspanningen en voor het feit dat ze deel wilden uitmaken van dit team. Maar deze keer wil ik vooral mijn erkentelijkheid betuigen aan de lezers van mijn werk en aan de boekverkopers over de hele wereld die me al meer dan dertig jaar steunen: bedankt. Ik heb een geweldig leven kunnen leiden als verhalenverteller. Ik koester het, respecteer wat het betekent en weet dat niets ervan mogelijk zou zijn geweest zonder jullie.